致青春 017

喜歡你喜歡我的樣子

烏雲冉冉　著

高寶書版集團

目錄
CONTENTS

第一章　又一年又三年

「我曾經愛著你，但已經又一年又三年。」

十月下旬，北京溫度驟降，迎來了今年的第一波寒流。

一個年輕女孩在人來人往的酒吧步行街上踉踉蹌蹌地走著，一邊將身上的圍巾、風衣一一解開，隨手丟在沿途的石板路上。

路人見了這情形都不由得退避三舍，倒是有幾個不怕死的年輕外國人看笑話似的想上前挑釁，可是當他們看到她身後不遠處冷著臉的男人時也只得悻悻地繞道而行。

許冬言走累了，正巧前面有一棵粗壯的梧桐樹，她悠悠晃晃地走過去，翻了個身靠在上面，閉著眼睛粗重地喘著氣。

夜風吹得樹葉嘩嘩作響，她上身只剩下一件薄薄的羊毛衫，風一吹便透過羊毛衫吹進了身體裡。

不過這樣也好，酒立刻醒了大半。

不遠處，寧時修壓著火氣一件、一件撿起她丟在地上的衣服，不疾不徐地走到她面前。

「就這點出息！」

一句風涼話就這麼傳進了她的耳朵裡。

許冬言微微睜開眼，瞇著眼睛看著來人：「怎麼到哪都有你？」

寧時修冷笑：「就別狗咬呂洞賓了。」

「罵誰啊？」

「這裡還有別人嗎？」

許冬言深吸一口氣，剛想掄起她那沒什麼殺傷力的拳頭，胃裡就是一陣翻江倒海。她連忙背過身去，但也只是乾嘔了半天，畢竟之前在洗手間裡，她已經把能吐的都吐光了。

端著手臂看戲的寧時修見她這難受的模樣也不再跟她鬥嘴，無奈地上前替她拍了拍後背。

她不安分地動了動，試圖反抗，他完全沒理會：「究竟是什麼樣的男人讓妳這麼神魂顛倒？妳說，這是這個月第幾次了？」

許冬言閉著眼睛緩了緩，睜開眼問：「又是我媽讓你來的？」

「不然妳以為我閒著沒事幹？」

冬言輕笑：「她消息還真靈通。」

寧時修把她的風衣披在她的身上：「走吧，送妳回去。」

許冬言轉過身，懶懶地擺擺手：「不用你送。」

「不安全。」

她不耐煩道：「這麼多路人，我安全得很！」

寧時修冷冷地說：「我是怕路人不安全。」

這個男人的刻薄她早領教過，不然也不會引發前不久那次驚天動地的「家庭戰爭」，那她也就不會從家裡搬出來，也不會跑到這酒吧街附近來租房子住。

她無奈地冷笑：「你一個男人，說話怎麼總是那麼讓人討厭？」

寧時修也不生氣，無所謂地說：「實話實說而已。」

幾個衣著性感的夜店女郎從他們身邊走過，看到寧時修，相互交換了下眼神後，竟然都旁若無人地朝他賣弄起風姿。

寧時修視若無睹，許冬言內心鬱悶至極，不屑地嘀咕了一句：「膚淺！」

寧時修微微勾了勾嘴角，什麼也沒說。

兩人並肩走著，快到許冬言家時，寧時修又問：「能不能先透露一下妳還打算折騰幾次，好讓我有個心理準備？」

許冬言瞥了他一眼：「什麼叫『折騰』？」

「不就是失個戀，有需要這樣嗎？」

「『失個戀』？說得這麼簡單，你一定沒戀過！」

寧時修沉下臉來：「現在在說妳。」

許冬言「哈」了一聲，好奇地打量著他：「被我說中了？」

寧時修懶得理會她：「回去洗個澡、睡一覺，今天的事就過去了。」

許冬言斂起笑意，沉默了一會兒，表情憂傷地說：「你不懂，這種事這輩子都過不去。」

她說得煽情，又那麼篤定，沒想到寧時修竟然笑了：「妳才幾歲，就說『這輩子』？」

醞釀的情緒都被他破壞掉了，許冬言狠狠瞪了他一眼，不再說話。

夜風吹得人愈發惆悵。許冬言想到三年前遇到陸江庭的那一刻，許多事情就已經在朝著她不能控制的方向狂奔而去。

喜歡一個人、愛上一個人，都在悄無聲息間順理成章地完成。

然而她並不確定陸江庭對她是不是也是如此。

從畢業到如今，整整三年，她享受著暗戀，小心翼翼地試探，卻從來不肯戳破自己的感情。

她不喜歡落入俗套，她相信水到渠成，但她從沒想過這世上有很多事都是成不了的。

就在前不久，一個女人到公司裡找陸江庭。誰都沒見過一向冷冷清清的陸江庭和哪個人說話時會露出那種表情——關懷、細緻，還有點曖昧。

後來許冬言才從某個知情同事的口中得知，那竟然是他身在異地的女友，據說兩人已經交往多年，早到了談婚論嫁的地步。

這消息來得突然又可笑，許冬言消化了許久，也為此難過了好一陣子。

其實，陸江庭除了不解風情，並沒有做過什麼對不起她的事。說白了，所有的情緒都是緣自於她單方面的暗戀。

以前她總想著順其自然，然而陸江庭的女友出現後，她也想過要去爭取一下。可是爭取後的代價可能是慘痛的，他們或許會連朋友都不再是，最重要的是——她害怕被他討厭。

斟酌再三，為了他，也為了以後能相安無事地待在他身邊，她決定將這段感情藏在心底。

既然三年都這樣過來了，那麼以後就裝作跟以前一樣也好。

可是狗血的事情卻天天上演，讓她避無可避。

那天一大早，公司樓下的小廣場上異常熱鬧，許冬言從公車上下來，穿過稀稀疏疏的人群，才注意到原來是有人在地上用玫瑰花拼湊出了一個「心」形。

「心」形中間站著一個手捧玫瑰的男人，正四處張望著，像是在等著什麼人。

這個男人許冬言認識，是她隔壁辦公室的。全名她想不起來了，就只記得姓劉，大概是因為髮型的關係，這人得了個外號叫「劉蔥頭」。

許冬言不喜歡湊熱鬧，正要離開，卻被劉蔥頭發現，一個箭步攔住了。還不等她反應過來，劉蔥頭單膝下跪，同時奉上手中的玫瑰，眾目睽睽之下，他大聲說：「許冬言，我喜歡妳！」

尷尬了幾秒，一句實話從許冬言嘴裡脫口而出，沒有惋惜和抱歉的情緒，更不可能有驚喜。

「我不喜歡你。」她說。

劉蔥頭似乎沒想到她會是這種反應，他瞪著眼睛看著她，周遭的人也都沒什麼反應。許冬言見狀，繞過劉蔥頭便往辦公大樓裡走。

就在跨進公司大門的那一剎那，她聽到身後的劉蔥頭不甘心地叫道：「妳不就是喜歡陸江庭嗎？人家要結婚了，妳這個『小三』！妳會遭報應的，許冬言！」

晴天霹靂，許冬言當場石化。

她愛陸江庭愛得那麼低調，竟然還會有人知道！她想到身後的眾人，幾乎可以感覺到那些或好奇、或探究、或幸災樂禍的目光正在窺視著她，企圖從她的一舉一動中看出什麼端倪來。

想到這裡，許冬言不敢多作停留，加快腳步走進了辦公大樓。

偌大的辦公室裡空蕩蕩的，原來所有人都到樓下看熱鬧了。經過陸江庭的辦公室時，她發現門是開著的，此刻，他正背對著門站在窗前。

他依舊穿著她愛的白色襯衫，頭髮乾淨俐落，在稀薄的曦光下，他漂亮挺俊得猶如畫中人。

她突然很想將這個畫面保存下來，於是悄悄掏出手機，打開了照相功能。正在這時，她從鏡頭裡看到那個漂亮的男人突然回過頭來。

許冬言連忙調轉鏡頭，對著鏡頭整理頭髮。

陸江庭應該是沒有看到她偷拍，許冬言長吁一口氣，收起手機朝著自己的位置走去。再抬頭，卻發現陸江庭辦公室的門已經關上了。

離上班時間還有十五分鐘，同事們陸陸續續從外面走進來。進來之前大家似乎還在興致勃勃地聊著什麼，可是進來之後都不約而同地噤了聲，看向許冬言的目光也是躲躲閃閃的。

許冬言又看了眼陸江庭辦公室那扇緊閉的大門，或許剛才小廣場上的一切他都看到了……

她沒有想太多，拿起桌上的幾本樣刊，起身走向他的辦公室。眾目睽睽之下，她公事公辦地上前敲了敲門，也沒等裡面人應聲就推門進去了。

陸江庭微微皺眉，抬頭看著她，兩人對視了幾秒，她連忙把樣刊遞過去：「哦，這……這……這是第十一期的樣刊，你……你……你看一下。」

其實她並沒有口吃的毛病，只有在見到陸江庭和特別緊張的時候才會這樣。

陸江庭早就習慣了她口吃，也習慣了她有些沒禮貌地對他直呼「你你你」。早在他還不是部長的時候，她就是他的小徒弟，他帶了她整整三年，朝夕相處，比一般的同事還要親近很多。

也正因為這樣，他對她應該是非常瞭解的，可是有一件事他一直想不通——她和別人說話時思維敏捷、口齒伶俐，可是不知道為什麼，跟他說話卻口吃得厲害。

但是今天，他似乎有點明白了。

他低頭翻了一遍樣刊，圈出幾處要她去修改。

許冬言接過樣刊，卻沒有要離開的意思，陸江庭也不急著趕她走，默默地等著她開口。

過了好一會兒，她說：「早……早……早……上的事……」

陸江庭打斷她：「流言蜚語，不用在意。」

許冬言看著他，猶豫了一下，還是問：「如果，我……我……我是說如果，」她聲音低了下去，「是真的呢？」

雖然早有心理準備，但陸江庭還是不免心裡一驚。

他抬眼看她，發現她正看著自己；他錯開目光，表情嚴肅起來：「妳先出去吧。」

許冬言再傻也知道，他這就是拒絕了。她落寞地站了一會兒，轉身出了門。

她突然想到劉蔥頭說的那個「報應」——什麼是報應？大概就是如此吧……

這些事情就如同密密麻麻的針一樣，將許冬言的心扎成了篩子。她和寧時修走在石板路上，兩個人都不講話，只聽到風聲在呼呼作響。

寧時修將她送回了家，臨走前提醒她：「明天的事妳別忘了。」

許冬言想了幾秒鐘才想起明天是溫琴的生日，她真的差點就忘了。

她藉著酒勁笑著湊向寧時修：「有時候我真懷疑，你才是我媽的親兒子……」

寧時修嫌惡地推開她的臉：「我突然有點理解那男的為什麼拒絕妳了。」

許冬言愣了一下：「為什麼？」

「妳平時不照鏡子嗎？」

她這才反應過來自己是被戲弄了，不過她已經有點習慣了和他相處的模式，不但不生氣，反而媚眼如絲地朝著他打了一個清脆的酒嗝。

許冬言和溫琴的母女關係原本還不錯，直到前不久，溫琴突然和多年前的老相好登記，開始了她的第二春，這真的是讓做女兒的許冬言措手不及，一點防備都沒有。

因為埋怨溫琴沒有事先知會，許冬言連寧家父子也順便遷怒了，再加上寧時修這個人說話一直都不太好聽，所以四個人生活在一起時常會有些小摩擦。後來，溫琴和寧家父子倒是愈來愈像一家三口，而她卻像個普通世人一樣不被待見，最後一次跟寧時修吵過一架後，她乾脆搬了出來。

其實搬出來後的日子也不好過，而且溫琴一直想方設法讓她搬回去，明天溫琴一定還會舊事重提，但為了面子，為了不被寧時修小看，她無論如何也要堅定立場。

第二天，許冬言早早到了約定的餐廳，在包廂門外拖延了一會兒時間，正打算推門進去時，門卻突然開了。

開門的是寧時修，顯然他也沒想到門外正站著一個大活人。

看到彼此，兩人都愣了一下。

許冬言正要開口，卻被寧時修抓著手腕推了出去，出來時他還反手關上了包廂的門。

許冬言不滿地搓了搓剛被他抓過的手腕：「你幹什麼？」

「沒幹嘛。」

許冬言白了他一眼。

他低頭點上一支菸，吸了口菸，緩緩吐出一個煙圈：「好心提醒妳，溫姨的體檢報告出來了。」

許冬言倏地抬眼：「有問題？」

寧時修勾了勾嘴角：「緊張了？看不出來妳還挺孝順的。」

「少廢話。」

「放心、沒什麼大事，但這個年紀了，多少會有些小毛病。好像……血壓有點高，等一下見了面收斂一下，別總是跟妳媽吵。」

許冬言高高提著的心這才落回了下來，嘴上不客氣地嘟囔了一句：「不用你提醒。」

說著她伸手去推擋在面前的寧時修，推開包廂的門走了進去。

溫琴見到女兒很高興：「今天下班挺早的嘛。」

寧志恒也站起來迎她：「最近工作忙不忙啊？妳媽媽就擔心妳累著。」

許冬言沒應聲，她看到寧時修抽完菸走了進來，坐到她對面的位置上。

溫琴推了推她：「這孩子，妳寧叔問妳話呢！」

許冬言回過神來，應付著回了一句：「不忙。」

溫琴又說：「怎麼看到妳哥也不打個招呼？」

許冬言抽了抽嘴角，心裡嘀咕著：『我可不敢有這樣的哥！』再一抬眼，發現寧時修正瞇著眼睛看她，目光實在算不上友善。

她微微挑眉：「在看哪裡啊？」
桌上的氣氛瞬間冷了幾分。
寧時修卻笑了：「妳有什麼值得我看的？」
許冬言一愣，低下頭看著自己，似乎也沒他說的那麼差勁吧……
寧時修倒是很大方地替她倒茶：「別找了，先喝點茶。」
寧志恒見狀連忙說：「對對對，冬言路上應該累了，先喝點茶。」
晚飯吃得差不多時，包廂裡的大燈突然滅了，只有屋頂幾盞昏暗的裝飾彩燈還亮著。服務人員在眾人錯愕的表情中推著一大車紅玫瑰走了進來，後面還跟著一個超大尺寸、造型超級少女風的生日蛋糕。
許冬言愣了幾秒，不禁覺得好笑。她看了一眼身邊表情激動的溫琴，就在那一瞬間，她突然就釋懷了——她二十幾歲的年紀，也沒看過有男人肯這樣為她花心思，母親在父親去世後還有人能細心地照顧她、愛她，也算是一件好事。
寧志恒說：「小琴，許個願吧。」
溫琴看了眼蛋糕上的燭火，又看了眼許冬言：「我也沒什麼願望，就希望冬言能搬回來住。對了，時修，你不介意吧？」
寧時修聳聳肩：「歡迎。」
眾人又看向許冬言，許冬言無奈：「哪有人把願望說出來的？這樣就不靈了。」
聽她這麼說，溫琴明顯有些失望。
許冬言摸了摸鼻尖說：「不過正好，我租的房子暖氣漏水，冬天也住不了了，所以我想先暫時搬回家，等找到適合的房子再說。」
溫琴只想著先把她騙回家，以後的事情以後再說，聽到她鬆了口，溫琴一臉滿足，一口氣吹滅蠟燭說：「這個生日過得最好！」

溫琴生日不久後，許冬言搬回了寧家。

寧家住著一套差不多九十坪的夾層屋，有五、六個房間，其中二樓的三個房間分別是許冬言和寧時修的房間，還有一間留給寧時修當畫室。

許冬言搬回去時，家裡沒有其他人。把東西搬進房間後，她開始慢慢收拾，無意間翻到了一張照片，不禁有些出神。

那原本是張二、三十人的合照，卻被她放大，然後去掉其他人，只剩下她和陸江庭兩個人。照片是她剛入職那陣子去員工訓練時拍的，那時她剛出校園，身形比現在略瘦，紮著一根長長的馬尾辮，天真爛漫、意氣風發地站在隊伍的最邊邊。

她記得那天拍照時陸江庭來晚了，眾人嚷嚷著讓他站中間，但他執意不肯，而是站到了她身邊。那天他也穿著跟大家同款的白色T恤和深色運動褲，高高瘦瘦的，看上去就像是高年級的學長。

她站在他身邊，聞得到他混著淡淡薄荷香的汗味，心跳驀然加快，她多希望時間能夠停在那一刻，又希望那一刻能快點過去。

舉著相機的攝影師突然好笑地抬起頭來朝她說：「小妹妹，妳再躲就要出鏡頭了！」

同事們哄然笑開了，七嘴八舌地問陸江庭用了什麼招數，讓新來的許冬言這麼怕他，許冬言覺得心虛，而陸江庭只是無辜一笑。

後來攝影師做了個手勢，眾人又安靜下來對著鏡頭擺好了表情。許冬言悄悄地向陸江庭那邊挪了挪，她看準鏡頭牽動嘴角，就在閃光燈亮起的那一剎那，她感覺到一隻手輕輕攏上她的肩膀，讓她避無可避地靠向了那個令她躁動的源頭。

也就是從那之後，無論兩人多麼熟悉，她見到陸江庭就會緊張，也多了個口吃的毛病。

想到這些過往，許冬言幽幽地嘆了口氣，把照片扔進了抽屜。

收拾完東西，她伸了個懶腰，走出房間。走廊裡光線很暗，只有微弱的陽光從最裡面的房間裡透出來，那是寧時修的畫室。

畫室的門一般都不會鎖，但是許冬言從來沒有進去過。此時她突然對寧時修的作品有點好奇，於是走了進去。

畫室面積不大，裡面堆滿了大大小小的模型和各色的顏料瓶，卻沒有什麼暴露在外的作品。靠窗的桌邊立著一個畫架，也用厚重的絨布罩著。

她正要去掀開畫架上的布，樓下卻突然傳來門鎖響動的聲音。

她收回手退出畫室，趴在走廊的欄杆上，看到寧時修從門外進來。

寧時修像是感應到有人在看他似的，倏地抬頭，對上了許冬言的目光。視線相觸的一剎那，不知道是出於什麼心理，許冬言漠然地移開目光，縮回了腦袋。

寧時修見狀勾了勾嘴角，朝著樓上走去。

他以為許冬言回房間了，上到二樓時卻看到她正倚在門框邊上研究著手指甲。從他們以往過招得出的經驗看，她這是有話要說，但他就當不知道，逕自走向自己的房間。

「喂！」許冬言叫住他，「你是畫畫的？」

寧時修開門的動作停住了：「誰告訴妳會畫畫就一定是畫畫的？」

「那……畫得怎麼樣？」

寧時修回過頭，許冬言正端著手臂看著他。

「妳問這個幹什麼？」

許冬言想到那天早上的陸江庭，照片沒有偷拍到，但那畫面還在她腦子裡。

「我也想學畫畫。」

這倒是讓寧時修有點意外：「想畫什麼？」

「一個人。」

寧時修愣了一下，不屑地輕笑：「妳這種底子，一時半刻是畫不出人樣來的。」

「嗤。」許冬言不滿，「我們現在好歹在同一個屋簷下，能不能好好相處？」

「井水不犯河水，這就是我能做得最好的了。」說著他走進房間關上了房門，把跟上來的許冬言擋在門外。

「呿，還說歡迎我，虛偽！」

晚上吃完飯，許冬言悄悄問溫琴：「寧時修到底是做什麼的？」

溫琴很詫異：「妳不知道？」

許冬言也很詫異：「我怎麼知道，妳又沒說過！」

溫琴得意地賣著關子：「妳去網路上一查，比我說得詳細多了。」

「網路上都有？」

「那當然啊。」說著，溫琴感嘆道，「同樣都是吃米飯長大的，怎麼時修就比妳優秀那麼多啊！」

「呿！」雖然許冬言對溫琴的話很不屑，但是為了打擊這個胳膊總是朝外彎的媽，她只能無所謂地說，「因為我跟他不是同一個媽生的唄！」

溫琴愣了一下，待明白過來什麼意思時，也急了：「哎，妳這個小兔崽子……」

回到房間，許冬言打開電腦，在搜尋欄裡輸入「寧時修」三個字，檢索結果竟然有一百多萬條。

她隨意點開一條，上面詳細地介紹著：『寧時修，畢業於加利福尼亞大學柏克萊分校工程學院，著名橋梁設計師，參與了雲貴專案、對口援疆專案等具有重要意義的國家重大專案，發表論文百餘篇，長寧集團總工程師，T大客座教授……』

頭銜還真多，還有很多許冬言看不懂的專業名詞。

她對著電腦螢幕發了一會兒呆，沒有看到照片——這說的寧時修是同一個人嗎？

其實許冬言的工作跟橋梁設計也算是關係密切，她所在的公司最初是掛在某個科學研究院的雜誌社，改制後獨立出來成立了公司，取名為卓華出版，旗下有二十多份期刊和一份報紙，還有兩個網站，涉及行業眾多，而許冬言所在的部門負責領域正是道橋建設。

她入行不久，知道的不多，但她的青梅竹馬兼同事的小陶可是公司老人，對業內的事也比她知道得多。當她提到寧時修時，小陶一陣感慨：「這個寧時修可厲害了，剛剛回國沒幾年吧，就參與了好多大專案。雲貴那個難度爆表，建在兩山之間的大橋，聽說就是他設計的。別看他經歷這麼豐富，他還很年輕呢。」

「妳採訪過他？」

小陶遺憾地搖搖頭：「他畢業後是留在柏克萊任教的，後來被長寧老闆挖了回來。妳也知道，長寧的專案一般不接受採訪，不過我聽有的同行說，聽過他在T大的講座。」

「網路上怎麼也沒照片？」

「聽說他這個人很不喜歡拍照，每次有什麼公開講座或者是跟專案有關的記者招待會，輪到他發言時，他都會事先請大家不要拍照，雖然肯定會有人偷拍，但人家這麼介意，媒體也就不好發到網路上去了。」

許冬言微微皺眉：「這麼介意拍照，難道長得不怎麼樣？」

「恰巧相反——見過他的同行說，這人長得還真不錯。」說著小陶還不忘竊笑兩聲。

許冬言不屑地瞪了她一眼：「一個沒見過的人，妳都能花癡成這樣……」

這件事一直沒個結果，時間久了，也就被許冬言忘了。

晚上回到家，許冬言又狀似無意地跟溫琴提起寧時修：「他在國外待了幾年啊？」

「好幾年吧，怎麼了？」溫琴問。

莫非真是他？許冬言在心裡嘀咕了一句，說：「沒什麼，那他怎麼沒留在外面？」

「聽說他當初是不想回來的，畢竟他那行我們國家落後了外面好些年，人家都進入養護階段了，我們還在建設摸索。不過這孩子孝順，考慮到妳寧叔一個人留在國內不行，帶到外面又怕他不適應，所以就自己回來了。」

聽到這些，許冬言默默地點了點頭，原來網路上查到的那個寧時修真的就是她認識的這個寧時修。可是不知道出於什麼心理，她又不願意承認他的優秀。

她研究著手指甲喃喃地說：「經歷是挺精彩的，不過現在的海歸也不稀奇了。」

溫琴一聽，就知道她老毛病又犯了，「我到現在都不知道，人家時修究竟是怎麼得罪妳了？」

「他是怎麼得罪我的啊？你看他說話那氣死人的樣子！」

溫琴聳聳肩：「他說話怎麼氣人我是沒看到，我就看到妳總是沒事找事，他卻一再忍讓。」

真是沒辦法好好聊天了！許冬言倏地站起身來，留下一句「後媽」就轉身上了樓。

這次搬回寧家後，許冬言的確感覺到寧時修比以往更讓著她了。以前她惹他三次，他可能會回擊一次；現在她惹他十次，也不見他有什麼反應。

住了一個多月，許冬言覺得住在寧家也不錯，唯一不好的點就是男人太多。

寧志恒為了讓她自在一點，倒是從來不會上樓，而且他總是出差，在家裡見不到幾次。但是寧時修跟她在同一層樓，共用一間洗手間和浴室，這就不太方便了。

這天晚上，許冬言洗過澡才發現忘了帶換洗的內衣。家裡正巧沒人，她也就不像平時那樣把自己包得像個粽子一樣，而是隨意裹了條浴巾就出了浴室。

可是剛一出來，她卻看到畫室的燈竟然是亮著的，難道是她剛剛偷窺完忘了關燈？還是他趁著她洗澡的時候回來了？

她躡手躡腳地上前推開門，裡面並沒有人，但畫架上的布被拿掉了，桌子上還有新鮮的顏料——看來他的確是剛回來過，但又離開了。

洗澡前，她進來找了半天也沒找到他的畫，這一次，她總算是看到了——畫布上是一個女人，五官抽象，用色大膽。

許冬言摸著下巴打量著，這算什麼畫風？野獸派？

「妳怎麼在這裡？」

許冬言被嚇了一跳，一轉身碰到了桌上的調色盤，好在寧時修眼疾手快，連忙伸手扶住調色盤，但卻因此勾到了裹在許冬言身上的浴巾。

浴巾應聲滑落，電光石火間，寧時修迅速移開了視線。

許冬言心裡一驚，但低頭一看，不禁抽了抽嘴角。還好她裡面還穿著一件平口連身超短裙，因為沒穿內衣，所以她才特意又在外面裹了層浴巾。

抬頭看到寧時修瞥向一邊的臉，她笑了：「看不出來啊，挺正人君子的嘛！」

寧時修勾了勾嘴角，目光依舊看向別處：「把衣服穿好，不然我不客氣了。」

許冬言也不敢真的去惹他，低頭去撿浴巾，餘光瞥見寧時修的腳已經走出了畫室。

她重新裹好浴巾出來，發現他還在門外。

她走過去：「教我畫畫吧！作為交換條件，以後在寧叔和我媽面前，我就乖巧地當個好妹妹，你不吃虧。」

寧時修回過頭，似笑非笑地看著她：「一個前任有什麼好畫的，用來唾棄還是用來緬懷？」

這話把許冬言問得一愣。

寧時修見狀只是笑：「好妹妹我是不需要了，妳要是真的想學，社區外面左轉就是青年活動中心，那裡的老師雖然資質一般，但教妳是綽綽有餘了。」

許冬言又一愣。

青年活動中心？那不是小孩子去的地方嗎？

第二天一早，許冬言剛到公司，就見小陶找了過來：「冬言美眉，道橋展覽的影片準備得怎麼樣了？」

「找了公司在做，快好了。」

「那海報呢？」

「之前印刷公司的人來過，送到倉庫去了。」

「陸總讓我拍個照給他，走，我們一起去看一下。」

「好。」許冬言放下手上的事，起身跟著小陶去倉庫。

兩人走進電梯，沒想到竟然會遇到寧時修。

許冬言愣了愣：「你怎麼在這？」

寧時修身邊跟著隔壁部門的馬組長，見許冬言這樣問話，原本以為兩人是認識的，笑呵呵地等著寧時修回話，可寧時修只看她一眼，什麼也沒說。

馬組長立刻輕咳了一聲：「冬言，怎麼這麼沒禮貌？」

許冬言不作聲，寧時修卻說：「她一向這樣，我都習慣了。」

原來兩人真的認識，馬組長一陣尷尬。這時候電梯門再度打開，馬組長連忙做了個請的手勢，待寧時修先出了門，自己才跟上。

看著兩人一前一後地離開，許冬言撇了撇嘴：「馬屁精！」

一回頭卻發現小陶正雙手捂著嘴，像中了金馬獎一樣：「這世界上怎麼會有這麼帥的人？帥得讓人合不攏腿！」

許冬言一臉的不屑：「嘖嘖！麻煩把掉在地上的節操撿一撿。」

小陶拉著她：「妳認識他？他有沒有女朋友？介紹給我吧！」

許冬言不敢說他們現在住在一起，更沒膽說他就是那位從不願在公眾面前露臉的寧時修，不然小陶說不定會要求搬到她家去住。

電梯門再度打開，許冬言率先走出去：「認識是認識，但他哪裡好啊？」

「哪裡都好啊！」

許冬言無語：「妳剛剛也就是看到臉而已。」

小陶理所當然地說：「臉好就夠了啊！」

因為遇到寧時修，小陶完全沒有心思去看海報了。人還沒走到倉庫門前，她就決定原路返回，要去和寧時修偶遇，臨走前她囑咐冬言：「記得拍個照傳給我！」

看著小陶狂奔而去的背影，許冬言也只能感慨一句——這個看臉的世界，實在膚淺！

倉庫裡的東西堆得亂七八糟，許冬言找了許久，才在貨架頂上看到被捲起來的海報。貨架高兩公尺多，庫房的梯子又不知道被誰借走了沒還，她踮著腳伸手去搆那個紙筒，完全沒注意到紙筒旁邊展架的鐵鉗子正悄悄地從袋子裡溜出來。

眼看就要搆到紙筒了，鐵鉗子也一點點地從貨架上滑落下來。

說時遲、那時快，那鐵鉗子砸向許冬言的一刹那，竟然被一隻手擋了開來。

這突如其來的狀況讓許冬言腦中空白了一下，然而更讓她意外的是，陸江庭不知什麼時候出現在了倉庫裡。

她看到他眉頭微微皺起，連忙低頭看，只見白色的地板磚上有殷紅的血滴。

「怎麼做事這麼心不在焉的？妳知道有多危險嗎？如果剛才不是我在，這個傷口可能就在妳臉上了！」

在許冬言的印象中，陸江庭很少動氣，然而此時她知道他是真的生氣了，可是他為什麼這麼生氣？心疼她？在意她？

看著他那正在滴血的傷口，許冬言那顆原本已經死得差不多的心竟然悄無聲息地恢復了知覺。她張了張嘴，卻不知該說什麼。

陸江庭壓著虎口處盡量止血，抬頭看到她茫然的神情，不禁吐出一口氣，語氣也溫和了不少：「去找紗布來。」

許冬言連忙站起身，又想到什麼：「這……這麼大的傷口，還是去醫院吧！」

陸江庭坐在椅子上，不容反駁地說：「去拿紗布。別讓他們知道，我不想小題大作。」

許冬言愣了愣，連忙從口袋中翻出一塊手帕遞給他：「你先用這個壓一下。」

陸江庭似乎猶豫了一下，接過手帕按壓在流血的傷口上，手帕頓時殷紅了一片。

許冬言不敢耽誤時間，連忙去拿藥箱。

還好那鉗子劃出的傷口並不深，許冬言簡單用酒精消毒，開始包紮。手指觸及他冰涼的皮膚，她不由得微微顫抖。

這時候，頭頂上傳來幽幽的嘆息聲：「一點小傷而已，妳不用太放在心上。」

「這要留……留……留……疤了吧？」

陸江庭無奈地笑了：「我一個大男人，無所謂，要是妳就不好了。以後做什麼事都要專心一點，知道嗎？」

說話間他瞥了眼放在一旁的手帕，已經被血浸得看不出原本的顏色了。他伸手又把那手帕拿在手裡，發現許冬言看著他，他頓了頓說：「改天還妳一條新的吧。」

「不……不……不用了，反正也不值錢。」

陸江庭沒說話，許冬言試探著問：「那下……班後我……陪你去醫院？」

傷口已經包好，陸江庭起身：「不用了，我自己可以去。」

雖然被拒絕了，但是下班時間一到，許冬言還是直奔陸江庭的辦公室。

他左手受了傷，右手還拿著筆在一份稿子上圈圈寫寫，陸江庭抬頭看到許冬言，他眉頭微微皺了皺，又低下頭繼續看稿子：「妳先下班吧，我等一下自己去。」

她站著不動：「不行。」

陸江庭猶豫了一下，知道她的倔脾氣，也就不再多說，放下筆，拿著風衣跟她出了門。

走出辦公大樓，晚風迎面吹來，陸江庭卻突然停住腳步。他目光灼灼地盯著前方，嘴角微微抿起。

許冬言不明所以地順著他的目光看過去，就見到有人正站在一輛黑色的奧迪Q5前，正端著手臂看著他們。

怎麼又是他？許冬言不免有點頭疼。

寧時修似乎根本沒有注意到她，倒是一直看著陸江庭，兩個男人沉默地對視著，氣氛異常詭異。

等了半晌，許冬言輕咳一聲，問寧時修：「你怎麼在這？」

寧時修這才將視線移到她的身上，一副不屑的表情：「妳不要告訴我就是他。」

他猜到了，猜到了陸江庭就是她喜歡的人。可是被當面說破，她還是挺丟臉的。

她連忙朝寧時修使眼色：「對……對……對……啊，這位就是我們部長，我……我……我跟你說過的。」

寧時修用很糾結的神情看著她，等她說完，他問：「怎麼舌頭打結了？」

許冬言恨恨地閉上了嘴。

陸江庭看著寧時修：「你找我？」

原來他們兩人是認識的。許冬言想了想也覺得合情合理，畢竟工作上有交集，只是兩人的態度都有點奇怪。

寧時修低頭點上一支菸：「不是。」

許冬言連忙說：「哦，那我們還有急事，先走了。」

寧時修無所謂地笑了笑，轉身拉開車門，坐進車子裡。

陸江庭似乎還有話想和他說，見狀也只能再找機會。他幾不可聞地嘆了口氣，對身邊的許冬言說：「走吧。」

許冬言如釋重負地跟著他離開。

陸江庭邊走邊問：「你們認識？」

許冬言隨口胡謅道：「就……就……就是普通朋友。」

陸江庭挑眉看了她一眼，既然她不願意說，他也就不再問了。

夜色中，寧時修看著後照鏡中一前一後的兩個人。陸江庭還是那副氣定神閒的樣子，步子邁得不疾不徐；許冬言則是亦步亦趨地跟在他身後，抬頭看著身邊的男人，神色關切。

兩個人的身影愈來愈小，最後隱在了夜色之中。

寧時修瞥了眼副駕駛座位上那本厚厚的《靜物素描》，拿起來隨意翻了翻，扔到後座上。

陸江庭的傷口需要縫針，許冬言在一旁看著醫生在他的手上穿針引線，彷彿自己的手都跟著一起疼了起來，可是陸江庭卻似乎渾然不覺，才這麼一下子，還不忘跟她討論她剛交上去的一篇稿子：「國內外對比的資料要盡可能詳細一些，圖片可以豐富一點，技術方面的東西不用說得太詳細……」

她含糊地應著，眼睛卻時不時地看向他的傷口。

「我說的妳聽到了嗎？」他沉默了幾秒，突然問。

「聽……聽……聽到了。」

陸江庭見狀也只是嘆了口氣。

說話間傷口已經處理好了，醫生開了藥將繳費單遞給陸江庭，許冬言直接從他手裡抽過單子去拿藥。陸江庭記下醫囑，從診間裡出來，站在大廳裡等她。

許冬言拿好了藥，一回頭就看到陸江庭正在身後不遠處等著她，便朝他快走了幾步，卻完全沒留意到身後推進來一架活動病床。她只看到陸江庭突然迎上來一把將她拉進懷裡，還沒等她反應過來是怎麼回事，那架病床就貼著她後背呼嘯而過。

病床滾輪的聲音愈來愈遠，最後隱隱地在走廊深處徘徊。許冬言回過神，發現自己還趴在他的懷裡，手臂仍被他死死抓著，她怔了一下，連忙退出他的懷抱。

陸江庭輕咳了一聲：「走吧，太晚了。」

陸江庭剛把許冬言送到家，手機就響了起來。他看了眼來電顯示，這個號碼躺在他的電話簿中幾年了，這還是那件事後頭一次出現在他的手機螢幕上。

他接起電話：「時修？」

寧時修的聲音比剛才見面時沙啞一些：「有人願意死心塌地跟著你這麼多年，你是不是也該收收心了？」

「什麼意思？」

「一個劉玲還不夠嗎？」

陸江庭沉默了片刻：「你還在為那件事怨我嗎？」

「怨？談不上。我雖然不想管閒事，但許冬言現在是我繼妹，有些醜話我還是得說在前面……」

原來他們是這樣的關係……

「時修，我和她並不是你想的那樣。」

寧時修才不管陸江庭說什麼，許冬言吐得稀哩嘩啦的場景彷彿就發生在昨天。他毫不客氣地說：「拒絕了她就離她遠一點，如果想找人玩什麼幼稚的曖昧遊戲，還是換人吧，她不適合。」

「你能不能不要總因為外人這樣？」

寧時修似乎笑了一下：「但是現在不管怎麼看，她對我而言都不是外人，倒是你……愈來愈陌生了。」

陸江庭聽著這句話也很難受，他還想再說些什麼，寧時修卻已經掛斷了電話。

陸江庭收起手機，疲憊地靠在椅背上閉了閉眼。當初處理劉玲的事情，他一直不覺得自己有錯，一個喜歡著他的女孩，他拒絕掉有什麼錯？可是這幾年他想了很多，發現自己也不是那麼理直氣壯的。他明明有很多次機會婉轉地跟她說清楚，可是最後卻讓所有人都去嘲笑她，讓她那麼難堪……這種事情讓任何女孩子遇到，恐怕都會受不了吧？

陸江庭不由得想到剛才寧時修說的話，原來在寧時修看來，如今的許冬言是又一個劉玲。可是認識許冬言三年，陸江庭卻從來沒有將她和劉玲聯想在一起，劉玲對他而言，只是個愛慕他的小女孩，而許冬言……他想了想，突然覺得自己也說不清楚。

許冬言洗過澡，發現寧時修的房門半敞著。她走過去象徵性地敲了敲門：「你今天是在等我？」

寧時修坐在電腦前，穿著一件工字背心和居家的休閒褲。昏黃的檯燈燈光打在他結實的皮膚上，顯得很有質感。

許冬言的目光不由得貼著他的脊背上下來回掃視著，這還是她第一次注意到他的身材，寬肩、窄腰、長腿……憑良心說很不錯，還真讓她有些移不開眼。

寧時修並沒有立刻回話，過了一會兒，他突然回過頭來。許冬言連忙移開目光，研究著他房裡的天花板，寧時修不明所以地順著她的目光看過去，發現沒什麼好看的。

他還是那句話：「就是他？」

許冬言沒承認也沒否認，寧時修就知道自己猜得沒錯。

「他有那麼好嗎，讓妳為了他那樣？」

許冬言倔強地說：「你不懂。」

寧時修笑了：「我是不懂，不懂你們這些女人都在想什麼，難道都覺得別人的男人才好嗎？」

陸江庭很少在別人面前提起自己的私事，他有女朋友這件事知道的人也不多，寧時修卻知道，可見他們的關係至少不算遠。

許冬言問他：「你跟他很熟？」

寧時修彷彿沒聽見，繼續問道：「是不是挖牆腳非常有成就感？」

許冬言怔了怔，看著他突然笑了：「是啊，關你什麼事？」

寧時修瞇起眼來：「妳真是欠教訓！」

第二天中午，許冬言在公司外的速食店裡吃飯時，又偶遇了陸江庭。聽到陸江庭的聲音，許冬言抬起頭來，剛露出一個笑容，卻發現陸江庭不是一個人來的。他身邊還跟著一個女人，高高瘦瘦、長髮披肩，不算漂亮，但很有氣質。許冬言認得，這就是那天出現在陸江庭辦公室裡的女人。

那女人問陸江庭：「認識的嗎？」

「嗯。」陸江庭替她們介紹，「公司同事許冬言，這是我女友王璐。」

王璐向許冬言投來笑容，但那眼神中卻有著些許的疑惑和打量。作為回應，許冬言也牽動嘴角，象徵性地笑了笑。

陸江庭向店裡望了一眼，發現已經沒有位置了。

許冬言見狀，輕咳了一聲：「我……我是一個人，要不就坐這裡吧？」

陸江庭見沒有別的選擇，也就不再推辭。

王璐倒是很客氣地問道：「沒打擾妳吧？」

許冬言搖了搖頭：「不……不……不打擾。」

王璐似乎沒想到許冬言有這毛病，不由得愣了一下。

許冬言知道，王璐應該是聽出來她口吃的毛病了。可惜在陸江庭面前，她實在管不住自己的嘴，所以很難得地，她心裡竟然生出一些不易察覺的自卑，搞得她一時間沒心思再開口。

陸江庭將盛了茶的茶杯推到她面前，似乎是隨口說道：「今天怎麼了？平時跟我頂嘴的時候不是挺伶牙俐齒的嗎？」

許冬言不由得抬頭看他。在他面前，她何曾「伶牙俐齒」過？他現在這麼說，是在幫她解圍嗎？

王璐有點不解地看向陸江庭。

陸江庭解釋道：「剛才忘了說，冬言不是我的普通同事，她還是我的徒弟，不過……跟著我三年，一句老師都沒叫過。」

說話間，他笑意盈盈地瞥向許冬言。

許冬言聽他這麼說，有點急了：「你……你……你說不用我叫的……」

王璐笑了：「想不到你們雜誌社也有『傳幫帶[1]』的規矩。」

陸江庭說：「前輩立的規矩，總不能到我這裡就沒了。」

氣氛緩和了不少，點好的菜也一一端了上來。三個人邊吃邊聊，許冬言不是個自來熟的人，都是王璐和陸江庭在說，她只負責有一句、沒一句地應付著。

話題不知道怎麼就轉到了許冬言的年齡上，王璐問她：「對了，冬言，妳有男朋友了嗎？」

許冬言微怔了幾秒，迅速瞥了一眼陸江庭。陸江庭只是垂著眼，手指輕輕擺弄著茶杯。

氣氛突然有些怪異。

王璐看了看兩個人：「怎麼了？我是不是問到什麼不該問的了？」

許冬言連忙說，「沒……沒……沒有，就是覺得單身也不是什麼好事。」

王璐了然：「這有什麼不好意思的？沒有男朋友更好。」

許冬言不由得愣了一下，王璐立刻就笑了：「是這樣的，我有個學弟，非常優秀，北京本地人，剛從國外回來……」

許冬言默默地聽著，她一上午什麼都沒吃，此時卻一點胃口都沒有了。她不知道陸江庭聽到這些會作何感想，他是不是在暗自盼著早點解決掉她這個麻煩呢？

王璐後面說了些什麼，她完全沒有聽進去，直到肩上突然一沉，她才回過神來。一隻手搭在她的肩膀上，她被嚇了一跳，回頭一看，竟是寧時修。

1 傳幫帶：指主管對新人傳授經驗、伸出援手、帶領工作。

寧時修依舊是一副不冷不熱的樣子，不請自來地坐到她身邊，開口卻是不知在對什麼人解釋著：「路上有點塞車，等久了吧？」

許冬言默默聽著，發現大家都不回應，這才抬起頭來，卻看到寧時修竟然正在看著她。她一時間也沒搞清楚狀況，只是機械地「哦」了一聲。

寧時修勾了勾嘴角，這才看向對面同樣不明所以的陸江庭和王璐：「誰要幫她介紹對象？」

王璐見狀尷尬地笑了笑，看寧時修一副興師問罪的樣子，大概猜到了些什麼。

寧時修繼續問道：「有多優秀，長得怎麼樣？跟我比起來呢？」

許冬言正喝茶，一口氣沒上來，差點嗆到自己。

陸江庭打著圓場：「我們就是隨口一提。」

寧時修冷笑了一聲，掏出菸來點上。

許冬言見他又要抽菸，不滿地皺眉：「這麼多人呢，把菸掐了！」

在陸江庭和王璐面前，許冬言吞吞吐吐、唯唯諾諾、支支吾吾了老半天，難得有一句話說得這麼清楚，她這語氣看似霸道，卻暴露了兩個人親近的關係。

果然寧時修一點都不生氣，還很聽話地把菸掐滅在菸灰缸中。

自從寧時修出現後，陸江庭幾乎就沒有動筷子，王璐的胃口似乎也不太好了。後來陸江庭接了兩個工作上的電話，就帶著王璐先行離開了。

陸江庭和王璐走後，許冬言對寧時修說：「謝了。」

許冬言和寧時修認識時間不長，寧時修這人也足夠討厭，可是他卻總是在她最需要幫助的時候適時出現，對於這一點，她心裡還是感激的。

寧時修笑了笑：「就妳這點能耐，還想挖牆腳？」

聽他這麼說，許冬言彷彿看到自己心中剛生出的那一點點感激就像個過熱的茶杯一樣，「砰」地炸裂了。她沒好氣地放下筷子：「以後我的事你能不能別管？」

寧時修懶懶一笑：「許冬言，妳別自作多情了好不好？我不是關心妳，我是關心陸江庭。」

許冬言一愣，哭喪著臉道：「你們……」

寧時修用一副看白癡的表情看著她：「想什麼呢，他是我表哥！怎麼，不像嗎？」

許冬言怔怔地搖了搖頭。

寧時修說：「我也覺得不像。」

「嗯，你比他差多了。」

「呵，東郭先生養的狼也就是妳這樣子的。」

許冬言好奇地問：「可是你們的關係看起來不太好啊，為什麼？」

「哪來那麼多『為什麼』！」寧時修掏出錢包：「老闆結帳！」

出了小餐館，寧時修突然停下腳步，回頭警告許冬言：「別怪我沒提醒妳，該死心了吧？」

許冬言明白，他指的是她對陸江庭，可她還是不甘心：「你說他們戀愛十幾年，為什麼現在還不結婚？會不會是感情有問題？」

「妳什麼意思？」寧時修冷冷地看她。

許冬言把想了很久才決定的事情告訴他：「這種事我不想聽別人說。如果是他讓我放棄，我絕不糾纏。但如果他不說，我……不想放手。」

「妳腦子有病吧？」

許冬言執拗地瞪了他一眼，轉身朝著公司的方向走去。

寧時修在她身後命令道：「不准去找陸江庭！不准打電話給他，也不准讓這人出現在妳腦中！聽到沒有？」

許冬言停下腳步，回頭看他：「為什麼？」

寧時修無可奈何：「妳說什麼為什麼？」

「我是說你為什麼這麼在意這件事？」

寧時修怔了一下，笑道：「插足別人的感情真的那麼有意思嗎？臉面都是自己給自己的，我只是見不得妳為了他什麼都不要。」

許冬言直直地望著他，他依舊是一副無所謂的神情。

他瞧不起她嗎？對，他瞧不起！

想到這裡，許冬言冷笑一聲，漠然轉身。

從小餐館裡出來，陸江庭陪著王璐去坐車，王璐卻突然停下腳步。

陸江庭回頭看她：「怎麼了？」

「你剛才很不對勁。」

陸江庭不以為意地繼續往前走：「那就是時修。」

王璐愣了愣。她以前聽陸江庭提起過寧時修，他們的關係她也有所耳聞，她知道這幾年來寧時修一直都是陸江庭心裡的一個結，今天一見，才知道這兄弟倆的關係竟然這麼僵。

「他還是不肯原諒你嗎？」

「他願意跟我同桌吃飯已經不錯了。」

「有些事情也不是你能左右的，當年的事情，責任又不在你。」

前面就是車站，陸江庭沒有繼續這個話題：「午休時間這麼緊湊，我也沒辦法多陪妳，以後妳不要特地趕過來和我吃飯了。」

「嗯。」王璐點了點頭。

等了一會兒，王璐要乘坐的那班車遠遠地駛了過來。她回頭看著陸江庭，突然有些猶豫：「江庭，我想知道，這麼多年來，除了我，你的心裡還有過別人的影子嗎？」

王璐竟然會問這話，讓陸江庭有些意外：「妳這是婚前恐懼症嗎？」

「你就當是吧。到底有沒有？」

陸江庭沉默了片刻說：「沒有。」

公車到站，王璐與陸江庭道別上了車。這個時間沒什麼人坐車，她選了一個後排靠窗的位置坐下。

車子緩緩發動，她回頭看去，陸江庭的背影正一點一點地縮小。

難道是她想多了，那個許冬言真的只是他帶的徒弟嗎？有那麼一瞬間，她的內心很不安穩，但是她沒有讓自己多想，他們就快要結婚了。

下午部門裡有個內部會議，要討論許冬言的一篇報導。

許冬言看到小陶發來的會議通知時有些頭疼。上次陪陸江庭去醫院的時候，他曾提過一些修改意見，但幾天過去了，她還沒來得及改。

果然，當許冬言在會上對眾人介紹文章內容時，她瞥到陸江庭的臉色不太好看。

待她彙報完畢，同事們都紛紛誇讚她工作做得充分，陸江庭卻在沉默了半晌後一言不發地從位置上離開，臨出會議室前，他對她說：「等一下到我辦公室！」

陸江庭為人親和，鮮少這麼不留面子，更何況是對這個據說一直愛慕著他的小徒弟。陸江庭走後，會議室裡立刻亂成了一鍋粥。同事們笑問：「冬言，妳怎麼得罪陸總了？」

「冬言，陸總這是要給妳開小灶吧？」

許冬言沉默了片刻，收拾好東西也出了會議室。

有人問小陶：「組長，妳覺不覺得最近這師徒倆有些奇怪呀？難道真的像劉蔥頭說的那樣？但是有女孩追求的話，作為男人應該高興才對啊，陸總這態度……難道他不喜歡冬言？」

小陶心裡猛地一驚，雖說心裡跟這位同事一樣八卦，臉上的表情卻已經板了起來：「上班時間閒扯什麼！」

陸江庭的辦公室中仍留有淡淡的香水味，辦公桌上的咖啡杯中還有沒喝完的半杯咖啡，杯壁的邊緣有一抹殷紅的唇印，曖昧而張揚——看來王璐之前來過。

「妳把我說的話全當耳邊風了？」

聽到他的話，許冬言將視線從那個唇印上移到了他的臉上。

與她目光相接，陸江庭愣了一下。他移開視線，低咳一聲說：「我上次在醫院跟妳說的那些修改意見，妳是不贊同，還是根本就忘了？」

「這……這……這幾天在忙展覽的事，還……還……沒來得及修改。」

陸江庭神色稍稍緩和：「展覽的事情確實不能怠慢，但是這篇稿子也急著用，這段時間辛苦妳了。」

「不辛苦。」

「那稿子的修改意見妳還記得嗎？」

「嗯。」

「去修改一下吧。對了，馬上就要去日本出差，公司裡的事情必須要提前安排好。」

有一個業內會議近期在日本召開，幾個月前公司內部商量決定，由陸江庭和許冬言代表公司參會。

這件事讓許冬言高興了很長一段時間，她倒不是沒去過日本，只是能和陸江庭單獨出差，這是三年來的第一次。

最近因為見到了王璐，她一難過竟然把這件事給忘了，此時陸江庭提起這件事，她突然有了一個想法。她想對他說的那些話再也不怕沒有機會說了，去日本就是個很好的機會。

回到座位上，她瞥見桌上的小鏡子，心臟突然怦怦跳了兩下。她看了一眼周圍，沒有人注意到她，她對著那小鏡子對口型：「我……我……我……喜……」

「我……喜……喜歡……」

「我……我……唉！」

連續嘗試了幾次，可是「我喜歡你」這短短的四個字，她竟然沒有辦法一口氣說出來。雖然很懊惱，但是她以為，只要多練習，她還是可以當著他的面說出這句話的。

然而人生充滿了戲劇性，有些話，對有些人，或許一輩子都沒有辦法說出口。

許冬言加班改好了稿子，寄到了陸江庭的電子信箱中。她抬頭看了一眼他的辦公室，見他還沒下班，便走過去敲了敲他辦公室的門：「那……那……篇稿子，我改好了。」

她站在門口，沒有要進去的意思。

陸江庭從電腦螢幕前抬起頭看是她，疲憊地揉了揉眉心：「妳過來坐著等我一下。」

「哦。」許冬言走過去坐在他斜後方的沙發上，靜靜地看著他伏案工作。或許男人工作起來比平時更有魅力，陸江庭就是這樣，他工作時的一舉一動都令她著迷。

她的目光貪戀地掃過他細碎的短髮、稜角分明的側臉，還有他捲起的袖管中露出的半截小臂……就在這時，她腦子裡竟不合時宜地蹦出了寧時修的話，那些話刻薄得像刀子一樣，剜著她的心。

她突然覺得有些不自在，收回目光站起身來：「要……要不然我出去等？」

陸江庭剛寫完一份報告，點了儲存檔案後關掉文件：「不用了，我等一下就好。」

他打開電子信箱，找到許冬言剛傳過來的稿子，簡單地看了一遍後說：「差不多了，有一些細節和英文語法還需要再斟酌一下，我幫妳標注出來，妳改過後直接發這一版吧。」

許冬言點了點頭：「好的，那……那……我去改一下。」

陸江庭看了眼時間：「今天太晚了，明天再改吧，我送……」

一句「我送妳回去」還沒說出口，許冬言的手機突然響了起來。她一看是寧時修的電話，也沒多想就直接接通。

寧時修問：「什麼時候回來，要不要我去接妳？」

靜謐的辦公室裡，他的聲音異常清晰。

她知道這肯定又是溫琴的意思，也不跟他多說：「不用了，我這就回去。」

寧時修樂得被拒絕，爽快地掛了電話。

許冬言收起手機，問陸江庭：「你……剛才說什麼？」

陸江庭愣了一下說：「沒什麼。」

許冬言點點頭：「那我先下班了。」

「冬言。」許冬言離開前，陸江庭突然叫住她，「妳……在跟時修交往嗎？」

許冬言一聽就笑了：「怎麼可能！」

寧時修從畫室出來，看到許冬言正在收拾行李，便問她：「怎麼，又要離家出走？」

許冬言頭也不回地說：「在準備出差的東西，這也要向你報告？」

寧時修想了想，覺得今天中午說的那些話有些過了，就想著適時緩和一下兩人之間的關係，於是沒話找話道：「出差去哪？」

「日本。」

「什麼時候走？」

「週五。」

「那還有幾天，這麼早收拾……」寧時修突然想到什麼，歪著頭問她，「妳一個人去？」

許冬言沒有立刻回答他。東西差不多收拾好了，她闔上箱子，站起身走到他面前，似笑非笑地說：「你真把自己當我哥了？」

寧時修垂眼看她，也笑了：「不然呢？」

許冬言微微挑眉，壓低聲音說：「不然就是你看上我了。」

寧時修笑意更甚：「妳還是洗洗睡吧。」

許冬言盼了許久的日本之行突然有了變動——陸江庭臨時要去參加在美國舉行的某全球專業會議，她一個人代表公司趕赴日本。

許冬言收到陸江庭的簡訊時正在倉庫準備展覽用的東西，她看到之後並沒有回覆，只是心思早已經不在展覽的事情上了。

過了一會兒，她聽到身後的門開了又關上，有人走了進來。

陸江庭坐到她身邊，聲音清冷：「準備得怎麼樣了？」

她依舊低著頭什麼也沒說，偌大的倉庫裡靜得什麼聲音都沒有。

他幾不可聞地嘆了口氣說：「如果是我對妳造成了什麼誤會，我很抱歉。」

這一天終於還是來了，在她表白之前，他就要親口拒絕她了。

她停下手上的動作，也嘆了口氣，認命地說：「你……沒有錯，你不……用道歉。」

陸江庭看著她腦袋頂上那個他無比熟悉的髮旋，心裡驀然有一些不忍，但有些話還是要說清楚：「冬言，路還很長，這世上本就沒什麼『非誰不可』的說法。戀愛跟婚姻一樣，是機遇、是速配……說白了就是緣分。妳現在很在意的事情，未來未必會記得，妳這麼聰明，一定明白我的意思，也一定會讓自己盡快走出來。」

許冬言覺得鼻子發酸。在此之前她想過許多，道德也好，世俗也罷，只要兩情相悅，沒什麼不可能的。可是事到如今她才明白，自己對感情的認識比起陸江庭來，有多麼幼稚可笑。

然而，當他如此正式地拒絕她時，她又覺得這是合情合理的。

他成熟、溫柔，對女友有情有義，是以才會這樣拒絕她——這才是她愛的男人。

但是，心怎麼就那麼痛呢？

這天晚上，寧時修剛剛洗完澡就接到了許冬言的電話，他看了一眼時間，快十一點了。

電話接通了，裡面傳出嘈雜的舞曲聲，寧時修皺眉想著，她還真是夜夜笙歌……

可說話的並不是許冬言，一個男人問：「您是寧先生嗎？您朋友在我們這裡喝多了，您方便來接她回去嗎？」

不是已經沒了嗎？怎麼又開始了？寧時修揉了揉額角，紀錄下地址，穿衣服出門。

下樓時，寧時修發現溫琴正在客廳看電視：「這麼晚了，您還沒睡？」

溫琴站起身來：「冬言還沒回來，我睡不著。你怎麼這麼晚了還出去？」

「哦，我就是去找她。剛才她打電話給我了，說是在……在加班。晚上叫車不方便，她讓我去接一下，您就放心睡吧。」

溫琴一聽，不由得喜出望外。畢竟之前這「兄妹」倆關係並不好，現在看來倒是好轉的兆頭：「她主動找你的？」

「嗯。」

溫琴鬆了口氣，轉念又覺得不好意思：「冬言這丫頭就是不懂事，總是麻煩你。」

「應該的，那我先走了。」

「小心開車。」

寧時修趕到酒吧時，許冬言已經醉得不省人事了。他拍了拍她的臉，她不舒服地哼了一聲。

服務人員聳聳肩：「這位小姐還沒買單。」

寧時修無奈，從錢包中抽出幾張百元鈔票遞給服務人員：「不用找了，謝謝你通知我。」

他架起許冬言，離開了酒吧。

一路上，她時不時地說著醉話。寧時修聽不清也懶得去思考她說了些什麼，他只是在擔心溫琴如果看到她這副樣子，今天晚上恐怕又要不得安寧了。

好在他們到家時，溫琴已經睡了。

許冬言東倒西歪地站不穩，寧時修怕她撞到東西會吵醒其他人，索性將她抱了上樓。

結果剛被安置在床上，她就醒了。

她瞇著眼睛張了張嘴，寧時修居高臨下地看著她：「又怎麼了？」

「想喝水。」

寧時修無奈：「等等。」

等他倒了杯水回來，許冬言已經靠坐在床頭。她接過水杯咕嚕咕嚕喝了起來，胸前微微起伏著。

寧時修漠然地移開目光：「妳問題還真多，酗酒應該也算其中一條吧？」

許冬言微微顫抖著將杯子放在旁邊的書桌上，緩緩冷笑一聲：「你一定覺得我很不自愛吧？」

寧時修倒是坦白：「是啊，可是妳在意嗎？」

許冬言抬起頭來，表情中帶著些羞憤：「你知道什麼……」

「那我不知道什麼？」

許冬言看著面前這個自信的男人，難過地說：「你不知道的可多了。」她撇開臉，正巧看到床頭那張照片，不禁有點出神。

寧時修也順著她的視線看了過去。

半晌，她笑了：「你以為我願意挖牆腳嗎？我在他身邊三年，但我從來不知道他心裡是怎麼想的。如果一早就知道，我壓根就不會往那方面想，可是知道的時候，他已經在我心裡住了三年了……」

寧時修突然不說話，他又想到了劉玲。

劉玲是他的大學校友，當初醫學系無人不知的系花，也是他至今為止唯一喜歡過的女孩子。後來因為他，劉玲認識了回國休假的陸江庭，當時兄弟倆關係還不錯，整個假期三個人經常聚在一起。

年少時的感情很少會去考慮結果如何，只有感情本身才是最重要的。所以無論是寧時修喜歡劉玲，還是劉玲喜歡陸江庭，三個人對這些從來都是諱莫如深，誰也不去說破。事實上早在那個時候，陸江庭就已經在國外和王璐同居了，只是陸江庭自己從來沒有提起過，寧時修和劉玲自然也都不知情。

後來劉玲邀請陸江庭去參加他們的畢業典禮，讓所有人都沒想到的是，在畢業典禮上，劉玲竟然穿著婚紗當眾向陸江庭示愛。她的勇氣令人欽佩，但是她卻沒有做好悲劇收場的準備。

被陸江庭拒絕後，她受不了打擊，漸漸患上了憂鬱症，後來聽說她有過輕生的行為，好在發現得及時，才撿回一條命。自那以後，寧時修就再也沒有聽到過有關劉玲的消息。

想到這裡，寧時修突然有點佩服陸江庭——他到底哪裡好，讓劉玲和許冬言都為他這麼瘋狂？

他抬手將那照片倒扣，回頭對許冬言說：「有些人妳得學著忘記，有些事妳得試著讓它過去。」說完，替她掖了掖被角，離開了她的房間。

寧時修離開後，他說的那句話卻像咒語一樣，在許冬言的腦子裡不斷重複著。她怔怔地望著黑漆漆的天花板，迷迷糊糊地問自己——要如何學會忘記？

寧時修回到房間後看了眼時間，都快一點鐘了。他關了燈躺在床上，竟然有些睡不著，不知過了多久才終於醞釀出一點睡意，又被一陣斷斷續續的敲門聲吵得徹底清醒過來。

他起床開了燈，牆上的掛鐘不偏不倚正指著兩點十五分。他隨手扯了件衣服穿上去開了門，許冬言就悠悠晃晃地闖進來。她光著腳，身上是晚上回來時穿著的那條牛仔褲和薄薄的淺灰色羊毛開襟衫。

許冬言沒有往房間裡面走，進了門就反手將門關上。她靠在門上微微仰著頭，閉著眼，看樣子酒還沒完全醒。

寧時修被這突如其來的狀況搞得莫名其妙，盯著這位不速之客良久：「走錯地方了吧？」

許冬言睜開眼，緩緩朝他一笑。在寧時修眼裡一向有些傻不愣登的許冬言，此時突然多了幾分嫵媚。

寧時修推她：「別發酒瘋了，趕快回去睡覺。」

許冬言卻像是沒聽到：「為什麼你的房間會比我的房間熱？」

當初為了照顧許冬言，寧志恒特地讓寧時修讓出了向陽的房間給她，他這朝陰的房間怎麼會比她的房間熱？

許冬言卻不由分說開始解扣子，不過一會兒，她就脫掉了淺灰色的開襟衫，只剩下身上一件同色的絲質細肩帶背心，裡面黑色內衣的蕾絲若隱若現。

寧時修靜靜地看著她，見她停了下來，他笑：「不繼續了？」

許冬言步履不穩地走到他面前，發現他身上那件白襯衫的扣子扣錯了。

她抬頭挑釁地看著他：「你也不全是對的。」說著就伸手去解他扣錯的那枚扣子，手卻倏地被他抓住了。

肌膚相觸的一剎那，寧時修不由得一怔——她身上的溫度太高了，難怪她會說熱。他另一隻手探向她的額頭，許冬言條件反射地往後躲。

寧時修迎上她警惕的目光，覺得好笑：「現在知道怕了？」說著手背已經貼在了她光潔的額頭上，果然有點發燒。

他轉身在床頭櫃裡翻出一小盒藥：「妳在發燒，吃了藥快回去睡覺。」

「我不，我不想睡覺。」

寧時修皺眉：「那妳想怎樣？」

「想跟你……談談。」

寧時修的眉頭漸漸舒展開：「談談就免了，別的還可以考慮。」

「我要談談！」許冬言突然大叫。

這時候要是吵醒了樓下的人，他可真是跳進黃河也說不清了。他一著急，二話不說彎腰將她扛在肩上，大步走向對面的房間，狠狠地將她扔在床上：「給我閉嘴！大半夜的吵醒妳媽，妳就別想安寧了！」

祭出溫琴的大名後，許冬言果然乖乖閉了嘴。

寧時修看了一下手中藥盒上的說明，摳了兩粒出來打算餵她，沒想到許冬言非常不配合，手腳並用地反抗著：「你幹嘛給我吃藥？我沒病！」

寧時修上前壓住她不安分的手腳，沒想到她力氣居然那麼大，無奈道：「妳媽養妳這麼大真不容易，吃個藥都這麼費力！」

「我沒病，藥你自己留著吃吧。」

寧時修本來有些生氣，聽她這麼說卻笑了：「罵我有病呢？」

許冬言警惕地瞪著他。

寧時修說：「把藥吃了，老老實實睡覺，不然……」他停下來想了想。

許冬言還是那副表情：「怎樣？」

他笑著低頭看她，目光一點一點地下移，掃視著她身上的肩帶，輕聲說：「妳不是想嗎？我就成全妳！」

許冬言愣了愣，連忙像個孩子一樣順從地攤開手掌：「我……我……我吃藥。」

寧時修滿意地站起來，把旁邊的水杯遞給她：「要換杯熱水嗎？」

許冬言低著頭搖了搖，乖巧地把兩粒藥塞進了嘴裡。

寧時修站在一旁默默地看著，想到今天晚上她說的那些話，突然有點理解她了。但他也有不理解的——就算他再好，可會比妳自己還重要嗎？為了他，妳值得嗎？

為了他，她想墮落、想放縱，想用痛苦麻痺自己，可是這畢竟不是真正的她，真到要下狠心的時候，她又害怕、閃躲了。

好在她選擇的人是他，可以給她害怕的機會、躲閃的機會，如果不是他呢？後果也談不上不堪想像，但終歸會對她造成傷害。

許冬言沒說話，吃了藥後將水杯放在一旁，拉過被子背對著他躺下。

他輕輕嘆了口氣，退出了房間。臨出門前，他聽到她鼻音略重地說：「抱歉。」

從許冬言房裡出來，寧時修突然覺得一陣呼吸困難，就像有一隻無形的手突然扼住了他的脖子，正一點一點地收緊。

這種感覺來得猛烈又毫無預兆，是那種缺氧到幾近窒息的感覺，讓他腦中閃過一絲害怕。

這到底是怎麼了？他要怎麼辦？

豆大的汗珠從額角滲出，他下意識地捂著胸口，企圖減輕疼痛的感覺，卻無濟於事。好在這狀態並沒有持續太久，正當他腦子裡天人交戰時，那種奇怪的感覺竟然慢慢消散了。

他輕輕地喘著氣，還不敢太肆意，緩緩走回房間躺了下來。雖然已經不難受了，但他還是非常困惑。他一向身體不錯，今天這究竟是怎麼回事？難道是被她鬧得一個晚上，真的被折騰病了？大概就是這樣吧。

當所有不適的感覺消失後，睡意便一股腦兒地向他襲來。

第二天早上，許冬言醒來時只覺得渾身痠痛，動哪哪裡疼，像是被人毒打了一頓似的。

她齜牙咧嘴地揉著額角下了床，經過穿衣鏡時，不由得一愣。自己怎麼只穿了一件細肩帶背心？這時，昨晚的一些「不雅」片段突然浮上心頭——藉酒發瘋、肆意挑釁這都無所謂，關鍵是她還試圖色誘寧時修來排解情緒……

嘖嘖嘖！色誘誰不好，偏偏色誘他？這抬頭不見低頭見的，以後得多尷尬！她一邊懊悔著，一邊穿上衣服出了門。

樓下餐廳裡，溫琴和寧家父子正在吃早餐，見她出來，溫琴連忙招手：「快過來吃早飯。」

「哦。」許冬言答應著，腳步卻有點遲疑。她偷偷瞥了一眼寧時修，發現他跟平常沒什麼兩樣，這才略微鬆了一口氣，走過去坐到他對面。

溫琴替她倒上一杯牛奶：「最近怎麼總在加班？」

「嗯，事情有點多。」

「你們公司真是的，讓一個女孩子那麼晚下班，也不安全，多虧有時修。」

被點到名字，寧時修抬起頭來朝著溫琴客氣地笑了笑。

溫琴突然想起了什麼，問他：「對了、時修，昨晚我怎麼聽到你房間裡很吵啊，那時候好像都半夜了吧？」

許冬言一怔，抬眼盯著寧時修，生怕他說錯話，只見寧時修微微皺眉，問道：「有嗎？」

溫琴說：「我和你爸都聽到了。」

寧志恒連忙應和：「像打仗一樣，把我都吵醒了。冬言，沒吵到妳吧？」

「沒……沒……沒，我……我……我……昨天睡得挺好的。」

「那就好。」寧志恒又問寧時修：「到底怎麼回事？」

「哦，我想起來了。」寧時修無所謂地瞥了眼許冬言，「其實也沒什麼，就是有隻蟑螂跑到我房間去了，你們聽到的聲音應該是我正在趕『她』。」

溫琴一聽緊張起來：「家裡有蟑螂？不會吧！我的天！下午趕快找人來看看，我可受不了那東西！冬言，妳房間裡有嗎？」

許冬言咬牙切齒地切著盤子裡的培根：「我哪知道！」

溫琴見狀沒好氣地拍了一下女兒：「能不能輕點？盤子跟妳有仇啊？」

許冬言乾脆放下刀叉起身：「我吃飽了。」

「哎，妳這孩子！脾氣愈來愈大，說一句就不高興。」

「什麼高不高興的，是上班來不及了。」

看許冬言一溜煙消失在門口，寧時修這才好整以暇地抽了張衛生紙擦了擦嘴：「我也去上班了。」

許冬言在門外等了好一會兒，見到寧時修出來連忙跟了過去：「喂！」

寧時修回頭看了一眼，似乎並不意外：「妳不是上班來不及了嗎？」

「所以想搭個順風車。」許冬言也不客氣，跟著寧時修上了車。

「跟妳很熟嗎？」寧時修挑眉。

「昨晚不是挺熟的嗎？」

寧時修有點詫異地看了她一眼：「看不出來妳還挺放得開的。」

「看不出來你還挺正人君子的。」

寧時修勾了勾嘴角，發動車子：「其實，不是我君子，只是……」

許冬言不解地回頭看他，他笑意更甚，壓低聲音說：「妳不是我的菜。」

就知道他沒什麼好話！許冬言狠狠地瞪了他一眼。

「怎麼，看樣子妳好像挺失望的？」寧時修似笑非笑地瞥了她一眼。

許冬言被他看了這麼一眼，心猛地跳了兩下：「我……我……是感恩，謝天謝地！」

「怎麼跟我說話也開始結巴了？」

多說多錯，許冬言乾脆看向窗外，不再理他。

寧家的房子離許冬言的公司並不遠，過沒多久車子就到了她公司門前。寧時修將車停靠在路邊，趁她還沒下車，笑呵呵地問：「生氣了？」

許冬言沒好氣地哼了一聲，放緩解安全帶的速度，等著他繼續哄兩句。寧時修卻說：「別自卑，就算我沒看上妳，也不代表妳差勁。」

啪！安全帶被猛地解開，許冬言氣鼓鼓地下了車，回頭再看到車裡那人欠扁的笑臉時，她狠狠丟下一句：「我謝謝你哦！」然後摔門離開。

清晨下了點雪，天氣顯得愈發陰冷，暴露在空氣中的手和臉都被凍得通紅……冬天，終於來了。

許冬言快走了幾步，直到進了辦公室，凍僵的手才微微有了知覺。

還沒到上班時間，早來的同事習慣性地聊著八卦，許冬言喜歡聽，但很少插話。

眾人正聊得起勁，笑鬧聲戛然而止。許冬言不明所以地回頭看去，正見陸江庭朝他們走來。他將一份資料交給小陶，目光掠過許冬言，沒有停留：「以後行政的工作妳來做吧。」

行政工作其實都是些雜事，寫寫分析報告、整理文件之類的，唯獨有些不同的就是，這些事情是直接向陸江庭彙報的，需要跟他有更多的接觸。

在過去幾年裡，這些事都是許冬言在做，但是今天一大早，陸江庭在沒跟她商量的情況下就主動替她減輕負擔，許冬言也不知道是該高興還是該鬱悶。

小陶也意識到了這一點，立刻看向旁邊的許冬言，許冬言裝作沒聽見，低頭打開電腦。

陸江庭似乎並不關心她的想法，交代完事情就離開了。他走後，眾人看向許冬言的目光又多了點意味深長的探究。

許冬言自己知道，他這是在刻意拉開兩人的距離。

小陶走過來安慰她：「沒事吧？」

她搖了搖頭：「正好，減輕負擔了。」

小陶哭喪著臉說：「我的事已經夠多了……哦、對了，展覽那天妳應該在日本了吧？今天一定要記得把影片寄給我。」

「好的，展覽就全靠妳了。」

這次行業展覽意義重大，很多著名的專案都參與了展覽，這些專案大多出自國內頂尖的設計公司，這就意味著這些設計公司也會派代表來參展。屆時，作為主辦方的卓華就可以藉機拉近關係，好爭取一些獨家報導的機會。

小陶拍了拍她的肩膀：「妳就放心出差吧，我們姊妹倆還客氣啥！」

這天，許冬言交代完展覽的事情，就早早回家收拾東西準備出差。

許冬言在日本的行程很緊湊，開了兩天的會，剩下半天自由活動。

自由活動這半天她沒有走遠，就在市區裡逛了逛街，幫溫琴和其他同事帶了些禮物。

買完東西回飯店的路上，恰巧經過一家畫室。許冬言一直都很喜歡找一些精緻的小店去逛，這家店剛好就是這種。

她進去跟老闆打了個招呼，沒想到老闆竟然會中文，還熱情地跟她介紹著畫室裡的作品。原來這裡展賣的都是附近藝術學院學生的作品，作品水準參差不齊，價格也很懸殊。

許冬言對畫的好壞分辨不出，也不太感興趣，她拿起旁邊的畫筆問：「這些也賣吧？」

「對，都是我們自己做的。」

她仔細看了看，果然都很精緻，當然價格也不便宜。她回憶了一下寧時修用的那些東西，說實話，已經沒什麼印象了。

她對老闆說：「我就要這套畫筆吧。」

想不到幾分鐘就做成一單生意，老闆很高興：「用完了下次再來，幫妳算便宜點。」

許冬言摸錢包的手突然頓住了：「等一下，有沒有什麼東西能用很久的？」

見老闆不解，她解釋道：「就是那種不會很快用壞或者用完的，最好是能用好多年的。」

老闆了然地點點頭：「要不您看看那邊的畫板？也是常用的東西，而且可以用很久。」

許冬言覺得畫板也不錯：「那要畫板吧。」

「好的，那畫筆還要嗎？」

許冬言猶豫了一下：「兩個都要吧。」

想不到幫寧時修帶的禮物竟然最貴，還是最不方便攜帶的。她看著手上的「大個頭」，不由得有點後悔。其實象徵性地準備點小禮物敷衍一下就好，何必如此大費周章？她也不知道自己剛才為什麼會突然想要送一份可以長久保存的禮物給他。

許冬言一邊攔車，一邊暗罵了自己一句：『矯情！』

第二天中午，許冬言終於回到了北京，可是一到家卻聽說寧時修出差了。

她問溫琴：「他去多久？」

「他那工作總是出差，短了幾天，長了幾個月，也說不準。對了，妳找妳哥有事啊？」

「隨便問問。」許冬言皺眉，「什麼哥啊，您能不能別說得這麼親密？」

溫琴收著許冬言孝敬的禮物，心情一好也不和她計較了：「他現在就是我兒子，自然是妳哥。」

「呵呵，後媽當成您這樣，也真是感人。」許冬言無精打采地上樓，背對著溫琴擺擺手，「但別想讓我一起。」

許冬言沒有回房間，而是先去了寧時修的畫室。畫室裡東西擺放得很凌亂，卻也乾淨得一塵不染。畫架上是剛剛起筆的人物速寫，很粗略，只能看得出是個女人。

她走過去，踮腳坐在畫架前的椅子上，隨手將帶給他的畫板和畫筆放在旁邊的桌子上。

她打量著畫紙上的人，心想這是誰啊？他前女友、暗戀對象，還是其他什麼人？

她翻開這張畫紙，下面全是白紙，沒有其他作品了。

她想了想，拿出手機撥通了他的電話。

電話很快被接通，寧時修還是用他那一貫不耐煩的語調問道：「什麼事？」

許冬言也在問自己——找他什麼事？

聽她不吱聲，寧時修又問了一遍。

「哦，沒……沒……沒事。就……就……是你的繼母，溫女士非要讓我問問你什麼時候能回來。」

寧時修似乎笑了一下：「真的？」

說不上為什麼，聽到他這麼問時，許冬言的心竟然狂跳了幾下。

「不……不……不然呢？」
「不……不……不然就是妳關心我。」
他竟然學她！
「你……」
寧時修笑：「說不準，大概一個月吧。」
「哦……」
「去日本玩得怎麼樣？」
「去開會的，沒有玩。」
「也是，陸江庭那人太愛端主管架子，跟他出去肯定不自由。」
許冬言懶懶地說：「我一個人去的。」
電話那邊沉默了片刻，過了一會兒，許冬言聽到有人在叫寧時修，她只好說：「你去忙吧。」
「嗯，先掛了。」

第二天，許冬言帶著給同事的禮物去了公司。原本以為大家見到她會比平時熱情一點，沒想到同事們的反應都有點怪怪的，對她帶回來的禮物也都興致缺缺。
許冬言有點摸不著頭緒，想著找小陶打聽一下是不是她不在的這幾天發生了什麼事，卻突然發現一整個上午都沒見到小陶。
她撥了電話給小陶，過了好久才接通。
「喂？」小陶刻意壓低了聲音。
「開會呢？」
「嗯，妳等等……」
電話裡傳來高跟鞋噔噔噔的聲音，沒多久就聽到小陶大大地吁出一口氣：「妳總算回來了！」
「這麼想我？」
「唉！出了點事。」
許冬言心裡咯噔一下，看來還真被她猜中了：「什麼事？」
「展覽出了點狀況，上頭正替妳挨罵呢。」
「哪個上頭？」
「還有誰，陸總唄！」
「他不是去美國了嗎？」
小陶遲疑了一下：「沒聽他說啊。」
許冬言靜默了幾秒，其實她早就想到了，去美國開會或許只是他為了避開自己的藉口。可是他何必撒這種謊？他只要說一聲不想去日本，她就什麼都明白了。
「妳剛才說出了什麼狀況？」
「展覽啊。那麼多客戶和競爭對手都在場，結果我們的影片鬧了大笑話，剛播了幾分鐘就……」小陶沒有再說下去。

「就怎麼樣？」

「唉！見面聊吧。」

掛上電話，許冬言回頭看了一眼辦公室裡的同事，發現大家似乎都在留意著她的一舉一動，觸到她的目光時，又連忙做出忙碌的樣子。

影片究竟會出什麼事？播不出來？中途中斷？如果真的是這樣，那其他人的反應也未免有點太小題大作了。

一直等到午餐時間，辦公室裡的人已經走得七七八八，陸江庭和小陶終於回來了。小陶看到許冬言，連忙朝她擠擠眼睛，陸江庭卻對她視而不見，直接進了自己的辦公室。

許冬言問小陶：「到底怎麼回事？」

小陶拿出手機打開一個影片：「妳自己看吧。」

許冬言默默地看著，這正是廣告公司給她的展覽影片。幾分鐘後，原本的道橋設計解說突然變成了陸江庭的聲音，他的聲音緩而有力，就如同她幾日前聽到的一樣：「冬言，路還很長，這世上本就沒什麼『非誰不可』的說法，戀愛跟婚姻一樣，是機遇、是速配，說白了就是緣分……」

這正是她去日本前陸江庭當面拒絕她的話，每聽一句，她都覺得自己像是挨了一個耳光，痛且恥辱。這些話卻被所有人都聽到了，那些她熟悉和不熟悉的人……

她沒有再聽下去，將手機還給小陶：「他是不是覺得是我故意搞他？」

小陶有點為難：「也不是，但畢竟這影片是妳負責的……」

她抬眼看著小陶：「妳也覺得是我？」

「我傻啊？」小陶瞪了她一眼，「我當然知道不是妳，聽說展覽前劉蒽頭碰過這個影片，但沒有證據能證明就是他，我試圖跟頭兒說，但每次還沒開口、還沒說話就被他罵了……」

許冬言突然覺得有點可笑。

小陶理解地拍了拍她的肩膀：「算了，頭兒現在是在氣頭上，冷靜下來後他就會明白的。畢竟妳是什麼人，沒有人比他更清楚了。走吧，我們先去吃飯吧。」

「妳先去吧。」許冬言朝陸江庭的辦公室走去。

進門時，她看到陸江庭低著頭，雙眼緊閉，手指按著太陽穴，滿臉的疲憊掩飾不住。聽到聲音，他抬起頭來看她一眼，又垂下眼去：「怎麼不敲門？」

她看著他有些蒼白的臉，心裡很不是滋味：「那……個影片，是我大意了。」

陸江庭依舊垂著眼：「所以呢？」

許冬言想了想，聲音低了不少：「這個責任由……我來承擔。」

陸江庭無奈地笑了一下：「妳承擔得起嗎？」

許冬言一愣，一時間竟無話可說。展覽那麼重要的時刻，全部門的人準備了那麼久，最後卻在競爭對手和客戶面前丟了臉。這讓公司以後怎麼做？讓陸江庭以後如何面對那些客戶？錯誤已經釀成，她根本就無法一人承擔這些後果。

她凝視了陸江庭片刻，垂下頭說：「那我辭職吧。」

原本還算氣定神閒的陸江庭突然就不冷靜了，他倏地抬起眼：「妳說什麼？」

許冬言很少見到他這樣，有點緊張：「我……我……我說不用你替我背黑鍋，我辭職，我這就寫……」

沒等冬言說完，陸江庭抬手指向門外，聲音冷漠卻擲地有聲：「出去！」

她凝眉愣了半晌，卻不敢在這個時候頂撞他，只能默默地出了他的辦公室。

這天之後，許冬言許久沒再見到陸江庭，因為她被「放假」了。

公司對展覽的事情很看重，老闆也被那影片的糗事氣得直上火，那天開會就是要點名開除負責影片的許冬言，後來陸江庭因為力保許冬言，也被老闆罵了個狗血淋頭。最終雙方妥協的結果就是，在沒找到罪魁禍首前，許冬言先停職。

許冬言在家裡渾渾噩噩地度過了小半個月的時間，正巧這段時間寧志恒在出差，溫琴到外地去演出，家裡時常只有她一個人，以至於突然有人拿鑰匙開門時，她還有點反應不過來。

她站在樓梯上看著寧時修拎著輕巧的行李箱走進來，一進門，就抬頭看向二樓的她。

寧時修回房間簡單收拾了一下，再下樓時發現許冬言正坐在客廳裡看電視。

他走過去，坐在她身邊。

「禮物不錯。」

「你看到了？」她懶懶地回頭看了他一眼，繼續無精打采地看電視。

「嗯，剛去畫室看到的。」說話間，寧時修突然想到一個問題——今天又不是週末，她怎麼有空在家裡看電視？

「今天怎麼沒上班？」

許冬言百無聊賴地換著台：「以後可能都不用去了。」

「怎麼？」

憋了半個月，難得找到一個可以說話的人，她也不管對方是誰了。她把電視遙控器丟到一邊，頹然地說：「我搞砸了一場很重要的展覽，據說原本打算跟我們長期合作的一家設計公司現在怕是準備打退堂鼓了。」

寧時修微微挑眉：「就為了這件事？」

許冬言點點頭。

寧時修繼續道：「已經被開除了？」

「也差不多，停職了。」

寧時修見慣了張揚跋扈的許冬言，還是第一次見她這麼安靜。他不由得笑了：「怎麼跟鬥敗了的公雞一樣？停職嘛，一般都只是暫時的。」

許冬言嘆氣：「你不用安慰我，其實我也不是很在意，只是不想連累別人罷了。」

「哪個『別人』，陸江庭？」寧時修掏出菸盒，瞇著眼睛點上菸，「妳真的不用替他操心，他現在在你們公司也就是一人之下吧？老闆還指望著他替自己賺錢呢，他不會被怎麼樣的。」

許冬言挑眉看他：「真的？」

寧時修緩緩吐出一個煙圈：「不信？走著瞧吧！」

許冬言之前也不是沒有想到這一點，但心裡還多少有些不放心。可眼下寧時修這個「旁觀者」都這麼篤定，讓她心安不少。

許冬言笑笑：「希望你是對的。」

寧時修挑眉看她：「妳就那麼喜歡他？」

又來了……許冬言剛綻開的笑容一下子就不見了。

寧時修見狀，也不再繼續這個話題，默默地抽完一支菸後起身上樓。

許冬言叫住他：「喂，你還會出去嗎？」

「暫時不會了。」

「那未來這些天，家裡可能就只有我們倆。」

寧時修挑眉：「所以呢？」

「沒人做飯唄！」

「我不在的時候妳吃什麼？」

「自己做飯。」

寧時修了然地點點頭：「沒想到妳還會做飯，繼續保持。」

許冬言撇撇嘴：「就知道你會這麼說。算了，我不跟你計較，你晚上想吃什麼？」

寧時修的嘴角浮上笑意，可他想了想，又看了看時間：「今天有點忙，我等一下可能還有事。」

她難得伸出橄欖枝，居然還被拒絕了。她無所謂地說：「我也就是隨口一問。」

寧時修笑了笑，什麼也沒說。

許冬言看完電視上樓時，聽到寧時修正關在房裡打電話；她打完兩局遊戲從房間裡出來時，那電話還沒打完。她去廚房準備洗菜做飯，他終於結束了通話，去洗澡了；等她飯做得差不多的時候，他也洗好了澡，換上一身清爽的衣服出了門。

寧時修走前沒跟她打招呼，她也裝作沒看見，躲在廚房裡將剛炒好的菜盛進盤子裡，直到聽到樓下汽車引擎發動的聲音，她才往窗外看了一眼。

看著樓下的車子走遠，她不禁好奇地猜測——這麼騷包，難道有什麼隱情了？

果然，這天晚上寧時修到了很晚都沒有回來。當許冬言洗漱好躺在床上時，還在想著，自己的猜測應該屬實，不然他不會一回來就出去約會，約會前還要打扮一番，而且……她迷迷糊糊地看了一眼手機上的時間……說不定他今晚不會回來了。

第二天一早，許冬言睡眼惺忪地下了樓，沒想到正看到寧時修坐在餐桌邊吃著早餐。

她不由得一愣，但看他那神采奕奕的模樣，她更加斷定自己的猜測沒錯，看來有些人昨晚過得還不錯。

她走過去坐在他對面，寧時修竟然很紳士地替她倒了杯牛奶。

許冬言試探地問他：「昨晚怎麼樣？」

「不錯。」

許冬言接著問：「對方怎麼樣？」

他輕描淡寫地說：「很配合。」

還沒認真談過戀愛的許冬言沒想到一大早就聽到了這種猛料，不由得嚥了嚥口水：「那……那……那你怎麼還回來？」

寧時修不解地看了她一眼：「不回來我去哪？」

「也是……」

好歹他寧時修也是有身分的人，加州柏克萊畢業的高材生、T大客座教授、國內著名的橋梁設計師……出差回來的第一天，他的確不能帶著一夜未過的倦容去上班啊。

許冬言正這麼想著，頭頂上突然傳來一句冷冷的問話：「妳在那皺著個臉想什麼呢？」

她抬頭，發現寧時修已經吃飽了站起身來。

「上班去了？」

「嗯。」

許冬言擺了擺手：「路上小心。」

寧時修勾了勾嘴角：「好好珍惜妳的假期吧。」

這話說得許冬言一陣惆悵。天天都是假期，有什麼好珍惜的！

寧時修走後，她打電話給小陶打探公司的情況，小陶卻有點意外：「妳的電話來得真及時，妳是不是收到什麼風聲了？」

「什麼意思？」

「之前這段時間這件事一直沒什麼進展，但今天一大早老闆召集了幾個部門的主管開會，就是商量妳的事情。可能是老闆氣消了，說妳這錯誤雖然低級，但也不至於被開除，讓妳回來上班。」

「真的？」

「嗯，這一、兩天妳應該就能收到人事部的通知了。」

「之前打算跟我們長期合作的那家設計公司呢，還打算跟我們合作嗎？」

「當然合作了！」

「這是怎麼回事？」

小陶壓低聲音神祕兮兮地說：「好像陸總在那邊有熟人，應該是他去找過了吧。既然對方不在意，老闆也就大事化小囉！」

「這樣啊……」許冬言喃喃地說著。

「怎麼，不高興啊？」

許冬言嘆了口氣：「陸總是什麼人妳又不是不知道，他這人最不喜歡走人情、攀關係。」

可是卻為了她做了這樣的事。後半句，許冬言沒有說出口。

小陶笑呵呵地說：「對妳不一樣啊，妳是例外。」

「我怎麼就成例外了？」

「嘿嘿，我早就想說了，陸總對妳真的不一樣。」

聽到小陶的話，許冬言的心臟怦怦猛跳了幾下：「別……別……別……瞎說！」

電話那邊小陶大笑起來：「才這樣就把妳緊張成這個樣子！我就開個玩笑。」

許冬言沒好氣：「妳還嫌說我的閒話不夠多啊！」

「好啦、好啦，我知道啦！」

掛上電話，許冬言發現手機裡有一則未讀簡訊，點開一看，是寧時修發來的：『晚上我回家吃飯。』

許冬言凝眉想了想，這什麼意思？她回覆：『傳錯了？』

『沒有。』

『什麼意思？』

『我們輪流做飯，早飯我做的，晚飯妳來。』

難怪他今早會那麼好心，原來在這等著她呢！不過她今天心情好，不跟他計較。

晚上寧時修進門時，許冬言正在廚房挑菜、洗菜。他本來以為許冬言會找藉口推辭耍賴，沒想到她那麼爽快就答應了。

他站在廚房門外看了一會兒，她穿著純色的居家服，脖子上掛著印有橘色碎花的圍裙，馬尾辮低低地紮在腦後，看上去很溫柔恬靜的模樣。

假象。他告訴自己，眼睛看到的未必就是真的。

許冬言這才注意到他回來了，看到他時眉頭就皺了起來：「快來幫忙啊。」

寧時修漫不經心地往樓上去：「我累了，得先洗個澡。」

許冬言撇了撇嘴，這人還真是，渾身上下沒有一處討人喜歡的地方。

過了好一會兒，寧時修才終於洗好澡下了樓。

許冬言正想諷刺他兩句，回頭卻看到他只穿了件黑色的短袖T恤，結實的胸膛和手臂在薄薄的衣料下幾近完美地展現著。

雖然有暖氣，家裡也顯得溫暖乾燥，但他穿得的確少了點吧？火力真是旺啊……

許冬言突然覺得自己之前認為他渾身上下一無是處的想法有點片面，至少他這身材還是不錯的。

努力了幾次，她才不動聲色地移開了目光。

寧時修似乎沒有注意到她的異樣，湊過去看她手下的洗菜盆：「打算做什麼？」

沐浴乳的薄荷香氣撲面而來，許冬言低頭洗菜，沒有說話。

寧時修從流理臺邊的塑膠袋裡拿出一個番茄，在正流著水的水龍頭下沖洗著。

許冬言沒有阻止他，他沖了多久，她就看了多久。看他結實有力的小臂，白皙得幾近透明的皮膚，一根青色的血管像山谷間的河流一樣在下面蔓延開來。

洗好了番茄，他就著池邊輕輕甩了甩水，拿起來咬了一口。番茄還算新鮮，汁水豐滿，他不自然地吸吮了一下才拿開，邊嚼邊看著她，微微吞嚥著，喉結滾動。

「幹嘛這樣看我？吃了妳一個番茄，有需要這樣嘛！」

許冬言只覺得鼻腔一熱，抬眼再看時，寧時修的表情已經漸漸地由不屑變成了驚訝。溫熱的液體順著鼻腔流了出來，許冬言伸手抹了抹，卻看到手上和地板上大滴大滴的鮮紅。她連忙仰起頭，寧時修也有點著急了，扶著她到水池邊洗臉：「這是怎麼回事？」

許冬言覺得有點丟臉，好在她夠機智，撒謊說：「今天好……好……好……幾次了。」

寧時修一聽：「這不行，得去醫院。」

許冬言用冰水拍著自己的額頭：「不用了，沒什麼大事。」

「不行，就算沒什麼大事，這樣下去也會貧血。」

結果晚飯也沒吃成，寧時修在她鼻子裡塞了兩團衛生紙，送她去了醫院，急急忙忙掛了個急診。

醫生一看，還真沒什麼大事。

「最近一定沒好好休息吧？」醫生問。

許冬言點了點頭。寧時修看了她一眼，等醫生繼續說。

「本來就沒好好休息，再加上房間裡太乾燥，所以才會流鼻血。不過沒關係，回去好好休息。」

寧時修又問：「可是她說今天一天就好幾次了。」

醫生正在寫字的手突然頓住了，抬頭問許冬言：「好幾次了？有幾次？」

許冬言面不改色：「早……早……早上一次，晚……晚……晚上一次。」

醫生似乎鬆了口氣，又簡單幫許冬言檢查了一下，確定沒什麼問題：「那沒事，回去多喝水，注意一下。」

回去的路上，寧時修說：「『沒好好休息』是被妳那工作害的？」

許冬言沉默地看著窗外。

寧時修笑了一下：「不是說了嗎，只是暫時的。」

她看著車窗玻璃上他的側臉問：「你為什麼這麼篤定？」

寧時修沉默了片刻說：「有陸江庭在，妳肯定會順利過關的。」

許冬言輕輕嘆了口氣，看來真像小陶說的那樣，陸江庭為了她去客戶那裡討人情了。

過了一會兒，寧時修問：「他……知道妳對他的感情嗎？」

許冬言依舊無精打采地看著窗外：「知道吧。」

「那妳有沒有問過，他為什麼不能接受妳？」

「他說沒有緣分。」

寧時修冷笑了一聲：「妳太不瞭解男人了。」

許冬言回過頭來不解地看他。

寧時修嘴角微微勾起，像是在笑：「從男人的角度來說，他不能接受妳，表面上看可能是這樣那樣的原因，但本質上的原因就是不愛，或者不夠愛。也就是說，他不是不能愛，而是根本不愛妳。」

這是許冬言心底最最隱祕也最不願意被人發現的事實，沒想到寧時修卻這樣輕易地甚至有些輕蔑地將這個事實從她的心底挖了出來。

許冬言沉聲道：「停車！」

寧時修不予理會。

她伸手去拉車門，卻聽到喀嚓一聲，車門被鎖了。她又去按開鎖鍵，手卻被他抓住：「開車呢，別鬧！」

兩人僵持著，許冬言的視線漸漸模糊了。

寧時修從後照鏡裡看了眼她的表情，鬆開她的手，反手去摸她的臉。

乾燥溫熱的大手莫名其妙地在她臉上胡亂地抹了一下，她連忙躲開，用責怪的語氣道：「你幹什麼？」

「幫妳擦眼淚啊！」寧時修話音裡竟隱約帶著笑意。

「我哪來的眼淚？」

「也是，鱷魚哪來的眼淚！」

週一，天終於放晴了。

頭一天夜裡下了好大的一場雪，到處都是白色，許冬言在這天接到了公司人事部門打來的電話，要她立刻復職，當天下午，她回到公司報到。

同事們還像什麼事都沒發生一樣跟她打著招呼，小陶見到她喜出望外：「妳總算回來了！」

許冬言笑：「這麼想我？」

「那當然了！」

「我不在才知道我的好吧？」

小陶認真地點點頭：「妳在的時候還真不覺得妳有多管用，妳一走，立刻就成了我肩膀上的三座大山之一……」

許冬言佯裝憤怒地瞪小陶。

「不過妳這次回來得正好，從今天起，這家設計公司的專案報導妳來跟。」小陶朝著冬言擠眉弄眼地低聲說，「這就是我們差點丟掉的那塊大蛋糕。」

許冬言接過來看了一眼——長寧集團設計研究室。

小陶給的專案資料很多，許冬言從下午一直看到晚上還沒有看完。她伸了個懶腰，去倒了杯咖啡，本想著回去繼續「挑燈夜讀」，卻沒想到竟然遇到了一整天都沒有出現過的陸江庭。

陸江庭剛從一個廣告商那回來，從辦公室裡拿了幾份文件正打算離開，一出門就遇到了端著咖啡的許冬言。他其實早就知道她今天會回來上班，所以看到她時也不覺得驚訝。

他看了一眼她手上的咖啡說：「少喝點，對胃不好。」

許冬言看了他一眼，彷彿沒聽到他的話，卻也沒有要離開的意思。陸江庭預感到她有話要說，就配合地等著她開口。

她垂著眼，看著手中的咖啡沉默了數秒，又抬起頭來看著他：「是……是……是……你嗎？」

陸江庭愣了愣：「什麼？」

「我能再回來上班，是……你的緣故嗎？」

陸江庭看著她沉默了數秒，再開口時聲音平緩，聽不出半點波瀾：「不是，是妳運氣好。」

其實早在開口的那一刻，她就已經猜到，就算真是為她做了什麼，他也一定不會承認。果然……

她點了點頭，「哦」了一聲。

陸江庭輕輕嘆了口氣：「吃晚飯了嗎？」

「還沒。」

「減肥？妳已經夠瘦了。」

許冬言無奈地笑了：「一……點都不餓。」

陸江庭抬手看了下時間，拿過她手中的咖啡杯隨手放在一旁的桌子上：「走吧，一起吃點東西。」

許冬言詫異：「你沒吃嗎？」

陸江庭已經走向電梯，回頭再看她時，神情中竟然有些許的疲憊：「都光顧著喝酒了。」

這個時間，只有樓下二十四小時的速食店還開著門。兩人隨便點了點東西靠窗坐下，沒過一會兒，餐廳裡除了他們之外的那桌人也結帳離開了。

許冬言突然覺得有些局促。她無所適從地瞥向窗外，卻在光可鑑人的窗戶上看到陸江庭清俊的側臉。她知道不應該，但是視線卻不由自主地停在了那影子上，久久不能移開。

像是感受到了她的注視，他抬起眼，正好對上窗影中她的目光。這一次，他連客氣疏離的笑容都沒有給她，只是漠然地移開了目光。

許冬言忽然殘忍地意識到，或許，她對他的喜歡已經變成了困擾他的東西，比起那些流言蜚語，她才是他最躲避不及的傷害，放下這段感情或許才是最好的選擇，然而，她不甘心。即便是要她死心那樣的話，她也要從他的口中聽到。

她輕輕把轉著手裡的茶杯，緩緩說：「我……從來不知道你有女朋友。」

陸江庭看著她：「我知道。」

這句話過後，兩人不約而同地沉默了片刻。

陸江庭繼續說：「起初我並沒有意識到妳知道或者不知道這件事會有什麼影響，可是當我意識到的時候，我又開始猶豫，不確定怎麼說比較好，所以……都是我的錯。」

許冬言看著他說完，良久，失望地垂下眼，輕輕晃動著手中的茶杯。

陸江庭看著她這個細微的小動作，知道她心情低落時就會這樣，嘆了口氣說：「現在，妳還想知道什麼，我都可以告訴妳。」

許冬言抬起眼：「真的……都可以？」

對上她的視線，陸江庭的心跳毫無預兆地漏掉了一拍。他點了點頭說：「當然。」

他原本以為，她會問自己對她是否動過感情這一類的話，卻沒想到她只是問：「你……們是怎麼認識的？」

陸江庭微微詫異後笑了。他思索了片刻，回答說：「在美國讀書時認識的。當時我們幾個中國學生合租了學校附近的一整套房子，她就是其中一個。」

「你……你……你對她是一見鍾情？」

陸江庭搖搖頭：「她雖然也很漂亮，但並不是會讓我一見鍾情的類型。」

「那……那……那你喜歡什麼類型？」許冬言幾乎想都沒想就脫口而出。

陸江庭不再回答，而是抬眼深深看了她一眼。

許冬言悻悻地嘟囔了一句：「你……你說都可以問。」

陸江庭端起茶杯喝了口茶。

許冬言又問：「那……你們是怎麼在一起的？」

陸江庭又想了想說：「在我們同租一年多的時候，我生了一場病，被送去醫院才知道是胃潰瘍。胃不好，吃飯就要多注意，可是那時候我也不會自己做飯，還好她那學期課不多，就主動說來照顧我，後來我的一日三餐就都由她負責。」

「就……就這樣，你……們就在一起了？」

陸江庭似乎笑了一下：「真正喜歡上她是某一次我熬了通宵趕論文後的第二天中午。我一覺醒來，一出房門就看到她在廚房裡煮湯。那天天氣很好，陽光從廚房窄小的窗子投下來，正好落在她身上。那畫面我至今還記得，非常溫暖，當時就有一個念頭竄上來——如果有這麼一個能相濡以沫的人也不錯。」

聽到這裡，許冬言心裡酸酸的：「那這幾年怎……怎……怎麼沒想著結束異地生活？」

「大概是因為我們都有各自的堅持吧，誰都不想為誰妥協。」

許冬言突然有些不解，既然是相愛的人，為什麼不能為對方妥協呢？她又問：「不會沒……有安全感嗎？」

陸江庭搖了搖頭。

「你……確定這是愛嗎？」

陸江庭笑了：「有些人就像是妳生命中的空氣，雖然有時候妳會忽略她的存在，但妳也會很清楚地知道，你之所以感受不到痛苦，也是因為有她在。如果有一天她真的消失了，你大概就會嘗到什麼叫作『痛不欲生』。」

許冬言摩挲著酒杯壁的手指突然僵住了。她想要的答案，就在剛才，已經被他親口說了出來。

就算再不甘心，她也知道，自今日起，她對他的這段感情，算是被徹底放逐了。

第二章　左眼微笑右眼淚

「左眼微笑右眼淚，你要勇敢去面對。」

第二天早上寧時修做好早飯，等了半天也沒見許冬言下樓。他看了一眼時間，不耐煩地上樓去敲了敲她的房門，半天沒聽到有人應聲。

他輕輕將門推開一半，人沒進去，也沒朝裡面看：「我說妳起不起床？再不起來今天就別搭我的車了。」

許冬言在床上哼唧了一聲：「我有點不舒服，你幫我請個假吧。」

寧時修這才朝房間裡看了一眼，許冬言用被子把自己捂得嚴嚴實實的，唯一露出的臉蛋紅得有些異常。他推門進去走到床邊，探手在她額頭上試了試溫度，的確在發燒。

「妳看起來也不瘦弱，怎麼三天兩頭生病？」

許冬言抽了抽嘴角，實在沒力氣跟他鬥嘴：「你先幫我請個假。」

「我又不是妳的家長，自己請。」

「你就跟他說一聲就行了。」

許冬言口中的「他」自然是陸江庭。

寧時修抬起手腕又看了一眼時間：「我還是先幫自己請個假吧。」

請完假，寧時修二話不說就把她從床上拖起來送去了醫院。

這一次，許冬言足足燒了兩天半。家裡沒有別人，寧時修只能自己照顧她的一日三餐，以前許冬言還不知道，寧時修居然做得一手好菜，速度快，還色香味俱全。

她坐在客廳的沙發裡，電視裡播放著什麼節目她根本沒心思去看。廚房的磨砂玻璃門後隱隱晃動的人影讓她意識到，生活依舊在繼續，她只是失去了一個本就不屬於她的人而已。除了那個人，或許還有許多人是被她需要也需要她的。

可是在寧時修的眼中，她算什麼呢？妹妹、朋友，還是單戀陸江庭的可憐蟲？

煸鍋的聲音將她的思緒打斷，她走到廚房門前，端著手臂看著流理臺前的寧時修：「看不出來啊，手藝不錯。」

寧時修頭也沒回，手裡的鍋鏟隨意翻炒著鍋裡的菜：「小時候我爸經常不在家，我不自己做飯，難道餓著嗎？」

「別把自己說得那麼可憐，你還可以請個阿姨嘛。」

寧時修頓了頓說：「我不喜歡陌生人在我家走來走去。」

原本是一句無意的話，許冬言卻突然愣了一下。

寧時修似乎也意識到了什麼，停下手上的動作，回頭瞥了她一眼說：「放心吧，雖然我不情願，但自從我爸再婚那一刻起，妳就是這家裡的人了。」

許冬言撇了撇嘴，一臉不屑。可是只有她自己知道，聽到他的話的一剎那，內心卻無比柔軟。

多年來，她和母親相依為命，自然受過不少冷眼，也比別人更懂得什麼叫作世態炎涼。這導致她像一隻刺蝟一樣活了二十幾年，把所有的軟弱都包裹在了那副帶著刺的外殼之下。當然這二十幾年裡不乏有人真的對她掏心掏肺，但是她因為害怕失望和傷害，所以展現給人的多數只有冷漠和不近人情。

有時候她覺得自己不會再被輕易打動了，可是剛才那是怎麼了？或許是因為生病的人總會比較脆弱，也或者是因為寧時修剛提到他從小沒有母親的事情，讓她有了同病相憐的感觸。

寧時修瞥見她不屑的表情，早有預料似的，寬容地笑了笑：「好在妳是這兩天生病，再過兩天就不知道該讓誰照顧妳了。」

「什麼意思？」

「我過幾天要出差。」

「又走？」

「嗯。」

「走多久？」

「不知道，一、兩個月吧。」

「這次去哪？」

「內蒙古。」

「那很冷，零下二、三十度吧？」

「妳去過？」

「沒有……」

晚上，一個許久沒有聯絡的學妹打電話給許冬言，向她打聽卓華的招募情況。她這才想起來，又到了學弟、學妹們找工作的時候了。

她現在也是泥菩薩過河——自身難保，但學妹既然找到她，她也只好先答應幫她問問。每個部門每年進不進新人或者進幾個新人，都是根據部門當年的工作量而定的，別的部門的情況許冬言不清楚，但可以幫忙問問本部門的情況。

掛斷了學妹的電話，許冬言打給小陶。提起招新，小陶很鬱悶，「據說老闆前不久剛跟陸總打過招呼，要往我們部門裡塞個人。我們本來就是人最多的部門，還要塞什麼也不會的新人，工作壓力不減，年終獎金卻要縮水了……」

聽著小陶抱怨完，許冬言猜到本部門再招新的可能性不大了，只能問問其他部門的人了。

她翻著手機通訊錄，突然一個名字跳入眼簾——關銘。

關銘是隔壁部門的專案組組長，也是許冬言大學裡的學長。但上學那陣子兩人其實並不認識，工作後偶爾聊起來才知道原來兩人是學長、學妹的關係。這幾年關銘對她也算照顧，在公司裡，除了陸江庭和小陶之外，他是許冬言最熟悉的人了。

怎麼一開始沒想起他？

第二天一早，許冬言找到關銘，把學妹的情況大致跟他說了一下。

關銘想了想說：「難！」

「為什麼？」

「我們部門跟你們部門一樣，都是跟土木建築相關的。我們這領域出差特別多，有的地方環境還比較艱苦，有女生很不方便，所以我們老大不喜歡招女生。」

「覺得不適合就直說唄！你們部門好幾個女生，你還說你們老大不喜歡招女生？」

「我說、學妹啊，我們部門的女孩子都是其他部門調來的，這樣的人有經驗、有人脈，也算是有可取之處。怕就怕那種剛出校門的小女孩，業務能力差、經驗幾乎為零，人脈就更不用說了，出了門還得別人照顧她……」

許冬言明白他的意思，從關銘那離開前，她腦子裡突然冒出一個念頭：「那……你看我行嗎？」

「妳？」關銘笑了，「專業窗口，能力還不錯，應該沒什麼問題。可是妳怎麼想到來我們這裡來？陸總多受老闆重視啊，妳跟著他不是更有前途、更有發展性嗎？」

「是啊，所以還沒想好。」

「那妳再好好考慮一下，如果妳真想來，我倒是可以向我們頭兒推薦。」

關銘是多會察言觀色的人，當然知道她為什麼要換部門，但他就是不說穿。他也知道，許冬言十有八九還會再來找他。

第二天是週末，寧時修出差前最後一個週末。早上的陽光很明媚，從客廳寬敞明亮的落地窗投射進來，看得人心情也好了起來。

許冬言站在陽臺上伸了伸懶腰。懶腰伸到一半，她聽到寧時修下樓的聲音，回頭一看，他已經穿戴整齊，看樣子是打算出門了。

「這麼早？」

「嗯，還有點工作沒處理完。」

「週末還掛念著工作，你們老闆請到你真是賺翻了。」

寧時修邊換鞋邊說：「天氣這麼好，妳也出去走走。」

出去走走？去哪呢？許冬言正要搭話，卻聽到家裡的防盜門被打開又闔上，回頭一看，寧時修已經出門了。

許冬言站在窗前向外看了一會兒，社區裡帶孩子的老人都在前面不遠的中庭聊著天。真是適合出門的好天氣。許冬言約小陶去爬山，小陶看著天氣好，一口答應下來。

城郊的紫殷山是距離市區最近的一座山，又不收門票，一直都是城裡人爬山的首選。這天又是週末，滿山頭都是人，兩人爬到一半，小陶提議另闢蹊徑，換條偏僻的小路避開人群。

許冬言有點擔心，問她：「妳熟不熟啊？」

「走過很多次了，放心吧！」

許冬言抬頭看了一眼煞風景的人群，最終決定跟著小陶走。

這一條路沒有臺階，但看得出來很多人走過，如果不是前天下了點小雪，一點都不比主路難走。只是因為雪還沒有完全化乾淨，蓋在已經被路人踩得結結實實的土坡上，踩上去有點滑。

小陶完全不在意，兩步併作一步，體力好得驚人。一個下午時間，兩人從山的一頭翻到另一頭，下到半山腰時，許冬言已經雙腿發軟了。

小陶提議，在太陽下山前將隔壁的小山頭也順帶著爬了。許冬言聽了，一個不留神踩偏了臺階，身子一歪單膝著地，就這樣華麗麗地坐在了自己的小腿上。

許冬言清清楚楚地聽到「嘎嘣」一聲，心裡暗叫不好，一定是自己的骨頭斷了。

小陶嚇壞了，趕緊上來扶她，她疼得直抽氣，站都站不起來。

眼見著天色愈來愈暗，冬夜的山上有一種死亡般詭異的寂靜。一陣冷風吹過，小陶不由自主地抖了抖，剛才還渾身的力氣，這下子都沒了。

她站在彎曲窄小的山路上望了一會兒，沒什麼人經過，看來是指望不了路人了。

她回到許冬言身旁：「我看還是叫個人來把妳背下去。叫誰比較適合呢，陸總？」

「別！」許冬言一激動，差點對自己的「殘腿」造成二次傷害。

小陶為難了，正在這時，許冬言的手機突然響了，看到來電顯示上出現的名字，這次輪到小陶口吃了：「說……說……說曹操，曹操就到，能幫忙的人找上門來了！」

一個小時後，寧時修在紫殷山上一條鬼都找不到的小路旁找到了她們。看到垂頭喪氣地坐在地上的許冬言，他原本一肚子的火氣消了一半，但還是沒忍住，咬牙切齒地諷刺了她兩句：「這麼清淨的地方，你們是怎麼找到的？」

許冬言抽了抽嘴角，什麼也沒說。夜色中，她看不清寧時修的神色，但她能想像得到他的臉色有多難看。如果不是礙於小陶在一旁，她真擔心他會上來給她一個痛快，然後順手棄屍荒野。

寧時修上來要扶許冬言，手還沒碰到她，她就連連叫疼。看到寧時修臉色更陰鬱了，許冬言連忙解釋說：「我腿好像斷了。」

「妳怎麼確定腿斷了？」

「我摔倒的時候聽到了嘎嘣一聲。」

「嘎嘣一聲？」

「嗯，肯定是骨頭斷了。」

寧時修沉默了幾秒，還是過來把她拉了起來。起初許冬言還叫疼，站起來後她才發現，只要不活動腳踝，似乎也沒那麼疼了。

「腳踝能動嗎？」寧時修問。

許冬言試了試：「能動是能動，但一動就很疼。」

「應該不是骨頭斷了。」

「那嘎嘣一聲是哪來的？」

寧時修拿出手機，藉著光亮照了照許冬言摔跤的地方，看到一根拇指粗細的幹樹枝被折斷了。三個人立刻明白了是怎麼回事，小陶狠狠地瞪了許冬言一眼，許冬言尷尬地摸了摸鼻子。

寧時修似乎無奈地笑了笑，轉過身背對著她：「上來吧。」

「啊？要……要……要不然我試試看自己走。」

「下山的路不好走，妳又剛扭到腳，上來吧。」

許冬言動了動腳腕，一動還是很疼。她看著寧時修寬大的背影，伸出一隻手搭在他的肩膀上，寧時修配合地彎下腰來，一聲不吭地背起她。

這時單薄的月牙已被厚厚的陰雲全部遮擋住，天突然變得陰沉起來。寧時修走得很慢，仔仔細細地看著眼前的路。許冬言也很識相地保持安靜，乖乖地趴在他的背上，一開始還嘰嘰喳喳的小陶，到後來也集中注意力低頭看著路。

走過稍有光亮的地方時，許冬言看到寧時修的額角滲出了細細的汗珠。這可是臘月，她心裡突然生出了一點點罪惡感來。

「謝謝。」她低聲說，聲音低到只有他們兩人能聽見，寧時修腳下動作停了停，並沒有回應她。

光線漸漸亮了起來，許冬言已經能看得到山腳下的公路，寧時修的車就停在那路邊。

寧時修把許冬言放在後座上，凍得夠嗆的小陶連忙跟著上了車。

寧時修問小陶：「妳住哪？」

這還是他第一次主動和小陶說話，小陶咧嘴一笑：「要……要……要不然，還是先送冬言去醫院吧？」

這麼簡短的一句話，小陶說得結結巴巴，寧時修不由得有些納悶，難道她們公司的人都有這個毛病？

許冬言試著動了動腳腕，比剛才好多了：「我既然沒骨折，還要去醫院嗎？」

寧時修想了想問：「還疼嗎？」

「有一點，比剛才好多了。」

「妳有紅花油嗎？」

「家裡有。」

「那好。」寧時修扭頭看著小陶，「還是先送妳吧。」

小陶只得乖乖地報了個地址，趁寧時修不注意時，朝著後排的許冬言狠狠地瞪了一眼。

很快就到了小陶家，送走小陶，寧時修才問許冬言：「怎麼會在山上待到這麼晚？」

「吃了午飯才出門的。」

「剛下過雪爬山不安全，偏僻的小路更不安全，妳不知道？」

「你說天氣不錯，讓我出來走走的。」

「我沒讓妳沒事找事。」

這人變得可真快！鑒於他近日來一而再、再而三地照顧她，她也就沒再跟他爭辯。

過沒多久，車子就回到了他們住的社區。寧時修的停車位距離他們家的那棟樓還有點距離，他停穩車，打開後座車門：「現在能自己跳回去嗎？」

其實早在路上的時候許冬言就發現腳腕的痛感一點一點地減輕了，她絕對能一個人跳回去，但是她不想——如果傷得太輕，也對不起他大老遠地跑這麼一趟啊。

於是她誇張地皺了皺眉頭：「比……比……比剛才更疼了。」

寧時修在車門前站了一會兒，他微微挑眉，似乎在懷疑什麼，但末了也只能認命地轉過身去，再次讓她爬上他的背。

這條路不算短，因為花圃在施工，非常不好走。可是寧時修背著許冬言卻彷彿不怎麼費力，步伐依然邁得很穩健。

走過那條施工的小路，社區的照明燈多了起來。廣場旁的小路邊種著許多梅花，正是開得最豔的時候。

許冬言晃了晃腿：「往那邊走一點。」

寧時修不明所以，照她的意思往路邊靠了靠。她伸手就要去折梅花，寧時修立刻明白她的意圖，直接走開。

「哎！哎……」

「再不乖一點就把妳扔在這。」

「呿……」

走到樓宇之間時，夜風更大了，呼呼地吹在她臉上，有些乾裂的疼痛。她藉著燈光低頭看了一眼，無意間看到寧時修凍得通紅的耳朵。這是這天晚上許冬言第二次良心發現，鬼使神差地，她收回勾著他脖子的手，覆上了他的耳朵。

寧時修腳下的步子明顯慢了一拍，許冬言不說話，寧時修也像什麼事都沒發生一樣。眼看著就到他們住的那棟樓了，寧時修卻突然停下了腳步。

許冬言低頭看他：「怎麼不走了？」

待她順著他的目光看到不遠處的人影時，她的第一反應就是從他身上跳下來。匆匆整了整起皺的衣服，她一瘸一拐地跳到那人面前：「你……你……你怎麼來了？」

陸江庭從她的身後收回目光，將手上的文件袋遞給她：「今天我和小王在公司裡加班，他說妳明天要用這份資料，我正好順路，就送過來了。手機怎麼打不通？」

「哦。」許冬言連忙去口袋裡摸手機，拿出來一看，才發現不知道什麼時候手機已經自動關機了。

「可能是因為天氣太冷了，手機一凍就沒電了。」

陸江庭點點頭，低頭看她的腳。她走過來時，他就注意到她似乎受傷了。

「腳怎麼了？」他問。

「沒事，扭了一下。」

「嚴重嗎？」

「已經可以走路了，沒什麼大事。」

「那就好。」

三個人沉默了一會兒，只聽到呼呼的風聲。

陸江庭說：「快上去吧。」

許冬言站著不動，寧時修走過來低頭看了一眼許冬言：「聽到沒有，快上去吧。」

許冬言沒好氣地瞪了他一眼。

他又轉向陸江庭：「時間太晚了，就不請你上去了。」

陸江庭笑了笑：「找個合適的時間，我們聊聊吧。」

寧時修對這個提議並不感興趣：「再說吧。」說著，他拉起許冬言就往大門走去。

許冬言被他拉得一個踉蹌，匆忙間回頭對陸江庭擺了擺手。陸江庭朝著許冬言點了點頭，目送著彆扭扭的兩個人消失在門後。

離開了陸江庭的視線範圍，許冬言抱怨道：「你急什麼急啊！」

寧時修陰著臉瞥了一眼她的腳，幽幽地說：「妳不是能走能跳嗎，難道還等我背妳？」

許冬言有點心虛：「現……現……現在是比之前好一點了，但是走路還是很困難，你……你……你就算不背我，好歹也扶我一下。」

寧時修的臉色依舊不好看，過了好一會兒，他才不情不願地伸出一隻手。許冬言咧嘴一笑，不客氣地抓起他的手，將全身的重量都倚了上去。

回到家，寧時修扶著許冬言坐在沙發上：「紅花油在哪？」

「我床頭的抽屜裡。」

寧時修上樓去拿，拉開抽屜，一眼就看到一個相框。他記得之前是用來裝許冬言和陸江庭的照片的，可是現在裡面卻是空的，照片已不知去向，寧時修不由得愣了愣，忽然意識到了什麼。

「找到沒有？」見他好久還不下來，許冬言在樓下催促道。

寧時修拿開那個相框，隨便翻了翻，就在抽屜的角落裡看到了一瓶紅花油。

把紅花油遞給許冬言，他坐在她對面點了支菸，看著她笨手笨腳地替自己擦油。他緩緩地吐著煙圈問道：「妳到底會不會？」

「我不會。」許冬言手上動作不停，挑眉看他，「那你幫我擦啊？」

寧時修哼笑一聲，知道她在跟自己開玩笑，也就懶得應付她，更懶得收拾她。

「你剛才生氣了？」許冬言看他心情似乎好了一點才敢問。

寧時修長吁一口氣：「我還沒那麼小氣。」

「那你對陸江庭的態度為什麼那麼差？」

「跟妳沒關係。」

「你們兩個到底有什麼前仇舊怨？」

寧時修看著她露在外面的小腳丫，在日光燈下，那皮膚白淨得幾乎可以看到下面細細的血管。過了一會兒，他才說：「我說因為一個女人，妳信嗎？」

許冬言微微一愣，一臉不爽：「你也喜歡王璐？」

寧時修先是一愣，繼而笑了：「這世界上的好女人多了，我可沒那閒工夫去挖牆腳。我說，妳塗好了沒？」

「還沒。」

寧時修抬手看了眼時間，把菸掐滅：「不行，我睏了，明天還得出差。」

他說著起身走過去，二話不說就將許冬言橫抱起來：「免得妳等一下再麻煩我，上樓了妳愛怎麼搞就怎麼搞。」

一剎那的天旋地轉後，許冬言回過神來，發現自己已經縮在了寧時修堅實溫暖的懷抱中。她靜了幾秒，突然又不敢太安靜，因為她聽到了自己噗通噗通的心跳聲，離她這麼近的他是不是也能聽得到呢？

休息了一天，許冬言的腳好多了，雖然腳踝還有些腫脹，但是已經可以走路了。

週一的早上，她到辦公室的第一件事就是傳了一封簡訊給關銘：『我想清楚了，你幫我問問吧。』

過了好一會兒，關銘竟然直接打了電話過來，許冬言怕被同事聽到，只好到走廊外面接聽。

「我週末跟劉總出差的時候就提過這件事了，他想見見妳。」

許冬言有點緊張：「什麼時候？」

「現在。」

「這麼快？」

「那是一定要的！我的效率高吧？」

許冬言猶豫了一下說：「好吧，我現在過去。」

路過陸江庭的辦公室時，發現裡面沒有人，許冬言心裡略微輕鬆了一點，回到位置上整理了一些可能會用到的檔案。怕關銘那等太久，她趕緊出了門，沒想到卻在走廊裡和陸江庭撞了個滿懷。

陸江庭眼疾手快地扶住了她，東西卻掉了一地。許冬言連忙低頭去撿，陸江庭也跟著蹲下身來。

許冬言有點著急：「我……我……我自己來就行。」

陸江庭隨手撿起一個資料夾，透過半透明的資料夾封皮，瞥見裡面像是一份簡歷的東西，他眼眸微沉，卻什麼也沒說，像沒看到似的遞給了許冬言。

許冬言收好文件站起身，陸江庭也跟著站起來，問她：「這麼著急，是要去哪裡？」

許冬言一下子不知道怎麼解釋了，但也不想騙他，只好說：「有……有……有點事。」

陸江庭沉默了片刻，沒再追問：「腳好了嗎？」

「好……好……好多了。」

他點點頭：「哦，妳去忙吧。」

許冬言卻突然不急著走了，兩人靜靜地對立著，她心裡有種說不出的酸澀感。

這時候有同事經過他們身邊，跟陸江庭打了招呼，兩人這才如夢初醒。

許冬言說：「那我走了。」

陸江庭點點頭：「去吧。」

關銘所在的部門在辦公大樓的西區，許冬言穿過長長的走廊，快到劉總辦公室時，看到關銘在前面不遠處等著她。

「腳怎麼了？」

「沒事，一點小傷。」

「那就好。」敲門前，關銘小聲對她說，「放心吧，沒什麼問題。」

許冬言點點頭，聽到裡面人應聲後，推門進去。

關銘的上司叫劉科，許冬言在公司的專業交流會上見過他幾次。這人話不多，看上去很隨和，據說還是陸江庭的老同學。

劉科似乎也很欣賞許冬言，翻著她這一年多來寫的報導說：「妳算那批新人中成長很快的，妳的稿子我也看過，聽說妳很能吃苦，陸江庭的眼光不錯。」

許冬言安靜地聽著。劉科話鋒一轉：「上次的展覽我沒參加，聽說當時出了點問題？具體是什麼情況？」

果然是壞事傳千里。許冬言神色黯了黯：「主要是影片出了點問題，當時我在日本開會，也沒提前檢查，是我的失誤。」

劉科了然地點點頭，似乎並不在意：「我就是隨口一問，純屬好奇而已，妳不用這麼緊張。失誤總是在所難免，以後注意就好。」

劉科一定聽說了她和陸江庭的事情，卻非要有此一問，又怎麼可能真的不在意？許冬言心裡清楚，這大約是一種提醒，或者說，是一種警告。

許冬言點頭：「我會注意的。」

劉科笑了，將她的簡歷擱在面前的辦公桌上：「既然打定主意了，就早點和陸總打招呼吧。」

許冬言腳傷未癒，處於半生活不能自理的狀態，好在溫琴已經結束旅行回家了，寧志恒聽說老婆回家了，也提前結束了出差。

家裡許久沒有這麼人丁興旺了，但寧時修不在，許冬言還是覺得這家裡少了點什麼。但有些人卻以為，正因為寧時修不在，一些事情才可以祕密進行。

吃飯時，溫琴突然神神祕祕地將一張照片遞給了寧志恒，寧志恒拿起照片一看，是個二十幾歲的女孩子。

溫琴說：「這是我們團友家的女兒，今年博士要畢業，很優秀的，你看介紹給時修怎麼樣？」

許冬言正在扒碗裡的飯，聽溫琴這麼一說，差點嗆到自己。

溫琴嫌惡地看了她一眼：「吃慢點！今天煮的飯多，沒人跟妳搶！」

許冬言撇撇嘴，伸著脖子看寧志恒手裡的照片。寧志恒見狀遞給她：「幫妳哥把把關。」

許冬言接過來一看，只能說後媽永遠變不成親媽：「妳確定寧時修看到這照片不會翻臉？」

溫琴眼神躲閃：「結婚過日子也不能光看長相。」

「那看什麼，學歷啊？找老婆，又不是公司找人。」

寧志恒也贊同：「就是，冬言說得有道理，最重要的還是時修得喜歡。」

溫琴的積極被打擊到了，對寧志恒說：「好像你知道時修喜歡什麼類型似的！」

寧志恒凝眉想了想：「我記得他說梁詠琪蠻漂亮的。」

許冬言抽抽嘴角，梁詠琪是漂亮，但寧時修又不是鄭伊健。

寧志恒又說：「其實我早就看好了一個，就是還沒來得及跟時修說。我老戰友家的女兒，叫聞靜，妳聽這名字，時修喜歡文靜的。」

溫琴不滿：「早看好了你不說，害我瞎張羅！」

「之前我們兩個不都在出差嗎？」

「出差也可以打電話啊……」

溫琴和寧志恒你一句、我一句地爭個沒完，誰也沒注意到許冬言已經一瘸一拐地上了樓。

回到房間，她想了一會兒，傳了一封簡訊給寧時修：『在幹什麼？』

『剛到旅館。』

『有沒有狂打噴嚏？』

『怎麼，妳想我？』

許冬言對著簡訊翻了個白眼，嘴角卻不自覺地微微勾起：『你被人算計了！』

『誰？誰敢？』

『先說怎麼謝我？』

『不會就是妳吧？』

『不是我，我是通風報信的人。』

這則簡訊發出去後手機便安靜了下來。許冬言打開微信刷了一下朋友圈，寧時修還是沒有回覆。她把手機丟到一旁，正打算去洗澡，手機又震了震。

寧時修說：『瞭解，繼續監視，即時彙報。』

許冬言笑了：『你微信帳號多少？』

『電話號碼。』

許冬言加了他的微信，在微信裡直接留語音給他：『我去洗澡了。』

寧時修的房門沒關，他點播放的時候，他的助理山子正好拿著施工圖紙進來，恰巧就聽到一個清冷的女聲慵懶地說了句「我去洗澡了」。山子眉開眼笑：「有情況啊、頭兒！」

寧時修哼笑一聲，拿過山子手裡的圖紙低頭翻看：「能有什麼情況？」

「別裝了，你知道我說的是什麼。」山子捏著嗓子模仿許冬言，「我去洗澡囉……」

寧時修拿著手裡的圖紙敲了敲山子的腦袋：「別沒事找事啊！」

山子一臉委屈：「頭兒你不夠意思，有情況了也不向兄弟們彙報。」

寧時修微微抬了抬眉毛：「趕快滾去睡吧，明天一早就得爬起來。」

山子這才竊笑著走了。

寧時修躺在床上，點開許冬言的留言又聽了一遍。

第二天，許冬言一直在思考著要怎麼跟陸江庭開口提換部門的事情。正巧午飯時，她發現陸江庭遲遲沒有去吃飯，她猶豫了一下，走進他的辦公室。

見是她，陸江庭問：「有事？」

「嗯。」

陸江庭似乎很忙，看了一眼時間又問許冬言：「很著急？」

許冬言發現自己來得不是時候：「哦、也不急，看你時間。」

陸江庭抬頭看了她幾秒，抬手指了指桌對面的椅子，示意她坐下來說。

許冬言坐過去，在對上陸江庭視線的那一刻，她決定放棄事先準備好的那些說辭，直截了當道：「我……我……我想換個環境工作。」

陸江庭緩緩靠向椅背，似乎早有準備：「是因為影片的事情嗎？」

「一……部分原因是。」

陸江庭沒有問她另一部分原因是什麼。沉默了好一會兒，他說：「冬言，工作就是工作，我不希望妳被工作以外的東西困擾到而做出錯誤的決定。」

「我明白。」

「已經想好了？」

「嗯。」

陸江庭嘆了口氣：「既然妳已經決定了，我再說什麼也無濟於事。這幾天就去人事那邊辦手續吧，手裡的工作妳交接一下，劉科對妳印象很好，妳好好幹吧！」

原來他早已洞悉一切，只不過一直在等她，等她下定決心，或者等她突然反悔。

許冬言站起身來，想了想還是決定做一個較為正式的道別，因為一旦出了這個門，她和他的關係只會愈來愈遠。

「這些年……還有影片的事情，謝謝你。」

陸江庭笑了笑：「怎麼搞得這麼沉重？好歹妳也是我一手帶出來的人，無論以後發生什麼，這種關係都不會變。更何況妳就是換個部門而已，說得像以後不見面了似的。再退一步講，妳還是時修的妹妹，我們也算親戚。」

許冬言笑了笑。

「那快去吃飯吧。」陸江庭說。

「你不去嗎？」

「我還有個報告要寫。」陸江庭說著，已經將注意力又移到了電腦上。

許冬言站了片刻，默默地轉身出了門。

很快，許冬言要調部門的事情就在部門裡傳了開來。小陶知道她要調到西區時一臉不樂意：「啥時候的事？不夠意思啊、許冬言，這件事藏得也太好了吧？」

許冬言一臉無奈：「真不是我藏得太好，是這件事決定得太快，還來不及找妳說。」

小陶瞪了她一眼：「諒妳也不敢瞞著我！不過換個地方也好，省得妳看得到吃不著，乾著急。」

「大姐，妳這是要在我臨走前給我一刀嗎？」

小陶連忙拍了拍自己的嘴：「童言無忌嘛！」

手續辦理得比許冬言想像的還要順利，不到一週的時間她就被通知去新的部門報到了。

劉科帶著她和同事們一一認識，這個部門裡的女同事真的不算多，除了兩個正在外面出差的，一個是負責資料室的劉姐，一個是負責庫房的張姐。說是「姐」，其實都是阿姨等級的人物。

許冬言以為女人少的地方是非自然就少，可是很快，她就發現自己錯了。

這天午飯過後，許冬言去資料室複印資料，劉姐不在，她像往常一樣自己動手，剛印了兩張，影印機就卡紙了。她蹲在機器後面清理廢紙時，聽到有人從外面進來。

來人似乎沒注意到她的存在，你一言、我一語地聊著八卦。許冬言原本也不在意，可是沒想到話題拐了幾個彎，竟然拐到了自己身上。

「我們部門不是不招女的嗎，怎麼又招來這一個？」說話的是張姐。

「誰知道呢！前段時間聽說她和主管搞辦公室戀情耽誤了公司的大事，公司要把她掃地出門，但有人力保她，所以又留下來了。」

「誰力保啊？」

「還能是誰？跟她搞曖昧那主管唄。」

「你說陸啊？」

「可不是。雖然她留下來了，但那事影響也不好，為了掩人耳目，陸只能把她放得遠一點。據說她來之前我們頭兒就跟陸通過好幾次電話，正好我們這裡缺個能打雜的女孩，就把她招過來了。」

「不過我覺得年輕人談談戀愛也沒什麼吧，就算耽誤了工作也是人之常情吧？」

「什麼叫『年輕人談談戀愛』？陸江庭都快結婚了，對象又不是她！雖說這是人家私事，別人管不著，但他陸江庭好歹一個主管，形象總得顧及一下吧……」

卡在影印機裡的紙終於取了出來，許冬言迅速蓋好蓋子繼續複印。兩位大姐全然沒想到這屋裡還有另外一個人，還是自己剛才話題的主角，不免有些尷尬。

張姐擠出笑容和她打著招呼：「小許妳在啊……」

許冬言沒事人一樣掃了她一眼：「嗯，剛才卡紙了，我處理了一下。」

張姐嘿嘿笑著：「這破機器，早該報廢了。」

可是另外一個人卻連這表面上的客氣都省了，斜著眼睛瞥了她一眼，這人就是負責這裡的劉姐。

許冬言剛來報到時就發現劉姐對她態度不善，起初她也不知道為什麼，後來跟小陶無意間提起，小陶爆了料，原來劉姐是劉蕙頭的大姑姑。

許冬言問小陶：「你怎麼知道？」

「我們公司的單身女性，除了妳還有誰不知道啊？」

「為什麼這麼說？」

「她那寶貝蛋侄子三十好幾了還沒交過女朋友，可把她給急壞了，於是她藉著工作的便利到處幫她那侄子牽線。我聽說好多女生都被迫跟劉蕙頭加過微信好友，有的甚至還見過面。」

許冬言納悶：「那她怎麼沒找過我？」

說到這裡小陶笑了：「據說，據說啊，她覺得妳結巴，配不上她侄子。」

許冬言也笑了起來。

小陶繼續說：「後來估計是他們姑侄倆『各個擊破』的計畫全面落敗，劉蔥頭才孤注一擲地在小廣場整了那麼一齣。原本以為這是極大的恩賜，沒想到妳還不領情，他可不就惱羞成怒了？」

說到這裡，兩人又笑了起來，許冬言問：「怎麼聽著都不像真事？」

小陶說：「千真萬確！」

笑歸笑，可靜下來的時候，許冬言卻覺得背脊發冷。真是人言可畏啊！

晚上睡覺前，許冬言看了看朋友圈，看到寧時修發了張照片。背景是一片廣袤無垠、皚皚的雪，主角是寧時修本人，準確地說是他的眼睛。他垂著眼不知道在看什麼，長而濃密的睫毛上結了一層晶瑩的冰霜。

許冬言留言：『拍照的是個女生吧？』

過了一會兒，寧時修回覆：『為什麼這麼說？』

『直覺。』

寧時修重新點開那張照片看了一會兒，笑了。

一般情況下他的微信很少更新，更不會把自己的照片發到朋友圈裡去。今天在外面勘查施工情況時，無意間發現工頭十幾歲的女兒正在偷拍他。他也沒生氣，只是跟小女孩要了那張照片，晚飯時無聊打開微信，鬼使神差地就把那張照片發了出來。

『所謂直覺，往往都是女人無理取鬧的藉口。』寧時修回覆。

許冬言不服：『你就說我猜得對不對吧？』

這時候寧時修剛好有事，就沒再回覆。

見寧時修不回覆，許冬言就先去洗了個澡，可是等她洗完澡回來再打開微信，發現他依舊沒回覆。

她不禁有點鬱悶，結束對話也要說個結束語吧？這人到底懂不懂禮貌！

第二天上班時，許冬言在公司裡遇到了小陶，兩人一起走了一段路。

小陶突然說：「妳聽說了嗎？陸總要結婚了。」

許冬言微微一怔，看來有情人終於還是要修成正果了……她一時不知道該說什麼。

小陶見狀，有點後悔自己多嘴，但是這件事許冬言早晚要知道，既然如此，早知道總比晚知道強。

小陶半開玩笑地安慰她：「這還不到登記那一刻，什麼都說不準，再說結了還有離的呢。放心，我們還有機會！」

許冬言瞪了她一眼：「妳真是看熱鬧不嫌事大。」

進了辦公大樓，兩人就一個東、一個西分道揚鑣了。等電梯的時候她發現劉姐在她前面不遠處正背對著她站著，但冬天人人都包得很緊，她也不太確定那是不是劉姐。

回到辦公室換掉厚重的大衣，許冬言去資料室列印下午開會時要用的資料。

她進去時，劉姐正和其他部門的女孩子聊天。見到許冬言，那女孩子立刻噤了聲，劉姐一臉不屑：「老話都說寧拆十座橋，不拆一樁婚，可現在這人啊，思想都有問題，放著單身的好小夥子不要，偏喜歡挖別人牆腳。我是不知道，這當『小三』就那麼有意思嗎？」

許冬言手上的動作沒停，等資料都列印好，還要膠裝，這個工作只能劉姐來做。她把列印好的資料交給劉姐，劉姐卻來了一句：「我現在沒空。」

「您手上不是沒事嗎？」

「沒事也沒時間幹妳這種人的活！」

許冬言也不生氣，原來今早走在她和小陶前面的人真的是劉姐，小陶的一句玩笑話卻讓某些真正看熱鬧不嫌事大的人上了心。

「那我就先把資料留在這裡，下午來拿。」

劉姐還是一副愛答不理的樣子：「下午也不見得能弄好。」

許冬言聞言笑了：「您還真別覺得這活是幫我幹的，大家幹的都是公司的活。」

許冬言說著抬手看了一眼時間：「上午九點二十分，膠裝一本冊子用不到一分鐘，五本也就五分鐘而已。但您不是忙嘛，我也得體諒您，就給您留出三個小時的時間，下午一上班我來拿。如果我實在沒本事勞您動動手，那這東西是誰的，我就只好讓誰親自來拿了。」

許冬言這也算先禮後兵，言下之意就是妳完成妳分內的工作啥事都沒有，如果不行，我也只好去主管那裡給妳扎針了。

劉姐一愣：「我說妳這個『小三』還有理了！」

許冬言這次是真生氣了，她整理著手上的幾本冊子，幽幽地說：「『小三』也得有資本，您這樣的也只有背地裡罵人的份了。」

劉姐被氣得夠嗆，嚷嚷著要和許冬言拚命。

不知是誰請來了劉科，劉科在後面聽了一會兒就有點看不下去了，上來丟下一句：「我們公司不養閒人，能幹就幹，不能幹走人！」說罷就轉身離開了資料室。

劉姐聽到這句話，生生地把哭聲嚥了回去。

許冬言也懶得和她再費口舌，轉身離開。

回到辦公室，她坐在電腦前開始工作，無意識地端起剛沏的茶喝了一口，舌尖頓時被燙得起了泡。她不禁失笑，剛才自己看似贏了一場口水戰，可是誰說贏家就不會受傷？劉姐的話句句都像刀子一樣剜著她的心──原來對於陸江庭，她連把他藏在心裡的資格都沒有。

下午，許冬言去資料室拿資料，劉姐雖然不再像上午那樣撒潑耍賴，但也刻意拖拖拉拉地耽誤了一會兒時間，許冬言趕到會議室時就遲到了一會兒，正巧遇到了晚到的陸江庭。她本想打個招呼就走，陸江庭先打開了話題：「換了新環境怎麼樣？」

想起上午的事情，許冬言無奈地笑了笑：「還行。」

陸江庭點點頭：「時修還好嗎？」

「他出差了。」許冬言猶豫了片刻還是說，「聽……聽……聽說你要結婚了？恭喜啊。」

「謝謝。」陸江庭應了一聲，可是看上去並沒有要當新郎那種幸福樣子。許冬言以為這或許就是男人的通病——婚前恐懼症吧。

走廊裡時不時有人經過，不知道為什麼許冬言感到有點不安，注意力總會被那些腳步聲吸引去。

陸江庭問：「妳很介意嗎？」

「嗯？什……什……什麼？」

陸江庭笑了笑：「沒什麼。有些事情妳不用在意，清者自清，他們早晚會明白。」

許冬言這才明白，八卦的傳播速度總是意想不到的快，想必陸江庭已對早上的事情有所耳聞了，所以才刻意找機會來安慰她。可是他說得不對，「清者自清」只是對他，而她並不是純粹清白的。

她尷尬地笑了笑，朝著會議室的方向揚了揚下巴：「我……得進去了。」

陸江庭點點頭，紳士地替她拉開會議室的門，兩人一前一後地走了進去。

因為早上那齣鬧劇，許冬言的心情陰鬱了一整天。晚上回家後，瞥見廚房裡那個高大的身影時，她陰霾了一整天的心情終於有了一個裂縫。

寧志恒聽到開門聲探頭出來：「冬言回來了？外面冷吧？」

原來是寧志恒，她還以為寧時修回來了。這父子倆的身形差不多，難怪她會看錯。

她完全沒有察覺到自己的失望，隨口應了一聲：「嗯，還行。怎麼今天您做飯？」

「好久沒下廚了，練練身手，不然技藝該生疏了。」

溫琴的聲音從廚房裡傳了出來，給老公拆臺道：「你這點技藝早已經生疏了。」

兩人你一言、我一語，幾乎忘了許冬言的存在。

許冬言嘆氣，想不到她在公司被虐，回了家還要被虐。

她上樓換了衣服，再下來時，溫琴正把已經炒好的菜端上桌。許冬言掃了一眼——這麼多菜：「今天什麼日子？」

正說話間，客廳門鎖轉動，門被人從外面打開了。寧時修穿著厚重的黑色羽絨服，拎著一個不大的旅行包，風塵僕僕地走了進來。

寧志恒從廚房裡出來：「呵，難得航班沒延誤。」

寧時修抖了抖肩膀上的雪霜：「嗯，還算順利。」

溫琴問：「下雪了？」

「還好，不大。」

「那趕快上去收拾一下，下來吃飯。今天你爸爸聽說你回來，親自下了廚。」

寧時修笑著應了一聲，拎著行李箱往樓上走。經過許冬言時，他歪頭看著還在錯愕中的她：「才一個多月不見而已，傻了？」

許冬言回過神來，看了一眼他手上的行李：「你那邊工作結束了？」

「還沒。」

「那怎麼回來了？」

「好像我回來妳挺不高興的。」

許冬言端著手臂轉身：「是啊，又不能獨占二樓洗手間了。」

溫琴大老遠就投來一個惡狠狠的眼神：「冬言，過來幫忙擺碗筷！」

寧時修笑了笑走上樓去，馬丁鞋的聲音噹噹噹地敲擊著階梯。

「嘖。」許冬言朝樓梯看了一眼，皺眉說，「這人進門也不換鞋。」

溫琴沒好氣地把碗筷塞到她手裡：「我說妳怎麼比我這個更年期的人事還多！」

過沒多久，寧時修從樓上下來。他換了一身黑色的套頭衛生衣，同色的棉質長褲，褲腳微長，搭在拖鞋的鞋面上。他習慣性地將手插在褲子口袋裡，走到許冬言的對面坐了下來。

溫琴在一旁熱情地替他布菜，他有一搭、沒一搭地陪兩個長輩聊著天。

許冬言時不時地抬眼看他，發現他比上個月走的時候更瘦了一些，頭髮也長了一些，寬寬鬆鬆的衛生衣下露出的手腕和脖頸倒顯得更加白皙了。

寧時修接過了溫琴遞過來的湯低頭喝了兩口，一抬頭正對上對面許冬言直勾勾的目光，他不動聲色地挑眉看她。

許冬言說：「你怎麼像是從原始部落回來的？」

寧時修說：「說得好像妳知道原始部落是什麼樣子似的。」

溫琴瞪了許冬言一眼，笑著問寧時修：「最近還出差嗎？」

「嗯，回來休息幾天就走。」

「那什麼時候再回來？」

「快的話，年前吧。」

溫琴與寧志恒對視了一眼，寧志恒輕咳一聲說：「時修啊，我有個老戰友，你聞伯伯，你還記得嗎？」

寧時修瞥了一眼對面若無其事地吃著飯的許冬言，心想，這就來了！

「沒什麼印象了。」他說。

「你小的時候他經常來我們家，還抱過你。」寧志恒努力幫他回憶著。

「咳。」許冬言一個沒忍住，差點嗆到自己。

寧時修似笑非笑：「那我哪能記得！」

溫琴打著圓場：「那麼多年前的事情，不記得也正常。」

寧志恒認同地點著頭：「對對對！這幾年雖然他很少來我們家了，但是我們的交情可沒斷。他有個女兒，我上次見了，人漂亮，還是個醫生。時修啊，你也老大不小了，該考慮考慮這個問題了。我和你聞伯伯關係不錯，你和他女兒又條件相當，要不你趁這幾天在家去見見人家？」

寧時修又看了一眼許冬言，這傢伙今天的胃口還真好，一碗飯已經見底了。

「怎麼樣啊，時修？」寧志恒追問道。

「好。」

這次輪到許冬言詫異了。她抬眼看著寧時修，只見他神色自若地吃著飯，心情好像還不錯。

晚上洗完澡，許冬言從洗手間裡出來，正遇到寧時修要上洗手間。兩人在窄小的走廊裡狹路相逢，寧時修毫不客氣地打量了她一眼——她穿著粉色珊瑚絨居家服，再加上腦袋上那個用毛巾裹出來的髻，整個人顯得圓滾滾的。

許冬言冷冷地問：「看什麼看！」

「胖了。」

許冬言微微一愣，畢竟這言簡意賅的兩個字對許冬言這個年紀的女孩而言，或多或少都能造成一定的傷害。聽寧時修這麼一說，她不得不用了幾秒鐘的時間來自省一下。

寧時修笑：「看妳晚上吃飯時那股狠勁，不會是……懷孕了吧？」

許冬言這才反應過來又著了他的道，沒好氣地推了他一把：「別擋著路。」

寧時修也故意不防備，懶懶地被她推了個趔趄。

然而在她的手觸到他的一剎那，隔著薄薄的衛生衣，她似乎摸到了他鐵板一樣的胸膛。這觸感讓許冬言有些意外，眼神不由得飄向了面前男人的胸膛。

寧時修順著她的目光低頭。

許冬言一本正經地說：「我覺得你駕馭不了黑色，相親時千萬要穿得喜慶點。」

寧時修笑了，笑得意味深長、洞穿一切，讓許冬言不禁有些發慌。

氣氛突然變得有些曖昧，這時卻聽樓下溫琴扯著嗓子在問：「許冬言，怎麼還不睡覺？」

寧時修彷彿沒聽見，繼續問她：「腳好了？」

「早好了。」

兩人誰也不說話，就這樣沉默地站了片刻。氣氛愈來愈詭異，她突然有些緊張，說道：「我……我……我睡覺了。」說著快速地回到了房間。

回到房間，她一眼就從光可鑑人的玻璃窗上看到自己的影子，再對比剛才的寧時修——黑亮微長的頭髮、漆黑的眼眸，以及將他膚色襯得雪白的黑色家居服，看上去也就是二十出頭的模樣。

許冬言無奈，連她這個女人都忍不住要羨慕他了。

寧時修看著她倉皇逃走的背影，不禁笑了笑，也轉身回了房間。

其實除了資料室的劉姐，部門裡多數人對許冬言還算不錯，尤其是關銘，一直對她以自己人自居。上次許冬言和劉姐的事情傳出去後，關銘總覺得在這種時候該做點什麼，拉學妹一把。於是，為了許冬言，他特意策劃了一個小型的部門聚會，這樣大家一熟起來，有些謠言就會不攻自破了。

許冬言才想不到他的良苦用心，她一向不愛湊熱鬧，一開始乾脆就拒絕了，後來在關銘的軟磨硬泡下，她才不得已同意參加。

聚會地點就在公司不遠處的一家老北京涮涮鍋店，下班時間一到，之前約好的七、八個同事開了三輛車，浩浩蕩蕩地過去吃飯。

這天不是週末，店裡人不多。幾個人剛坐定，就看到玻璃門外又一輛車駛進了停車場。有眼尖的同事說：「喲，這車有點眼熟。」

正說著，車門打開，寧時修下了車。許冬言不由得暗自嘀咕了一句「他怎麼來了」，就見他繞到車的另一邊，很紳士地替副駕駛位置上的人拉開了車門。

店內的幾個人都不約而同地盯著窗外，一個挺漂亮的女孩從車上下來，先是朝著替她開車門的寧時修展顏一笑，然後兩人有說有笑地進了店。

許冬言見狀頗為不屑，這男人真是有多副面孔，怎麼沒見他對自己這麼紳士過！然而她一回頭，發現身邊的關銘已經迎了上去。

她遠遠地望著關銘和寧時修握手寒暄，就問身邊的人：「他們怎麼認識？」

「誰不認識寧總？他那裡有我們想跟的專案，但目前還在談。」身邊的人又轉身問另外一名同事：「哎，旁邊那位是寧總的女朋友嗎？」

「不清楚，反正聽說他還沒結婚。冬言，要不要關哥幫你牽個線啊？黃金單身漢呢！」

「哎，人家身邊不是有女朋友了嗎？你不能害冬言啊！」

「這年頭，只有不努力的『小三』，沒有撬不動的牆腳。」

這話一出，眾人都突然意識到可能戳到了許冬言的痛處，說話的人連忙敲自己的嘴：「哎，我瞎說的，我們冬言條件這麼好，選個更好的才是！」

「對對對！」眾人全都附和著。

許冬言倒也不在意，樂呵呵地看著寧時修和那位女孩被關銘引著由遠及近。關銘先替大家一一介紹著：「這位是寧總，不用我多介紹了吧？這位美女是寧總的朋友聞靜。」

寧時修和眾人打著招呼，目光掠過許冬言，沒有多停留。說不上為什麼，兩人就這麼心照不宣地裝作不認識。

聞靜就像她的名字一樣，看上去很文靜，不太愛說話，對許冬言這個桌上唯一的同性也沒有正眼看過，當然對別人也差不多如此，只跟寧時修時不時地耳語幾句。

剛剛開席沒多久，許冬言就起身往外走。

關銘叫住她：「幹什麼去？」

「打個電話。」她說著便朝著洗手間的方向走去。

洗手間外的走廊相對安靜一些，她拿出手機，拇指劃過通訊錄，將聯絡人名單快速地上下滾動了一遍。

最後她還是打給了溫琴：「我見到那個閒靜了。」

溫琴一聽來了精神：「你們怎麼碰上了？那女孩怎麼樣？」

許冬言想了想，不知怎麼形容：「還可以吧。畢竟寧時修也沒什麼優點，配他應該沒問題。」

「妳這丫頭，怎麼這麼說妳哥？妳要是能找個像時修這麼優秀的男孩，你們老許家祖墳都能冒青煙了。」

許冬言覺得好笑：「到底誰才是您親生的？我看是他吧？不給您封個『中國好後媽』的稱號都對不起您這麼護著他。」

「別扯那些沒用的！解決完妳哥，就輪到妳了！」

「謝謝啊！我的事就不勞您操心了。」

許冬言掛上電話，一回頭嚇了一跳——寧時修正站在她身後不遠處笑盈盈地看著她。

見她掛上電話，他走上前：「跟誰講電話呢？」

許冬言走到洗手台前洗手，順便整理了一下頭髮：「你管得愈來愈寬了。」

寧時修也不再問，倚在洗手台前點了一支菸：「怎麼樣？」

「什麼怎麼樣？」寧時修揚了揚下巴，許冬言這才明白他是在問聞靜怎麼樣。「挺好的呀，配你綽綽有餘。」

寧時修笑了，抬眼看著她，那目光彷彿能洞悉一切，這是許冬言最討厭的。她白了他一眼，對著鏡子用手指蹭了蹭眼角的殘妝。

寧時修吸了口菸幽幽地說：「許冬言，妳不會是在吃醋吧？」

許冬言手上動作一滯，回頭看著他，隔著他吐出的團團煙霧，緩緩靠近他，手指撚起他肩膀上的一根頭髮，神態十分曖昧地說：「你覺得是，那就是唄。」

寧時修先是一愣，然後立刻警覺到這可能又是她耍的什麼花樣，有幾分警惕地看著她，她卻笑盈盈地瞥了一眼他身後。

寧時修順著她的目光看過去，發現聞靜正站在不遠處，那眼神分明就是在問他，這是什麼情況？

他輕咳一聲，一隻手搭在許冬言的肩膀上，笑著對聞靜說：「剛才沒跟妳介紹，這是我妹妹冬言。」

這倒是讓聞靜有些意外，她愣了一下，笑著走過來：「原來是時修的妹妹，怎麼，還在別人面前裝不認識？」

許冬言沒說話，而是看向寧時修，笑盈盈地等著他的答案。

寧時修說：「我們兩個不是有業務往來嗎？她怕以後不方便，所以我就配合她。」

許冬言點點頭，心想撒謊真是男人的天賦技能，無論什麼樣的人，只要是男人，這瞎話都是信手拈來。

聞靜似信非信地看向許冬言：「這樣啊……」

寧時修指了指洗手間，問聞靜：「妳是……」

「哦，我去趟洗手間。」

聞靜走後，寧時修問許冬言：「故意的吧？」

許冬言撥開他搭在她身上的手：「誰是你妹妹？」

「妳不是嗎？」

兩人一前一後地回到座位，聞靜過沒多久也回來了。關銘拉著寧時修開始聊專案的事情，許冬言對這個不感興趣，也插不上嘴，倒是聞靜，對她比剛才初見面時要熱情多了。

這頓飯因為寧時修的臨時加入，整整吃了四個小時。飯局散場後，寧時修去送聞靜，許冬言搭同事的順風車先到了家。

一進門她就被溫琴攔住問東問西，許冬言坐到茶几前，抓了一把瓜子：「這我哪知道？等一下妳問當事人吧。」

溫琴怪女兒不管事，好在寧時修很快也回來了，溫琴和寧志恒連忙問他：「怎麼樣啊？」

寧時修換了鞋進門，瞥了一眼正看著電視嗑著瓜子的許冬言，對溫琴笑了笑說：「挺好的。」

溫琴一聽，喜上眉梢地和寧志恒對視了一眼，又問：「那女孩什麼意思啊？」

寧時修聳聳肩：「這我就不清楚了。」

溫琴連忙囑咐寧志恒：「明天趕快去打聽一下。」

自打劉玲的事情之後，寧志恒再沒見兒子動過這份心，原本他還很擔心，沒想到自己一出馬就這麼順利，他也高興，睨了溫琴一眼：「這還要妳提醒？我比誰都上心！」

許冬言自始至終沒說一句話，嗑完一把瓜子，她拍了拍手，起身上樓。

自從上次那齣鬧劇後，劉姐就更瞧不起許冬言了。她自己瞧不起許冬言的同時，還不遺餘力地拉攏同盟，到處散播許冬言的謠言。許冬言在部門裡的人緣原本也不怎麼樣，謠言傳多了，就漸漸地有人當了真。

許冬言並不是那麼在意別人看法的人，只可惜陸江庭不是別人。有時她無所謂地想，就由著劉姐他們去好了，可是在她的心底裡還是有個恐懼的聲音——萬一陸江庭聽到這些會怎麼想？

再無畏的人也有軟肋，這些年，許冬言的軟肋無疑就是陸江庭。

這天下班等電梯的時候，許冬言又遇到了劉姐。當時劉姐正和她的兩個老姐妹聊著天，看到許冬言，三個人不約而同地噤了聲。

許冬言全然當作沒有看見，面無表情地走到一旁專心地等電梯。

有人就怕粉飾太平，劉姐冷笑一聲：「現在的年輕人啊，心理素質真是好。我要是某些人恐怕早就辭職了，怎麼待得下去啊！」

那次之後，大家都知道許冬言和資料室的劉姐吵得不可開交，但也有人不知道兩人為什麼吵，小聲問身邊人：「什麼意思啊？」

劉姐耳尖：「喲，還有人不知道呢？有些人啊、放著自己的本職工作不做，就想著在辦公室裡瞎搞，挖人家牆腳，缺德喲……」

聽到劉姐這麼說，有人應和，也有人等著看熱鬧，就是沒有人關心許冬言是什麼感受。偏偏下班高峰期間電梯運行特別慢，許冬言在心裡默默地倒數，再過幾秒電梯還不來的話，她可就不確定自己會對那個女人做什麼了。

突然人群中有個男聲警示性地咳了兩聲，等電梯的幾個人包括許冬言在內，都循聲看過去，竟是公司的老闆之一李副總。李副總大概是聽到了劉姐剛才的話，臉色不太好，他身邊還站著一個年輕人，面無表情，看不出任何情緒。

叮的一聲，電梯門徐徐打開，幾個人禮貌性地為主管讓出一條道。李副總抬了抬手，對身邊年輕人做出一個「請」的手勢，一看這架勢就能猜得到，這年輕人來頭不小。

大家都不願和主管搭乘同一班電梯，微笑著目送主管先離開。

許冬言盯著寧時修，可他卻像沒看到她一樣，直到電梯門關上也沒看她一眼。

從辦公大樓走出來時，又開始下雪了。劉姐他們遠遠地走在前面，肆意的笑聲散在冷風裡，遠遠地傳進了許冬言的耳中。

許冬言緩慢地走著，與前面的人距離愈來愈遠。出了公司，她抬手看了一眼時間，才七點不到。

冷不防地，她被身後經過的一輛自行車擦撞了一下，兩人都險些摔倒。騎車的是個十來歲的男孩，許冬言不滿地瞪了他一眼，但也沒說什麼。那男孩子卻連聲「對不起」都沒說，就又騎上車子跑了。

「沒家教！」許冬言暗罵了一句，朝著車站的方向走去。

可能是下大雪的緣故，今天的公車來得特別慢，差不多等了半個鐘頭，腳都麻了，公車才姍姍來遲。站在投幣箱前，許冬言突然發現錢包不見了。她稍一回憶，就已經猜到一定是被剛才那個小男孩給順手摸走了。

司機不耐煩地催促道：「到底走不走啊？」

許冬言有些鬱悶地擺了擺手又下了車，不等她站穩，公車就像趕著去救火一樣慌慌張張地開走了。

許冬言翻了翻口袋，真是一分錢都不剩。公司距離家有五、六公里，看來只能走回去了。

如果去翻農民曆，今天一定是諸事不宜。許冬言剛走出沒多遠，腳下一滑，險些摔倒。她悠悠晃晃站穩，人是沒事，可是一抬腳卻發現剛買沒多久的限量款高跟短靴的鞋跟要斷不斷的，已然快要分家了。

她內心一陣哀號，咬著牙深吸一口氣，靜了兩秒，腳上用力一踢，壞掉的鞋跟徹底掉了下來，高跟鞋變成了平底鞋。

她摸出手機，想打電話求助，然而卻不知道該打給誰。

這時，她聽到有車子正在附近鳴笛，她這才注意到，前面路邊停著一輛黑色的Q5，沒有熄火，像是在等人。

許冬言靜靜地站著，並沒有上前。

過了一會兒，車門打開，寧時修從車子上下來，不疾不徐地走到她面前。他還是那副不鹹不淡的表情，垂眼看著她，她也醞釀著怒火，倔強地抬眼與他對視著。

她以為這傢伙又會說什麼雪上加霜的話，沒想到他只是彎腰撿起那只鞋跟，說了聲：「走吧。」

此時此刻，他輕輕鬆鬆的兩個字就彷彿一根針戳破了她，讓她滿腔的怨氣，一瞬間泄得無影無蹤。

車子緩緩發動，許冬言冷笑一聲，「看了場鬧劇，心情很好吧？」

寧時修不以為然：「無非是幾個女人在那搬弄是非，有什麼好看的！」

預想中的冷嘲熱諷並沒出現，許冬言愣了愣，回頭看他。

像是感受到她詫異的目光，寧時修勾了勾唇角：「我原本以為妳不會在意那些人說的話，但剛才看來，也不是那樣。」

原本上班是沒什麼壓力的事情，但自從換了部門後，她時不時地就會被一些流言蜚語影響到情緒，想想也覺得不值。她有點賭氣地說：「也沒什麼，不開心就換個工作唄。」

「妳就這點本事嗎，被欺負了就灰溜溜走人？」

許冬言被他噎得說不出話來。

寧時修繼續說：「無論妳走到哪裡，總會遇到那種人，難道不爽就要跳槽嗎？想要被尊重，就得改變自己。什麼時候妳變得有地位了，有話語權了，別人自然就不敢隨便得罪妳了。到時候妳管他的恭順是表面的還是發自內心的，妳自己心裡舒服就行。」

許冬言的腦子裡瞬間浮現出公司主管對待寧時修的態度，還有那些人提起他時那種崇拜的表情。畢業於加州柏克萊工程學院、國內著名橋梁設計師、發表論文百餘篇、長寧集團總工程師、T大客座教授……可惜不是所有人都能像他一樣，活得那麼優秀。

許冬言心裡突然有些慚愧。

過沒多久，車子已經進了社區，剛停好車子，寧時修的手機就響了。他看了一眼來電顯示，有點遲疑，但最後還是接了。

此時車裡很安靜，許冬言聽到一個女孩子的聲音，她記憶力不差，一聽就知道對方是聞靜。

聞靜問寧時修：「時修，聽說你馬上又要出差了，要不你走之前我們見一面？」

寧時修用拇指按了按太陽穴，有點為難地說：「我這兩天事情有點多，要不然這樣，等我回來請妳吃飯，妳看行嗎？」

「你這一走得什麼時候才回來啊？」

「不是，聞靜……」寧時修有點無奈，「那天我說的話妳是不是理解錯了？」

坐在一旁的許冬言低頭玩著手機，耳朵卻豎著，寧時修像是意識到她在偷聽，推門下了車。見他這麼警惕，許冬言撇了撇嘴，也跟著下了車。直到進了大門，寧時修的電話還沒打完，許冬言也不等他，自己先進了電梯。

電梯門剛要關上，突然被人伸手擋住：「我進電梯了，改天再說。」

說話的是寧時修，他匆匆和電話那邊的人道了別，掛斷了電話。

寧時修不是對那個聞靜很滿意嗎，怎麼今天聽上去好像不是很想見她？許冬言愈想愈好奇，忍了半天還是問他：「你對那女孩到底什麼意思？」

寧時修低頭看手機：「大人的事妳別管。」

「我才懶得管，我就怕我媽空歡喜一場。」

寧時修抬頭看著她笑：「怎麼平時沒見妳這麼孝順？」

許冬言見謊話被拆穿，擺了擺手說：「就當我沒問。」

這天晚上，許冬言失眠了，大約是因為睡前的那幾杯茶，害得她頻頻地往洗手間跑。最後一次不知是晚上幾點鐘，她迷迷糊糊地從洗手間往臥室走時，發現有淺淺的燈光從寧時修的房間內透射出來。許冬言走過去，門是虛掩著的，她敲了敲門，沒人應聲，推開門才發現寧時修正蜷坐在床邊，垂著頭，頭髮擋住了他的臉。

「喂，大半夜的你幹什麼呢？」許冬言走過去，發現寧時修的臉色白得很不正常。她嚇了一跳：「什麼情況？毒癮犯了？」

寧時修無可奈何，一點應付她的精力都沒有，他捂著胸口咬著牙說：「快回去睡妳的覺！」

許冬言低頭看他：「生病了？」說著她抬手去探他的額頭。

寧時修條件反射般地想躲開，但還是被她探到了。

「不是發燒啊……」

寧時修有氣無力：「我要睡了，妳快走吧。」

許冬言這才注意到他一直捂著左胸：「你胸疼啊？」

「是心……」

許冬言一驚：「你有心臟病？不會吧？」

她抬眼看了一下牆上的掛鐘，已經兩點多了：「要不然去醫院吧？」

寧時修搖搖頭，最近也不知是怎麼了，已經有過好幾次這種情況了。

「那怎麼辦，吃藥？你吃什麼藥？」

寧時修快瘋了：「妳讓我安靜地待一會兒！」

許冬言愣了愣，乖乖地坐到他身邊，也不說話，就那樣擔憂地看著他。

寧時修緩了緩又說：「我沒事……」

抓著他心臟的那隻大手似乎漸漸鬆開了，但他依舊不敢肆意地呼吸。緩了好一會兒，他才輕聲說：「去幫我倒杯水。」

許冬言什麼也沒說，一路小跑著下了樓，寧時修看著她匆忙離開的背影，不禁笑了笑。

很快，許冬言端了一杯溫水進來。看著他神色自如地喝了水，她才開口問：「你……你……你到底什麼病？」

寧時修瞥了她一眼：「緊張什麼？又不會傳染。」

跟許冬言相處時間長了，寧時修也漸漸摸出了規律。平常情況下，許冬言這張嘴別提多伶牙俐齒，可是一緊張就結巴得特別厲害，她現在這樣，想必是被他剛才的樣子嚇到了。

「誰……誰……誰說我是擔心這個了……」

寧時修把空杯子塞給她：「妳……妳……妳可以回去睡了。」

許冬言仔細看了他一眼，見他似乎真的沒什麼事了，不滿地嘟囔了一句：「過河拆橋。」

「讓妳回去睡覺怎麼就成了過河拆橋了？」

「被你這麼一折騰，我哪還睡得著？」

寧時修斜著眼睛看她，猶豫了片刻說：「算了，我也睡不著。」他靠坐在床頭，隨手拿起一包菸抖出來一根。

許冬言坐在離他不遠的地方看著他。

床頭上方白色的牆壁在夜色中像是一塊嶄新的幕布，一束束車燈劃過，劃破了這塊幕布，也劃破了幕布前兩個人的臉。

不知道過了多久，已經沒什麼車子經過，只有涼薄的月光靜靜地灑了進來，淺淺地鋪在房間的地磚上，看上去盡是涼意。

許冬言探身拿走他手指間的菸：「你都生病了還抽！」

寧時修有點疲憊：「不抽菸要幹嘛？」

「聊聊天。對了，你今天為什麼要拒絕那個聞靜？」

「為什麼不拒絕？」

「你不是跟我媽說覺得她不錯嗎？」

寧時修輕笑：「我要是說不行，我爸和妳媽肯定立刻幫我再換個人，要搞到什麼時候啊？」

「那你跟人家女孩子說清楚了？」

「第一次見面之後就說清楚了。」

許冬言笑：「看來她還不死心啊……」

「那我就不清楚了，不過如果這件事被家裡人知道，那就是妳說的。」

「放心，我才沒那麼無聊。不過你為什麼不願意相親？」

「不為什麼。」

「難道有喜歡的人了？」

許冬言記得，她曾問過寧時修為什麼會和陸江庭關係那麼僵，他當時半開玩笑地說因為一個女人，如今看來，這或許不是一句玩笑。

寧時修懶懶地伸了個懶腰：「菸也不給抽……我睏了，妳快回去睡吧。」

許冬言不死心：「你該不會真的喜歡王璐吧？」

寧時修瞪她：「妳腦子沒問題吧？」

許冬言來了好奇心：「那你心裡那個她漂亮嗎？」

寧時修應付著：「還可以。」

「性格好嗎？」

「不好。」

「看來男人都好色，長得漂亮的女孩怎麼樣都行。」

寧時修看著她，不禁哼笑了一聲。

許冬言見今天也問不出什麼了，站起身來將那根沒來得及點上的菸放在他身邊的床頭櫃上：「好吧，我去睡了。」

在她離開前，突然聽到寧時修叫她。

她回頭：「怎麼了？」

寧時修把那根菸拿起來點上，半晌才說：「妳能忘記他嗎？」

許冬言沒想到他會突然問這個，想了一下說：「我試試吧。」

幾天後，寧時修又出差了，這一走就走了小半個月。

眼看著就要過年了，也不知道他能不能在年前趕回來。

這天吃晚飯時提起寧時修，溫琴對寧志恒說：「你說，要不我們去看看孩子？」

寧志恒覺得好笑：「他是去工作，又不是被關起來了。再說，他工作的地方一般人也不方便去。」

溫琴點點頭：「也是。冬言，等一下妳再打電話問問妳哥，看他啥時候回來，機票訂了沒。」

對面前這位「後媽」氾濫的愛心，許冬言早已習慣了，她扒著碗裡的飯，隨口應了下來。

晚上躺在床上，許冬言本來想看一會兒書就睡，可是卻一點睡意都沒有。手機就在枕邊，她想了想還是撥通了寧時修的電話：「睡了嗎？」

「還沒。」電話那端人聲嘈雜，寧時修似乎走遠了一些才繼續說，「剛幹完活，正在吃加班飯。」

「那加班飯吃什麼？」

「泡麵。」

「這麼艱苦！」
寧時修輕笑：「這算哪門子艱苦，找我有事？」
「嗯？哦。」許冬言頓了頓說，「我媽問你過年能不能回來。」
「這個……看情況吧。」
「機票還沒訂？」
「嗯。」
溫琴交代的事問完了，許冬言也不知該說些什麼，兩個人都沉默了下來，但是誰也沒說要掛電話。
過了一會兒，寧時修問：「怎麼還不睡？」
「還不睏。」她問他，「你現在在哪？」
「剛回房間。」
她頓了一下說：「我想看看。」
「這兒有什麼好看的？」
「好奇。」
寧時修無奈：「等一下。」
許冬言把手機拿遠了一些，等著螢幕上出現寧時修的房間。在鏡頭對準房間的某個角落前，男人白淨的脖頸和微微發青的下巴一晃而過。
有那麼一瞬間，她的心微微一滯，有種說不清、道不明的感覺。
寧時修緩緩移動著鏡頭，許冬言沒想到他的房間這麼簡陋，也就是以前大學宿舍的樣子。雖然簡陋，但是卻非常整潔，還有剛洗過的衣服晾在靠門處的衣架上。
他的聲音在鏡頭後面響起：「怎麼樣，看出什麼了？」
許冬言不急不慢地說：「沒有女人。」
他輕笑：「就看出這個了？」
許冬言想了想，緩緩說：「我想看你。」
寧時修沒有說話，但過沒多久，她便真的從鏡頭中看到了他。
他比走之前更加清瘦了，剛才那個微微發青的下巴她也沒有看錯——或許是工作太忙，他還沒來得及修整自己。但是這樣的他更多了一種說不出的味道，一種她挺喜歡的味道。
許冬言切換鏡頭，毫無徵兆地，一張清秀的臉出現在寧時修的手機螢幕上。
她剛剛洗完澡，頭髮濕濕地黏在臉上，形象好不到哪兒去，但她並不在意，就想著這樣更像是在面對面地交流。
「我媽讓我替她看看你。」
寧時修勾著唇角：「妳媽還讓妳替她做什麼了？」
「沒了。」許冬言沉默了片刻說，「你瘦了。」
寧時修淺淡的笑容漸漸收斂，一雙黑漆漆的眼睛隔著手機螢幕盯著她，讓她不由得心慌。
「妳胖了。」
剛醞釀起的某種情緒一下子不見了，許冬言沒好氣：「吃你的泡麵去吧！」
寧時修這才又勾起嘴角：「那先掛了。」結束視訊通話前，他又補充了一句：「把頭髮吹乾再睡。」

終於說了句人話。許冬言板著臉「嗯」了一聲，掛斷了電話。

剛才打電話之前，她原本打算就這樣睡了，雖然濕著頭髮睡覺很不健康，但是這麼多年來她一直都是這樣，習慣了。可是今天被寧時修這麼一提醒，已經鑽進被窩的她又極不情願地爬了起來，從梳妝臺的抽屜中翻出了吹風機。

第三章　遇見

「愛要拐幾個彎才來？」

許冬言在換部門時，把長寧集團的個別專案也帶了過來。幾個月過去了，許冬言一直在忙著劉科交給她的其他工作，也沒顧得上這幾個專案。可是偏偏在過年前，她卻突然接到了上面的通知，讓她去實地跟幾天，然後回來寫篇報導。

一般的工程不是都要在冬天停工嗎？後來她才打聽清楚，原來這個項目因為工期緊湊，意義又非比尋常，施工隊只能在冷風裡繼續幹活。而施工不停，自然就會有設計人員在那邊坐鎮。社裡覺得這或許是個不錯的點，於是要記者立刻到現場去實地跟進報導——當然，並不需要在那裡待太久，只要寫好稿子就可以回來覆命了。

時間緊湊，公司替她訂了當天晚上飛內蒙古包頭市的航班。

這種事輪到誰頭上誰也不樂意，但許冬言縱使一百個不願意也得乖乖去，除非她真的不想幹了。

許冬言回家收拾行李，溫琴忍不住抱怨：「妳哥還沒回來，妳又要走，這眼看著要過年了，不會就剩我和妳寧叔在家吧？」

「我過兩天就回來了。」

「內蒙古這時候很冷的——咦，妳會不會和時修在同一個地方出差啊？」

許冬言一愣，寧時修是長寧的總工程師，他又在內蒙古出差，難道她要去報導的專案就是他現在參與的那個？可是專案資料上並沒有他的名字呀。

許冬言想了想說：「那可不一定。您老看看地圖，內蒙古有多大。」

從公司出來前，關銘給了她一個對方連絡人的號碼，讓她上飛機前跟那人聯絡一下。

過了安檢，許冬言便跟那人通了電話。對方姓劉，聽聲音很年輕，兩人簡單寒暄了幾句。

小劉問她：「飛機能整點起飛嗎？我們這邊下雪了。」
「暫時還沒通知登機。」
「沒事，那我先到包頭，到那邊等您。」
「你不在包頭？」
「我們在包頭邊上的一個旗，您到了這邊還得坐三個小時的大巴士。」
這麼偏僻……
小劉又說：「我這還有兩小時就到機場了，您注意一下航班資訊，如果延誤了，記得告訴我一聲。」
「好的，辛苦了。」
「客氣，客氣！」
然而沒過一會兒，許冬言就收到了航班延誤的消息。她第一時間通知了小劉，小劉似乎早有預料，囑咐她上了飛機再傳簡訊。
許冬言在候機大廳等了整整三個小時，本來就是晚上的航班，這一拖，就拖到了半夜。登機後，許冬言再打給小劉，卻怎麼也打不通了。空服員在催促關機，她發了一封簡訊告知對方飛機即將起飛，隨後便關上了手機。
差不多兩小時後，飛機著陸。
機艙門一開，立刻有冷風灌進來，許冬言瞬間覺得自己像沒穿衣服一樣。
包頭比她想像中的還要冷。

她緊了緊衣領，提了口氣，拎起小皮箱走向艙外。

順著人群走到出口，小劉的電話依舊打不通。

因為是半夜，機場的旅客稀稀疏疏的並不多，出口處接站的人也沒有幾個。她確認沒有人是來接自己的，只好在出口處等著。

一個四十多歲的大姐湊了過來，操著當地口音問她要不要住店。

許冬言隨口問了一句：「多少錢？」

「兩百元，可以洗澡的。」

她抬手看了看時間，不禁想笑，這都快天亮了。

見她猶豫，大姐又說：「妳這個時候不好找房間的。」

許冬言擺擺手：「我有朋友來接。」

大姐也沒再多說，打著呵欠走遠了。

許冬言找了個位置坐下來，過了最容易犯睏的時段，她反而精神好了許多，拿出在機場剛買的小說來打發時間。

時間一點一點地流逝，小說看了三分之一，手機提醒電量不足，天真的要亮了。

這時候電話終於響了起來，來電的卻是寧時修。凌晨五點鐘，他怎麼打電話來了？

寧時修的聲音很清醒：「妳到包頭了？」

「嗯。」

「我也快了。」

「什麼？」

「還在機場嗎？」

「對。」

「在什麼位置？」

「出口拿行李的地方。」

「原地別動，等著我。」

「你……」許冬言想問問怎麼會是他，寧時修卻說：「等一下再說。」說著便掛斷了電話。

看來還真被溫琴給說中了，寧時修也在包頭出差。想到這裡，她突然覺得自己有些興奮，風似乎也沒那麼冷了，睏意早已一掃而空。

大約半小時以後，一個穿著黑色羽絨衣、深色牛仔褲和馬丁鞋的高個子男人，風塵僕僕地從外面走了進來。他似乎早就想到了許冬言落腳的位置，一進大廳就直奔她而來。

兩人視線對上，他朝她伸出手。在她迎上去時，他一手順勢接過她的行李箱，一手護著她的背，半擁著她往大廳外走。

剛才那位小旅館大姐又湊上來，問他們需不需要住店。這一次她像是鎖定了獵物一樣，跟了他們十幾公尺，一路還將旅館房間的照片一張一張拿給他們看。

寧時修不耐煩地揮揮手：「我們兩口子這就回家了，別耽誤您做生意，您快去問問別人吧。」

雖然知道他說這話完全是用來唬人的，但不知道為什麼，許冬言的心卻驀然狂跳了起來。

果然，大姐一聽這話就不再跟了，悻悻地尋找著下一個目標。

許冬言問他：「你怎麼來了？小劉呢？」

寧時修臉色一沉：「別跟我提他。」

「哦，你怎麼來的？」

「開車。」

「外面正下雪呢。」

「嗯，大半夜的沒有大巴士，只能開車。」

許冬言大衣口袋裡的手機響起電量低的警示聲，她拿出來一看，手機已然進入了自動關機的狀態。

兩人相視一笑，寧時修說：「還好在這之前接到妳了。」

這時候寧時修的手機又響了，他看了一眼來電顯示，臉上的笑意立刻消失不見。他接通電話，聽了幾秒，用沒什麼情緒的聲音說：「我讓你去接個人，你卻在旅館休息睡過頭了？」

對方似乎在解釋著什麼，寧時修有點不耐煩：「你自己想辦法回去吧。」

許冬言走在他身邊，明顯感到了他的不悅。

冷風肆虐，許冬言不禁打了個寒顫。這個時候，應該是一天中最冷的時候，寧時修看了她一眼，停下腳步，解下脖子上的羊絨圍巾替她戴上。

許冬言推託了兩下，便順從地任由他將圍巾一圈一圈地裹在自己的脖子上。

寧時修說：「來這種地方還臭美個什麼勁？也不戴個帽子。」

許冬言小聲嘀咕了一句：「我沒有帽子。」

寧時修仔仔細細地替她圍好，確定遮擋住了耳朵和嘴後，他笑了，笑得有點不懷好意：「沒關係，我們隊裡有的是帽子，到時候送妳一頂。」

許冬言往下扯了扯圍巾，露出嘴巴：「天亮以後會不會暖和一些？」

「會吧，但也好不到哪裡去。」

上了車，許冬言問他：「怎麼專案資料上都沒你的名字？」

「這專案一開始不是我的，原本負責這件事的人搞不定，我臨時頂替的。」

「哦哦。」許冬言點著頭，「看不出來你還是救火隊員啊。」

寧時修無聲地笑了笑。

許冬言又問：「你一早就知道是我過來嗎？」

「不知道。是昨天晚上，我們部門聯繫不到小劉，就來找我。我一看那號碼，才知道是妳。」

「所以……你就連夜開車來接我？」

聽她這麼問，寧時修局促地清了一下嗓子說：「是啊，不然呢？」

「可是你有沒有想過，萬一這大雪天的連夜開車出了什麼事怎麼辦？」

「如果是那樣，我就得問問，為什麼每次遇到妳都沒好事？」

許冬言呵呵地笑：「一物降一物唄。」

寧時修也笑了。

正常情況下，回去的路程只需要三個小時，但是雪愈下愈大，究竟要走多久，寧時修也不確定。

八點多時，天色依舊灰濛濛的，雪愈來愈大，車速也愈來愈慢。車窗外白茫茫的一片，一個人都沒有，這種場景在北京是見不到的，而這漫天的飛雪，也讓人無端生出幾分敬畏感來。

許冬言想，如果身邊坐著的不是寧時修，她大概會覺得害怕吧？因為有他，她全然不用去想後面該怎麼辦，只想著跟著他，什麼都不用擔心。

寧時修以為她是累了，說道：「前面有個休息區，等一下可以休息一下。」

「嗯，正好吃點東西。」

過沒多久就到了寧時修說的那個休息站，之前路上沒見到什麼人，可是加油的車子卻排了很長的隊伍。休息站裡的小商店裡也是人頭攢動，隨處可見趕路的人。

寧時修對許冬言說：「妳先去買點吃的，我等一下加好了油去找妳。」

許冬言點頭，走之前，她又提醒他：「我手機沒電了。」

寧時修朝她點點頭：「我知道，我走不遠。」

她這才放心地下了車。

寧時修一直目送著她進了小商店後才重新打擋，跟著前面的車輛往前挪了一些，等了半個小時，終於輪到他了。加油的空檔，他問幫他加油的服務人員：「今天怎麼這麼多人？」

服務人員有點意外：「您還不知道啊？因為大雪下了一夜，現在前面封路了，暫時都走不了了。」

「那有沒有說什麼時候解封？」

「這不好說，得看天氣吧，最快也是明天。」

寧時修點了點頭，付了錢又問：「這附近有住宿的地方嗎？」

服務人員朝後面的小樓指了指：「裡面有個旅店，附近就此一家。您也看到了，人這麼多，要是住宿可得早點去。」

「好的，謝了。」

寧時修把車子停到小商店門外，下車前打了個電話給小劉：「大雪封路了。」

「我正想跟您說呢，大巴士都停運了，我得明天回去了。」

「嗯。你自己注意安全，現在我手機沒電了，你幫我跟隊裡的人說一聲。」

「好的，晚點聯絡，您也注意安全。」

寧時修走進小商店，推開人群，才看到角落裡的許冬言正拎著一小袋茶葉蛋面無表情地站在一桌人旁邊。

看到寧時修，她隨口抱怨了一句：「沒位置，沒買泡麵。」

寧時修拉著她往外走：「走吧，換個地方吃。」

出了店門，拐到商店的後面，寧時修找到了休息站裡唯一的那家小旅館。旅館前廳又小又灰暗，他們進去時，收銀員正坐在吧檯後面看電視。

寧時修走上前：「還有房間嗎？」

收銀員抬頭看了他一眼，懶懶地回答道：「一個晚上四百，押金兩百，一共六百。」

寧時修抬頭看著牆上的價目表：「您這不是寫著兩百嗎？」

「那是之前的報價，今天是什麼情況啊！」

寧時修也沒多說：「那開兩間吧。」

「只剩一間了。」

「所有的房型都沒了？」

「沒了，這間還是我們工作人員值夜班時住的地方，剛讓人打掃出來的。」

「那就這間吧。」

收銀員這才拿出一本小本子開了一張押金單：「有一間就不錯了，外面那些人今天只能睡車裡囉！」

聽了寧時修和收銀員的對話，許冬言也明白今天是走不了了。不過只有一個房間，這倒是讓她有點尷尬。

她跟著寧時修進了房間，房間裡一股腐敗的味道，她正想開窗通通風，寧時修說：「妳不冷啊？」

「我……我……我受不了這味道。」

寧時修挑眉看了她一眼，笑了：「緊張什麼？」

許冬言心事被說中，狠狠瞪了他一眼。

他把她的行李靠牆放著：「別開窗了，開著門晾一會兒吧。」

「今天為什麼走不了了？」許冬言問。

「前面封路了。」

「那什麼時候才能走？」

「最快也要明天。」

許冬言無奈：「這就是出門沒看農民曆的結果……」

「別抱怨了，一個晚上都沒睡，趁現在休息一下吧。」

「我現在不睏。」

房間裡有一臺二十九吋的老電視，可惜連遙控器都沒有，不過這種時候能看電視打發時間已經不錯了。許冬言摸索著電視機上的換台鍵，一連換了十幾個頻道，只有兩、三個是有畫面的，但訊號也非常差，畫面斷斷續續的。

在許冬言和電視機槓上的短暫時間，寧時修先幫手機充了電，然後洗了手，坐在沙發上開始剝茶葉蛋。他的手指又細又長，十分靈活，輕巧地剝掉了蛋殼的三分之二，留下下面一點殼好讓手拿著。

他把第一個剝好的茶葉蛋遞給許冬言：「中午就將就一下吧。」

許冬言長這麼大，除了溫琴，她還沒在別人那裡享受過這種待遇，突然有點不適應：「謝……謝謝！」

寧時修繼續去剝剩下的茶葉蛋，無所謂地說：「一個茶葉蛋而已，放心吃吧，不會讓妳肉償的。」

許冬言撇撇嘴，咬了一口。有點涼了，但也覺得很好吃。

這時候，寧時修的手機突然響了，他擦了擦手起身去接電話。

看他那接電話時一本正經的神情，許冬言知道這大概又是工作電話。此時電視裡的聲音嘶嘶啦啦的，顯得異常吵鬧，許冬言索性關掉電視，靜靜地聽著他打電話。

十幾分鐘後，他對電話另一邊的人說：「有事隨時打給我，我明天回去。」

屋子裡的氣味已經散了不少，掛上電話，寧時修隨手關上了門。他回過頭，看到許冬言有點不自在地坐在床邊仰著腦袋，假裝若無其事地研究著天花板上的日光燈。

他勾了勾嘴角：「吃飽了就睡一會兒吧。」

「我……我……我不睏。」

他走過去，刻意坐在她身邊，有點為難地看著身後的那張雙人床：「現在不睏，也不能一直不睏吧？看來今天我們倆得擠擠了。」

許冬言冷哼一聲：「一……看這床單就有年頭沒洗了。要……要……要……睡你自己睡吧，我坐著休息一會兒就行。」

「行，既然如此麻煩，妳就讓讓吧。」他推開許冬言，自己倒在床上。

過沒多久，寂靜的房間裡便傳來寧時修均勻的呼吸聲。開了一夜的車，他也累了。

許冬言躡手躡腳地幫自己的手機充電，又用熱水洗了洗臉。其實她也睏，但是不能因為睏，就跟一個男人睡一張床啊！所以她只能在沙發上將就一下。

不知道過了多久，寧時修醒了。他坐起身來，發現許冬言靠在沙發上睡著了。睡相不怎麼好看，但也足見睡得踏實。

他無聲地笑了笑，起身過去抱起她，她睫毛微微顫抖了幾下，卻沒有要醒來的意思。他把她放到床上，又將自己的羽絨衣蓋在她身上。

睡夢中的許冬言不安地動了動，但那神情卻異常溫柔。寧時修不禁覺得好笑，這傢伙或許只有睡著的時候才會露出她溫柔的一面。

沒什麼能打發時間的東西，他索性找來兩張廢紙和一支鉛筆，百無聊賴地畫了起來。

許冬言醒過來時發現自己竟然躺在床上，身上還蓋著寧時修的衣服。好在床上只有她一個人，這讓她暗自鬆了口氣。

她揉了揉腦袋坐起身來，看到寧時修正坐在對面的沙發上低頭寫著什麼。

聽到床上的動靜，他頭也沒抬地問了句：「醒了？」

許冬言看了一眼窗外，天已經黑了。

「我怎麼睡到床上來了？」

「因為我要用沙發。」

寧時修穿著薄薄的黑色V領羊毛衫，低頭時更顯出他後頸的白皙，許冬言不禁摸了摸自己的脖子。

寧時修問：「餓了嗎？」

許冬言跳下床：「還行。咦，你在寫什麼？」

寧時修不緊不慢地放下筆，將那張寫了字的紙折了幾折放在手心裡：「沒寫什麼，算點東西。走吧，我讓老闆準備了晚飯。」

出來一天多了，沒吃過一頓正經飯，此刻的許冬言一聽有飯吃，心情好了不少：「在哪吃？」

「樓下。」

一樓的收銀員還是他們入住時的那個小女孩，見兩人從樓上下來，她什麼也沒說，帶著他們走到走廊盡頭的房間。推開門，是一個不大的小客廳，客廳後面是廚房；他們進門時，廚房裡還有炒菜的聲音。

小女孩說：「這是我們員工的休息室，您二位將就一下吧。」

寧時修點點頭，徑直走到客廳中間的四方桌前坐下，又拍了拍旁邊的位置對許冬言說：「過來坐吧。」

小女孩走到廚房後面，跟正在炒菜的師傅用當地方言交代了兩句，出來對寧時修他們說：「馬上就好了，稍等一下。」

「好，謝謝。」

只剩下他們兩個人時，許冬言低聲問寧時修：「你怎麼跟他們說的？」

寧時修拎起桌上的茶壺替許冬言倒上熱茶：「還能怎麼說，給點錢唄。」

許冬言一副了然的表情。過了片刻，她又極認真地皺了皺眉道：「其實今天這情況，我們吃泡麵就行。」

寧時修低頭喝水：「我是沒問題。」

這言下之意是在替許冬言考慮囉？要是平時，許冬言一定會反駁兩句，但是此時此刻，她卻什麼都沒有說。

吃過晚飯，寧時修說：「我出去看一下高速公路的情況，妳先回房間。」

「好的。」

「對了，這天都已經黑了，妳別亂走。」

許冬言不耐煩道：「知道啦，我又不是小孩子。」

寧時修走後，許冬言自己回到房間，翻出小說來繼續看。

房間裡突然響起嗡嗡的聲音。許冬言循聲看過去，這才發現原來寧時修忘了帶手機，而此時手機螢幕上正出現著一個人的名字——聞靜。

還說兩人沒聯絡？她也覺得，這送上門的漂亮女孩，寧時修一個大男人沒理由拒絕啊！

過沒多久，手機不震了，但緊接著一條簡訊發了過來：『時修，你睡了嗎？』

叫得這麼親密，一看就知道這兩人關係有點曖昧啊……

許冬言把手機放回原處，心思卻再也回不到小說中了。

過沒多久，寧時修從外面回來：「雪已經停了，明天應該可以出發。」

許冬言頭也不抬地說：「剛才有人打電話給你。」

「是嗎？」寧時修毫不在意地拿起手機，看到是聞靜的電話，抬頭瞥了一眼許冬言。他似乎沒打算撥回去，看完簡訊就直接將螢幕上鎖。

許冬言狀似不在意地說：「你們男人是不是都喜歡這樣啊，嘴上拒絕，行動上又給人希望？」

「你說的是有些男人，不是我。」

「呿，我看都一樣。」

「人家不就是關心我一下嗎，有需要這樣大驚小怪的嗎？許冬言……」寧時修笑著看她，「妳該不會是在吃醋吧？」

這話寧時修不是第一次說，但他每一次說，她的心都會不聽話地亂跳幾下。她沒有深想為什麼會這樣，但為了氣勢上不輸對方，她放了狠話：「如果真有那麼一天，那我一定是瞎了！」

說完，她闔上書起身：「我要洗澡。」

寧時修無所謂地笑著，做了個請的手勢。

她回頭看他：「洗手間的門鎖壞了。」

寧時修頓了一下說：「好，我知道了。」

過沒多久，洗手間裡傳來嘩啦啦的水聲。

寧時修走到床邊，拿起她剛剛看的那本書隨意翻了幾下，發現有一段話被做過標記：「成年人的世界裡感情並不是全部，即便發生了天塌下來的事，他們也只允許自己傷心一小會兒。這並不是隨著歲月增長會自然而然學會的技能，這是在被歲月傷害過後他們對自己的殘忍。」

只允許自己傷心一小會兒？這麼說，看似沒心沒肺的她其實並沒有完全走出來。

他把書放在旁邊的桌子上，將剛才回來時從老闆那裡要的新床單展開鋪在了床上。

許冬言洗完澡出來，發現床單換了。她問寧時修：「哪來的？」

「我跟老闆說床單太髒了，讓他重新拿一條。這條是新的，妳放心睡吧。」

說著他自己坐到沙發上，將羽絨服蓋在身上，閉著眼睛打算睡了：「收拾好就把燈關了。」

許冬言擦了擦頭髮，關掉燈爬上了床。眼睛漸漸適應了黑暗，她看到坐在沙發上的寧時修不舒服地動了動脖子。

過了一會兒，她輕聲問：「你睡著了嗎？」

「嗯。」

許冬言笑，睡著了還應聲？「我睡了一天，現在睡不著了。」

寧時修幽幽地嘆了口氣，在黑暗中睜開了眼睛。

她幾乎可以看得到他正看著自己。

她說：「要不……你過來吧，我們倆聊聊天。」

他坐著不動。

她又說：「怎麼，還怕我占你便宜？」

一陣窸窸窣窣的聲音響起，寧時修起身靠坐在她旁邊：「早知道白天把妳叫醒了，省得晚上給別人添麻煩。」

許冬言翻了個身，面對著他：「你睡不著時會想什麼？」

寧時修端著手臂：「工作吧。」

「你們主管一定非常喜歡你。」

「為什麼這麼說？」

「因為你傻，夠勤快啊。」

寧時修笑，不置可否。

兩人都沉默了一會兒，許冬言又說：「有件事情我一直很好奇。」

「什麼？」

「就算你和陸江庭因為一些事情疏遠了，但是你們好歹也是親戚，還是不遠的親戚，為什麼我都沒聽寧叔提起過他？感覺你們家在北京似乎沒有他這個親戚一樣。」

寧時修輕輕嘆了口氣：「這件事說來話長。」

「說說嘛！」

「其實主要是上一輩的事情。我奶奶家條件一直不錯，我媽當時也算是大戶人家的女孩，但我爸年輕時就是個窮小子。兩人戀愛後遭到了我奶奶家人的反對，可是他們兩個人感情很好，誰也不願意放棄，到後來還沒結婚就先有了我。當時那個年代很少有這種情況，我爺爺覺得這是奇恥大辱，一氣之下就跟我媽斷絕了關係，也就由著她和我爸在一起了。不過自那以後，我媽跟那邊的親戚也就都不聯絡了。」

「你爺爺也太固執了，你不說，我還以為這種悲劇只存在於小說裡呢。」

「我和陸江庭這一輩原本不該受他們影響的，更何況我大阿姨，也就是陸江庭的媽，在我小的時候對我還挺好的。我們兩個當時上同一所學校，她經常偷偷跑到學校去看我。」

「那後來這樣又是為什麼？」許冬言追問道。

寧時修頓了頓說：「後來，出現了一個女人，然後就變成現在這樣了。」

許冬言沉默了片刻，又問：「那女人是你的初戀嗎？」

「算是吧。」

如果她沒記錯，王璐應該也是陸江庭的初戀。她突然很想知道，對男人而言，初戀意味著什麼。真的那麼無可替代、不能撼動嗎？

「初戀對你們男人來說，到底算什麼？」

寧時修想了想，在沉靜如水的夜中，緩緩說道：「大概就像一面鏡子吧，能讓人看到最初的自己。」

寧時修不由得想到了劉玲。其實他已經有很久沒有想起過她了。然而，再想起時，卻早已沒了當年的感覺。也是，有多少感情能經得起歲月的打磨？尤其是當年他對她，或許也只是好感、喜歡，還遠遠談不上刻骨銘心。

那什麼樣的感情才會刻骨銘心呢？寧時修想了一會兒，回頭再看向許冬言，卻發現她不知什麼時候已經睡著了。

窗外涼薄的月光透過只有半扇窗簾的窗子，稀稀疏疏地鋪滿了房間。

許冬言側著身，面對他蜷縮著，就像嬰兒在母親身體裡的姿勢——極其缺乏安全感的睡姿。

他靜靜地看了片刻，將她露在外面的手臂塞進了棉被下。

第二天，兩人吃過早飯後繼續趕路，這一走又是小半天，從高速公路上下來時已經是下午。許冬言打開手機地圖，想看看自己的位置，但是一直搜不到訊號。

寧時修瞥了她一眼說：「這裡的訊號不怎麼穩定。」

許冬言只好悻悻然關閉螢幕。

不久，車子停在了一家破舊的小旅館面前。準確地說，在這條破舊的小街上，這家旅館已經算是比較不破的了。

兩人一下車，立刻就有人迎了上來。來人是個留著寸頭的年輕人，異常熱情地向許冬言伸出手：「是許記者吧？可把您給盼來了！吃過午飯了嗎？路上累了吧？真辛苦，真辛苦！」

許冬言愣了一下，對他的熱情有點不適應：「叫我冬言就行。」

對方大概也看出了許冬言的彆扭，摸了摸腦袋笑道：「呵，剛才忘了自我介紹，我叫葛興山，大家都叫我山子，這裡的吃喝拉撒都是歸我管，您有事找我就行！」

許冬言點點頭，道了謝。

寧時修從後備箱裡拿出許冬言的行李，對山子說：「別說了，過來拿行李。」

「來囉！」山子應了一聲，小跑著過去接走寧時修手上的行李箱。

山子拎著箱子走在前面，時不時地回頭跟許冬言聊上幾句：「我們頭兒一聽小劉沒接到您，他當時就急了。我說我去接吧，他不放心，非要親自去，攔都攔不住！」

「你們頭兒？」

「對啊，這不是頭兒把您給接回來了嗎？」

許冬言這才反應過來，山子口中的「頭兒」就是寧時修。

寧時修隨口問道：「小劉回來了嗎？」

「也剛到。」

「許記者的房間安排在幾樓？」

「三樓，就在您房間旁邊。」

三樓的房間不多，山子領著兩個人一路走過去，有幾間房間的門都是開著的，這幾間房間的人見到寧時修都紛紛打招呼：「頭兒回來了？」

寧時修突然想起什麼，走進一間房間：「昨天現場的情況拍照了嗎？我看一下。」

山子見寧時修聊起工作，大概一兩句是聊不完的，便對許冬言說：「先送您回房間吧！」

「好。」

許冬言的房間就在寧時修房間的旁邊，格局和她在影片聊天中看到的一樣。

她留意到這是一個雙人房，剛才一路過來的那幾個房間都是兩個人一起住的，於是問山子：「這房間還有別人嗎？」

「別人？」山子有點詫異，「沒了啊，就您一人住。」

許冬言點點頭。

「那您先休息吧，有事打電話給我。」

「好的，謝謝了。」

山子走後，許冬言發了一則簡訊給寧時修：『別人都是雙人房，就我是單人房，難道這是身為你親戚的特別待遇嗎？』

過沒多久，寧時修回了過來：『因為這隊裡只有妳一個女的，不單獨住怎麼辦，跟我住？』

許冬言的心猛然跳了幾下，卻只是不動聲色地回了一句：『想得美！』

晚上的時候，有人來敲門，她以為是寧時修，開門一看，又是山子，手上還捧著一件軍大衣和軍用皮棉帽。

許冬言側身讓他進門：「這是什麼啊？」

「聽說您這次來得匆忙，穿得有點單薄，頭兒特意囑咐我給您送這個過來。」

許冬言拿起皮帽子看了看，樟腦丸的味道還沒有徹底散去。她想到他在機場時那不懷好意的一笑，原來是幫她準備了一頂綠帽子啊！

山子大約看出了她不情願，勸說道：「這地方不比我們北京，賊冷，風也大！我們在外面一站就是幾個小時，啥都不比這軍大衣禦寒。我們的人都是人手一套，明天穿上這個就誰也不認得誰了。」

許冬言的心思被看穿，有點不好意思，笑了笑說：「好的，謝謝。」

「哦、對了，明天早上八點從旅館出發，您可以提前去餐廳吃點東西，但千萬別遲到哦！」

「好。」

第二天出門前，許冬言看著床上那套軍大衣依舊有點猶豫不定。她昨天晚上試了一下，實在是穿不出劉天王的帥氣，怎麼看都覺得很傻。

她想打開窗子感受一下早上的溫度，卻發現窗子被凍住了，費了好大的力氣才推開。剛推開一個小縫隙，冷風頓時灌入，讓她不由得打了個顫，不穿大衣的想法也隨之被打消了。

還差五分鐘到八點的時候，許冬言下了樓。她覺得自己已經夠守時了，卻發現大巴士裡已經坐滿了人，只有寧時修站在車門前。他似乎正要打電話，但看到她後又收起了手機，嘴角不由得浮上笑意。

許冬言在見到他的那一刻就後悔了。說什麼人手一套，寧時修明明還英武帥氣地穿著他昨天那件黑色長款羽絨服，再看車上的人，也都是平時的穿著打扮，只有她傻裡傻氣地穿著超大號的軍大衣，還戴著長耳朵的軍帽。

可是現在再去換掉已然來不及了，她沒好氣地走過去，寧時修笑意更深，抬手替她整了整戴歪的帽子：「怎麼看著像匪軍啊。」

許冬言瞪著他，他立刻斂了斂笑容，但看得出在強忍著笑意：「這麼穿沒錯，只是車裡沒那麼冷，大家都把大衣放在車上了。等等到了那邊工地，妳就知道這些東西有多有用了。」

「呵呵。」許冬言皮笑肉不笑，「這麼說，還得謝謝你的綠帽子。」

寧時修拍了拍她後背：「我們兄妹倆就別客氣了！快上車吧，下次早點下來，就不會被這麼多人看笑話了。」

在眾目睽睽之下，一向伶牙俐齒的許冬言，此刻也只有咬牙切齒、無力還擊的份了。

大巴士悠悠晃晃地駛出小縣城，沿途的風景逐漸荒蕪起來。起初車子裡的人還在聊天，到了後來大家都在安靜地休息。

差不多四十分鐘的車程，車子再度停下來。有人從後座將軍大衣一件件傳過來，眾人穿戴整齊後下了車。

原來，寧時修沒有騙人……

跟著眾人下了車，許冬言看到一座殘橋跨過一個小山溝，還差一點就連接到對面的高速公路上了。

風很大，許冬言卻來了精神。她正要跟著人爬上橋去看看，卻感到大衣領子被什麼東西鉤住了，她一回頭，發現是寧時修。

「幹什麼？」她一張口就是一團氤氳的霧氣，眼睫毛上立刻結上了一層細細的霜。

寧時修放低聲音：「那邊那個小白房妳看到了吧？裡面有暖爐，妳就在那等我們收工。」

「我不跟著你？」

「妳跟著我幹什麼？」

「我不跟著你，算哪門子採訪？」

寧時修不耐煩地說：「妳是不是傻啊！這天多冷，上面又不安全。」

「大家不是都去了嗎？」

「妳跟別人一樣嗎？」

其實寧時修說這話的本意是指許冬言是個女孩子而且笨手笨腳的，但是許冬言聽在心裡卻驀然一暖——原來她在他心裡竟是與別人不同的。

她笑嘻嘻地說：「那我也得跟著你。」

寧時修看了她片刻，最後無奈地妥協了：「跟就跟吧。但要跟好了，不准瞎跑。」

「知道了！」

包工頭領著寧時修看這幾天的施工情況，總的來說，和設計圖紙的出入不大，不過也有需要調整的地方。而當務之急是工期緊湊，需要一個合理的策劃來解決天氣惡劣造成工期進展慢的問題。

施工方、當地政府的人還有監理也正是因為這個問題湊在了一起，眾人討論了一會兒，寧時修瞥了一眼身後瑟瑟發抖的許冬言，提議道：「不如回旅館再細聊吧。」

眾人似乎這時才感覺到了冷，都表示贊同。

許冬言一聽寧時修說要回去，第一次覺得他太可愛了，害自己戴「綠帽子」的事也沒那麼計較了。

回去的路上，寧時修低聲對許冬言說：「妳也看到了，我估計這專案年前是結不了了，妳大概瞭解一下情況就先回北京吧。」

「我才剛來。」還不到一天就要趕她走了？

「妳這是要跟到底嗎？」

「那倒也不用，你們什麼時候走？」

「比妳晚幾天。」

許冬言想了一下：「也不差那幾天，要不一起走……我是說，我好不容易來一趟，多多積累點素材。」

寧時修才不管她為什麼想要留下來，他只知道沒幾天就過年了，得趕快讓她回家：「這天寒地凍的，妳在這裡待著幹什麼？明後天就趕快回去吧！」

許冬言隨便發了一篇稿子回公司，本以為劉科不滿意了會讓她再跟兩天，沒想到稿子竟然出奇順利地過了。她沒什麼理由再待下去，只好讓山子幫她訂回程機票。

這時候，內蒙古又是連日的大雪。也正因為這大雪，後面幾天回北京的航班都取消了，高速公路也封路了，臨近年關，火車票更是一票難求……

為了在過年前把許冬言送回去，寧時修費盡心思找人、託關係，許冬言卻放下了一顆心，一點都不著急地看著他忙活。

結果讓許冬言很滿意——票還是沒買到。

寧時修看著她一臉的無所謂有點莫名其妙：「留在這窮鄉僻壤的地方過年，有什麼好啊？」

「也沒什麼不好啊！」

寧時修看了她幾秒，笑了：「隨妳吧，到時候想家了可別哭。」

許冬言聳了聳肩：「這就不用你操心了。」

其實這些年來，她從來沒有在這麼重要的日子離開過溫琴。即便母女倆平日裡時不時地拌嘴吵架，但親人就是親人，在每一個特別的日子裡，有親人在身邊的感覺才算切實。

可是不知從什麼時候起，寧時修似乎已經成了她的另一個親人，只要有他的地方，就有家的感覺。

大年三十的前兩天，寧時修他們的工作才告一段落。

一大早，許冬言正在洗手間洗漱，就聽到有人敲門。她吐了牙膏泡沫，快速地漱了漱口去開門。

門外寧時修只穿了一件衛生衣，脖子上掛著一個單眼相機，許冬言開門時，他正低頭調整著單眼相機。

「趕快收拾一下出門。」

許冬言問：「去哪？」

「附近晃晃。」

許冬言一聽是去逛街，立刻來了興致。她來這小鎮都快十天了，唯一去過的地方就是山上的那個工地。以前不是她沒時間，而是寧時修不准她自己出去，眼下顯然是他要帶著她去了。

她連忙衝回洗手間繼續洗漱：「等我五分鐘。」

寧時修在門口笑了一下：「五分鐘夠嗎？」

「夠夠夠！」

雪其實早就不下了，但是天氣寒冷，沒人刻意除雪的話，積雪可以數日不化。

寧時修和許冬言所在的這條小街道顯然就沒有人去刻意除雪，整個街道到處都是白茫茫的一片，只有各家各戶為了過節而掛出的紅燈籠最為搶眼。

一路上，寧時修話不多，只是邊走邊隨手拍著照片。許冬言譏諷他裝文藝青年，可是等他停下來看照片時，她卻忍不住湊腦袋過去跟著看。

不得不說，他的攝影技術真的挺不錯，原本只是普通的街景，被他那麼一拍，就像明信片裡的景色一樣。

「看不出來，你興趣愛好還不少。」

寧時修刪掉不滿意的照片，又拿起相機找著角度：「走的地方多了，光靠畫是畫不完的。」

許冬言點頭：「也是，改天我也學學。」

兩人一路從清冷的街道漸漸走到了一處市集，這算是許冬言來到這裡以後見到最熱鬧的地方了。她看著什麼都覺得新鮮，一個人走在前面，一時間忘了寧時修。

走到一個賣對聯的小攤前，她停下腳步。其實對聯很常見，可是上面的字卻不常見。

「這是蒙語對聯嗎？」

「是啊。您看中哪副了？」

她指著自己眼前的一副問老闆：「這副是什麼意思？」

老闆跟她解釋了一次，她又接連問了幾副，老闆都很有耐心地翻譯著。

許冬言認真地記下了每一副的意思，選了最合意的一副：「就要這個吧。」一摸口袋才發現自己沒帶錢，好在還有寧時修。她連忙回頭找人，卻見他正站在身後不遠處看著自己。

她拿起自己剛選好的那一副對聯展開來給他看：「霸氣吧？」

寧時修笑：「搞懂意思了？」

「嗯，意思美好，算是你幫家裡買一副吧！」

寧時修似笑非笑地問：「我？」

「對啊。」

「不是妳挑好了嗎？」

「我幫你挑的啊。」

寧時修笑了一下說：「好。」

付了錢，兩人繼續往前走。許冬言很快又被別的東西吸引了，落後了寧時修一大截。寧時修回頭發現人又不見了，只好站在原地等她。等看到她了，他不耐煩地催促道：「沒帶錢就跟緊點，回頭走丟了，妳中午就只能餓肚子了。」

許冬言撇了撇嘴，原來他知道她沒帶錢。

第二天就是大年三十，中國人的大年夜。小旅館的廚師早早下了班，設計師們親自下廚，湊了一桌子菜。

起初的氣氛還有點拘謹，酒過三巡後，場面便開始有點失控，有人打電話給家裡人哭訴，有人抱在一起東倒西歪地聊著天。

寧時修坐在位置上始終沒有挪動過，時不時地有人來跟他敬酒。他也實在，但凡是別人敬的他就先乾為敬，施工方加上設計公司一共十幾個人，除了許冬言，至少每人都敬過他一杯。

眼看著又有人去敬酒，許冬言不由得嘀咕：「這都喝了快一公升了。」

旁邊的山子聽到她的話，笑了：「您擔心頭兒啊？完全沒必要！他可是我們院裡出了名的千杯不醉！」

「真的假的？」

「當然是真的。」

許冬言一聽，湊過去問山子：「那你們那裡還有別的關於他的傳聞嗎？」

山子臉上那種不懷好意的笑容漸漸擴大，他沒有回答許冬言，反而問道：「我發現頭兒對您特別關照，您二位之前肯定是認識的吧？」

許冬言微微挑眉：「是啊。」

「怎麼認識的？」

許冬言正想隨便胡謅一個，手機突然響了，是溫琴向她發起的視訊邀請。她跟山子打了個招呼：「我出去一下。」

許冬言起身走到餐廳外面的小陽臺上，小陽臺都是封閉的，雖然沒有屋子裡暖和，但也不冷。她接通視訊，不禁愣了一下。就算北京沒有包頭冷，但也不至於穿短袖吧？

溫琴的背景是一家餐廳，環境很幽靜，她跟女兒打著招呼：「新年快樂啊！」

「您冷不冷啊？」

「不冷啊，還很熱呢。」溫琴說。

「您這是在哪？」

「你們倆都不回家，我們就來海南三亞過年了。你們那怎麼樣，冷嗎？」

許冬言羨慕地撇了撇嘴：「不是很冷，也就零下二十幾度吧。」

溫琴斜著眼睛想了想：「零下二十幾度啊……我還真沒體會過。」

許冬言不耐煩地說：「媽，您除了炫耀還有別的事情嗎？」

「看看妳唄！怎麼才幾天不見就醜成了這樣，是不是一直熬夜啊？」

「呵，謝謝關心啊。」

「應該的。什麼時候回來？」

「後天吧。你們呢？」

「過完年吧。」

「那您問什麼意思的啊！」

「妳這白眼狼孩子，妳媽當然是關心妳啊！好啦、不說啦，我們吃完晚飯了，去海邊晃晃。」

掛斷電話，許冬言這才發現寧時修不知什麼時候已經出現在她的身邊。他靠在陽臺上，嘴裡含著一支菸，打火機在手上喀嚓喀嚓地響著，就是不把菸點燃。

「你怎麼走路沒聲音的？」

「是妳聊得太專心了。」

「他們去三亞了。」

「我知道。」

許冬言看他：「剛才看你酒量不錯。」

寧時修轉了下身，跟許冬言一樣面對外面；他這才把菸點上，深深地吸了一口，緩緩吐出一團煙霧：「水喝多了都會難受，更何況是酒，不醉不代表我不會不舒服。」

許冬言斜著眼睛看了他一會兒：「真搞不懂，明明知道會不舒服，為什麼還要喝？」

「這世上本來就有很多事都跟喝酒是一樣的道理，明知道喝了會難受、會失控，還是會有很多人樂此不疲。」

「你呢？」許冬言問。

「什麼？」

「會難受、會失控嗎？」

寧時修笑了笑，沉默了片刻問：「妳冷不冷？回房間吧。」

許冬言覺得他不想再說，也就不再多問，跟著他往樓上房間走去。

到了寧時修的房門前，許冬言突然說：「我想看看昨天的照片。」

寧時修打開房門：「進來吧。」他指了指房間內：「相機在床頭，我先洗個臉醒醒酒。」

「嗯。」

許冬言坐在床上一張張地看著照片重播，不得不說寧時修的拍照技術真的很不錯，雖然許冬言的眼光不是專業的，但是她欣賞美的能力還是有的。

翻到某一張時，她的動作突然停了下來，照片裡是她正在跟賣對聯的小販聊天的場景。她把照片放大，仔細看著自己的臉，這個角度不錯，臉顯得很小。

她繼續往後翻，發現全是她——有她站著、有半彎著腰、有凝眉思考、也有面帶笑容的……

寧時修洗好了臉，走到她面前，她一點點地將視線上移，最後對上了他的目光。

他面色沉靜，下巴上還懸著水珠，顯然已經看到了她手上的照片。他狀似隨意地說道：「我平時不怎麼拍人，技術一般。妳不喜歡的話，就刪掉吧。」

「就這樣？」許冬言依舊仰著頭逼視著他。

寧時修不解：「不然呢？」

「你這是在偷拍我！」

寧時修無奈：「這算哪門子偷拍！」

「這怎麼不算偷拍？」

寧時修奪過相機，拉著她往門外走：「喝酒的是我又不是妳，妳發什麼酒瘋？快回去睡覺！」

走到門前，許冬言一轉身靠在門框邊：「我不走！今天得把話說清楚！」

「妳神經病吧？」寧時修試圖把她推出房間，但許冬言又怎麼肯乖乖聽話？

兩人正較著勁，門外傳來一個困惑的聲音：「你們？」是山子的聲音。

兩人一愣，打量了彼此一眼。

寧時修試圖把許冬言推出房間，而許冬言為了不被推出去，雙手正抵在他胸前頑強抵抗著。別看她個子小，力氣卻不小，寧時修險些被推個踉蹌，只好一手扶住她身後的牆。

可是這一幕在山子看來，就是你情我願、你儂我儂的調情無疑。

寧時修沒好氣：「看什麼看！」

山子如夢初醒，捂著眼睛喊著「我什麼都沒看見」就跑遠了。

被山子這麼一攪和，兩人也不較勁了。寧時修低頭拿起相機：「我把照片都刪了，行了吧？」

「我的照片，你憑什麼說刪就刪？」

寧時修不耐煩地皺眉：「我說許冬言，妳是不是腦袋被螺絲起子鎖死了？怎麼這麼拗啊！」

「誰叫你先偷拍我的！」

寧時修認命地說：「行、我知道了，狗屎踩不得。說吧，妳想怎麼解決？」

「你留著，不准刪！」

「什麼？」鬧了半天就是為了不讓他刪掉？寧時修覺得好笑。

「對！不准刪，然後再傳一份給我。」

寧時修想了想勾起嘴角：「好吧。還有什麼吩咐？」

「沒了。」

「可以睡覺去了吧？」

「嗯。」

寧時修鬆了口氣：「好走，不送！」

回到房間，許冬言覺得有些委屈。剛才她讓他留著照片時，他那表情是什麼意思？好像他還挺不情願的！想到這裡，許冬言火氣上湧，傳簡訊催促寧時修：『照片呢？快點傳啊！』

寧時修正在匯出資料，懶懶地回了一句：『快了。』

過沒多久，一組照片上傳到了電腦上，他挑出許冬言的那幾張傳給了她。傳完之後，他又想了想，將自己認為最好的一張寄到了自己的電子信箱裡，然後用手機打開電子信箱保存圖片。

當許冬言和寧時修回到北京時，春節假期都快過完了。

回到家沒多久，兩人又不得不投入到新一年的工作中。忙碌了幾天，許冬言發現某個日子愈來愈近了，那就是二月十四日的情人節。

以前的情人節，許冬言都是和小陶一起互相取暖，可是今年，小陶竟然要在那天去相親，這就意味著，許冬言只能一個人在家過了。

她安慰自己，不就是個普通的星期四嗎？也沒什麼特別的。

可是真的等到了這個星期四時，看到整個辦公室裡的人都沉浸在節日的氛圍中時，她又覺得心頭一陣淒涼，這個世界對「單身狗」總是不太友善……

正在這時，她的手機突然響了。看到來電人的名字時，她臉上不由自主地露出了笑意，聲音卻和平時沒什麼兩樣：「什麼事啊？」

寧時修問：「晚上有什麼安排嗎？」

許冬言想了想說：「好多安排。」

「這樣啊……」電話裡的寧時修沉吟了片刻。許冬言又補充道：「不過我可以考慮推掉。」

寧時修也笑了：「正好今天我不用加班，家裡也沒人幫妳做飯，晚上一起出去吃吧。」

難道他不知道今天是什麼日子嗎？「今天？」許冬言問。

「對啊，怎麼了？」

「今天可是情人節。」

「情人節也得吃飯。」原來他才是只把今天當作星期四的人。

不過有人約總比沒人約強。她說：「時間地點。」

寧時修說：「妳在辦公室等著吧，下班我去接妳。」

晚上，寧時修帶著許冬言去了一家西餐廳。餐廳的門面很低調，但門前的一排好車卻暴露了這家店的目標客群。

許冬言跟著寧時修往店裡走，服務人員非常紳士，店內裝修也很奢華。不用說，這就是個高消費的地方。即便如此，在今天這樣的日子，這裡也是座無虛席。

服務人員引著他們到了一個靠窗的小桌，遞上兩份菜單就不再說話了。

許冬言打開看了一眼，趁著服務人員不注意，對寧時修對口型：「太貴了，別在這裡吃。」

寧時修笑了，卻不理會許冬言，迅速替兩人點了菜。

服務人員拿著菜單離開後，許冬言警惕地看著他：「這麼大方？無事獻殷勤。說吧，這頓飯的代價是什麼？」

「妳放心好了，妳多安全啊，實在沒什麼值得讓人覬覦的。」見許冬言還是瞪著他，他笑著說，「那就當作是答謝，謝妳文章寫得漂亮。」

「就為這個？」

「不然呢？還指望我跟妳表白嗎？」

許冬言悻悻地閉了嘴。

寧時修從口袋裡掏出兩張電影票，狀似無意地說：「今天山子本來打算和女朋友去看電影的，但是突然去不了了，就非要把票給我。」

許冬言接過票，挑眉看他：「山子給你的？」寧時修「嗯」了一聲，眼神有些飄忽。這次輪到許冬言笑了：「你這助理夠體貼的啊！」

也不知道為什麼，許冬言和寧時修說話，每次必然是夾槍帶棒、你來我往，但就是這樣吵吵鬧鬧的反而很自然，相處起來更舒服。

這一頓飯吃得非常輕鬆愉快，從餐廳出來，兩人正打算趕往電影院時，許冬言的手機突然響了。是小陶，可是她這時候不是應該正在相親嗎，怎麼有空打電話給她？難道遇到奇葩，等她去解圍？她幸災樂禍地接通電話：「現在什麼情況？」

「冬言，陸總要走了！」

冷不防聽到陸江庭的名字，許冬言不由得一怔：「什麼要走了？他要去哪？妳不是在相親嗎？」

「還相什麼親呀！現在我們全部門的人都在開會呢，李副總要我們開的，說陸總已經辦完了離職手續，因為新主管還沒到任，所以由李副總代管我們部門。」

「他辭職了？那他去哪？」

「去上海，可能以後都不回來了。」

許冬言靜了兩秒，車裡的空氣彷彿都凝滯了：「他什麼時候走？」

「部門同事說他剛從公司離開，拎著行李箱走的。妳現在去機場，應該還能見到他。」

掛斷電話，她靜靜地坐了一小會兒。想到她和陸江庭的緣分還真是不算深厚，也就是三年的上下級關係，除此之外哪怕連個朋友都算不上，不然這麼大的事，他至少應該跟她道個別吧？

寧時修一直安靜地陪著她，過了半晌，他問：「要去嗎？」

原來他什麼都聽到了。

許冬言冷笑：「去幹什麼呢？」

「去送行也可以。」

許冬言輕輕嘆了口氣：「走吧，去看電影。」

寧時修卻說：「不去了。要嘛去機場，要嘛回家。」

許冬言看了他一眼，只好說：「那回家吧。」

一路上，兩人都沒再說話。

不知道什麼時候開始下起了雪，而且愈下愈大。皚皚白雪掛上了屋簷，覆上了馬路，漸漸地擋住了車裡許冬言的視線。

許冬言的心裡卻在想，這人，也不挑個好天氣走，今天的航班大概要延誤了。

第二天，陸江庭辭職的消息已經在公司裡傳了開來。這麼舉足輕重的人物離開，必然會引發一些人的遐想。

劉姐又在那裡陰陽怪氣：「女的捨不得走，只能男的走了唄。」她言辭隱晦，但是在場的眾人都知道那句話是什麼意思。

許冬言也懶得理她，繼續低頭工作。

這一整天，她的情緒都很差，她也懶得去掩飾。這樣一來，關於他們「感情破裂」的傳言似乎得到了證實，然而許冬言根本不關心別人會怎麼想，也無暇關心。

這一天的工作量實在不少，可以想像，她晚上又要加班了。

寧時修下班回到家時接到了陸江庭的電話。

陸江庭說：「我離開北京了，總覺得應該跟你說一聲。」

寧時修冷笑：「我都不知道，我們的關係什麼時候又變得這麼近了。」

陸江庭說：「這次不一樣，短期內，我不會回北京了。我這次離開也是突然決定的，因為王璐生病了。」

寧時修有點意外：「什麼病？」

「躁鬱症。原本就有，但是愈來愈嚴重了。我這次來就是想照顧她，也藉此機會結束我們多年的異地生活吧。」

寧時修冷冷地說：「你對她還算不差。」

陸江庭笑：「你還在為了劉玲的那件事怨我嗎？」

「談不上。」

「我當年真的是沒想到。」

「已經不重要了。」

「那你還放不下她嗎？」

寧時修笑了笑，突然岔開了話題：「你是希望我替你轉達嗎？」

陸江庭特地打電話給寧時修，無非就是希望寧時修把他離開的原因轉達給許冬言。寧時修也不傻，一早就猜到了這一點。

陸江庭頓了頓說：「我……」

「你害怕面對她。」

陸江庭嘆了口氣：「還是你最瞭解我。」

寧時修冷笑一聲：「這件事我辦不了。有什麼話，你還是直接找她說吧。」

陸江庭無奈地笑了笑，也沒說要不要打個電話給許冬言，只是說：「那先這樣吧。」

這通電話很快就結束了，寧時修掛斷電話沒多久，又一則簡訊進來，是在外度假的寧志恒傳來的。

寧志恒說：『剛聽你溫姨和冬言講電話，這麼晚了冬言還在加班，等一下你打電話問問她，需要的話你去接一下，女孩子太晚回來不安全。我們不在家，多多照顧你妹妹。』

寧時修回覆：『知道了。』

許冬言加完班從公司出來，包裡的手機便響了起來。夜風很大，手伸出去立刻都會被凍僵，這時候還能有誰呢？八成是溫琴。她猶豫了片刻要不要接，最後還是脫掉手套去包裡摸出手機。

當看到手機螢幕上顯示的名字時，她不由得愣了一下。僵硬的手指點了接聽鍵，一個一貫溫潤的聲音從聽筒裡傳了出來：「還沒休息吧？」

許冬言說：「還沒有。」夜風呼呼的，把她的聲音都吹散了。

陸江庭有點意外：「在外面？」

「嗯，剛下班。」

「是不是不方便接電話，要不然我晚點打給妳？」

「不用。」許冬言說，「就這樣直接說吧。」

靜了半晌，陸江庭說：「我打電話來也沒有別的事，就是這次走得有點急，走之前沒來得及跟同事們說一聲。」他刻意說「同事們」，而並非只是她。陸江庭繼續說：「我知道妳比他們都小心眼，就特地先打個電話給妳。」

許冬言無聲地笑一笑，這哪裡是小心眼，只是她比別人更在乎他而已，陸江庭又怎麼會不明白？只是這話說得滴水不漏，將兩人的關係無聲地拉遠了。

「怎麼突然就離開北京了？」這才是她最關心的問題。

「因為一些私事。」

許冬言心裡苦笑。她知道王璐一直在上海，他們又早就傳出了要結婚的消息，他去上海自然是為了王璐，這又有什麼不方便說的？許冬言並不想回避什麼：「是回去結婚的吧？恭喜了。」

陸江庭卻長嘆了一口氣：「暫時恐怕不會結了。」

許冬言一愣：「為什麼？」

陸江庭笑了笑：「她身體不太好，就延期了。」

「原來是這樣……」

兩人一時也沒什麼話說。許冬言的手指已經凍僵了，正想道個別掛電話，陸江庭突然又說：「冬言，其實這幾年，我在卓華最大的收穫，就是認識了妳。」

許冬言的心跳突然停了一瞬。她不知道他說這話是什麼意思，靜靜地等著陸江庭繼續說。

陸江庭卻不繼續了，而是說：「早點回家吧。雖然我以後不在北京了，但我們還是朋友，還可以常聯絡。」

許冬言靜了幾秒說：「好的。」然後在冷風中，聽著陸江庭的聲音變成了嘟嘟的忙音。

寧時修打到第三通電話時終於接通了，他不耐煩地問：「跟誰聊這麼久？」

「沒有啊。」

寧時修微微一怔，猜到了可能是陸江庭，也就不再多問：「怎麼還不回家？」

許冬言整了整被風吹得極其狂野的髮型，萬分豪氣地對著電話說：「寧時修，我們喝一杯吧！」

寧時修卻一點都不配合她的情緒，很煞風景地說：「又要幹什麼！趕快回家！」

一腔愁情遇到了這種不解風情的人，許冬言漠然回了一句：「拜拜。」

就在她掛電話的前一秒，寧時修突然改變了注意：「等一下。」

「幹什麼？」

「外面太冷了，要不然就在家裡喝？」

許冬言想了想：「好吧，你等我帶酒回去。」

「不用了，家裡有。妳還沒吃飯吧？」

許冬言沒有說話，而寧時修繼續說：「妳到哪裡了，我去接妳？」

許冬言覺得鼻子發酸。這都還沒喝酒，情緒就已經難以自控了，此時的她只想找個地方大哭一場。她正要回話，一回頭看到一輛空計程車駛了過來，她對寧時修說：「我叫到車了，你在家等我吧！」

過沒多久，許冬言就到家了，一進門撲面而來的卻是飯菜的香味——寧時修正在飯廳擺碗筷。聽到她進門，他頭也不抬地說：「回來得真是時候，洗手吃飯吧。」

許冬言脫了外套，坐到餐桌前。看著寧時修的一舉一動，剛才那些想對他說的話，卻一下子不知從何說起。

寧時修幫兩人倒酒：「喝吧，不是嚷嚷著要喝酒嗎？」

許冬言看著他：「你怎麼不問我為什麼要喝酒？」

寧時修笑了一下：「妳又不是第一次了，難道每次都有不得已的苦衷嗎？」

聽出他話裡的調侃，許冬言狠狠地端起酒杯乾了：「沒錯，我就是有酗酒的毛病。」

就這樣開戰了，兩人你一言、我一語，邊聊著天邊喝酒。許冬言愈喝興致愈高漲，然而她酒量不好，很快就有點醉了。

她伸手搭在寧時修的肩膀上：「對了，你和聞靜後來怎麼樣了？我看那女孩挺好的，不然你就從了人家吧！」

寧時修不動聲色地拉開她的「鹹豬手」，抬眼看她：「妳就那麼希望我跟別人好？」

許冬言含糊不清地說：「是啊，難道還希望你孤獨終老嗎？雖然你總是得罪我，但是你放心，我沒那麼記仇。」

寧時修自嘲地笑了笑：「是嗎？」

許冬言又點了點頭：「是啊。」

寧時修也不再看她，端起酒杯乾了一杯。

過了一會兒，許冬言的心情突然低落了，她喃喃地說：「你們都幸福了，只有我……」說著，她已經有些不省人事地趴倒在了桌子上。

寧時修看著她頭上凌亂但很有光澤的髮絲，無奈地笑了笑：「看來妳還是沒有放下他……」

心情不好的時候喝酒，通常更容易醉。許冬言是這樣，寧時修也已經有了些醉意。他覺得頭有些疼，抬頭看了一眼牆上的掛鐘，不知不覺間竟然已近午夜。

他起身拍了拍身邊的許冬言：「今天喝夠了吧？上樓睡覺吧！」

許冬言已經徹底醉了，根本沒有聽到他的話，他無奈，只好彎腰將她的手搭在自己的肩膀上。

寧時修攙扶著許冬言上樓，許冬言卻在這個時候又來了精神，她雙手吊在他的脖子上，嘴裡不停地嚷嚷著什麼，吵得他腦子更亂了。

好不容易到了二樓，她又不肯乖乖睡覺，非要說自己沒醉，要去他畫室「參觀」。他脖子被拽得疼，只想先找個地方把她放下。

他把她扔到她的床上，正要去樓下拿杯水，剛一轉身被人從後面生生地拽倒在床上。他第一個反應是怕自己會傷到她，連忙躲避，手腕就這樣打在了床頭上。

「嘶……」寧時修正想開罵，驀然覺得眼前一黑，帶著涼涼酒精味道的嘴唇正堵上了他的嘴。

他的大腦有一瞬間的空白。

待回過神來時，他想推開她，她卻抬起頭來，微微喘著氣。溫熱的氣息掃拂著他的臉，傳來一陣酥麻麻的感覺，他不由得愣了愣，她卻趁勢又吻了下來。

寧時修被她吻得心神大亂，一個翻身將她壓在身下，捏起她的下巴，讓她直視著自己的眼睛：「許冬言，妳給我看清楚了，我是誰？」

許冬言的眼裡依稀有些迷離的醉意，可那張有些紅腫的嘴卻清晰地說出了三個字：「寧時修。」

寧時修冷冷一笑：「算妳還有點良心！」

許冬言卻早就沒耐心聽他說什麼了，一翻身將他壓在了身下。

第四章　衝動

「你給的幸福，在我心中自由走動，撫平我每一個傷口。」

第二天，許冬言醒來時只覺得頭痛。她迷迷糊糊地睜了睜眼，又無精打采地閉上，然而幾秒後，她又倏地睜開了。

她看到了什麼？這吊燈、這床，還有這格局……這不是她的房間。

厚重的墨綠色窗簾遮住了大部分的陽光，只有一束稀薄的光線從窗簾的縫隙中投射進來。許冬言坐起身來，此時的房間裡只有她一個人，就著這一縷陽光，她看到了滿地、滿床的狼藉。

她掀起被子看了看自己，剛才的一絲僥倖徹底消失不見。

昨晚一些模糊的片段浮上心頭，當然也包括他們是怎麼從隔壁的房間轉戰到了這裡……

這時候門外突然傳來有人走動的聲音，許冬言警惕地豎著耳朵聽了一下，看來寧時修並沒有走遠。

她躡手躡腳地下床，從地上的衣服堆裡挑出兩件自己的衣服胡亂套上，然後若無其事地走出了房門。

寧時修正在洗手間裡刷牙，他穿著黑色的工字型背心，肌肉結實勻稱，皮膚在陽光下光滑而有質感。

這讓許冬言不由得又想起了昨晚某些少兒不宜的場景，她連忙錯開目光，但寧時修已經看到她了，表情也比她平靜很多。

她輕咳一聲走過去，邊打量著鏡子中的男人，邊想著要怎麼解決昨晚的事情。她思忖良久才說：「看……你……你……你這樣子，應該不是處男吧？」

寧時修不由得一愣，險些把漱口水嚥下去，但他只是從鏡子中瞥了許冬言一眼，什麼也沒說。

許冬言欣慰地點了點頭：「不……不……不是就好，這樣我也不算占你便宜。」

雖然已經有了心理準備，但沒想到她會這麼說，寧時修刷牙的動作兀地停了下來，抬眼看她。

許冬言繼續說：「你也知道，人……喝了酒之後意識不是很清醒，往往會做……做……做一些平時不會做的事。」

寧時修吐掉嘴裡的牙膏泡沫，接了清水漱了漱口：「妳到底想說什麼？」

「我是說，昨天的事情我不太記得了，不過大家都是成年人，這也沒什麼，嘿嘿、嘿嘿。那我們就把昨晚的事情忘掉，就當作什麼都沒發生，你覺得怎麼樣？」

寧時修掃了她一眼，隨手拿起旁邊的毛巾擦了擦嘴：「既然妳這麼想得開，我也沒意見。」

他竟然答應得這麼爽快，倒是讓許冬言毫無防備。前一刻還怕他不依不饒，可是此時她心裡竟然有點不甘心。

這是怎麼回事？她打量著他：「你是不是經常這樣？」

「哪樣？」

「一夜情啊！」

寧時修無奈之餘反而笑了：「許冬言，妳到底想怎麼樣？」

「什麼叫我想怎樣？你明明是扮豬吃老虎！昨天我的確喝多了，喝得不省人事。可是你不是啊，你不是號稱千杯不醉嗎？」

寧時修微笑著挑眉：「那妳要怎麼樣，要我負責嗎？」

許冬言愣了愣，總覺得這個笑容背後是個陰謀，只要她稍不留神就會著了他的道。

「要你負責？呵！」她擺擺手，轉身離開，「除非我許冬言真的嫁不出去了！我又不是嫁不出去。」

回房前，她再次提醒他：「還是之前說的，就當作什麼事都沒發生過，誰先說出去，誰就孤獨終老！」

寧時修看著她的背影，無奈地吁出一口氣。

他是千杯不醉，但他也是個男人啊！

他推開自己房間的門，房間依舊充斥著昨晚旖旎的味道以及許冬言身上特有的香味。他走到窗前拉開窗簾，一瞬間，陽光鋪滿了整個房間。

寧時修將地上散亂的衣服一件件撿進髒衣籃，突然間他停下了動作——許冬言竟然忘了把內衣穿走。他拎起那件不怎麼性感的「兒童內衣」看了看，把它放在了旁邊的沙發扶手上。

把衣服放進洗衣機，他回來拆被套床單。

拿起被子的一瞬間，他覺得腦子有一瞬間空白——床單上，一抹刺眼的殷紅映入眼簾。他緩緩停下動作，昨晚她那篤定、熱切、無所畏懼的樣子再次出現在他的腦海中，還有剛才她說的那些話……

「白癡。」他罵了一句，扯下床單，和被套一起送去了洗手間。

許冬言將自己關在房間裡，聽著門外寧時修進進出出的聲音，心裡就像住著一窩螞蟻一樣，擾得她不得安寧。

腰有點痛，她只好在床上躺著，腦子卻不聽使喚地重播著那僅剩的幾幀畫面。她突然發現，自己竟然有些回味。

她翻了個身將被子蓋在頭上，也罵了句「白癡」，然後就不知不覺地睡著了。

再醒來時，門外已經安靜了下來。她躡手躡腳地打開房門，對面寧時修的房門開著，裡面一絲不苟得跟平時一樣，彷彿昨天晚上真的什麼都沒有發生過。

確認他已經出了門，她鬆了口氣。許冬言打著呵欠去上洗手間，一進門卻被頭頂上赫然出現的一道黑影嚇了一跳，她退後一步定睛一看，原來是她的內衣。

她的內衣怎麼會掛在這裡？她伸手摸了摸，是濕的，還有一股淡淡的皂香味。

她怔怔地看了一會兒，覺得不可思議的同時，心裡竟也滋生出一絲不易察覺的甜蜜。

然而這只是一個開始，她洗漱完下了樓，正想去廚房找點吃的，卻發現餐桌上擺著幾個微波飯盒，每個飯盒上還貼著一個便利貼「1min」、「45s」、「2min」。

她打開蓋子，飯盒裡裝著她最愛吃的黑胡椒牛肉。

她把飯盒放進微波爐，按照便利貼上的提示設定時間，然後坐在一旁等著。有那麼一瞬間，她腦子裡突然冒出了一個念頭——這還是她認識陸江庭以來第一次出現，這世上除了陸江庭，或許還有很多很多的好男人，比如寧時修。

想到寧時修，許冬言又開始犯難了。

雖然兩人說好了就當什麼都沒有發生過，但是真的可以做到嗎？事實證明寧時修做得比她好多了，他像往常一樣，對她既不閃躲也不熱情，既不冷漠又不殷勤。而她呢？每一次見到他，她都會不由自主地想到那天晚上……

後來，許冬言怕寧時修看出來，只好躲著他。比如以前兩人都是一起出門上班，但從那之後，她每次都要等到他走後才會從房間裡出來，只是這樣一來，許冬言上班就只好遲到了。

這天，她又遲到了十分鐘，從電梯出來時正好遇到了關銘。

關銘見她又是神色匆匆的，就問她：「怎麼了，冬言，最近家裡出什麼事了？」

「沒什麼，就是路上塞車。」

「那就好。對了，雜誌的事情我想跟妳商量一下，我們決定開兩個關於長寧的專欄。至於稿子嘛，交給別人我不放心，就由妳來跟吧。」

許冬言愣了愣。長寧，不就是寧時修所在的那家設計公司嗎？

「怎麼了？有困難嗎？」

「哦，沒有。」

兩人並肩走著，關銘突然小聲說道：「妳上次那稿子的確寫得不錯，他們也很滿意，不過這多少有點偶然因素。」

許冬言不解：「什麼意思？」

「文章好是一方面，但和他們的關係還是要維護好。畢竟長寧的項目都是大專案，而且一般都不接受採訪，我們能搭上他們，實屬不易。」

「哦。」許冬言受教地點點頭，這是讓她要跟寧時修搞好關係呢。

關銘側過頭看她，笑了：「怕了？放心，有我在。」

許冬言尷尬笑笑：「呵呵，還好有你在。」

「哎，誰叫我是妳學長呢！對了，晚上時間空出來啊。」

「什麼事？」

「維護關係啊！」

許冬言停下腳步：「和誰？」

「還能有誰？長寧啊，寧時修啊！」

一聽到寧時修的名字，許冬言愁眉苦臉道：「我……我……我能不去嗎？」

關銘一聽急了：「我說、大小姐，以後就是妳和他們打交道，我就是個牽線搭橋的，妳可不能不去啊！就這麼定了，下班我來叫妳！」

許冬言無奈，看來，今晚的飯局是躲不過了。

晚上見面時，除了許冬言和關銘，還有一位廣告部的美女也跟他們一起去。

後來許冬言悄悄問了關銘才知道，原來寧時修手上有很多廣告資源，廣告部的同事也想藉機搞好關係，關銘只好好人做到底。

許冬言倒是樂得人多，正好可以降低自己的存在感。

吃飯時，寧時修倒是很配合，她稍稍鬆了口氣，邊低頭吃飯，邊聽著眾人聊天。就聽關銘問寧時修：「您最近很忙吧？之前幾次約您都沒約到。」

寧時修抱歉地笑了笑：「是啊，家裡出了點事。」

「什麼事？我們能幫上什麼忙嗎？」

「小事，就是家裡的貓最近在鬧脾氣，還是需要照顧一下的。」

他們家什麼時候養過貓？許冬言以為這大概是寧時修的託辭，也就沒在意。

這時候廣告部那個叫琳琳的女孩突然誇張地說：「哇，想不到寧總這麼有愛心！您家養的是什麼品種的貓，為什麼鬧脾氣啊？」

「就是很普通的品種，至於為什麼鬧脾氣……」寧時修想了想說，「大概是她前不久做錯了事覺得丟臉吧，就一直躲著我。」說話間他有意無意地瞥了一眼許冬言，正好被許冬言看到。

許冬言突然意識到——這是在說貓嗎？

琳琳笑著說：「您家小貓脾氣還挺倔的嘛。」

「是啊，妳說得沒錯，不只倔，還有點傻。」

「小動物都有點傻，那才可愛嘛！」

寧時修搖頭：「她的傻跟別人的傻有點不一樣。」

「怎麼個不一樣法？」琳琳問。

「外強中乾，特別喜歡逞強。」

許冬言已經聽不下去了，正巧服務人員端上來一盤貢菜，擺在了許冬言面前。她夾了幾根放進嘴裡，清脆的口感嚼起來相當過癮，也非常解恨。

她咬牙切齒地嚼著，沒注意到一桌子人都不再說話了。

關銘有點不好意思，輕咳了一聲，用手肘碰了碰她。許冬言這才發現到大家都在看她，而寧時修還是那副從容淺笑的模樣。

「小許好像很喜歡吃貢菜。」寧時修說。

許冬言沒好氣：「普通吧，磨磨牙而已。」

寧時修笑了：「我家小貓也是這樣。」

琳琳誇張地驚呼道：「您家小貓還吃貢菜啊？」

許冬言冷笑：「我看寧總應該是沒養過貓吧？」

寧時修說：「是啊，第一次，所以還在學習中。」

許冬言冷笑：「您還真有閒工夫！」

眾人都沒想到許冬言對寧時修說話會這麼不客氣，關銘尷尬地打著圓場：「我們冬言就是比較率真，這在我們公司很有名的。」

寧時修笑了笑，倒像是不在意。

關銘繼續說：「現在八五年後的妹妹都這麼有個性哈，以後冬言跟您那邊的專案，免不了勞煩您多多擔待啊！」

許冬言一臉不屑。憑什麼是他擔待她？

這時候琳琳突然嗔怪地說：「關哥，您可別一棒子打死所有人啊，什麼叫八五年後的妹妹都很有個性？我比冬言姐可差遠了！」

寧時修來了興致：「小許很有個性嗎？多有個性？」

琳琳拉著許冬言的手說：「冬言姐，這可是寧總問的，您可別怪我多嘴啊。」

許冬言皮笑肉不笑地抽了抽嘴角。

琳琳又說：「算了，我還是不說了，免得冬言姐回頭怪我。」

想說別人閒話，還得讓別人求著說嗎？許冬言此時已經是咬牙切齒了。

寧時修對琳琳說：「妳儘管說，她要怪的話就怪我好了。不過我覺得小許沒那麼小氣，是吧？」

他說著，瞥了一眼許冬言，許冬言裝作沒聽到。

關銘見狀只能配合寧時修，也催著琳琳說：「妳快說吧，我都想聽了。」

琳琳這才抱歉地看了看許冬言說：「就是特別倔強。」

「還有呢？」寧時修問。

「外強中乾、好面子……咦，跟您家那隻貓孿像的。」

寧時修聞言朗聲笑了起來，許冬言簡直要抓狂了：「妳什麼時候見我外強中乾、死要面子了？」

琳琳委屈地說：「之前妳跟劉姐吵過架後情緒很不好的嘛，我都看見了，平時還裝作無所謂的樣子……」眼看著許冬言就要發飆了，琳琳連忙小聲喊了句「寧總」。

寧時修眼裡卻只有許冬言，再說話時一點調侃的語氣都沒有：「想不到，小許還有這麼可愛的一面。」

冷不防地，許冬言對上了寧時修灼灼的目光，就在那一瞬間，她剛剛燃起的熊熊怒火，被他那個眼神和那句話一下子就澆滅了。

飯局快到十點時才結束，幾個人三三兩兩地往外走，許冬言喝了點酒，頭暈沉沉的。這時候寧時修經過她的身邊，低聲說了句：「一起走。」

這句話讓許冬言有點犯難，酒頓時醒了一半。她不想跟他一起走，畢竟大家都還不知道他們倆的關係，尤其是他們倆現在的「關係」。

她刻意放慢腳步跟在眾人後面，就聽關銘問琳琳：「妳怎麼回去？」

琳琳猶豫著說：「嗯，不知道呢。」說話時，她目光瞥向寧時修：「寧總，您家住在哪個方向？」

寧時修沒有直接回答她，他看了一眼時間說：「太晚了，女孩子一個人回家不安全。」

琳琳看了一眼夜色，靦腆地說：「其實也還好啦，這裡叫車應該挺方便的。」

寧時修說：「最好不要一個人叫車。」

琳琳笑了笑，沒再說話。

許冬言將這兩人的互動看在眼裡，不禁有點惱火。剛才誰說要一起走的！

許冬言正一肚子火氣，冷不防撞上寧時修的目光。寧時修回過頭來對關銘說：「關銘，這位美女的安危今天就交給你了，務必把人送到家！」

關銘一聽立刻笑了：「還是寧總周到。放心吧，包在我身上！」

琳琳本來以為寧時修會送她，沒想到他只是安排了關銘送，不禁有點失望。

「哦、對了，還有一個需要送的。」寧時修回過頭，看向站在最後面的許冬言：「小許家住哪裡啊？」

許冬言還沒來得及回答，關銘先替她回答了：「春暉園嘛。」

寧時修挑眉問道：「光華路那個春暉園嗎？」

關銘說：「是啊，您對那裡很熟嗎？」

寧時修做出很意外的表情：「這麼巧？我也住在那個社區。」

這話一出，關銘嘆道：「這麼巧啊？真是緣分！」

許冬言皮笑肉不笑地抽了抽嘴角，想不到寧時修還是個演技派。

關銘說：「那省事了，冬言妳就跟著寧總的車走吧。」

這時候，關銘替寧時修叫的代駕司機已經到了。司機把車子開到了餐廳門口，寧時修很紳士地替許冬言拉開了車子後門，她低垂著腦袋上了車。

離開眾人的視線，許冬言沒好氣地問：「有意思嗎？」
「這得問妳，是誰說當作什麼事都沒發生的？」
許冬言被問得心虛：「現……現……現在難道不是『當作什麼都沒發生』的狀態嗎？」
寧時修歪頭看著她，一字一句地問道：「那妳為什麼躲著我？」
許冬言連忙移開目光，卻無意間掃到車子的後照鏡，發現司機大哥正透過後照鏡偷瞄他們。她有些不自在：「我……我……我沒有。」
寧時修無情地揭穿她：「嘴硬。」
她耍賴：「我沒……」話還沒說完，就感到眼前一黑，寧時修竟然毫無預兆地吻了上來。
在他吻上她的一剎那，許冬言的腦子裡一片空白，只留一個念頭——被司機看到啦！
這個吻深情而綿長，讓許冬言漸漸忘卻了周遭的一切。直到寧時修稍稍離開她，她才回過神來，連忙推開他。
司機大哥還是笑得那麼意味深長，許冬言只覺得車內悶得透不過氣來，於是將車窗打開了一半，而她也不敢看任何人，只是看著窗外。
經歷了剛才那一吻，寧時修彷彿渾身都舒坦了，懶懶地靠在椅背上閉目養神。
好不容易熬到司機停好車離開，許冬言想下車，發現她這邊的車門離一面牆很近，她出不去。回頭再看寧時修，他卻好像睡著了。
許冬言氣不打一處來，推了他一下：「你剛才那是幹什麼？你別以為那天之後你就可以隨便占我便宜！說好的當作什麼事都沒發生，你剛才是耍什麼酒瘋？」

許冬言愈說愈氣，寧時修卻只是閉著眼嘆了口氣，一把抓住了她的手腕。

許冬言大驚失色：「又幹什麼！」

寧時修緩緩睜開眼看著她，半晌，又嘆了口氣：「對不起，是我做不到。」

許冬言支支吾吾地問：「什……什……什麼？」

「是我做不到『當作什麼都沒發生』。」說著他鬆開她的手，推門下了車。

她看著他離開的背影，有些摸不著頭緒。他為什麼做不到？就算是她酒後先勾引了他，但再怎麼說好像也是她比較吃虧吧？他這麼不依不饒所為何來？難道他真是處男？

寧時修已經走遠，許冬言連忙跟上去：「你車還沒鎖呢！」話音未落，身後「嘀嘀」兩聲，車門鎖上了。

這天之後，不需要許冬言再躲著寧時修，寧時修也不怎麼理她了。他要麼早出晚歸，要麼就把自己關在畫室，兩人連見一面都很難。

許冬言開始反省。或許，她真的做了什麼，傷了他作為男人的自尊。

週末這天，寧時修又早早地出了門，許冬言一個人在家百無聊賴，經過寧時修的畫室時，她突然心血來潮，想看看他最近在幹什麼。

畫室裡還是老樣子，但平時蓋在畫板上的布被掀開了。畫板上是一幅半成品的油畫，鑒於風格太過抽象，她完全看不出來畫的是什麼。

她隨便掃了一眼旁邊的桌子，發現桌上除了顏料盒，還多了一本小本子。她拿過來翻開一頁，都是些她看不太懂的工作紀錄。她又隨手翻了後面的一頁，發現這頁的邊緣位置用鉛筆畫著一個女孩。

女孩低垂著眉眼，面無表情。她心裡某些異樣的情愫漸漸擴大，但還不確定。她又翻了幾頁，發現從某一頁開始，每頁的邊緣處都會有這個女孩，只是每一張畫像中她的表情都不一樣，或喜或悲、或嗔或笑……

她快速地翻動著整個筆記本，女孩子活了起來，表情靈動，這樣看也算得上可愛——他畫的不是別人，就是她許冬言！

門外突然傳來腳步聲，她連忙闔上本子，卻一不小心撞翻了調色盤，顏料撒了一地，也濺到了她的衣服上，但她卻顧不上這些了。

寧時修已經推門進來，看到了狼狽的她以及她手上的那個筆記本。他微微挑眉，神色有一瞬間的詫異，但很快又恢復如常。

他走到她面前，低頭看了一眼她身上的顏料，隨手從旁邊的衛生紙盒裡抽出幾張遞給她。

她並不接，只是看著他，他便低下頭替她擦了擦，可是擦了幾下，卻完全沒辦法弄乾淨。

寧時修把衛生紙扔進垃圾筒：「算了，這件衣服是沒辦法繼續穿了，先把地板清理一下吧。」說著，他就要往外走。

「寧時修！」許冬言叫他的名字，他停下腳步，頓了幾秒鐘才轉過身去看著她。

許冬言翻開筆記本給他看：「這是什麼？」

「妳不是看到了嗎？工作紀錄。」
「從什麼時候開始的？」
寧時修拿過本子翻到第一頁：「去年的時候吧。」
許冬言有點生氣：「我不是指你的工作！」
寧時修抬手看了看時間，把本子塞回她手裡：「我約了人，來不及了，這裡……妳闖的禍妳自己清理一下吧。」
「喂，我說你到底是什麼意思？」
寧時修沒有回答她，逕自出了門。
坐上車，他點了一支菸，腦子裡也開始搜尋著那個問題的答案——從什麼時候開始的？
他究竟是從什麼時候開始變得那麼在意她的？或許就在當他以為自己對她的好只是出於對劉玲的惋惜或者是礙於溫琴和寧志恒的面子時，他就已經在不知不覺中投入了自己的感情。
其實，在那個過程中，他也想過告訴她，但當他試探地問她能不能忘記陸江庭時，她的回答讓他把這個念頭擱淺了。
既然她心裡還裝著別人，那他又何必拿自己的真心來綁架彼此呢？
許冬言一邊擦地一邊想著最近發生在自己和寧時修之間的事情。

難道他很早就喜歡上自己了？難怪那天晚上他並沒有醉，兩個人還是發生了關係。看來他是早有預謀，得償所願！

想到這裡，許冬言有點生氣，但轉念又想，那他今天的反應又怎麼解釋？難道不該趁機表白嗎？想了許久，許冬言抓了抓頭髮，真是男人心，海底針啊！

這時候許冬言口袋裡的手機突然震了一下，她還以為是寧時修不好意思當面表白，改用微信表白了，結果打開微信一看，是溫琴：『女兒，我們上飛機了，下午應該就能到家了。』

許冬言讀完訊息，懶懶地回了一個「好」字。

溫琴立刻又回了過來：『這麼久沒見，聽說妳媽要回家，怎麼也沒看妳高興一點？』

許冬言無奈：『呵呵，回來就好。』

『乖，我幫妳帶了禮物哦。』

『謝謝啊！』

『好了，我關機了，不跟妳說了。』

幾個小時之後，溫琴和寧志恒拎著大包小包地回來了。

溫琴回家後的第一件事就是清點戰利品，放得沙發、地板上滿地都是。

許冬言坐在沙發扶手上看著溫琴興奮的模樣，不禁有點不解：「您就是去趟三亞，有需要買成這樣嗎？」

「免稅店東西便宜啊！」

旁邊寧志恒笑呵呵地替老婆說話：「妳媽平時節省慣了，看見比商場裡更便宜的東西就忍不住一直買，感覺像撿了大便宜一樣。」

溫琴卻突然想起另一件事來：「我們回來的事妳和時修說了嗎？」

寧志恒說：「剛打過電話，他說晚上會回來吃飯。」

許冬言在一旁默默聽著，聽說他等一下就回來了，她發現自己竟然有點小期待。

溫琴的東西眼見著已經蔓延到了許冬言的腳邊，她推了推許冬言：「妳不幫我收拾就回妳房裡待著去，別在這裡占位。」

許冬言撇撇嘴，沒有幫溫琴的意思，也沒有要回房間的意思，只是象徵性地收了收腳。

就在這時候，門鎖響動，許冬言的心也跟著提了起來。

寧時修回來了。

溫琴見到寧時修的第一句話就是：「喲，這孩子怎麼一個月沒見又瘦了？」

寧志恒在一旁說：「瘦點好，瘦點精神。」

寧時修笑了：「這次玩得還不錯吧？」

寧志恒說：「嗯，我們打算之後去那邊養老，你們有假就去看看我們。」

溫琴瞪了老公一眼：「你也就是說說，你捨得孩子嗎？」

寧志恒說：「有什麼捨不得的，這都多大了？不過要是有了孫子，那就難說了！」

許冬言豎著耳朵聽著他們聊天，還偷偷瞥了一眼寧時修，正巧他也正看向她，她連忙拿起沙發上的一件衣服仔細端詳起來。

寧時修掃了她一眼，然後對寧志恒和溫琴說：「那我先上樓了。」

「去吧，上去休息一下，吃飯叫你。」

聽著寧時修上了樓，許冬言有點失望，這才正眼看了看手上那件衣服，不禁皺眉道：「我說媽，您什麼眼光啊？這麼老氣，我怎麼穿得出去啊？」

溫琴一把扯過衣服：「不好意思啊，這是買給我的，本來就要老氣。」

許冬言一怔，她在這家裡真是愈來愈沒存在感了……

好在溫琴又塞過來一個大禮盒：「知道妳瞧不上妳媽的眼光，買保養品總沒錯吧？」

許冬言看了一眼旁邊笑容和煦的寧志恒，覺得有點不好意思：「謝謝媽哈。」

晚上吃飯時，溫琴聊了許多旅途中的趣事，然後又關心了一下寧時修的工作和生活，這才想起了許冬言。她問寧時修：「這段時間冬言沒給你惹麻煩吧？」

沉默一整晚的許冬言聽不下去了：「您到底是不是我親媽呀？女兒跟一個男人住在同一屋簷下一個多月，您不關心一下女兒的安危，還問我有沒有給人家添麻煩？」

溫琴聞言瞪了許冬言一眼：「妳發什麼神經！時修是普通的男人嗎？那是妳哥！我自然放心了！」

許冬言冷笑了一聲，不再說話，寧時修垂下眼去，也斂起了笑容。

過了一會兒，寧時修放下碗筷：「我吃飽了，你們繼續。」

許冬言也放下筷子：「我也吃飽了。」

兩人一前一後地上了樓，各自回到房間前，許冬言撇了撇嘴：「知人知面不知心！」

寧時修的手在門把手上停了片刻，卻什麼也沒說，推門進了房間。

許冬言本以為離開了父母的視線，他會對她說點什麼的，或者解釋一下、安撫她一下，可是沒想到，居然就這樣？

她發現自己愈來愈摸不透他的想法，感情經驗幾乎為零的她翻了很多情感帖子，終於得出了一個結論——有一種壞男人就是一旦得到了女孩的人，就會立刻對這個女孩失去興趣。

從寧時修最近的種種表現來看，他無疑就是這種壞男人！

想到這裡，許冬言更加氣憤。之前她還擔心自己占了他的便宜，如今看來倒是自己吃了大虧！

許冬言愈想愈委屈，見到寧時修自然也沒好臉色，後來連溫琴都看不下去了，趁著只有母女倆的時候偷偷問她：「妳到底和時修怎麼了？」

許冬言想了想，只是說：「就是看他不順眼！」

原本還有點擔心女兒的溫琴瞬間變成一副後媽臉：「妳都二十幾歲的人了，能不能成熟點！」

許冬言詫異地看著母親：「『成熟』這種東西您五十幾歲了都沒有，憑啥要求我這二十幾歲的人有？」

溫琴無奈：「妳怎麼就不能學我一點好？」

「我可不敢像您，我像我爸。」

提到許冬言的父親，母女倆突然都沉默了下來。

溫琴嘆了口氣：「妳可別像你爸，他沒福氣，要不然怎麼會早早沒了？」

說來溫琴也不容易，三十幾歲開始守寡，為了許冬言一直沒再嫁，直到再次遇見了老同學寧志恒。

許冬言也是後來聽溫琴說的，原本他們是技職學校裡的同學，上學的時候雙方就都有點意思，但是那個時候的感情很模糊也很含蓄，所以直到寧志恒畢業去當兵，他們的關係仍舊沒有挑明。

後來分開時間久了，再加上通信也不發達，兩人漸漸沒了聯絡。之後溫琴認識了許冬言的父親，兩人在同一個部門工作，許父對她很好，加之人也長得神采奕奕，兩人很快就相愛了。可是好景不長，在許冬言七、八歲時，許父就病逝了。

溫琴本來以為這輩子就這樣了，卻沒想到命運讓她再度遇到了寧志恒，而且雙方情況差不多，寧志恒的前妻也已經去世很久了，考慮到孩子們都大了，兩人就沒想太多開始交往。

一開始溫琴也不確定這段關係能持續多久，就沒告訴許冬言，背著她偷偷和寧志恒交往了一段時間，等到兩人關係基本確定下來之後，她才把這件事告訴許冬言。

回想起過去這些事，許冬言問母親：「媽，您現在覺得幸福嗎？」

溫琴笑了笑：「幸福？算是吧，反正我現在挺知足的。」

許冬言點點頭，也為母親感到高興。

溫琴說：「媽現在唯一的願望就是妳能找個對妳好的、能健健康康長命百歲的男人，到妳老了、我不在了的時候他還能替我照顧妳，這樣我就放心了。」

「到我老了，有孩子照顧我。」

溫琴冷哼一聲：「等妳到了妳媽這個年紀就知道孩子有多靠不住了，妳看現在，是妳寧叔照顧我還是妳在照顧我？」

許冬言啞口無言。

溫琴嘆了口氣：「妳呀，就是我上輩子欠下的債，我也認了。」

許冬言突然覺得鼻子有點發酸，她雖然從小就沒爸爸，但媽媽給她的愛一點都不少。她難得撒嬌地抱住溫琴說：「媽，其實妳有的時候還是挺好的。」
溫琴笑：「妳媽我什麼時候對妳不好了？」
幾天之後，寧時修又出差了，但聽溫琴說，這次是個短差，過不了幾天就會回來。
起初許冬言覺得他不在家自己還挺自在的，可是幾天之後寧時修還沒回來，她發覺自己竟然有點想他了。
後來在公司裡遇到關銘，她就忍不住找他打聽長寧的事情：「我前幾天說想做個人物專訪，你幫我聯絡寧總了嗎？」
關銘說：「聯絡倒是聯絡了，但寧總是大忙人，又出差了，說是這兩天會回來。」
許冬言點了點頭又問：「那他有說具體是哪天回來了嗎？」
「今早有再聯絡過，那時候他剛上飛機，正要往回趕呢。」關銘說完，挑眉看著許冬言，「看不出來啊，妳對工作還挺上心的。」
許冬言有點心虛：「那……那……那當然了，我一直挺上心的。」
關銘笑了：「我就說我沒看錯人。放心吧，妳的事學長有在替妳想呢！早上通電話時他不太方便，說抽空會回電給我，現在大概還沒有空。」
許冬言若有所思地「哦」了一聲，心裡卻盤算著，原來他今天就能回來了。
兩人正說著話，關銘的手機突然響了。他看了一眼來電，喜出望外，對許冬言說了句「寧總」便匆匆接聽了電話：「寧總啊，您到北京了？我們正在說這件事呢！小許啊、跟我問了您好幾次了，正著急見您呢！」

許冬言聽到關銘提起自己，連忙去掐他，可是關銘並沒有領悟到她的意思，還以為她是急著想要自己跟寧時修說，於是說：「不然這樣，我讓小許跟您說。」

看著關銘遞過來的手機，許冬言已是一臉生無可戀。

她無奈地拿過手機，就聽寧時修問：「聽說妳很想見我？」

許冬言瞥了一眼一旁的關銘，見他一臉期待地看著自己，也不方便說太多，於是言簡意賅地說：「沒有。」

寧時修「哦」了一聲說：「這麼說，關銘是在騙我？」

許冬言又瞥了一眼關銘說：「是的。」

寧時修說：「把電話給關銘。」

許冬言一聽，有點害怕他和關銘對質，忙說：「其實專訪的事，是我找您。」

寧時修卻堅持說：「把電話給關銘。」

許冬言有點急了：「跟我說就行。」

寧時修頓了頓說：「我就在你們公司樓下。」

「什麼？」

關銘一見許冬言這反應也急了，連忙低聲問她：「怎麼了？」

她愣了愣，對關銘說：「他在樓下。」

關銘聞言連忙奪過手機，十萬分抱歉地對寧時修說：「您怎麼還專門跑一趟？給我們打個電話，我們去拜訪您就行。」

寧時修又和關銘說了幾句，關銘連忙說：「好的、好的，您稍等，我這就下來。」
見關銘掛上電話，許冬言問他：「怎麼了？」
關銘很高興：「看來可行！寧總專門來了，是談專訪的事。」
許冬言問：「那他怎麼不上來？」
關銘說：「這都幾點了，當然是出去邊吃邊聊了。妳快收拾一下，我們一起去。」
許冬言只是想知道寧時修的消息，怎麼面對他還沒想好。她有點為難：「我就不去了吧？」
關銘不解：「不是妳一直急著跟他聊專訪的事情嗎，怎麼又打退堂鼓了？快快快！別讓人家等！」
許冬言無奈，只好跟著關銘下了樓。
一下了樓，就見寧時修坐在車裡打電話。見到他們兩人，他匆匆說了幾句，就掛斷電話下了車。
關銘說：「這都到了晚飯時間了，我們邊吃邊聊吧！」
寧時修看了一眼許冬言說：「也行。」
「那要不然我開車？」關銘笑呵呵地說，「不敢勞您開車啊。」
寧時修卻說：「不用，我看旁邊有家上海菜，就去那吧。」
關銘一看，那家就是很普通的平民消費餐廳，來吃飯的都是附近公司的員工，宴請寧時修這樣的人，顯然不夠級別。
「不行、不行，那地方太簡陋了。」
寧時修擺手，人已經走向那家餐廳：「就這家吧。」
關銘和許冬言相視一眼，只好跟上。

沒想到在這裡還能遇到寧時修的熟人，三個人一進大廳，就聽到有人在喊寧時修的名字，許冬言循聲看過去，竟然是許久未見的聞靜。

聞靜和關銘、許冬言都見過，上次見面之後，聞靜對許冬言和寧時修的關係就一直很好奇。雖然寧時修說他們是兄妹，但那感覺卻一點都不像，既然是兄妹，又有什麼不能被同事知道的？

聞靜和幾個人一一打了招呼，然後對寧時修說：「正巧我還想找你呢。」

寧時修見狀對關銘說：「你們先找個位置等我。」

關銘立刻心領神會地說：「沒問題，您和美女慢慢聊。」說著就拉著許冬言往餐廳裡走去。

許冬言找了個靠窗的位置坐下，正好能看到寧時修那邊。她看著兩人有說有笑地聊著，這才意識到寧時修和聞靜的關係似乎也沒有寧時修說的那麼泛泛，至少應該算是熟悉的朋友。

想到這裡，她不由得嘀咕了一句：「難怪說要來這，原來是有人在這裡等他……」

關銘從菜單中抬起頭來看了一眼寧時修和聞靜：「也正常，郎有情，妾有意。對了，乾脆把那美女也請過來一起吃，寧總應該很高興。」

許冬言沒好氣地「呿」了一聲，「我們來是聊工作的，有個外人在適合嗎？」

關銘卻露出那種男人獨有的笑容說：「估計很快就不是外人了。」他完全沒想到，自己無心的一句話，已經點燃了身邊女人的小宇宙。

他沒時間再去猜寧時修和聞靜之間的事情，而是著急先把菜點好。可是翻了一遍菜單，他有點犯愁：「妳上次有沒有注意到寧總愛吃什麼，不愛吃什麼？」

「誰知道他愛吃什麼！」話剛說完，她突然想了想說，「我有印象，他愛吃辣，無辣不歡。」

「有嗎？」關銘努力回憶著。

「有有有！」

「哦，那糟糕了，上海菜沒什麼辣的。」

這時候站在一旁的服務人員說：「我們有專門做川菜的師傅，川菜做得絕對正宗，絕對夠辣。」

關銘一聽，樂了：「是嗎？那真是太好了哈！」

寧時修和聞靜聊了好一會兒，才回到座位上。

關銘問：「怎麼不叫過來一起坐坐？」

寧時修說：「她也是跟朋友來的。」

這時候服務人員提醒關銘：「您還沒點酒水飲料。」

關銘說：「對對，寧總您喝什麼？」

「今天就吃頓便飯，不喝酒了吧！」他看了一眼許冬言，「其他的就讓小姐決定吧。」

想到他剛才和聞靜那副相談甚歡的模樣，許冬言接過酒水單後竟鬼使神差地攤在了她和關銘之間，還甜甜地說了一句：「學長，我們一起看看吧。」

其實，許冬言也就是在剛入職的時候學著其他人向資歷老一點的同事叫過學長、學姊，後來大家都熟絡了，她幾乎都是直呼大名。

今天被她這麼一叫，倒讓關銘有點心神蕩漾了，他呵呵一笑，不好意思地說：「妳想喝什麼就點什麼。」

「你看這名字取成這樣，也看不出是什麼。」她皺著眉頭研究著酒水單，說話時還帶著幾分撒嬌，完全不是平時那副冷冷清清的模樣。
關銘湊過頭去：「喲，還真是。服務生，幫我們推薦一下吧！」
服務人員推薦，那必然是不選對的只選貴的。一向「勤儉持家」的關銘此時卻不太在意，他問許冬言：「怎麼樣，選哪個？」
許冬言笑了笑：「還是學長決定吧。」
關銘被這聲「學長」叫得心裡熱乎，大手一揮對服務人員說：「一樣來一紮！」
坐在對面的寧時修笑了：「看不出來，關銘你對『學妹』還挺照顧的。」
關銘摸了摸頭：「女孩子嘛，應該被照顧。」
過沒多久，服務人員開始上菜，第一道大菜是剁椒魚頭。關銘熱情地幫寧時修夾了一大塊：「這小店的魚做得還不錯，您嘗嘗。」
寧時修點點頭，卻只是拿起茶杯喝了口茶。
熱菜接二連三地被端上來，寧時修一看，竟然全是紅彤彤的，光看著都覺得胃痛。
關銘熱情地替寧時修布著菜：「聽冬言說您無辣不歡，正好，我也很能吃辣！」
聽關銘這麼一說，寧時修看向許冬言，她正無所謂地剃著魚肉，心情似乎不錯。
寧時修輕笑了一聲。
因為工作，他的胃一直不怎麼好，最怕吃辣。許冬言跟他在一起生活了這麼久，當然知道，她卻專門點了一桌子的辣菜，分明就是有意挑釁。
但寧時修不在乎，更談不上生氣。他瞭解許冬言，要是哪天突然她安分了，不跟他作對了，那才不正常。只是眼下關銘這麼熱情，他一點不吃也不行。

勉強吃了幾口，他放下筷子：「午飯吃得比較晚，現在不怎麼餓。」

關銘很懂察言觀色，連忙說：「我們本來也是以聊為主，吃為輔，您隨意。」

許冬言一直不參與寧時修和關銘的話題，只顧低頭吃飯。很快，她就吃飽了，放下筷子起身：「你們慢慢吃啊。」

關銘問：「妳去哪？」

「洗手間。」

關銘不好意思笑著：「哦哦，去吧、去吧。」

她離開後，寧時修還不等關銘開口，也起身：「不好意思，我去抽根菸。」

關銘本來想跟著去，卻被寧時修按在座位上：「我們三個都走了，人家服務生會誤會。你就在這坐一下，我馬上回來。」

關銘只好目送寧時修離開：「您說得也是，您慢慢抽，不急。」

寧時修出現時，許冬言正對著鏡子重新整理頭髮。聽到打火機的聲音，她從鏡子裡瞥了身後一眼。

寧時修懶懶地問：「這麼講究，給誰看啊？」

「反正不是給你看。」

寧時修笑了，也是，她什麼樣子他沒見過？

他緩緩吸了口菸說：「關銘這人不錯，雖然巴結了點，不過這也是優點，有前途。」

許冬言停下動作：「有前途是真的，但我倒不覺得他很會巴結，反而覺得他人憨直。」

寧時修笑了：「妳知道『憨直』這個詞是什麼意思嗎？」
「比起有些心思複雜的人來說，他心裡想什麼就會表現出來，這麼一目了然的人，難道不能用『憨直』來形容嗎？」
「呵、不錯啊，幾天不見，功力見長。不過，妳說誰心思複雜呢？」
「有些人不就是那樣嗎？說是拒絕了人家，見面又聊得熱絡，說不熟悉，誰信啊！」
寧時修做恍然大悟狀：「妳在說我和聞靜啊？」
「說誰誰知道！」
寧時修突然笑了，點頭說：「嗯，我知道了。」說著他掐了菸，離開了洗手間。
許冬言微微一愣，他知道什麼了？
許冬言從洗手間回去沒多久，寧時修就提議早點結束飯局。正巧工作的事情也聊得差不多了，關銘就叫來了服務人員買單。
從餐廳裡出來，依舊還是寧時修順路送許冬言。雖然這一次，關銘挺想自己送許冬言的，奈何想不出什麼好的理由，只好不情不願地把許冬言送上了寧時修的車。車子開走前，他卻一再囑咐許冬言：「到家跟我說一聲啊！」
寧時修實在是看不下去了，歪著頭看著趴在副駕駛座門外的關銘說：「我說關銘，你是不放心我嗎？」
關銘一聽，臉立刻紅了：「哪能啊？就是例行囑咐、例行囑咐。」
「那行，我們先走了。」

「好，您開車慢點。」

車子離開了卓華的停車場，寧時修這才開口說：「不至於吧，還生氣呢？」

許冬言不解地問：「誰生氣了？生什麼氣？」

寧時修看到她故作認真的神情不禁笑了：「我和聞靜真的沒什麼。」

「誰說我是為了這個生氣了？」

「那是為什麼生氣？」

其實許冬言也說不清楚她究竟在為什麼事情生氣，於是嘴硬道：「我根本就沒生氣。」

寧時修嘆了口氣解釋道：「我之前確實拒絕了聞靜，但我跟我爸可沒直說，我是怕他們再幫我安排相親。後來我爸去找聞靜她爸，說我覺得他女兒挺不錯的，要繼續撮合。聞靜知道後問我什麼意思，我就把我的想法直說了。沒想到她挺大方的，也不喜歡父母亂張羅的相親，我們就達成了協議，對父母就說我們還在交往，實際上就是普通朋友關係。」

聽寧時修說完，許冬言問他：「你跟我說這些幹什麼？」

「不希望妳為了莫須有的事生悶氣。」

這句話是什麼意思？許冬言突然有點緊張：「我說寧時修，你……你……你什麼意思啊？」

「我的意思是我跟聞靜沒什麼，妳不用吃她的醋。當然妳如果執意要吃醋，我也很受用。」

許冬言簡直想跳車：「你……你……你別自戀了！」

寧時修想了想說：「好吧，我答應妳。」

許冬言一時沒反應過來：「答應我什麼？」

「不自戀。」

許冬言覺得很可笑。

寧時修又說：「但我有個條件。」

「你還有條件？」

「嗯，當我女朋友。」

許冬言微微一怔：「你說什麼？」

說話間，車子已經進了社區。寧時修停好了車看著她，聲音很從容：「我今天本來是要去找妳的。」

因為他剛才那句話，她的腦子裡已經亂糟糟的了：「找我？什麼事？」

「有些話要說。」

「什麼話？」

「已經說了。」

車子裡靜了下來，許冬言終於清楚地認知到，寧時修是在跟她告白。

可是為什麼是現在？他原本有很多次機會的——他們剛剛發生關係後的那個早晨，或者是他的筆記本被她發現的那天，再或者是後來她跟他鬧彆扭的任何一次……為什麼那麼多適合的機會他都不表白，卻要在對她幾次若即若離之後才來表白呢？難道看著她的情緒因他而忽起忽落，他很有成就感嗎？

想到這裡，許冬言冷笑了一聲，憤憤然下了車。

寧時修完全沒想到她會是這個反應，想了一會兒，總算是想明白了——難道是在怪他不早說？

他連忙下車去追，沒想到她走得還挺快，追上她時，已然到了家門口。她正在包裡翻找鑰匙，手卻被他一把抓住：「妳能不能好好聽我說？」

「說什麼？」

「我知道，妳是怪我沒有早點說。」

雖然他說得沒錯，但許冬言怎麼可能承認？她想推開他，手腕卻被他牢牢握住了。

寧時修說：「妳聽我解釋好不好？」

許冬言掙扎了一會兒後無果，只好安靜下來聽他說：「行，看你能解釋出什麼花樣來。」

「我承認，我很早的時候就喜歡上妳了。以前沒有說是因為我知道妳喜歡陸江庭，那天早上沒有說也不是我不想負責任。我記得我問過妳，能不能忘記他，妳說試試看。所以當妳說就當什麼都沒發生的時候，我以為妳還沒有從過去走出來，不希望我走進妳的生活。」

許冬言靜了一會兒，沒好氣地問他：「然後呢，怎麼又突然改變主意了？」

寧時修笑了：「我也不能總順著妳呀。雖然要尊重妳的感受，但我也無法忽略我自己的感受。我想妳了，就想見到妳。」

許冬言的心跳開始加速，她撇開目光，有種隱祕的喜悅呼之欲出。但她面上依舊是無所謂的樣子：「所以呢？你今天去找我，就是要表白的？」

「嗯。」

「不怕我拒絕？」

寧時修坦言道：「怕，但不能因為怕就不去爭取。」

許冬言心裡暖暖的，嘴上卻不依不饒地說：「可是你剛才那口氣好像很篤定我會同意啊。」

寧時修笑了，那深邃的目光直直地看進許冬言的眼裡：「哦，經過這頓飯，我覺得我的贏面大一些。」

許冬言冷笑：「你哪來的自信？」

「當然是妳給的。我真慶幸今天遇到了聞靜，妳一看到她就不高興了，分明也是放不下我。」

許冬言被揭穿，有點沒面子，又想推開他，寧時修卻不給她機會，一低頭就吻了下來。

這個吻不同於以往的任何一次，她愈反抗，他就愈霸道。他就像沼澤一樣困住了她，她抗爭得愈狠，淪陷得就愈快。

許冬言從雙手脫力任由他吻著，漸漸變成了不由自主地迎合著他的吻。

兩人正忘情地擁在一起，這時候身邊的防盜門卻「喀嚓」一聲開了，兩人立刻都像觸了電一樣彈開來。

溫琴貼著面膜從屋子裡出來，看到門外的人嚇了一大跳：「我說你們兩個到家門口怎麼不進門？嚇死我了！」

許冬言拍著胸脯沒好氣：「誰嚇死誰啊！」

溫琴摸了摸臉上的面膜，嘿嘿笑了兩聲：「在門外站著幹什麼呢？」

寧時修輕咳一聲說：「找鑰匙呢！」

「家裡有人，按門鈴就行了嘛！」

「還以為您不在家。對了，您這麼晚了還出門要做什麼啊？」

溫琴抬了抬手：「扔個垃圾。」

寧時修接過垃圾袋：「我去吧。」

「哦，那謝謝時修了。」

寧時修走後，溫琴瞥了一眼還愣在門外的許冬言，罵道：「喲，瞧這女孩傻的！外面不冷啊？快進來！」

面對毒舌老媽的挑釁，許冬言第一次沒有頂嘴，喜滋滋地進了門。

躺在床上，許冬言還在回憶著今天晚上發生的一切。她有些恍惚，怎麼也想不到事情會順著這個軌跡發展。

正翻來覆去睡不著，放在一旁的手機響了，是寧時修傳來的訊息，問她：『睡了嗎？』

許冬言回覆說：『還沒。』

點了發送後她心裡開始惴惴不安。他該不會叫她過去或者自己要過來吧？萬一他提出這種要求，她該怎麼回答他呢？

果然，寧時修說：『妳過來吧。』

許冬言的心突然狂跳了幾下：『幹什麼？』

『聊天。』

這話聽起來就不像真話，許冬言回覆說：『你當我還十七、十八歲呢？』

寧時修又說：『那妳想幹什麼？』

看到這則回覆，許冬言的臉莫名其妙地紅了，她斟酌了很久才慢慢打出一行字：『我可沒想幹什麼，就覺得你說只是聊聊天，擺明了就是在騙小女孩。』

『以後可能是，但今天真的不是。就算是妳想幹什麼，今天也只能聊聊天。』

『好汙……』

『嗯，妳的腦子的確不乾淨。』

『……』

『妳過來吧。』

『還是你過來吧。』

『我過去不適合。』

『為什麼？不一樣嗎？』

『妳在這家裡都是橫著走的，就算被樓下那二位發現妳在我房裡也不會多想。但是我在妳房間被發現的話，我們就只能坦白從寬了。』

許冬言想了想覺得有理，於是躡手躡腳地下了床，去了寧時修的房間。

許冬言進去時，寧時修正坐在電腦前篩選之前他在包頭拍的那些照片。許冬言湊過去跟他一起看：「不錯啊，拍得真挺好的。」

寧時修瞥她一眼笑了：「哪裡好？」

要具體說哪裡好，許冬言又說不出：「就還蠻漂亮的。這些照片會洗出來嗎？」

「幾張我比較滿意的，會想洗出來看看效果。」寧時修一張一張看過去，又看到了許冬言買對聯的那組照片。

許冬言問他：「你喜歡哪張？」
寧時修想了想：「我覺得都差不多。」
許冬言不滿地噘了噘嘴，寧時修補充說：「都好看，所以都喜歡。」
聽他這麼說，她心裡早就甜出蜜了，但還是強撐著做出一副若無其事的表情。她指著其中一張說：「其實我覺得這張表情最好，你也幫我洗一張吧。」
「好。」
許冬言真的就跟寧時修聊天聊了兩個小時，再回房睡覺時已經快一點了，這樣的後果就是第二天早上差點起不來。
第二天許冬言迷迷糊糊地下樓時，寧時修和溫琴他們正在樓下吃早飯。
溫琴看到她又起晚了，笑道：「這懶人就是睡不飽。」
寧志恒笑：「孩子剛起床，妳就這樣挖苦她。」
許冬言打了個呵欠，坐在寧時修對面：「叔，您還沒習慣啊？我都免疫了。」
溫琴說：「怎麼不說妳臉皮厚呢。」
要是平時，這母女倆准要過上幾招，可是今天許冬言心情好，讓溫琴刀刀都扎在了棉花上。
她坐下後習慣性地蹺起二郎腿，不小心就碰到對面的人的腿。
她立刻來了興致，瞥了一眼對面的寧時修，發現他依舊面色如常地喝著咖啡。
挺鎮定啊！
她勾了勾嘴角，一邊將一片麵包片撕成小塊放進嘴裡，一邊又用腳蹭了蹭他的腿——她倒要看看他能撐多久。

在許冬言第三次踢他時，寧時修還是一副若無其事的樣子，可是他身邊的溫琴忍不住了，一臉不耐煩地說：「我說許冬言，妳吃個早餐就不能安分一點，一直踢我幹什麼？」

許冬言一愣，連忙低頭看桌下，果然，她翹起的腳正好碰到溫琴翹起的腳。再看向寧時修，他似乎明白了什麼，嘴角似有若無地勾起了一抹笑意。

許冬言臉一下子紅了：「我又不是故意的。」

溫琴也不在意：「好好吃妳的飯。」

許冬言快速地往嘴裡塞了一塊麵包，急急忙忙地說：「我吃飽了，去上班了。」

她剛走沒多久，寧時修也從家裡出來了。他一出門，就看到許冬言在前面不遠處。他快走幾步趕上了她，經過她身邊時，手自然而然地牽起了她的手，許冬言像是早有準備，很順從地任由他牽著，往停車場走去。

到了公司，許冬言在走廊裡和關銘擦肩而過，她也沒多想，隨口打了個招呼：「學長早。」

關銘心裡暖洋洋的，又想到昨天晚上兩人的互動，突然覺得許冬言可愛的地方還是挺多的。

然而，別人的心思千迴百轉，許冬言卻完全不知情，打了招呼就回到座位上開始趕稿子。

中午的時候，關銘來找許冬言：「昨天沒事吧？」

提到昨天，許冬言又想到了寧時修，但面上依舊故作平靜：「能有什麼事？」

「寧總把妳送回家的？」

「嗯。」

「哦，那就好。」關銘想了想說，「寧總人不錯，但一般不瞭解底細的客戶就難說了。妳一個女孩子，以後還是不要跟別人單獨走了，尤其是在喝過酒以後。」

許冬言笑了：「我怎麼記得第一次是你把我塞進他車裡的？」

關銘尷尬地撓了撓頭：「我那次不是也喝多了嘛，以後絕對不會了。要是再遇到那種情況，我還是親自送妳回去比較好。」

「先謝謝你了啊。」

關銘又問：「中午在哪吃啊？」

「就門外那幾家唄。」

「那有什麼好吃的！」關銘頓了頓說，「別人送了我兩張松本樓壽司的餐券，開車十五分鐘就到，要不然我們去那裡吃吧？」

「今天？算了吧。今天我約了小陶，下午一上班還得開會。」

說曹操、曹操就到，許冬言的手機突然響了，打電話的正是小陶。許冬言一看時間，不由得叫了一聲：「糟了。」她也不接電話，匆匆忙忙關掉電腦起身就往外走，頭也不回地對關銘說：「小陶催我了，我先走了。」

關銘怔怔地目送著許冬言離開，末了，無奈地嘆了口氣。

這時候辦公室裡另外一個男同事冒出頭來：「關哥，松本樓餐券啥時候過期啊？我下午不開會。」

關銘沒想到辦公室裡還有其他人，白了那人一眼，沒好氣道：「我下午要開會！」

晚上快下班時，溫琴傳訊息問許冬言晚上回不回家吃飯，許冬言正要回覆，突然想到一個問題——寧時修晚上會不會約她？

她正想著，手機又震了震，這次是寧時修：『上次電影沒看到，今晚補上。』

許冬言不由得勾起了嘴角，大概是溫琴也同時問了寧時修，所以回覆家裡前，兩個人先串通好。

她回了寧時修一個「好」，又回覆溫琴：『晚上要加班。』

溫琴抱怨道：『怎麼妳和時修剛過完年就忙成這樣？』

『哦，他也加班啊？』

『他沒說加班，說是有事。他是不是跟聞靜去約會了？』

許冬言笑：『有可能。』

溫琴說：『你們晚上都不回來，就我一個人，乾脆減肥算了。』

『您是該減減了。』

下班時間一到，許冬言立刻收拾東西往外走，沒想到等電梯的時候又遇到了關銘。

「不用加班嗎？」關銘笑呵呵地問。

「嗯。」許冬言隨口應了一聲。

等電梯的人漸漸多了起來，兩人也就不再說話。等到從電梯裡出來，關銘問她：「回家？」

許冬言猶豫了一下說：「是啊。」

「坐公車嗎？」

出了門就是公車站，她究竟坐不坐公車，關銘等一下就知道了。早知道就不說自己是回家了……許冬言正苦惱著要怎麼圓剛才那個謊，就看到寧時修的車已經等在路邊了。

她顧不上再應付關銘：「我有事先走了，明天見。」說著就朝寧時修停車的方向快步走去。

看著許冬言上了前面一輛黑色Q5，關銘不解地撓了撓頭：「那不是寧總的車嗎？他們倆什麼時候關係這麼近了，難道又是順路搭車？」

寧時修沒什麼約會經驗，沒有提前購票，兩人吃完飯趕到電影院時，好的片子都沒票了，只有一部恐怖片可以看。

寧時修看了看許冬言：「妳會害怕嗎？」

許冬言不屑：「這有什麼好怕的！就這個吧，不然也沒別的。」

於是兩人的第一次正式約會就選了一部網路評分恰恰過五分的恐怖電影。然而，無論電影拍得怎麼樣，許冬言還是會怕的。她從小就一個人在家的時間比較多，她這個人想像力又尤為豐富，為了避免不必要的精神緊張，她幾乎從來不看恐怖電影。但是今天可是她和寧時修的第一次約會，她不想就那樣早早地結束。

他們進去時，電影已經開演了。但這個場次觀眾席上都空蕩蕩的，滿場也只有幾對情侶凌亂地散落在觀眾席的角落裡。

許冬言本想隨便找個後排的位置坐下，但寧時修還是拉著她找到了票上對應的位置。

寧時修看電影，就真的是在認真地看電影，可是許冬言不敢看得太認真，她努力分散著自己的注意力，然而那恐怖的音效卻無孔不入，讓她完全無法不去注意劇情。

她悄悄看了眼寧時修，發現他真的像聽課一樣認真，而且不管畫面如何恐怖血腥，他連眉頭都不曾皺一下。

似乎是感受到了她的目光，他抓起她的手，稍稍側頭說：「這片子拍得挺爛的。」

「為什麼這麼說？」

「完全不合邏輯，穿幫鏡頭也多。」他像研究課題一樣嚴謹地幫她分析著，「妳看過跑步跑到骨折的嗎？還有竟然有人當眾勒死自己也沒人阻止，這也太說不通了吧？陰魂不散的女鬼從電視機裡爬出來的鏡頭已經太老套，嚇不到人了。還有，這裡提到了催眠，可是催眠又不是什麼法術，在病人配合的情況下才可以說明治療，但這電影裡的催眠師竟然可以隨隨便便地控制別人的心智，是當奇幻電影來拍的嗎？這結局也是毫無營養又白癡，難怪沒人看。」

許冬言怔怔地聽完他這麼一番分析，不禁問他：「你看電影都是這樣看的嗎？」

「不然呢？」

「不會覺得很容易出戲，很無聊嗎？」

寧時修笑了：「習慣了。」

雖說這樣看電影很無趣，但許冬言發現，經過他這麼一分析，她真的一點都不害怕了。

她繼續問他：「那愛情片呢？你看愛情片會不會聯想現實生活中的情況，覺得劇情發展得也莫名其妙？」

寧時修像看白癡一樣看了她一眼：「我從來不看愛情片。」

「呃……好吧。」

電影結束，影院的燈亮起，寧時修笑了：「不過以後恐怖片我恐怕也不會看了。」

「為什麼？」

他看著她，笑了：「以後怕就直說，有這個時間，我們還不如做點更有意義的事。」

說話間他聲音嘶啞，眼神中還帶著一絲不易察覺的壞笑，許冬言的臉驀地就紅了。

晚上回到家時，溫琴一個人坐在客廳裡看電視，看到他們倆一起回來，不由得一愣：「怎麼一起回來了？」

許冬言說：「哦，剛才在外面遇到的。」

溫琴也不在意，點點頭繼續看電視。

寧時修問：「我爸還沒回來嗎？」

「回來了，剛喝了點酒，先睡了。」

「那您也早點休息吧，我先上樓了。」

溫琴笑：「快去吧。」

許冬言正要跟著寧時修一起上樓，卻被溫琴叫住了。

她心虛，不知道溫琴要跟她說什麼。沒想到溫琴卻特別神祕地問她：「妳遇到妳哥時，他是一個人嗎？」

許冬言一愣，鬆了口氣：「是啊。」

「那他從哪個方向回來？」

許冬言想也沒想就胡謅了一個：「東邊。」

溫琴皺著眉若有所思：「那不是聞靜家的方向啊……」

許冬言看著溫琴失望的神情，不解地問：「媽，您就那麼希望他們兩個在一起嗎？」

「那當然了。」溫琴回答完，又警惕地看著許冬言，「妳幹什麼？這件事妳可別搞破壞啊！」

「我是那麼無聊的人嗎？」許冬言不屑，「我就是不理解您怎麼就那麼喜歡那個聞靜，您又沒見過她。」

「我不是喜歡聞靜，而是但凡各方面都不錯的女孩子我都喜歡，只要妳哥能看得上。」

「什麼樣的才算是各方面都不錯？」

「有個穩定的工作、長得比妳漂亮點、身材比妳豐滿點、性格比妳好一點、人比妳勤快點……我看就差不多了。」

許冬言不屑：「我說、溫女士，我和他到底誰才是您親生的啊？」

「妳唄！但妳媽我最大的優點就是客觀，時修多優秀啊，真比妳強太多了。」

「呿，寧時修他能找個像我這樣的也就該燒香了。」

「妳啊？妳親媽都這麼嫌妳，以後我真擔心妳婆婆受不了妳。」

許冬言冷笑：「有您這婆婆在，誰嫁給寧時修，誰就有得受囉！」

溫琴無所謂地聳聳肩，許冬言又問：「你們急什麼啊？您不是在老年合唱團玩得挺開心的嗎？這麼急著抱孫子啊？」

溫琴瞪了許冬言一眼：「比起妳哥，我更緊張妳。他只要有個對象，什麼時候結婚生孩子都沒關係。反正男人嘛，三十幾歲還正當年。妳呢？妳有生育年齡的限制呢！」

許冬言一聽真是引火上身了，連忙從沙發上彈起來：「睏死了，我先上樓睡了！」

經過寧時修的房間時，沒想到他的房門突然打開，她一下子被他拉了進去。她嚇了一跳，拍著胸脯問：「幹什麼？」

他把她壓在房門上，一隻手捏著她的下巴問：「剛才在聊什麼呢？」

許冬言瞪了他一眼：「沒聊什麼。」

「我怎麼聽到有些人沒說我什麼好話啊？」

許冬言推開他，走到床邊坐下，心裡有點不痛快。寧時修跟著坐在她身邊：「就為溫姨的那幾句話，也值得生氣？」

許冬言挑眉：「誰說我生氣了？」

寧時修笑，拉她到電腦前：「說點正事，這週末出去玩吧！」

「去哪？」

「附近開車可以到的幾個地方，妳看想去哪？」

兩人趴在電腦前研究了好一陣子，最終確定了行程。許冬言站起身來打著呵欠：「我去睡了。」

她正要轉身離開，卻被寧時修一把拉住，跌坐在他懷裡。

寧時修悶哼一聲：「妳可真重啊！」

許冬言惡狠狠地瞪他，他笑：「妳媽說得對，妳這脾氣確實不怎麼樣，除了我估計沒人能忍得了。」

許冬言還想發作，寧時修親了親她額頭，拍了拍她後背說：「快去睡吧。」

許冬言說：「你也早點睡。」

「嗯，養精蓄銳，為週末做準備。」

可是，計畫趕不上變化。

第二天吃早飯的時候，寧志恒突然提議：「這天氣轉暖了，我們兩個老的商量了一下，要不週末去郊外玩吧？說來我們一家人還沒一起出去玩過呢。怎麼樣啊，冬言？」

怎麼都湊在一起了？許冬言連忙抬起眼看寧時修，發現寧時修也在看著自己。

見許冬言不說話，溫琴拍了拍她：「妳這孩子發什麼呆？妳寧叔問妳話呢！」

「哦，挺……挺……挺好的。」

可是一回答完她就後悔了，畢竟她更期待和寧時修的二人世界。

寧志恒很高興，又問寧時修：「時修呢，週末有沒有空？」

許冬言抓住時機連忙朝寧時修擠了擠眼睛，可是寧時修一臉懵懵懂懂的表情，似乎不明白她是什麼意思，她又努了努嘴，恨不得直接替他回答。

溫琴看不下去了：「我說冬言，妳眼睛怎麼了？」

許冬言連忙揉眼睛：「嗯，有……有……有點不舒服，沒事。」

趁著溫琴不注意，她又朝寧時修微微搖了搖頭。這次寧時修明白了她的意思，對寧志恒說：「我這週末恐怕不行。」

「要加班？」

「嗯。」

寧志恒想了想：「你沒空就算了，要不這週我們三個先去。」

許冬言一聽，欲哭無淚：「寧叔，我剛想起來，我這週也有事，約了同事。」

溫琴說：「什麼同事啊？妳就推了唄，下次再跟妳同事約。」

許冬言急中生智：「不是普通的約會。」

「那什麼約會？」

「婚禮。我都答應人家了，人家婚禮總不能因為我改期吧？」

寧志恒皺眉道：「那是，既然答應人家了，就得去。小琴，妳看要不就我們兩個去？」

溫琴懶懶地嘆了口氣：「就我們兩個有什麼意思？」

「為什麼我們兩個去就沒意思？上次去三亞不是挺好的嗎？」

「要開好幾個小時的車呢，你行嗎？」

「我說妳別瞧不起人行嗎？」

寧志恒跟溫琴還在爭論，寧時修朝許冬言使了個眼色，兩人悄悄起身，一前一後出了門。

路上的時候許冬言有點擔憂：「到時候我們會不會跟他們遇上？」

「應該不會那麼巧吧？晚點問問他們兩個怎麼決定的，要是不行，我們再改行程。」

「民宿沒那麼好訂吧？」

「那就去同一個地方，遇上的機率本來也就很小。」

「萬一遇上了呢？」

寧時修看了許冬言一眼：「遇上就遇上，反正早晚要和他們說。」

「你不怕他們不同意嗎？」

「為什麼不同意？妳也說了，我寧時修能找到個像妳這樣的就該燒香了。」

許冬言沒說話，臉上的笑意卻在漸漸擴大。

遠在一千公里以外的上海。

陸江庭離開了北京後，並沒有找其他的工作，而是和幾個朋友開了家新公司。他一早約了幾個廣告商談合作，下午又回公司開了個會。會議結束時已經六點鐘了，同事約他一起吃飯，他婉拒了，因為王璐一個人在家裡等著他。

回去時，正好要路過王璐最喜歡的蛋糕店，他想幫她帶點什麼就打電話給她，電話卻一直占線。

他一手扶著方向盤，把手機扔在旁邊的副駕駛座椅上。過了大約十分鐘，趁著等紅燈的短暫時間他又打給她，依舊是占線。綠燈不知什麼時候亮起，後面的司機在煩躁地按著喇叭，陸江庭再次發動車子，朝著城東的公寓駛去。

大約十五分鐘後，車子停在了公寓樓下。他上樓開門，王璐已經沒有在講電話了，正站在窗前不知在看什麼。

陳姨從廚房裡出來，笑著和陸江庭打招呼：「您回來了。晚飯做好了，那我先走了。」

陸江庭點點頭：「辛苦您了，陳姨。」

聽到陳姨離開的聲音，王璐轉過頭，像是才注意到陸江庭：「你回來了。」

陸江庭將車鑰匙放在玄關的鞋櫃上，看了她一眼：「怎麼不接電話？」

「哦，剛才在和我媽講電話。什麼事？」

「沒什麼。妳吃藥了嗎？」

王璐坐在沙發上，她的神色比幾個月前更憔悴了。她抬眼看著陸江庭：「吃了。」

陸江庭拿起茶几上的藥瓶掂了兩下，又看了王璐一眼，她立刻移開了目光。他擰開瓶蓋，倒了兩粒藥在手上，連同一杯水遞給她：「吃藥。」

「我說我吃過了。」

兩人就這樣對峙著，陸江庭也不收回手。僵持了好一會兒，王璐垂下眼，拾起他手掌上的膠囊放在嘴裡，也不用水送，一仰頭嚥了下去，陸江庭這才把水杯放在茶几上。

王璐起身往臥室走：「我去休息一下。」

「吃完晚飯再休息吧。」

王璐沒回答，走進臥室關上了門。

他到次臥換了衣服，正打算去叫王璐吃飯，手機響了，是陸父打來的。他接通電話：「爸。」

「吃飯了嗎？」

「正要吃。」

陸父沉默了幾秒問：「王璐最近好些了嗎？」

陸江庭看了一眼對面緊閉的房門，順手關上了次臥的門：「好一些了。」

也不知從什麼時候起，王璐莫名其妙地患上了躁鬱症。其實她前期狀態並不明顯，偶爾發發脾氣，心情抑鬱，兩人也都沒有放在心上。可是後來她發脾氣的次數愈來愈多，對陸江庭也愈來愈不信任，有一次甚至莫名其妙地發脾氣咬傷了陸江庭。

兩人認識這麼多年，陸江庭還是第一次見到王璐那個樣子。那件事過後，王璐坦言，她覺得自己心理發生了變化，可能真的生病了，於是他陪著她去看了心理醫生，結果是她患了躁鬱症，而且不輕。醫生說患有精神疾病的人最需要家人的關愛，陸江庭這才辭了北京的工作回來照顧她。

可是幾個月過去了，她的病情不但沒有好轉，反而更加嚴重了。他有時候很懊惱，因為他完全不知道王璐在想什麼，只記得前不久醫生說過，她有了輕生的念頭。

陸父嘆了口氣：「你也不能一直陪著她，要不然把她送回她爸媽那？」

「爸，我總覺得她這病是因我而起，我不能在這個時候不管她。」

陸父無奈：「兒子啊，我知道你一向心腸好，但這種事哪有往自己身上攬的？那病憑什麼是因你而起的？我們都看在眼裡的，你對她的好沒得說。」

陸江庭不再說話，對於父親說的話，他也希望是如此。

陸父繼續說：「不是爸說你，你這樣要被她拖累一輩子的。」

陸江庭沉默了幾秒，也很無奈：「這又不是什麼絕症，她會好起來的。」

陸父重重嘆了口氣：「好吧，隨你吧。」

「您找我就是問這個？」

陸父突然猶豫了：「我是想問你方不方便回來幾天？」

陸江庭立刻警惕起來：「家裡出什麼事了嗎？」

「也沒什麼大事，就是你媽查出點小毛病。」

陸江庭沒再問，如果只是小毛病，父母根本不會讓他操心，既然告訴他了，就一定不是小毛病。他疲憊地揉了揉太陽穴：「我過幾天就回去。」

「好吧。」

「照顧好我媽，也照顧好您自己。」

「你也是。」

王璐的胃口依舊不怎麼好，只吃了幾口就回房間了。

陸江庭奔波了一天也累了，他收拾好廚房，輕輕推開臥室的門，王璐正背對著他躺在床上，看樣子像是睡著了，但是他知道她並沒有睡。

他輕輕嘆了口氣，貼著她躺下，伸手將她攬進懷裡。在觸碰到她的一瞬間，他明顯感覺到她一陣顫慄。

王璐閉了閉眼，眼淚順著眼角流下：「江庭，我們分手吧。」

陸江庭把臉埋在她的背上：「說過很多次了，不可能。」

「我真的受不了了。」然後是良久的沉默。

陸江庭說：「妳會好起來的，睡覺吧。」

陸江庭沒有告訴王璐他要回北京一趟，可是留她一個人在家，他又不放心。

第二天他出門上班時正好遇到陳姨，陳姨是陸江庭請的管家阿姨，負責照顧王璐的一日三餐，但是不住在家裡。陳姨熱情地跟陸江庭打了個招呼，陸江庭突然想到什麼叫住她：「陳姨，您這週末有時間嗎？」

陳姨說：「也沒啥事，就是打掃、做做飯。」

陸江庭想了想說：「是這樣，我週末要出個差，但是我家的情況您也知道，我不放心她一個人在家。您這週末能不能暫時住我這照顧她兩天，鐘點費您說了算。」

陳姨一聽，眉開眼笑道：「嗨，都是老主顧了，還這麼客氣！您放心，週五晚上我就搬過來，等您回來再走。」

解決了一大難題，陸江庭鬆了口氣：「那辛苦您了。」

「不辛苦。」

陸江庭正要離開，又想了想還是不放心，囑咐道：「我不在的時候……」

「監督她按時吃藥，不要讓她一個人跑出去。」陳姨笑著接話，「我知道啦，王小姐得了這病也怪可憐的，好在有你這麼好的未婚夫。」

陸江庭點點頭：「那您快上去吧，我去上班了。」

「好的，好的！」

一般這個時候王璐還沒有起床，陳姨上了樓，拿出鑰匙打開門，躡手躡腳地進房間換了鞋，開始準備王璐的早飯，一回頭卻被穿著睡衣站在臥室門邊上的王璐嚇了一跳。

陳姨拍著胸脯：「您怎麼走路也沒聲的？」

王璐一夜失眠，到了早晨才迷迷糊糊地睡了一會兒，她披頭散髮地走到沙發邊坐下，喝了口水：「剛才在樓下他跟妳說什麼了？」

陳姨說：「陸先生真是好人，對您好得沒話說。」

「剛才他跟妳說什麼了？」

「哦、也沒什麼，就是他週末要出差，讓我搬過來臨時照顧妳一下。」

王璐倏地抬起眼：「他週末要出差？」

「對啊，他沒跟您說嗎？」

「還沒……」王璐若有所思地說。

「那可能還沒來得及說吧。對了，您早上想吃點什麼？」

王璐站起身往臥室走：「隨便吧，沒什麼胃口。」說著把自己關進了臥室。

「王小姐，吃點東西把藥吃了吧？」

王璐沒有回話。陳姨又叫了一聲：「王小姐？」

這一聲換來了王璐的不滿，她答應了一聲：「我沒病！」

「可是陸先生說……」

王璐惡狠狠地打斷了陳姨：「他才有病！」

陳姨站在門口一陣感慨。陸江庭那麼好的人，怎麼就遇到了這樣的女朋友？

因為寧時修和許冬言週末都「沒空」，溫琴和寧志恒原定的家庭旅行只能暫時擱淺，這就方便了寧時修和許冬言的二人旅行。

週五一下班，兩人就去超市準備第二天出門帶的東西，零食、日用品選了一大堆，出門結帳的時候，寧時修的電話突然響了。

他看了一眼來電顯示，心裡突然有不好的預感，接起來聽了一會兒，對電話另一端的人說：「好吧，那我明天去。」

見他掛上電話，許冬言有點急了：「怎麼了啊？」

寧時修嘆了口氣：「看來這週沒辦法出遊了，明天要去開個會，跟下一個專案有關。」

「怎麼會是週末開會？」許冬言忍不住抱怨。

「這不是常有的事嗎？」寧時修掐了掐她的臉，「不去不行，以後還有的是機會。」

「那明天我怎麼辦？我都說了要去參加婚禮。」

「要不然……妳約個朋友出去逛逛？」

「不想去。」計畫臨時變動，任誰都會有點不爽。

寧時修繼續哄著她：「這樣吧，妳明天白天約小陶去逛逛街，晚上我那邊一結束就去接妳。」

許冬言想了想，也只能如此了，她看了一眼一整車的零食：「那這些東西呢？」

「買啊！都是妳愛吃的。」

第二天寧時修早早出門去加班，到了快中午的時候，許冬言也佯裝著去參加婚禮。她和小陶約在了城中心的一家商場，去商場正好要路經陸江庭原本住的地方。計程車經過時，許冬言有意無意地朝著那扇她熟悉的窗子瞥了一眼，她原本以為還會是老樣子，沒想到窗子竟然是開著的，淺綠色的薄紗被風輕輕掀起，露出了窗臺上一盆小小的盆栽。

許冬言以為自己看錯了，不由得趴在車窗上再三確認，直到那扇窗子完全消失在視野中，她才坐回了位置。

她怔怔地發著呆。

他回來了？不是說短期內都不會回來嗎？怎麼這個時候回來了，是出差還是因為其他事？

她胡思亂想了一路，以至於見到小陶時還有點心不在焉。

小陶問她：「怎麼了？」

許冬言卻問她：「你們那裡最近有陸江庭的消息嗎？」

小陶想了想，「沒什麼特別的消息，他之前說要結婚的，後來也沒消息了，不知道是沒通知我們這邊還是日子還沒到。怎麼，妳都有了寧時修了，難道還記著他呢？」

許冬言瞪了小陶一眼：「別鬧。」

小陶挑眉看她：「那妳怎麼還這麼在意他？」

許冬言無奈：「我是放下對他的感情了，但我又不是失憶。他畢竟不是個無關緊要的人，我多在意他一下，也不能說明什麼吧？」

小陶若有所思地點了點頭：「好像有道理哦。」

又逛了一會兒，許冬言提議說：「要不然去看場電影坐著休息？」正好小陶也走累了，兩人就買了票和爆米花進了電影院。

剛找到位置坐下，許冬言的手機響了。她一邊往嘴裡塞著爆米花，一邊漫不經心地掏出手機，當看到來電人的名字時，她不由得愣了愣。

來電鈴聲一直在重複播放，小陶推了推她：「快接呀。」

她也不知道為什麼，第一反應就是用手擋住手機螢幕，不過小陶似乎並沒有留意到來電人是誰。

許冬言按了接聽鍵，捂著聽筒出了影廳。

「冬言？」

「嗯。」

「我到北京了。」他果然是回來了。

明明只是時隔幾個月，可是她卻覺得他似乎已經走了很久。沉默了片刻，她問：「那還走嗎？」

「過幾天就走。」

「哦……」接下來就不知道該說些什麼了。

陸江庭再度打破了沉默：「妳……晚上有空嗎？」

「什麼？」許冬言很害怕誤會了他的意思。

他繼續說：「要不要一起吃個飯？」

他對她而言曾經是很重要的人，雖說放下一個人要有一個過程，但是適當的在意可以理解，再見面的理由她卻實在是想不出，於是她拒絕了：「改天吧，今天我約了人。」

電話裡的陸江庭似乎有些失望，失望之餘還有一點點意外。但他還是很溫和地笑了笑：「那好，過幾天我提前約妳，希望到時候妳能留點時間給我。」

他說得這麼客氣，她也只能說：「好。」

掛上電話，陸江庭在窗前站了一會兒。

風很大，從敞開的窗子猛然灌入，險些掀翻窗臺上那盆小盆栽，陸江庭卻渾然不覺。

他聽得出來，她在疏遠自己，這不正是他想要的嗎？可是為什麼心底裡並沒有那種如願以償後如釋重負的感覺，反而只剩下一陣失落呢……

這時候手機再度響了起來，是陳姨。

他接通電話，陳姨囉囉唆唆地抱怨著：「陸先生啊，我是沒辦法了，王小姐總是不肯吃藥。」

陸江庭沉默了幾秒：「陳姨，我可能要晚幾天回去，能否麻煩妳多照顧璐璐幾天？」

「這倒沒什麼問題，但她不吃藥怎麼辦？」

「她在你身邊嗎？」

「她在隔壁。」

「把電話給她。」

「那您等一下。」

電話裡，他聽到王璐和陳姨爭執了幾句，大概是王璐怪陳姨多嘴。爭執完，王璐還是接了電話，他聽得出，她的情緒依舊低落：「你什麼時候回來？」

「很快。」

「你讓她走吧，我一個人可以的。」

「那誰幫妳做飯，誰照顧妳呢？」

「我自己可以的，以前我們在美國時不都是我做飯嗎？」

「可是現在妳生病了，需要更多的時間休息。」

王璐沉默了片刻突然大叫：「你不就是想找個人看著我嗎？你憑什麼這麼做？你憑什麼！」

陸江庭平靜地等著王璐發完脾氣，緩緩說道：「如果妳想出逛逛就去吧，但要讓陳姨跟著，有人在妳身邊我會放心一些。」

王璐沉默了幾秒，突然大哭出聲：「陸江庭，求你看在這麼多年的情分上，放過我吧！」

陸江庭靜靜地聽著她斷斷續續的哭聲，過了好久，她也哭累了，他才再度開口，聲音依舊無比平靜：「就是因為這麼多年的情分，我才不能不管妳。」

「管我有什麼用？我要你愛我！」王璐幾近歇斯底里地叫道。

陸江庭沉默了一會兒說：「妳吃藥吧，按時吃藥，妳會好起來的。」

劉江紅，也就是陸江庭的母親，腦袋裡長了一個不大不小的瘤，經過專家會診後，院方通知家屬，需要盡快進行手術，陸父陸成剛這才給陸江庭打了先前的那個電話。

陸江庭回到北京後，立刻安排母親辦理了住院手續，到打電話給許冬言的前一刻，手續才剛剛辦妥。對於母親的手術，他心裡隱隱有些不安，很想找個人說說，而他能想到的人只有許冬言，沒想到卻被她拒絕了。

他自嘲地笑了笑，關上窗戶，回房間找了一些日用品，又趕往醫院。

醫院裡隨處可見生離死別的場景，陸江庭心裡原本就有的那點小小不安在一點一點地擴大。他一直陪著父母坐到晚上，直到吃過晚飯。陸成剛勸他早點回去休息，畢竟後面耗費體力的事情還多的是。

陸江庭覺得這地方讓人透不過氣來，也就沒有推託，安頓好父母後，便從醫院離開。然而，車子出了醫院停車場後，他卻並沒有直接回家，而是朝著寧時修家的方向駛去。

第五章　誤會

「在漫天風沙裡望著你遠去，我竟悲傷得不能自已。」

寧時修剛洗過澡，手機響了。他接通電話，陸江庭開門見山道：「我在你家樓下。」

十分鐘後，寧時修上了他的車，問他：「什麼時候回來的？」

「前天。」

「為了什麼事回來？」寧時修隱隱感覺到，陸江庭此次回來一定是有很重要的事，如果是一般的出差或者休假，他沒必要專程來找自己。

果然，陸江庭沉默了片刻後說：「我媽病了。」

寧時修倏地抬眼看他，但很快又移開了目光：「哦，那你來找我又是什麼事？」

「我希望你能去看看她，她雖然沒說，但我知道她很想見你。」

「想見我？我無非就是她老人家一個十幾年沒見面的遠房親戚，見不見，又有什麼重要的？」

當年寧時修的母親未婚生子，成了全家人的恥辱，爺爺、奶奶包括這個大阿姨在內的一大家子人從此就與他們斷了聯繫。他一直都想不通，既然是親人，為什麼能那麼狠心？難道面子比親情更重要嗎？

後來他在學校裡認識了長他幾歲的陸江庭，少年的芥蒂心沒那麼強，他們兩個當時非常合得來，也就拋開了其他想法。那時候寧時修以為陸江庭跟母親家其他人不同，還是有人情味的，直到幾年後劉玲的事情發生之後，他才意識到自己的想法多可笑——正所謂不是一家人，哪進得了一家門。陸江庭跟其他人一樣，都是冷漠自私的。

其實早在來之前，陸江庭就知道寧時修會拒絕，但是在醫院的這一下午讓他意識到了很多。沒有絕對安全的手術，更何況不是個小手術，所以母親上了手術臺能不能下來都不一定。而她這輩子最大的遺憾就是小阿姨，小阿姨去世後那這種遺憾就轉移到了寧時修身上。想到這些，他才決定來一趟，哪怕明知道寧時修會拒絕自己。

陸江庭嘆了口氣：「是腦下垂體腫瘤，她幾天後就要上手術臺了，你也知道，手術都有風險……」

陸江庭沒有再說下去。

寧時修卻說：「我媽都沒了二十幾年了，她走的時候，身邊除了我和我爸可沒有別人。」

這話是什麼意思，已經不用多說。當年小阿姨的確可憐，陸江庭也很搞不懂爺爺、奶奶的做法是為什麼，但是寧時修都這樣說了，自己又有什麼理由繼續說服他？

陸江庭看著寧時修下了車，看著那高大卻略顯孤單的背影一點一點地消失在夜色之中。

回到家，寧時修看到寧志恒一個人坐在沙發上看電視，他走過去，坐到父親身邊。

寧志恒看了他一眼：「出去幹什麼了？」

「沒什麼。溫姨和冬言呢？」

「在房間吧。」

寧時修點點頭：「我記得，我媽生日快到了吧？」

「嗯，到時候我們父子倆去看看她。」

寧時修想了想說：「爸，您還怨爺爺他們嗎？」

寧志恒一聽這話，不由得嘆了口氣：「有時候我也在想，也不能全怪你爺爺他們，也可能是我害了你媽。」

「您怎麼這麼說？」

寧志恒笑：「畢竟你爺爺當時也是有頭有臉的人，那個年代出了那種事，他面子當然掛不住。再加上你爸我當時也沒什麼出息，誰看了都會認為是我癩蛤蟆吃了天鵝肉。如果換成是我女兒這麼不長眼，我也會不高興的。假如你媽當初不認識我，而是按照父母的意願找個門當戶對的，那她生活上就不用吃苦，還有家人祝福，她或許還能多過幾年好日子。」

「那大阿姨呢，您還怪她嗎？」

「你大阿姨比你媽大十來歲，你媽還是她帶大的，她就像個老式的家長，疼你媽，也會管著你媽。出了那種事，她當然要跟你爺爺、奶奶站在同一條戰線上。她以為一向聽話的小妹會迷途知返，沒想到你媽就在這件事上認了死理。你大阿姨也不簡單，你媽去世後，想必她也不好過吧。」

「這麼多年了，都沒聽您提起過這些。」

「還提什麼，這是兩家的痛啊！」

「那這麼說，您其實已經不怨奶奶家的人了？」

寧志恒拍了拍兒子的肩膀：「等你活到你爸我這個歲數你就懂了，這些仇啊、怨啊，困住的都是活著的人，已經過世的人反而比我們想得開。你媽既然能想開，我們何必還糾結過去呢？如果你願意，你也可以回去看看，聽說你爺爺九十幾歲了，身體還不錯。」

寧時修笑了笑起身：「再說吧。」

回房間前，寧時修去敲了敲許冬言的房門。

「進來。」許冬言無精打采地應道。

他推門進去，看到她正趴在電腦前「淘寶」，回頭看到是他，情緒依舊不高。

寧時修走過去：「運動服？」

「嗯，也看不到實體，不知道好不好看。」
「怎麼逛街時沒有買？」
說話間許冬言愣了一下，她是想要買來著，但是接了那通電話後就忘記了：「我忘了……」
寧時修指著其中一套說：「這套不錯。」
許冬言點開大圖看了看：「這套會顯得腿粗吧？哎，搞不懂我們公司主管怎麼想的，居然發神經要辦個春季運動會，我這一副老手老腿的，到時候要怎麼辦啊！」
寧時修笑：「沒事，到時候有我在，我會看著妳出糗的。」
許冬言一愣，抬頭看他：「你也去？」
「嗯，我比妳還要早兩天收到通知。」
許冬言這下子心情更加鬱悶了。她在體育方面可謂是「天賦異稟」，國中時，有一次扔鉛球，先不說她能扔出多遠，她竟然能把站在她後面的同學砸得腳骨折，當時一夜之間就在學校出了名。還有一次是大學體適能測試，她是唯一立定跳遠居然跳出了一．二公尺的人，當時也算是驚豔全場。所以，這一次自己究竟會表現得怎麼樣，她心裡真的沒底。原本想著混混就過去了，可是沒想到寧時修也會去，可就不只是混混的事情了，出醜了會被他笑一輩子的……
「我……我……我們公司內部的運動會，你……你……你去湊什麼熱鬧啊？」
寧時修微微挑眉：「我就是作為友好合作方受邀去參加一下你們的運動會，妳緊張什麼？」
「誰……誰……誰說我緊張，我只是……」許冬言想了想，提議道，「要不你退出吧？就說你要出差，好不好？」

「也不是不行，可是、為什麼？」

許冬言一本正經地胡謅道：「你來跟我們比賽跑跑跳跳的有意思嗎？到時候他們肯定給你們放水，就算贏了也勝之不武，輸了又丟人，所以你乾脆退賽吧！」

「這麼說我更不能退賽了，我要是真的退賽了，那不就等於默認自己不行了嗎？」

許冬言一臉生無可戀的表情。

見她那副表情，寧時修笑了，伸手摸了摸她腦袋：「好了，這兩天妳好好表現，到時候我能做的就是……盡量不笑妳。」

「寧、時、修！」

寧時修做了個噤聲的動作：「小點聲！妳不怕被樓下二位聽見了？好了，早點休息。」

寧時修走後，許冬言看了一眼電腦右下角的時間——晚上十點，這時候傳簡訊給關銘會不會引起誤會呢？

她思考片刻，覺得自己沒耐心等到明天了，於是傳了一封簡訊給關銘：『學長，求你一件事。』

寧時修回到房間後，猶豫了片刻，想到陸江庭和寧志恒跟他說的那些話，他還是傳了一封簡訊給陸江庭：『哪家醫院？』

很快，陸江庭的簡訊就回了過來：『景山醫院腫瘤科病房區，二〇三房。謝謝你，時修。』

單身漢的生活枯燥而乏味，關銘在電腦上看了一會兒電影，發現沒什麼意思就打算關機睡覺，正在這時卻收到了許冬言的簡訊。

他一看，不由得咧嘴笑了，連忙回信說：『跟學長還這麼客氣！說吧，啥事？』

許冬言收到簡訊，突然覺得自己看到了希望，連忙回覆說：『我可不可以不參加週五的運動會？』

關銘一看不由得皺眉，一段文字刪刪打打了好幾遍，還是選擇了實話實說：『每個部門都是有指標的，青年組就我們幾個人，分攤了二十幾個項目，劉總還特意點名妳，妳不參加不適合啊。』

許冬言想了想：『其實是這樣……那幾天剛好身體不適呢。』

『怎麼不適？要不要去醫院？等等，那幾天不舒服妳都能預測到了？』

許冬言一看回信，頓時覺得頭大：『算了，我身體挺好的，晚安吧。』

雖然冬言好像不是很高興，但關銘心裡還是有幾分得意，畢竟她遇到麻煩第一個想到的就是他啊……

他把許冬言的簡訊來回看了好幾遍，才回覆過去：『晚安，冬言。』

陸江庭又在醫院陪了劉江紅一天，到傍晚的時候才被陸父打發回家休息。陸江庭走後，陸父問劉江紅：「晚上妳想吃啥？」

劉江紅深深嘆了口氣：「吃什麼還不都一樣？」

「妳是怎麼了，這一天到晚淨說些喪氣話！當著孩子的面也不注意一些，他的壓力夠大的了。」劉江紅抹了一把眼淚：「誰知道我上了手術臺，還下不下得來？」

陸父也不知道要如何勸慰她，嘆了口氣說：「我去幫妳買點粥吧。」

寧時修按照簡訊上的地址找到劉江紅的病房時，病房裡只有一個人。她穿著病服，身形算是女人中比較高的，卻異常清瘦。其實寧時修早就不記得大阿姨長什麼樣子了，但是看著病房裡的人，他卻彷彿看到了母親年老時的樣子。

聽到病房門打開的聲音，劉江紅回過頭來，看到寧時修，她第一眼沒有認出來：「你找誰啊？」

寧時修站在門口看著她，她這才注意到他的樣子。她突然意識到了什麼，猛地站起來走過去。她一步步向他靠近，一雙眼睛慢慢變得晶瑩透亮：「你是……」她輕輕伸手，有試探、有希冀……當她的手指觸碰到他的臉時，他並沒有躲閃。

眼裡噙著的淚水倏地奪眶而出，她問：「時修嗎？」

劉江紅幾乎不敢想像，寧時修會真的出現在她的病房。對妹妹的愧疚、對時修的遺憾、對手術的恐懼一下子全都湧上了心頭，她失態地抱著寧時修幾乎痛哭失聲：「時修，你真是時修嗎？你怎麼來了……你終於來了……」

劉江紅激動得語無倫次，寧時修只是定定地站著，任由她抱著他。

他有點意外，他沒想到幾乎沒有見過面的大阿姨見到他時竟然會表現得這麼激動。他在劉家人眼裡究竟意味著什麼？難道不是一段無須存在的過去嗎？

然而有些心酸的往事只有劉江紅自己知道，她要強了一輩子，當年在小妹的事上自然也不肯讓步。

她想不明白，自己明明是為她好，自己明明是對的，小妹有什麼理由不聽她的話。直到小妹離開，她才知道，什麼對與錯，都已經不重要了。

一晃這麼多年過去了，她一直在心裡惦念著寧時修，後來也從陸江庭那裡聽到過他的消息。但是時至今日，她還有什麼理由去見他一面呢？她有時候悲觀地想，或許等到她死，寧時修也不會想要看一眼她這個大阿姨了。然而老天爺似乎對她還不錯，還沒有等到那一天，他們就見面了。

她問他：「是江庭告訴你大阿姨住院了嗎？」

寧時修這才想起來自己手上還拎著東西，他把水果和一些補品放在病房內的小桌上，「嗯」了一聲。

劉江紅看到他帶來的東西，眼淚又湧了上來。那種愧疚感讓她心痛得無以復加，但她只是說：「你這孩子，還帶這麼多東西，其實只要你來就夠了。」

雖然寧時修從小到大沒叫過劉江紅一句大阿姨，但是看到那張酷似母親的臉，他還是無法拒絕那種親切感，而他的內心裡又在刻意回避這種感覺，畢竟，這是他怨了很多年的人。

他沒有在醫院久留的意思，等劉江紅情緒平復後，他就提出要走。

劉江紅一聽就有點著急：「怎麼這麼快就要走？」

「公司還有點事。」寧時修站起身來，對上劉江紅熱切的目光，他頓了頓又說，「您好好養病吧。」

他正要走，卻被劉江紅叫住了，他回過頭，等著她說下去。

劉江紅聲音都有些顫抖：「你來，是因為原諒大阿姨了嗎？」

完全不計較過去了嗎？並沒有。但是看到劉江紅，他又有些不忍，他沉默了幾秒鐘還是說：「其實我媽到臨走前，都沒說過您一句不是，既然她都沒怪您，那別人也就沒必要怪了。」

劉江紅含著眼淚點點頭。

有寧時修這句話，無論日後會發生什麼，無論她能不能再從手術臺上下來，都無所謂了。不僅如此，她甚至還有些感激這場病，因為它的到來幾乎化解了她幾十年的心結。

從醫院出來時，天已經徹底黑了。開車經過一個公車站時，寧時修看到一個女人正站在前方不遠處朝他這邊招手。他知道她並不是在對他招手，後照鏡裡正好出現了一輛空著的計程車。

寧時修收回視線，車子剛駛過公車月臺，就聽到身後一陣短而急促的剎車聲。後照鏡裡那輛計程車似乎撞到了那個女人，但又好像沒撞到——司機降下車窗惡狠狠地罵了幾句後便迅速地把車子開走了，那女人仍坐在地上，情況不明。

他本不想多管閒事，可是在灰濛濛的夜色中，他突然覺得她有些面熟，於是他把車子停在路邊，走過去瞭解情況。

聞靜已經從地上站了起來，好在有驚無險，車子並沒有碰到她。看到前面走來的寧時修，她喜出望外：「怎麼是你？」

「路過，我想說看著有點眼熟。妳沒事吧？」

聞靜聳聳肩：「招個計程車，差點丟了小命。」

「妳要去哪，我送妳吧。」

聞靜也不客氣：「那太好了，去林靜路。」

坐上車子，寧時修隨口問道：「這麼晚了去那幹什麼？」

「約了個朋友。」

寧時修本來也就是隨口一問，聽她這麼回答就沒再多問。聞靜卻問：「你怎麼不問我約了什麼朋友？」

寧時修毫不在意地笑了：「問太多不適合吧？」

「一點好奇心都沒有？」

寧時修依舊笑著，說不上為什麼，他覺得聞靜的問話有點奇怪。

聞靜卻不再提這件事，跟他閒聊起來：「最近怎麼樣？」

「老樣子。」

聞靜瞥了一眼放在擋風玻璃下的一條髮圈，笑了：「不會吧？」

「什麼不會吧？」

「沒交女朋友嗎？」

寧時修勾了勾嘴角沒說是或者不是，聞靜也就明白了。「是誰？」她問。

寧時修總覺得第一次見面時就把許冬言以妹妹的身分介紹給聞靜，多少有點欺騙人的嫌疑，所以就沒有回答她。

「我猜猜……」聞靜不依不饒道，「不會是你那個妹妹吧？」

寧時修覺得有點意外，面上卻依舊不動聲色。

聞靜笑了：「不用跟我躲躲藏藏的了，我聽說她其實是你繼妹，對吧？」

說話間他們已經到了林靜路。寧時修緩緩將車子靠邊，他看著聞靜微微揚眉：「從見面到現在，妳總共問了我八個問題，我回答了兩個，剩下的下次再說吧。」

其實寧時修不說，聞靜也猜得到。只是……她想了想，又說：「其他問題不回答也沒關係，有個問題我一直想問。」

「什麼？」

「你……還記得劉玲嗎？」

送走了聞靜，寧時修就接到了陸江庭的電話：「聽說你今天去醫院了。」

「嗯，正好順路。」

陸江庭笑了：「我媽很激動。」

「看得出來。」

「嗯，她週五的手術，你……能來嗎？」

寧時修斟酌了一下說：「週五我有事。」

陸江庭似乎有些失望，但也沒有勉強：「其實你今天能來，我已經要謝謝你了。」

「不用。」寧時修頓了頓說，「週五我真的有事，手術結束，你打電話給我吧。」

聽出寧時修並不是在有意推託，陸江庭心裡很感激。有很多話，關於他們兄弟的感情，關於這些年的經歷和感悟，他都很想跟寧時修說說，但他也知道，男人之間的感情很難用一些話來傳遞，他們需要更多的時間，給彼此更多的機會，眼下就是一個好的轉捩點。

陸江庭靜了片刻，只回了一句：「好。」

卓華舉辦的員工運動會就在本週五，考慮到會有不少合作廠商參加，公司搞得非常正式，一大早還有個開幕式。

寧時修和許冬言一起出了門。

上了車，許冬言聞到一陣似有若無的香氣，她將鼻子湊近寧時修：「怎麼這麼香？你噴香水了？」

寧時修瞥了她一眼：「怎麼可能是我？」說完他想起了什麼，但面上仍不動聲色。

許冬言端著手臂打量了他片刻，不禁冷笑：「這麼香，想必是位美女吧？之前她坐哪啊，我這位置嗎？」

「說什麼呢！」寧時修佯裝皺眉回憶著什麼，半晌恍然道，「對了，昨天回家順路載了一個朋友，可能是她身上的味道。」

「香水不錯啊，香氣可夠持久的。改天幫我問問你那朋友，香水是什麼牌子的。」

寧時修笑：「我現在可聞不到什麼香味，就聞到醋味了。」

許冬言急了，去掐他，寧時修笑呵呵地把她的手攏在手裡：「別鬧。」

過沒多久到了體育場，為了避嫌，許冬言先下了車單獨進去。不遠處正有個人遠遠地朝她揮手，那人穿著一身藍色運動衣，戴著同色鴨舌帽，許冬言一下子沒認出是誰，走近了才看出是關銘。

「學長這副裝扮我都認不出來了，年輕了十幾歲。」

關銘哈哈大笑：「妳這是拐著彎罵我老呢？」

許冬言也笑了：「哪敢啊！」

關銘說：「妳這身運動裝也很適合妳啊。」

「網路上隨便淘的。」

許冬言穿著一身藏青色運動服，還特意綁了高高的馬尾辮，看起來就像是個二十歲左右的大學生。兩人正聊著，關銘的目光定格在了許冬言的身後：「喲，那不是寧總嗎？跟妳衣服同色啊，大老遠看著就跟情侶裝一樣。」

許冬言沒有回頭，狀似不經意地順了順馬尾。

關銘又說：「咦，旁邊那是誰啊？」

許冬言這才回頭去看，寧時修正低著頭跟一個女孩說話。寧時修不知道說了什麼，惹得那女孩掩嘴笑起來，寧時修也跟著微笑，一副春風滿面的模樣。

「哦，想起來了。」關銘直拍腦門，「那是剛從分公司調來的市場部同事，早就聽分公司那邊的人說過，他們公司的花魁調到我們這裡來了。」

「花魁？這說法可夠損的。」

「開玩笑嘛！現在的人誰還沒點娛樂精神啊！」

許冬言笑了笑，又問：「看樣子她和寧時修挺熟的。」

「估計也是有些業務往來吧，酒桌上認識的也說不定。」

許冬言意味深長地「哦」了一聲，「看來寧時修身邊女孩子不少啊。」

關銘感慨道：「那倒是！像寧總這樣事業有成、長得又帥、人又好相處的黃金單身漢，肯定走到哪都有女孩子圍著轉。」

許冬言冷笑一聲，心裡有點不是滋味。

寧時修的目光不著痕跡地從操場的一角收了回來，回過神來才意識到身邊的女孩似乎剛問過他什麼問題：「抱歉，妳剛剛說什麼？」

「我們部門有個女孩子很仰慕您，一定要我幫她打聽一下……」

女孩子沒有說下去，寧時修問：「打聽什麼？」

女孩子看著他，有點為難。寧時修笑了：「問吧，妳剛才不是已經問了嗎？」

「那我問了啊，您是……單身嗎？」

寧時修想都沒想就回答說：「不是。」

那女孩愣了一下，繼而是一臉失望：「誰那麼幸運啊？」

寧時修沒有回答，反而是看著許冬言和關銘的方向問她：「站在關銘旁邊的那女孩妳認識嗎？」

女孩順著他的目光看過去，斜眼看他：「她啊，知道，性格出了名的難搞。」
寧時修微微挑眉：「是嗎？」
「我也是剛調過來，聽我們部門一個大姐說的。」
許冬言發現那兩個人竟齊齊地看向自己，她連忙收回了目光，但剛才那兩人的「友好互動」已然被她收進了眼底。
關銘發現許冬言面色不善，關切地問她：「怎麼了？不舒服？」
許冬言連忙說：「沒……沒……沒事。」
「哦，想喝什麼飲料，我去買。」
許冬言想了一下說：「熱的就行。」
「行，等我一下。」關銘擺擺手，朝著運動場邊的便利商店小跑過去。
一陣風吹過，許冬言將衣服拉鍊往上拉了拉。她也不再去管寧時修，只是百無聊賴地看著場邊準備入場的「運動員」。
看到關銘離開，寧時修低頭對身邊女孩說：「不好意思，先失陪了。」說著便朝許冬言的方向走過去。
許冬言不知道寧時修什麼時候走到了她身邊。
「我說讓妳多穿點，妳偏不聽。」
她嚇了一跳，回頭看是他，又漫不經心地將目光移開。想到剛才他身邊那位「花魁」女孩，她說：
「這滿場的女人都穿得差不多，你怎麼不去管管？」

「別人我管不到。」

「你也管不動我……」

寧時修看著她，想到剛才那女孩的話，用「難搞」這兩個字來形容許冬言還真不算過分。他笑了：「管不管是一方面，想不想管是另外一回事。」

「那也得問別人稀不稀罕！」

這時候關銘捧著兩杯咖啡走過來，看到寧時修，他不禁眉開眼笑：「喲，寧總！正巧，兩杯咖啡，一人一杯！」說著一杯遞給許冬言，另一杯遞給了寧時修。

寧時修知道那杯是關銘買給他自己的，便推託著不要，關銘卻非常熱情：「馬上要開幕式了，我還有工作，來不及喝，晚點我那邊結束了我再去買。」

他既然這麼說，寧時修也就不再推讓，道了聲「謝謝」便接了過來。

正在這時，主持人的聲音從喇叭裡傳了出來：「開幕式馬上要開始了，請各位工作人員就位。」

關銘聳了聳肩：「真是說什麼來什麼。」

寧時修說：「那你快去忙吧。」

「好的，一會兒見！」說著他轉身跑向運動員入場的地方。

體育場不算大，但相較於兩百多人來說，顯得有點空蕩蕩的。寧時修和許冬言隨便在觀眾席找了個位置坐下，一邊喝著咖啡，一邊等著開幕式。過沒多久，音樂聲響起，各部門以及各單位的代表隊按序入場。

許冬言笑：「感覺突然回到了十幾年前。」

「你那時候會乖乖坐在位置上看比賽嗎？」
「不會。」
「那在幹什麼？」
「聽音樂、看小說，要麼趁班主任不在的時候溜走。」
寧時修笑：「妳果然很『難搞』。」
許冬言轉過頭看著他：「為什麼說『果然』？」
寧時修沒再說話，喇叭裡許冬言公司的老闆已經開始致開幕詞，無非是感謝完客戶再感謝員工。感謝員工時他特別提到了一個人，就是許冬言的主管劉科——在任何消息都沒傳出的情況下，劉科竟然被升為副總，三十五歲的劉科只比陸江庭大兩歲，這個年紀能坐到這個位置上的人，他還是第一個。
「爬得真快。」許冬言雙手捧著杯子，嘴巴搭在杯沿上幾不可聞地說。
寧時修微微側過臉：「妳猜下一個會是誰？」
許冬言不明所以地抬頭看他：「誰？」
寧時修朝著主席臺前揚了揚下巴：「我猜是劉科的關門弟子，妳那好學長關銘。」
許冬言只顧揣測著寧時修的話有幾分靈驗，完全忽略了他語氣中那極難察覺的一絲譏諷。
她點點頭：「確實沒有比他更適合做我們下一任部長的了。」
她一回頭，發現寧時修又在看錶，這已經不知是今早的第幾次了。她見他心不在焉的樣子便問：
「你今天是不是有事啊？有事就走吧。」
寧時修卻說：「還有什麼事？」

其實他還是有些擔心劉江紅的，他不想被劉家人和陸江庭看出來，所以刻意沒去醫院陪著。可是不在醫院，他卻很想瞭解醫院那邊的情況，電話不方便打得太頻繁，他只能在這邊心不在焉等著。

開幕式很快結束了，接下來的就是各項比賽。

許冬言又問寧時修：「你什麼時候走？」

寧時修詫異地看了她一眼：「當然是結束後，怎麼了？」

「你們客戶代表不是給個面子、露個臉就好嗎，還真的要上場比賽？」

寧時修震臂深呼吸：「反正很久都沒活動過了，正好活動一下。」

許冬言若有所思地發了一會兒呆，起身走下觀眾席：「那邊項目快開始了，我先過去了。」

「對了，妳報了什麼項目？」

許冬言背對著他擺了擺手，任憑他在身後怎麼問，她都全當沒聽見。

走到關銘身邊，她瞥了一眼他手上的秩序冊：「我的項目什麼時候開始？」

「快了。」

「現在還能退賽嗎？」

關銘詫異地看她：「當然不能了。」

這時候男子青年組的短跑運動員正在跑道上準備，隨著槍聲響起，兩人都不再說話，怔怔地看著運動員像離弦的箭一樣跑向了終點。

「這是特招的嗎？」

「不是。雖然挺快的，但也只是普通水準。」

「這只是普通水準？」
關銘看了許冬言一眼，許冬言也沒再多問，或許女子組的水準能更普通一點。
沒多久，廣播裡開始播報剛才參賽選手的成績。
許冬言又問：「每個人的成績都要報嗎？」
「是啊，妳上學的時候沒參加過運動會？」
「當然參加過。」許冬言無所謂地走向旁邊的看臺。
她報的是女子一千五百公尺，再下一個項目就要輪到她了。她朝著剛才寧時修停留的方向看了一眼，發現那邊看臺上已經沒有人了，她暗自慶幸，這麼無聊的比賽，想必他也不會太關心。
又等了一小會兒，關銘來通知許冬言去準備。
站在跑道上，她才發現同組的運動員都是比她入職晚的小女孩，看樣子就很能跑。她心裡打著鼓，冷不防聽到不遠處一聲槍響，她連忙調整狀態，跟著身邊的人衝了出去。
不遠處的看臺上，寧時修剛和陸江庭通過電話。劉江紅已經進了手術室，正在手術中，目前為止還沒什麼狀況出現。他剛掛掉電話，就聽到一聲槍響，他朝著場上跑道看去，一個纖瘦的身影正逐一超過其他人，過沒多久就跑到了領先的位置，遠遠地超出第二名好大一截。
他不由得笑了笑，這個笨蛋！
果然，幾分鐘以後，原來跟在許冬言後面的人紛紛超過了她，許冬言原本的優勢已經全然不見，很快就墊底了，結果也是可想而知。當眾人都結束了自己的賽程，她還在場上孤零零地跑著——這是最尷尬的，也是許冬言最害怕的。再加上一想到寧時修可能在某個角落裡看著她，她就覺得自己像個煎蛋一樣，被烈日煎出滋滋作響的聲音。

寧時修抬腕看了一眼時間，她這速度還真不是普通的慢。

不算長的一千五百公尺，許冬言卻覺得自己幾乎耗盡了生命才將它跑完。等她的成績一出來，整個賽組的成績也就出來了——其他人的成績基本都在七分鐘左右，她卻跑了足足十一分鐘，也算是破了一項紀錄。

寧時修遠遠地看著她半彎著腰喘著氣，不禁有些不解。就個這速度，怎麼會想到報長跑？

可是很快，他就明白是為什麼了。

許冬言還有個項目是跳高，她算是同組參賽隊員中個子較高的，在不專業的比賽中，這應該也算是一個優勢。可是她跳了幾次，就沒有一次是從桿子上跨過去的。

負責這項目的人中有關銘，在許冬言連續摔了好幾次後，他有點不好意思：「真沒想到妳這麼不擅長跳高！」

許冬言惡狠狠地看了他一眼，什麼也沒說。

關銘跑到其他工作人員那邊耳語了幾句，然後輪到許冬言時，桿子就降到了一公尺。

關銘回到許冬言身邊：「一公尺，沒問題吧？」

許冬言微微瞇眼，點點頭，這都跳不過去，她真的就沒臉見人了。

可是結果依舊令人惆悵——之前幾次許冬言都是抱著竿衝向墊子，這次換成坐在竿上倒向墊子……到最後也沒有成績。

寧時修遠遠地將這一切盡收眼底，看到她低垂著腦袋退出人群，他跟了上去。

雖然比較丟人，但許冬言一直還抱著一點僥倖，或許寧時修提前走了，只要他沒看到就好。

可是她沒想到，她正要離開時，他就出現了。這顯然不是巧合，他不但看到了，而且從他出現的時間點可以推測，他應該是在某個角落裡看到了一切。

許冬言原本就不怎麼樣的心情，此時更加糟糕了。

寧時修沒提比賽的事，只是問她：「回家嗎？」

許冬言看了他一眼，賭氣沒說話。寧時修不覺勾了勾嘴角：「中午請客吃飯吧？」

許冬言挑眉看他：「憑什麼？」

「妳長跑破紀錄了，哦、還有，剛才那一招猛撲跳高桿也完成得很漂亮。」

他既然看到了，不安慰她也就算了，還跑來冷嘲熱諷！許冬言只顧著咬牙切齒，完全沒注意到兩人正路過一個籃球場，她正要張嘴還擊，一顆籃球以極快的速度飛向了她。

「小心！」有人提醒道。

許冬言回過頭，但已經來不及去擋了，只能眼睜睜地看著籃球飛向自己的臉。剎那間，她心裡萬分惆悵——今天真是諸事不宜啊！

就在她閉上眼的那一瞬間，身後突然伸出了一隻手，輕巧地擋開了那顆籃球，又替她化解了一場的尷尬。

不遠處的男孩撿到球，笑著說：「謝了，哥們！」

許冬言回頭看，寧時修垂著眼皮看她：「反應真慢，不會躲也不會擋一下，妳是不是小腦發育有問題啊？」

「你有種當著我媽的面說！」

「那不行，我怕她老人家配合我，那妳不就更生氣了？」

「你還知道我會生氣？」

許冬言正要發作，卻被寧時修一把攔住，低聲在她耳邊說：「走吧，除了我沒人敢笑妳。」

許冬言恨恨地用手肘撞了一下寧時修結實的胸膛，他悶哼一聲，笑道：「扯平了啊。」

兩人剛回到家，寧時修的手機響了，來電人是陸江庭。他看了一眼身邊的冬言，走到客廳的陽臺上才將電話接通：「怎麼樣？」

那邊陸江庭的聲音難掩疲憊，但聽出來是在笑：「還算順利。」

寧時修也輕輕吁出一口氣：「那就好。」

兩人簡單地聊了幾句，就掛斷了電話。

寧時修一回頭看到許冬言正看著他，他微微挑眉：「怎麼了？」

許冬言瞇起眼來：「跟什麼人講電話呢，還這樣偷偷摸摸的？」

「還沒過門就開始管我了？」寧時修一臉無奈地把手機遞向她，「要查就查吧。」

許冬言雖然很想看，但面子更重要，她直接無視他遞來的手機說：「誰稀罕查！」

吹了一上午的冷風，她覺得頭暈沉沉的，吃過飯就回房睡覺了。再醒來的時候，家裡卻只有她一個人。

許冬言傳了一則簡訊給寧時修：『在哪呢？』

簡訊發出去很久也不見回覆，她下了樓，百無聊賴地打開電視。

劉江紅悠悠轉醒後的第一件事，就是流淚。陸成剛見狀也跟著掉了幾滴老淚，陸江庭卻面不改色地替母親輕輕拭去了眼淚。寧時修在後面看著，他知道，這大概就是重生的喜悅吧。

劉江紅哭過後才注意到寧時修，吃力地朝他招了招手，寧時修和陸江庭對視一眼，走了過去。

劉江紅拉住寧時修說：「時修，你能來真好。」

看得出她已是非常疲憊，寧時修說：「您有什麼話以後再說吧，先休息。」

劉江紅說：「你好不容易來了，我不想休息。」

寧時修頓了頓說：「我不走，等您醒來再說。」

「真的？」

「真的。」

「那就好，我是真的有點累了。」說話間，劉江紅已經閉上了眼。或許是真的累極了，也或許是麻藥的藥效還沒過去。

等劉江紅睡著後，寧時修起身走出病房，在外面走廊上，他點了支菸。

陸江庭也跟了出來，走到他身邊說：「謝謝。」

寧時修低頭吸了口菸，又緩緩吐出一口煙圈：「謝一次就夠了。」

陸江庭笑了，又問：「你的事辦完了？」

「嗯？哦，辦完了。」

然後是好長一段時間的沉默。

寧時修把燃盡的香菸掐滅在旁邊的垃圾筒中，抬頭問陸江庭：「你們晚上還留在這嗎？」

「嗯，我等一下讓我爸先回去，我留下來。」

「不是有看護嗎？」

「那也不太放心。」

寧時修點點頭：「你昨晚也一夜沒睡吧？」

「睡了一會兒。」

眼下的陸江庭滿眼血絲，一臉倦容，寧時修認識他這麼久，這大概是他最狼狽的一次。

一陣風從窗子裡吹進，寧時修撣掉褲腿上的一點菸灰：「你們都回去吧，晚上我留下。」

這讓陸江庭很意外：「時修……」

寧時修擺了擺手打斷他的話，轉身朝著醫院外走去：「我去買瓶水，等我回來你們就走吧。」

陸江庭看著他的背影，輕輕呼出一口氣。

走出病房區，寧時修聽到有人在叫他的名字，一回頭，就看見一個穿著白大褂的女人小跑了過來，等走近一看，原來是聞靜。

「你怎麼在這？」聞靜問。

寧時修朝著病房區揚了揚下巴：「親戚病了。妳在這上班？」

「嗯。你家哪個親戚，嚴重嗎？」

寧時修頓了一下說：「垂體瘤。」

聞靜微微挑眉：「那應該是我們科的病人，要幫忙嗎？」

寧時修想了想：「暫時還沒想到。」

「嗯，那以後想到了隨時說，不用客氣。」

說話間，兩人走到一間小超市的門口，寧時修說：「我去買點東西。」

聞靜笑：「我也是。」

兩人一前一後進了超市，聞靜問：「你今晚該不會不走了吧？」

寧時修正要回答，手機突然響了起來。他看了一眼來電，也沒避著聞靜，直接接通。

天快黑了，許冬言還沒等到寧時修回簡訊，便乾脆打電話過去：「在幹什麼呢？」

「有點事。」

「加班？」

寧時修頓了頓，含混地「嗯」了一聲：「怎麼了？」

「你不回簡訊。」

「哦，妳傳簡訊了？」他邊講電話邊從架子上拿了幾瓶礦泉水和一包菸走到櫃檯結帳，正好聞靜也選好了東西出來。

收銀員正一樣一樣地掃條碼，他隨手把聞靜放在櫃檯上的東西往前推了推：「一起結。」

「不用。」聞靜剛想推辭，寧時修抬手示意她不用客氣。

電話另一端的許冬言皺起眉頭：「你不是在加班嗎？」

「買點東西。」

「是嗎？那跟誰在一起呢？」

「哦，一個朋友。」

「男的、女的？」

寧時修看了一眼聞靜，發現她正低著頭，嘴角藏著笑意。他有點不好意思，對許冬言說：「我先掛了啊，晚點再打給妳。」

掛斷電話，許冬言不禁皺眉，聞靜的聲音她怎麼會聽不出來？可是他不是在加班嗎，怎麼會遇到聞靜呢？

走出便利商店，聞靜笑問：「誰？冬言嗎？」

寧時修笑了笑，擰開礦泉水瓶蓋喝了口水：「妳還不下班？」

「今天我值夜班。」

寧時修點頭：「女醫生不容易啊。」

聞靜笑：「這是褒獎還是歧視？」

「褒獎，當然是褒獎。」

說話間，已經到了病房區門口，寧時修說：「我先上去了。」

「嗯，有事隨時聯絡。」

寧時修點點頭，轉身走進病房區。

再回到病房時，陸成剛已經先行離開了，陸江庭一個人陪著劉江紅。寧時修走過去也不說話，將幾瓶礦泉水放在劉江紅床頭的茶几上，自己坐到牆角的一把椅子上低頭翻出手機。

還真的有一封簡訊，是許冬言下午兩點多時傳來的。他回了一條過去：『晚上我不回去了，有事打電話。』

陸江庭默默地看著他的一舉一動，知道他沒有跟自己多交流的意思，也就沒再說什麼。

他繼續守在母親床前，可是連續兩日沒有休息，他愈來愈沒有精神，不知不覺竟然睡著了。

不知道過了多久，他感覺到有人拍了拍自己的肩膀，他朦朧間回過頭，看到是寧時修。

「回去吧，今晚這裡應該沒什麼問題。」

陸江庭也覺得自己需要休息一下，看了一眼安睡中的劉江紅，點了點頭，站起身來。

「有事打電話給我。」臨走前他說。

寧時修說：「不會有事的，你安心去睡吧。」

陸江庭長吁一口氣，有兄弟的感覺，真不錯。

陸江庭走後沒多久，又有人來敲病房的門，寧時修以為是晚上巡房的護士，一回頭發現是聞靜。她探進頭來，朝他笑著。

「你怎麼來了？」

「現在我那裡沒什麼病人，來看看你。」說著，聞靜躡手躡腳地進了門，挨著寧時修坐下：「今晚你陪床？」

「嗯。」

聞靜指了指病床上的人：「這位是？」

「我大阿姨。」

聞靜誇張地點頭：「真孝順。」

寧時修笑了，覺得這話怎麼聽都有點刺耳。

兩人有一搭、沒一搭地聊了一會兒，寧時修看了一眼時間：「我說聞醫生，妳今晚該不會是打算在這跟我陪床吧？」

「也不是不可以，就憑我們倆的關係，我幫你解解悶也沒什麼問題。」

「我們倆的關係？」

聞靜眨眨眼睛：「你該不會忘了吧？現在在雙方長輩眼中，我們倆可是在交往中呢。更何況你以前跟劉玲那麼好，我又是劉玲的青梅竹馬，我們也算同一個圈子的。」

寧時修並不知道劉玲和聞靜說了關於他的什麼事，但從聞靜那裡得知劉玲現在過得還不錯，這麼多年來他心裡對劉玲的那點憐惜和遺憾也終於得到了彌補。可是他也不願意再多提劉玲的事，一是對聞靜沒必要說太多，二是對於過去的事他也不想說太多。

想到這裡，寧時修覺得和聞靜的接觸實在不宜更多。他想了想說：「聞靜，之前父母那邊……謝了。但一直這樣耽誤妳也不好，我會跟我爸說清楚，就說妳沒看上我，之後我們還是朋友。」

「可是我看上你了啊！」

寧時修不覺一愣，聞靜突然笑了起來：「逗你呢，看把你嚇得。」

原來是開玩笑，他也很配合地擦了擦額角那莫須有的汗。

聞靜說：「其實我確實覺得你挺不錯的，不過我早就看出來你對我沒意思了。我不知道你現在是什麼狀態，但是如果可能的話，我還是希望你能和劉玲在一起。」

寧時修不由得愣了一下：「妳怎麼突然想到她了？」

聞靜繼續道：「實不相瞞，我早就聽說過你，知道你喜歡她很多年。既然我沒戲，我和她關係又不錯，所以本著肥水不流外人田的原則，我當然希望你們倆能有情人終成眷屬囉。」

寧時修只當聞靜是開玩笑：「看不出來，妳還挺仗義的。」

「那當然，所以如果是別人，我可就不會這麼輕易拱手相讓了。」

「可是我現在已經有女朋友了。」

聞靜不以為然：「情人還是老的好，勸你再想清楚一點。」

「別開玩笑了。她當年喜歡的人就不是我，又過了這麼多年，誰知道她現在是什麼想法。」

聞靜回頭看著寧時修，表情認真地說：「你是說她以前喜歡陸江庭吧？那時候完全是出於『女神』的征服欲，不相信陸江庭會對她一點想法都沒有，所以她才爭強好勝地做了不少違背自己心願的傻事。事實上她跟我說過，她其實很喜歡你，你仔細回想一下就會發現，她對你並不是沒有感情的。」

寧時修臉上的表情一下子僵住了。

聞靜似乎早有預料，她不懷好意地笑了，壓低聲音湊近他說：「她，回來了。」

「什麼？」

聞靜站起身來，拍了拍身上壓皺了的白大褂：「她從美國回來了，就在我們醫院工作。」

寧時修還沒有回過神來，聞靜說：「我先去工作了。」

過了一會兒，寧時修的手機又響了起來，驀然發出的聲音在寂靜的病房裡顯得極為刺耳，他怕吵醒劉江紅，一緊張就直接掛斷了電話。

許冬言聽到電話裡傳來的忙音，氣更不順了，但轉念又一想，或許他在開會，不方便接電話。

她發了一則簡訊給他：『還在加班？』

看著許冬言的簡訊，寧時修心裡有點亂。

他不想騙她，可是他又不自覺地對她隱瞞了這幾天的事情，這是為什麼呢？寧時修自嘲地笑笑，無非是怕她再摻和到陸江庭的事情中吧？

可是最初撒了一個謊，後面就要用無數個謊話去圓。他嘆了口氣，無奈地回了一則簡訊過去：『嗯，妳早點睡吧。』

看到簡訊內容，許冬言一陣茫然。他究竟在忙些什麼，為什麼這幾天他的回答總是躲躲閃閃的？她不禁又想起下午那通電話裡，他和聞靜之間的互動。

許冬言氣鼓鼓地抓了抓頭，怎麼覺得心裡這麼不是滋味呢？

寧時修幾乎熬了一整夜，早上等到陸江庭來接班，他才開車回家。

到家時，許冬言依舊還在睡。他悄悄推開她的房門，看到她正背對著他側身蜷臥著，長長的頭髮搭在臉上，只露出尖尖的鼻尖和下巴。

他疲憊的表情中頓時夾雜了柔和的情緒，他脫掉鞋子，躡手躡腳地躺在了她身邊，隔著被子輕輕地將她摟進懷裡。

睡夢中的許冬言不安地哼了兩聲悠悠轉醒，回頭一看身後有個人，嚇得叫出聲來。

「是我。」寧時修輕輕拍了拍她，小聲說。

許冬言見是他，這才安靜了下來：「什麼時候回來的？」

「剛剛。」他啞聲說。

「一晚上沒睡？」

「嗯。」

她在他懷裡轉了個身，正對上他微微發青的下巴。

寧時修閉著眼，眉頭微微皺起，一臉的疲憊難以掩飾。看樣子不像是幹過壞事後回來的，這麼想著，她暗暗鬆了口氣，同時又笑自己太過疑神疑鬼了。

依舊閉著眼的寧時修像是有第三隻眼一樣，突然開口問：「笑什麼？」

她埋頭在他懷中搖了搖頭。突然發現，這味道有點不對：「哪來的消毒水味道啊？」

寧時修倏地睜開眼，扯著胸前的衣服聞了聞：「有嗎？」

「有。」

對上許冬言的視線，他說：「哦，去看了一個病人。」

「誰啊？」

「朋友的媽媽。」

原來他去過醫院，難怪會遇到聞靜。昨晚壓在許冬言心裡的那點不快徹底煙消雲散了。

「對了，怎麼家裡就只有妳一個人？」

「他們好像去參加婚禮了。」

寧時修抬手看了一眼時間：「都十點多了，一起去吃點東西吧。」

「你不睏啊？」

「現在睡不著。」

等寧時修洗了澡，兩人出門吃了午飯，又去超市買了點零食，這才往回走。

寧時修一手拎著食物，一手牽著許冬言。

春日裡的暖陽分外和煦，有微風吹過，拂在臉上也是暖的。

寧志恒和溫琴參加完婚禮正開著車回家，想到剛才那一對新人郎才女貌的，真叫人羨慕。

寧志恒說：「時修不知道什麼時候能讓我當上爺爺。」

溫琴笑：「不是還跟老聞家那女孩交往嗎？改天我叫他帶來家裡吃個飯。」

正說著，車子路過社區附近一家超市，寧志恒眼尖，一眼看到路邊的寧時修和許冬言：「喲，正好把這兩人帶回去。」

他打了轉向燈慢慢靠向路邊，車子靠近了才看清，兩人竟然手牽著手。他腦中頓時一片空白，車子還沒靠邊車速就已經降了下來，後面的車就開始不耐煩地鳴著笛。

溫琴連忙推了推寧志恒：「走了。」

寧志恒這才回過神來，踩了一腳油門，加快了速度，再一看，已經不見寧時修和許冬言的影子。

寧志恒只能先回家，可是回去的路上，他和溫琴誰都沒說話。

到了家，寧志恒問溫琴：「妳看到了嗎？」

溫琴支支吾吾地應了一聲：「沒看清楚。」

寧志恒皺眉：「他們倆什麼時候在一起的？」

溫琴也是一臉茫然，過了一會兒，她遲疑地說：「會不會看錯了，我記得冬言有喜歡的人。」

「是嗎？」

「對，等一下。」

溫琴上了樓，直奔許冬言的臥室，在書桌的第一格抽屜裡，她找到一個相框。可是拿起來一看，卻發現原來放在裡面的照片不見了。她又在抽屜裡翻了翻，好在照片沒有丟，被丟在了抽屜最下面的一個角落裡。

她把照片拿給寧志恒看：「喏，就是這個人，冬言好像喜歡他很久了。」

寧志恒一看，這不是陸江庭嗎？

「他們怎麼認識的？」

「他們是同事啊，你也認識這小夥子？」

「嗯。」寧志恒說，「時修的表哥。那他們怎麼沒在一起？」

溫琴說：「詳細情況孩子也不肯說，不過她的性格我瞭解，一根筋，看上了誰，不會輕易變心的。」

關於陸江庭和寧時修為什麼會兄弟反目，寧志恒也略有耳聞。眼下許冬言也喜歡陸江庭……這關係可真夠亂的！

他坐在沙發上嘆了口氣：「現在的孩子可真不讓人省心啊！」

溫琴想了想說：「就算是這兩個孩子看對眼了，又怎麼樣呢？」

寧志恒看出溫琴有點不高興，連忙解釋說：「我不是說冬言這孩子不好，我早把她當成自己的親生女兒了，可是他們兄妹倆要是突然變成一對了，這多尷尬……」

「說到底他們兩個也不是親兄妹，你那思想太老了。」

溫琴嘴上說著，心裡卻也有些顧慮。這兩人要是結婚也就罷了，但如果最後以失敗告終呢？就冬言那種個性，搞不好又要離家出走。溫琴就算身體還不錯，畢竟也五十幾歲了，就希望女兒能安安分分地待在身邊，母女倆好好過日子。

回家的路上，許冬言看到賣盆栽的小店裡新上了些漂亮的小魚缸，魚缸裡養著一、兩條觀賞魚，漂亮又機靈。

寧時修說：「算了，妳饒了牠們吧，跟了妳不出兩天就得死了。」

許冬言瞪了他一眼，看中了一款向老闆詢價。經過一番討價還價，許冬言買了兩條魚，她記不住名字，但一紅一藍，都很漂亮。

結帳時，老闆笑了：「你們真有夫妻相。」

許冬言微微一愣，去看寧時修：「哪裡像啊？」

寧時修的嘴角微微揚起，摟著許冬言的肩膀往外走：「零錢不用找了。」

兩人有說有笑地回了家，一進門就發現寧志恒正坐在沙發上皺著眉頭盯著他們。許冬言沒想到溫琴他們已經回來了，愣了一下，叫了聲「寧叔」，也沒在意。

寧志恒若有所思地應了一聲。

寧時修卻注意到了寧志恒的情緒不太對，問道：「怎麼了、爸，喜酒不好吃？」

寧志恒正要開口，被從臥室裡出來的溫琴打斷：「你爸是看著人家兒子娶媳婦羨慕了，替你著急呢。」

寧志恒看了一眼溫琴，也沒否認。

寧時修笑了笑：「那您可有得急了。」

寧志恒沒好氣：「你這臭小子！」

寧時修依舊笑著：「您要訓我改天再訓吧，我昨晚沒怎麼睡，先上樓了。」

見寧時修上了樓，許冬言也一聲不吭地跟著上去了。

看著兩人一前一後的背影，寧志恒突然不安地從沙發上彈了起來，卻被溫琴狠狠地按了回去：「你別衝動好嗎？」

「我怎麼能不急啊！」寧志恒壓低聲音說道。

「急也得先摸清情況，我們別誤會了孩子。再說，如果真的是那樣，就好好跟他們談，把我們的想法告訴他們。兩個孩子都是懂事的孩子，不會不理解的。」

也只得如此了。寧志恒無奈地嘆了口氣。

劉科升職後，部長的位置一直懸而未決，部門裡的各類雜事依舊由劉科的得力助手關銘管理，在眾人看來，關銘頂替劉科成為新的部長是早晚的事情，就連關銘自己也是這麼想的。

可是就在這時候，新的任命擋了下來，公司竟然空降了一個女人來頂替劉科，突然就沒了關銘什麼事了。

新的部長名叫張儷，她上任的第一天陣仗就不小，公司的幾個「總」都專程到公司大門前去迎接她。後來許冬言從小陶那裡聽到八卦，原來在大多數人不知情的情況下，公司即將被收購了。雖然說被收購後原本的主管班底不會有太大的變動，但是總部那邊肯定要下放一些主管，全面參與到公司運作裡。

如果事實真如傳言所說，那麼許冬言這位新上司無疑就是來打前站的，估計在這部長的位置上也不會做太久，難怪公司高層會那麼重視她。

上午十點剛過，新上司張儷在總經理的陪同下來到了許冬言他們的辦公室。她做了簡單的自我介紹，就是這短短幾句話，便讓許冬言覺得她是個不太好相處的人。

果然，在接下來的這段日子裡，先後有同事嘗盡了苦頭。

大家都開始說起關銘的好，愈來愈多被新上司整過的人在私下裡向關銘吐苦水，同時也替他抱不平，這讓關銘本來就不平靜的心情，發生了細微的變化。

長寧的新專案即將動工，這個專案據說又是由寧時修負責。他這人一向低調，很少接受採訪，但是這一次卻答應接受卓華的專訪，單是專案動工前的幾篇連續報導就讓卓華這幾期雜誌的銷量猛增，業內對長寧和寧時修的關注度可見一斑。

公司自然也非常重視和長寧的合作，關銘和許冬言是長寧後續專案的直接負責人，尤其是關銘，對這件事沒少花心力。可是由於張儷的到來，原本的工作分工又被重新劃分了——長寧的專案將由張儷親自負責，許冬言配合，而關銘則被安排去跟進一個無關緊要的小專案。

聽到這種安排，關銘試圖說服張儷改變主意：「和長寧的合作是個延續性的長久工作，之前一直都是由我和冬言跟他們那邊對接，好不容易才建立起來關係。如果這個時候換了負責人，我怕會對洽談合作不利。」

張儷一副無所謂的樣子：「所以啊，並沒有讓你馬上抽身，這期間還需要你來過渡，等我們工作接洽完成，你再專心做你那邊的事情。」

關銘微微一愣。這話說得簡直不能更直白了，不就是讓他替別人做嫁衣嗎！還真當他傻啊？

關銘這次真是急了，背地裡問候了張儷的祖宗十八代，許冬言也知道這對他不公平，但誰叫人家是頂頭上司呢。

可是關銘一旦被抽走，原本由關銘和許冬言兩個人做的工作就一下子都變成了許冬言在做了，許冬言也因此天天加班。

過了大半個月，等到終於不太忙的時候，她約了寧時修一起吃晚飯。兩人在電話裡商量了許久，最終地點定在了寧時修公司附近的一家創意菜館。

寧時修下班稍微晚一些，許冬言乾脆直接去了他公司樓下等他。

天漸漸暖了，傍晚六點多天還沒有完全黑，許冬言百無聊賴地站在寧時修辦公大樓下的小路上踢著石子，看著前面不遠處小廣場上放風箏的老人一點一點地收著線。

突然感覺肩上一沉，許冬言回頭一看，寧時修不知什麼時候出現在了她的身旁。他一手插在褲子口袋裡，一手搭在她的肩膀上，也仰頭看著小廣場那邊。

他問：「妳剛才在看什麼呢？」

「老鷹。」

「哪來的老鷹？」
一陣風吹過，吹散了許冬言的頭髮，一縷髮絲調皮地掛在她的嘴角上。寧時修看見了，輕輕替她撥了開來。
許冬言咧嘴一笑：「早被那老頭收起來了。」
寧時修這才明白她指的「老鷹」是風箏，他笑了一下：「走吧，吃飯去。」
兩人有說有笑地離開，卻不知道在他們身後那家星巴克的落地窗後，一雙眼睛正看著他們，那目光由驚訝變成氣憤，後來看著他們的背影消失在昏黃的街道上，那目光中就只剩下擔憂了。
寧志恒早就想找寧時修問清楚情況，但礙於家裡有溫琴母女，總歸是不太方便，於是他就跑來寧時修的公司，想等著他下班後找他聊聊，沒想到卻看到了剛才那一幕。
也好，雖然沒聊成，但答案卻是有了。
可是知道答案又能怎麼樣呢？寧志恒一直算不上什麼嚴父，在教育孩子方面，說好聽點是民主，說不好聽點就是散養，所以寧時修從七、八歲開始就能替自己的事情做主了。此時，即便寧志恒無法認同這是一段好的姻緣，但他也不會去輕易干涉寧時修的事情，尤其是感情。
他只是很糾結，就這樣糾結了一路，直到進家門前，才稍稍整理了一下自己的情緒。
溫琴在廚房裡忙碌著，聽到開門聲，她探出頭來：「去哪了？」
「有點事。」他掃了眼桌上的飯菜，「就我們兩個，就隨便做點吧，還搞這麼多？」
溫琴笑了：「正好今天我沒什麼事，你又說要回家吃飯，我就想親手給你做點好吃的。」
寧志恒心裡所有的火氣和擔憂，都被老婆的一句話暖化了。

溫琴催促他：「快去洗手。」
他看著她，看著看著，就彷彿看到了三十年前的她。
緣分真是奇妙，有多大機率才能讓兩人遇到，又有多大的機率才能讓他喜歡她的同時，她剛好也對他有意，還要有多大的機率才能讓他們分別多年後再遇到彼此？
他和她已經不是那種會令彼此心跳的愛人，但他卻知道他們是知己、是親人，也是人生路上最後一程的伴。
多麼奇妙的緣分！
他感慨地深吸了一口氣，回房換了衣服出來吃飯。
這天晚上他一反常態，早早上了床卻一直睡不著。很晚的時候，他聽到門鎖響動的聲音，然後是寧時修和許冬言說笑的聲音、上樓梯的聲音……
他嘆了一口氣，睜開眼回頭看，溫琴已經睡著了。

第二天晚上溫琴去老姐妹家打麻將，正巧許冬言又要加班。寧志恒下班回家時，發現只有寧時修一個人在家，他想了想，還是決定找兒子談談。
自從許冬言搬進來後，為了讓她自在點，他幾乎從來不上二樓。這一次上來，他才注意到，原來寧時修和許冬言竟然離得這麼近，又要共用洗手間，兩人實在是有太多機會發生點什麼了。

寧時修的畫室門半開著，隱約可以看到他坐在畫板前的身影。

寧志恒推開門，寧時修似乎並沒有聽到他進來的聲音，於是他敲了敲門，寧時修這才回過頭來：「爸，找我？」

寧志恒走過去，隨手將畫室的門掩上。他拉了張椅子坐在兒子身邊，看著畫架上的作品問：「畫的這是什麼啊？」

寧時修隨口答道：「村落。」

「哪的村落？」

「我之前出差時去過的地方。」

「哦，看著有夠荒涼的……」

寧時修勾了勾唇角，心下已經明瞭寧志恒一定是有事情要說。他放下筆，轉過頭問寧志恒：「您是不是有話要跟我說？」

寧志恒沉吟了片刻，終究還是問了：「你和冬言……」

許冬言加完班回到家，整個房子都黑漆漆的。她以為家裡沒人，便換鞋上了樓，這才發現寧時修的畫室裡亮著燈，原來他早就回來了。她正想過去推門，卻聽到裡面有人在說話。

「你和冬言是不是有什麼事瞞著我們？」

許冬言聽得出說話的人是寧志恒，她心裡一驚，都這麼小心了，還是暴露了？

顯然，寧時修比她淡定多了，他聲音無波無瀾，很平靜地回答道：「沒想瞞著您。」

「那你們……」

「就像您猜的那樣。」

寧志恒有點著急：「哪樣啊？」

寧時修坦言：「我們在一起了。」

聽到這裡，許冬言不覺勾起了嘴角。

寧志恒又問：「真的在一起了？那在一起多久了？」

「有一段時間了。」

「一段時間，應該也不是很久吧？時修，不是爸爸想干涉你們，可是這件事你考慮清楚了嗎？」

「爸，我知道您在意什麼。可是，我和冬言又不是真的兄妹。」

寧志恒搖搖頭，時修是個多重感情的孩子，寧志恒最清楚。

寧時修看上去冷漠，實則卻是對感情看得比誰都重的人。可是按照溫琴的說法，許冬言的心裡應該還惦記著陸江庭，既然如此，她怎麼能和時修在一起？作為一個過來人，他很清楚，感情雖然不能成為一段關係的全部，但必須是這段關係的根源，不然這段關係定然長久不了。如果到時候許冬言膩了，寧時修受到傷害了，這讓他們兩個以後如何面對彼此，又讓他和溫琴如何自處？

寧志恒嘆了一口氣：「我可以不去在乎老觀念，但有些事情我不能不在乎。時修，爸爸看的人比你多，我覺得你們並不適合。」

聽到這裡，許冬言臉上的笑意僵在了嘴角。雖然她以前也猜到過父母可能會反對，但是當她親耳聽到的時候，還是覺得挺難過的。

她默默地聽了一會兒，依舊是寧志恒在羅列他們為什麼不該在一起，而寧時修並沒說什麼。心像被一隻手箝制住了，讓她無法自由呼吸，她只在畫室門前待了一小會兒，便低垂著腦袋，悄然轉身下了樓。

雖然天氣已經轉暖，但夜晚的風依舊是涼的，不過也好，讓她能比平時更加清醒。她和寧時修真的不適合嗎？為什麼不適合？哪裡不適合？她想了許久也沒有想清楚。但假如他們是適合彼此的，那又為什麼得不到長輩的祝福呢？

她小的時候，溫琴總是教育她要聽父母的話，對女孩子而言，找男朋友這件事尤其要聽父母的。為了讓許冬言信服，溫琴舉了很多不聽父母話的悲劇例子，其中一例，就是溫琴自己。

和寧時修在一起後，她也聽過一些關於寧家父母的事情，也同樣是悲劇的案例。不被父母祝福的感情就像被下了咒一樣，似乎總不能善終。可是，她和寧時修真的也只能這樣嗎？她多希望這時候有他在，告訴她，他會堅持，他們會繼續在一起。可是，想到剛才寧時修的反應，許冬言覺得有點心涼。

寧志恒把利害關係分析得頭頭是道，但他知道，這些在寧時修看來或許沒一樣能站得住腳，但寧志恒又不想直接搬出陸江庭來刺痛兒子的心。

看著兒子雖然靜靜聽著，但臉色卻愈來愈差，他也有些說不下去了。

見他不再說了，寧時修說：「我知道了，爸。」

寧志恒一愣，不由得喜出望外。他本來不抱希望的，難道這些話真的見效？

可寧時修接下來的話卻讓他回到了現實：「不管您怎麼想，但這畢竟是我的事，冬言是我喜歡的女孩子，這就夠了。」

說著，他站起身來，抬手看了一下時間說：「冬言現在還沒回來，我去接她吧。」

寧志恒一聽，就知道自己之前的話都白說了，情急之下也顧不了其他：「感情是兩個人的事，只有你喜歡她就夠了嗎？她喜歡的可是江庭！」

寧時修聞言頓了頓腳步，回過頭來：「誰說的？」

「你溫姨說的，那還有什麼不對？而且冬言那性格你也知道，倔強又任性，什麼人進了她心裡，再出來就難了。跟你也就是任性任性、撒撒嬌，兒子，那孩子心裡想什麼，你真的知道嗎？」

寧時修沉默了片刻說：「那都是很久以前的事情了。」

他撈起外套出了門，邊往外走邊摸出手機打算打電話給許冬言。可就在這時，他突然覺得一陣胸悶，身體像是灌了鉛一樣，變得僵硬無比，心臟彷彿驟停了，血液也不再循環。

他靠在牆壁上，咬著牙等著不適感過去。電梯門在他面前緩緩打開，離他不到半公尺的距離，他卻一步也挪不動。

好在裡面沒什麼人，並沒有人看到他這樣。他咬緊牙關堅持著，然而這一次不適的感覺持續得比上一次還要久一點，每一秒都彷彿被無限拉長，他幾乎無法錯過任何一點痛楚。

腦子裡各種思緒紛亂地冒出來，他突然有點恐慌——或許在未來的某一次，他就撐不過去了。

就在這個念頭剛剛冒出來時，他的呼吸終於漸漸順暢了起來，心臟慢慢復活，血液也恢復了流動。

他輕輕呼出一口氣，這才發現自己已然出了一身的汗。

他靠著牆緩了一會兒，電梯門再度打開，鄰居從裡面走了出來，見到寧時修點了點頭當作打招呼，寧時修也勉強打了個招呼，走進電梯。

他在裡面緩了好一會兒，任憑電梯上上下下，十五分鐘後，他才走出大門。身上的汗沒有乾，夜風一吹顯得更冷了。他拿出手機打給許冬言，第一通電話沒人接，第二個才被接通：「還在加班？」

「沒有，下班了。」

「妳在哪？我去接妳？」

「不用，快到家了。」

後面那一句話的聲音像是從不遠處傳來的，寧時修抬頭看，夜色中一個纖瘦的身影正站在距離他十幾公尺的地方。

許冬言顯然也看到了寧時修，兩人不約而同地掛斷電話，走向彼此。

見她情緒不高，他努力扯出一抹笑容問：「怎麼像沒電了一樣？」

許冬言答非所問：「你專門出來接我的？」

「嗯，怎麼了？」

「沒什麼。」許冬言頓了頓，又問，「有話說？」

寧時修有點詫異：「什麼？」

「沒什麼。」

許冬言悄悄抬頭看他，就著路燈，發現寧時修臉色慘白，額角還有些汗珠。她不免有點奇怪：「怎麼出了這麼多汗？」

「哦。」寧時修隨手擦了一下額角，「走得急，有點熱。」

說話間，兩人一前一後走進大門。寧時修替她按了電梯，等她進去，他卻還在外面：「妳先上去吧，我在樓下抽根菸。」

許冬言深深看他一眼，她以為他在避著寧志恒，也就不再多說什麼，說了聲「好」，按了關門鍵。

第二天，許冬言起來時發現寧時修已經先走了，餐桌旁只有溫琴一個人在吃早飯。許冬言懶懶地坐過去：「昨晚贏了還是輸了？」

溫琴替她盛了一碗粥：「妳媽出馬還有輸的時候？」

許冬言冷笑一聲：「沒少見您輸。」

「呿呿呿！」溫琴橫了許冬言一眼，「對了，今天妳哥要送妳寧叔去公司，所以他們提早走了，妳等一下自己搭公車去吧。」

「寧叔不都是自己開車去公司嗎，什麼時候要人送過？」

「昨天喝了酒，別人送他回來的，車停在公司了。」

許冬言若有所思地低頭喝粥，再抬頭看了一眼溫琴，狀似不經意地問：「媽，妳……覺得寧時修這人怎麼樣？」

「很好啊，我要是能有這樣的兒子我就夠樂的了。可惜啊，他是別人的兒子。」

「也可以是您的兒子啊。」

溫琴想了一下點點頭說：「按照法律上的說法，那倒是可以的。」

許冬言聞言，幾不可聞地嘟囔了一句：「半子也是子。」

溫琴一開始還沒明白許冬言的意思，明白之後就想到了那天看到兩人牽手，也就知道了他們大概不是鬧著玩的。可是表面上，她卻依舊當作不知道，笑著說：「時修會看上妳？你看看人家聞靜，長得漂亮，工作好、脾氣、個性也好，最重要的是人家比妳成熟，對感情這件事有個想法，妳呢？今天這個、明天那個的，妳別禍害我們時修了！」

這原本就是母女倆標準的對話模式，如果是放在平時誰也不會真的為了幾句揶揄就動氣，畢竟二十幾年，大家早都習慣了，可是今天，溫琴的這番話卻說到了許冬言的痛處。

她放下筷子起身：「抽空就趕快把親子鑑定做了吧。」

溫琴不慌不忙地抬頭：「我說妳急什麼？雖然不知道妳怎麼鬼迷了心竅，但作為妳媽，我還是希望妳能稱心如意。不過有些話，我必須要跟妳說清楚。」

許冬言回頭看她：「什麼意思？」

「時修是不錯，你們要是真能走到一起，我也會祝福你們。老寧那老思想如果接受不了，我們老倆口可以為了你們先離婚。反正我也這把年紀了，無非就是找個伴，可是，妳真的喜歡時修嗎？我記得妳幾個月前還對妳那主管喜歡得不得了呢。萬一有這樣、那樣的原因，你們兩個相處了半天卻處不下去，你們還是法律上的兄妹，時修未來的妻子也得叫妳一聲小姑，妳還得叫對方一聲大嫂，妳確定不會尷尬嗎？妳確定妳還願意回這個家？」

許冬言愣了愣，她還真沒想過這些。

溫琴繼續說：「如果這些妳都想清楚了，還是決定非他不可，而他也決定了非妳不可，那媽就支持你們！」

母女倆很久沒有這麼認真地對話了，聽了這番話，許冬言覺得鼻子直發酸，媽始終是為兒女好的，這一點不會錯。可是聽了這番話後，她也不禁懷疑自己，真的能和寧時修走到最後嗎？

此時，她已然沒有了之前那種篤定，對寧時修、對自己，都沒有了。

而就在這天之後，也不知道是兩人的工作突然都忙了起來還是其他什麼原因，許冬言發現，他們的關係突然就急轉直下，淡了許多。

不光是她對他，他對她亦是如此。

兩人就這樣不鹹不淡地過了一週，直到有一天晚上，許冬言在回家的路上遇到了寧時修。

許冬言聽到有車子在後面按喇叭，本來還很生氣，一回頭，沒想到卻是寧時修的車。

寧時修把車子停在路邊，降下車窗叫她上車。

許冬言心裡本來有點氣，但是兩人之間的矛盾誰也沒挑明，她也就不好當面給寧時修臉色。

上了車她問他：「你怎麼在這？」

「探病。」

她一抬頭，這才注意到馬路對面正好是景山醫院。

「還是上次那位朋友的媽媽？」她記得他有一晚徹夜未歸，就是去探望一位朋友的母親。

「嗯，那妳又怎麼會在這？」

「天氣好，想走走，就沒搭公車。」

兩人都沒再說話，許冬言心裡卻冒出一個疑問來：究竟是多麼要好的朋友，他才會連續幾次去探望對方的母親？

車裡的氣氛顯得有些沉悶，許冬言伸手打開收音機，電臺裡正在播著一首情歌，是最近熱映的某部電影的插曲：「短暫的狂歡，以為一生綿延……」

許冬言聽著這歌詞，心裡有點惆悵。

她問寧時修：「如果你很想完成一件事，但是總有這樣、那樣的事妨礙著你，你會怎麼樣？」

寧時修想都沒想就說：「想辦法克服。」

「那如果阻力很大呢？」

寧時修瞥了她一眼：「怎麼了，工作不順心？」

許冬言卻只是等著他的答案：「問你呢。」

寧時修想了想說：「既然是很想完成的事，那肯定還是要堅持的吧。」

「假如你要做的這件事不一定對呢？」

寧時修微微皺眉似乎在思考，但很快就發現許冬言今天的問話有點怪怪的，於是問她：「妳想說什麼？」

許冬言看著他：「我想知道，如果爸媽反對我們在一起，你會怎麼樣？」

寧時修沒有立刻回答，他似乎笑了一下：「如果妳堅持，我當然陪妳堅持；如果妳放棄了，我可能還會堅持一段時間……」

這話讓許冬言陰鬱了十來天的心情終於有所好轉，她又問：「還會堅持一段時間，是多久？」

寧時修搖頭：「不知道。」可能幾年，也可能很久，久到他也不知道會有多久……但後面的話，他沒有告訴她。

「可是為什麼我放棄了你還會堅持？」

車子正好遇到一個紅燈停了下來，寧時修轉過頭認真地看著許冬言，緩緩地輕聲說：「因為我捨不得不去對妳好。」

不知是誰說過，男人用眼睛談戀愛，女人則是用耳朵談戀愛，所以男人喜歡漂亮的，女人則喜歡嘴上會說甜言蜜語的。

許冬言也不能免俗，聽到寧時修的話，她把這些天的那些顧慮全然都拋在了腦後。她想，無論以後會發生什麼事，為了身邊這個男人，都值得。

寧志恒思前想後，還是覺得寧時修和許冬言在一起很不妥，可是要怎麼樣才能讓兩個人趁著未泥足深陷前就分開呢？與溫琴商量了許久，他決定週末請聞靜一家來家裡吃飯，畢竟寧時修對聞靜的印象不錯，說不定還真有戲。

溫琴雖然不願意用這種方式來刺激自己的女兒，但轉念一想，如果這樣就能把這對小情侶打散，那他們也就是鬧著玩的。既然如此，那還不如早點搞清楚狀況，以免傷得你死我活以後再難相處。

兩人這麼商量妥，第二天一早，寧志恒就打電話給老戰友老聞，正好聞家也有這個意思，雙方一拍即合，聞家爽快地答應了週末來赴約。

溫琴跟許冬言提起這件事的時候許冬言正在看電視，溫琴小心翼翼地觀察著許冬言的神色，發現她臉上沒有任何情緒。但據以往的經驗來看，溫琴知道這才是最可怕的。

溫琴連忙推卸責任：「這主意可不是我出的。」

許冬言心裡得意，寧時修早就從內到外都是她的人了，隨便別人怎麼搞！但當著溫琴的面，她還是表現出一副半死不活的樣子，懶懶地看了溫琴一眼說：「幫兇也是兇手。」

溫琴似乎良心發現了，覺得自己幫著別人這樣對待自己女兒多少有些過分：「要不……週末妳安排點別的事，別在家裡待著了，免得看到人多心煩。」

許冬言起身上樓：「不煩，不就一起吃頓飯嗎？放心，我不會給你們拆臺的。」

想把她支開？門兒都沒有！

寧時修對週末的家庭聚會根本完全不知情，寧志恒和溫琴不說，是怕他臨陣脫逃；許冬言也不說，主要是還有點私心——一是想看看寧時修屆時的反應，二是希望這次之後能讓寧志恒和溫琴明白，她和寧時修對待這段感情的態度是非常堅定的。

週六一早，寧時修正打算出門去公司加班，卻被寧志恒攔下了：「要出門啊？」

「嗯，公司有點事。」

「什麼事啊？」

「有份報告要寫。」寧時修這才注意到今天的寧志恒有些不同尋常，雖然是在家，卻穿得格外整齊體面。

他問：「爸，您是不是有事？」

「哦，沒事，就是覺得我們父子倆好久沒聊天了。」

寧時修微微挑眉，他們可是昨天還一起看了一場球賽。

寧志恒怕留不住他，只好把早就編好的瞎話搬了出來：「我昨晚夢見你媽了，夢裡她一直怪我對你不關心，沒照顧好你……唉，爸心裡難受啊！」

「哦、這樣啊，那應該是您想我媽了，日有所思，夜有所夢。」說著他抬手看了看時間，「不行，爸，我真得走了。」

寧志恒依舊沒有讓開的打算：「你就再陪爸聊一會兒……」父子倆正僵持著，門鈴突然響了。寧志恒心裡一喜，心想來得還不算太晚。

他對寧時修比了個手勢，讓他等等，自己轉身去開門。

來的是三個人，一對中年夫婦，還有一個年輕女孩，一看就是一家三口。看前面那對中年夫妻，寧時修以為就是父親的普通朋友，待看清跟在最後的那個女孩時，他終於悟出了點什麼來。

中年男人與寧志恒熱情地握手拍肩，探頭看見寧時修，愣了一下，笑問道：「這就是時修吧？果然一表人才啊！總是聽我們聞靜提起你啊！」

看來他是沒猜錯，寧時修皮笑肉不笑地應付著。這期間，他突然想到了許冬言，不動聲色地回頭看向二樓，發現她正倚在二樓的樓梯欄杆上，看好戲似的看著他們。

寧志恒還在向寧時修介紹著來人：「這是你聞伯伯、聞伯母，聞靜就不用我介紹了吧？」

聞靜注意到寧時修穿著外衣像是要出門，問他：「怎麼，你要出去啊？」

不等寧時修回答，寧志恒連忙說道：「他是剛回來、剛回來！來來，別站著說話，坐！小琴啊、倒點茶。」

寧時修無奈，被寧志恒拉著，陪聞家人聊起天來。

聞家父母像看外星人一樣，把寧時修上上下下打量了好幾次。

聞父說：「時修這孩子真不錯，老寧啊，這次算你沒吹牛。」

寧志恒一臉得意：「我們時修真的是沒得說，從小就非常優秀，也無不良嗜好。這人啊，長得也帥。」

又來了……寧時修抿著嘴，微垂著頭不作聲，內心卻已經快要崩潰了。

「噗哧」一聲從樓梯的方向傳來，寧時修無奈地挑了挑眉，就知道她聽到後會是這種反應。眾人循聲看過去，許冬言已經離開樓梯，回了房間。

寧志恒連忙解釋：「那是時修的妹妹。」

對寧志恒再婚的事情，聞家早有耳聞。聞父也沒多想，笑道：「這一幫戰友中就你老寧命最好，生了個這麼優秀的兒子，老了又多了個女兒，兒女雙全，好福氣啊！」

寧志恒乾笑兩聲，不再接話。

寧時修瞥了一眼樓上，起身說：「各位先坐，我先上去換件衣服。」

見寧時修還算配合，寧志恒懸著的心也放了下來，朝他擺擺手：「快去吧。」

走到樓梯口，寧時修一抬頭，發現許冬言原來並沒有回房，而是站在二樓的走廊處，端著手臂好整以暇地看著他，眼裡有笑意、有揶揄。

寧時修頓了頓腳步，繼續往樓上走，經過她身邊時，聽到她笑意更甚：「還真是你爸的乖兒子！」

寧時修什麼也沒說，轉身進了房間。

許冬言還在竊笑，卻冷不防地被人從身後一拽，也跟著進了寧時修的房間。許冬言條件反射地想叫，被寧時修捂住了嘴：「嚷嚷什麼！」

許冬言掰開他的手，瞪他一眼：「幹什麼？」

「不幹什麼。」他面帶笑意，「怎麼，看熱鬧很有意思？」

許冬言揚眉：「那當然。」

寧時修一臉掃興，鬆開她：「別看了，趕緊回房去換衣服出門。」

「換衣服幹什麼？」

「難道妳真的想留下來和他們吃飯嗎？」

許冬言一愣：「那樓下那些人怎麼辦？」

「他們不是來找我爸的嗎？」

許冬言眼前一亮：「也是哦。」

過了一會兒，她穿戴整齊下了樓，很有禮貌地跟眾人打了招呼：「媽，我……我約了同事，不在家吃飯了。」

溫琴也沒多想，問她：「什麼時候約的？昨天妳不是還說沒事嗎？」

「剛約的，叔叔、阿姨再見。」許冬言說著就換鞋出了門。

過沒多久，寧時修穿著居家的休閒長褲和圓領毛衫從樓上下來了。寧志恒忍不住低聲問他：「你和冬言說了什麼？她飯都不吃就出門了。」

寧時修聳聳肩：「沒說什麼，大概是她朋友臨時約她吧。」接著寧時修殷勤地替聞靜和她父母倒上茶：「叔叔、阿姨喝茶。」

寧時修見兒子這麼給面子，也就沒再去細想。

又過了一會兒，寧時修放在茶几上的手機突然響了，可是寧時修彷彿沒聽見，根本不理會。

聞靜瞥了一眼他的手機螢幕，來電人是「李青山（副總）」，她朝寧時修揚了揚下巴：「怎麼不接電話？」

寧時修看了一眼，按了靜音，不好意思地對眾人笑笑：「大週末的，接了主管電話說不定就得去加班了。」

聞靜的父母表示理解，又感嘆寧時修工作辛苦。

正說著，寧時修的手機又震了起來，聞靜的爸爸勸道：「要不然還是接吧，別因為我們耽誤了你的工作。」

寧時修這才勉為其難地接通了電話：「喂，李總。」

兩人商量好，許冬言一出去就打電話給寧時修，除此之外寧時修也沒說其他的。此刻許冬言卻被他一句「李總」搞得莫名其妙。

「什麼李總？你那搞定了嗎？」

寧時修沉默了片刻，抬頭掃了一眼眾人：「現在嗎？能不能晚一點？」

「我腿都站麻了，還晚點？」

寧時修又沉默了片刻，無奈地說：「好吧，我馬上過去。」

「快快快！我就在門口。」

寧時修掛上電話起身：「不好意思啊，叔叔、阿姨，我公司有點事，得馬上過去。」

聞家父母連忙說：「你忙你的，不用管我們了，年輕人要以事業為重。」

寧時修順利脫身，一出門就看到許冬言端著手臂看他，陰陽怪氣地問他：「誰是李總啊？」

寧時修伸手摟住她的肩膀：「就別得了便宜還賣乖了！」

寧時修走後，聞靜思忖了半晌，不禁冷笑了一聲。

溫琴見狀，幫她續上茶：「真不好意思啊、聞靜，時修這工作性質就是這樣。」

聞靜抬頭笑笑：「沒事的，我理解。」

第六章　一個微笑一個你

「今天開始，我的眼裡只有你。」

寧時修和許冬言去吃了午飯，又去看了一場電影。其實許冬言覺得電影內容還不錯，但寧時修好像不以為然。

她問他：「不好看？」

「也不是，我看過原著，改編後的精彩程度只能達到原著的百分之六十吧。」

「是嗎？我覺得電影已經不錯了，看來我得看看原著。」

寧時修笑了：「就在我書櫃上，同名小說，回家找給妳。」

說話間寧時修的手機響了，來電人還是「李青山（副總）」。他抬頭看了一眼許冬言，許冬言把黑著螢幕的手機給他看，一臉無辜。

寧時修無奈：「好吧，看來這次是真的。」

寧時修真的被叫去公司加班了，許冬言只好自己叫車回家。她到家的時候聞靜一家子已經離開了，寧志恒也不知去向，只有溫琴一個人坐在沙發上看電視。

許冬言有些心虛，躡手躡腳地準備上樓，卻聽溫琴悠悠地問了一句：「和時修玩得開心嗎？」

許冬言收住腳步，乾笑著說：「還……還……還行。」轉念又覺得不對：「您怎麼知道是和他？」

溫琴輕蔑地瞥了許冬言一眼：「妳是我生的，一緊張、一撒謊就會結巴，我會不知道？」

既然已經被拆穿，許冬言也不打算隱瞞了，乾脆問溫琴：「您想怎麼樣啊？是不是打算棒打鴛鴦了啊？」

溫琴沒好氣地白了她一眼，朝她招了招手，許冬言彆扭地坐到了她斜對面的沙發上等著她訓話。

沒想到溫琴卻說：「我想清楚了，妳要是真鐵了心跟著時修，那你們就好好相處。」

許冬言愣了愣：「您不反對了？」

「你們要是處得來，我有什麼理由反對？再說，時修那麼好的孩子，能看上妳我也就夠樂了，就是不知道他是什麼時候瞎的。」

溫琴這反應是許冬言完全沒有想到的，她之前早就做好了抵抗到底的準備，沒想到老媽這麼深明大義。許冬言一激動也忽略了老媽話裡的刺，摟住她的脖子甜甜地說了一句：「謝謝媽！」

溫琴嫌惡地掰開她的手：「別肉麻了。對了，吃飯了嗎？」

「還沒。」

「喲，這約會還不管飯啊？」

許冬言悻悻地說：「本來打算吃了晚飯回來的，結果他真的被叫去加班了。」

溫琴幸災樂禍地說：「男人靠不住，還得靠親媽。好啦，我去幫妳煮碗麵，妳換個衣服下來吧。」

許冬言笑了：「終於有個親媽的樣子了。」

回房前，許冬言想起寧時修提起的那本原著小說，反正晚上也沒什麼事，索性找來看看。

寧時修的房間裡有個很大的書櫃，占了整面的牆，書堆得滿滿的，一不小心能從上面掉下來幾本。不過寧時修是個有條理的人，即便書這麼多，但專業書、小說、工具書分類倒是很清楚，許冬言過沒多久就找到了她要找的那本書。

書放得有點高，她踮起腳尖去搆，一不小心把那附近的幾本書都抽了出來。

書嘩啦啦地掉了一地，還好沒砸到她。她耐著性子一本一本地撿起來，只留下她要找的那本書，其餘的按照原樣塞回書櫃。臨走時突然發現地上還掉了一張相片，想必是剛才在某本書裡夾著的。

許冬言也沒多想，走過去撿了起來，沒想到竟是一張女孩子的照片，照片有點舊，看樣子不是最近照的。

她突然想到了什麼，暗罵了一句：「不會這麼狗血吧！」

她仔細端詳著照片上的女孩，完全看不清長相，因為這是一張側臉照，還被圍巾遮住了一半。

她翻到照片背面，發現還有一行字，娟秀的筆跡寫著「歲月靜好」，落款處沒有名字，只有一個大寫的字母「L」。

L是誰？許冬言不禁困惑。

第二天，許冬言約了小陶一起吃晚飯，特地把那張照片拿給小陶看。小陶的第一反應竟然是：「這是妳嗎？」

許冬言白了小陶一眼：「妳怎麼看的！」

小陶仔細看了看：「妳不說我還真的以為是妳呢。本來就剩半張臉了，妳看這眼睛多像啊！」

被小陶這麼一說，許冬言不由得想到了過年時寧時修在內蒙古幫她拍的那組照片，角度跟L這張差不多，而且當時她也圍著一條圍巾，這麼說來的確有那麼幾分神似。

小陶繼續說道：「一看這照片就有些年頭了，如果一個男人一直保留著一張照片，那只有一種可能，就是他對照片上的人還念念不忘。」

許冬言沒好氣地拿回照片：「能說點新鮮的嗎？」

「這種事就好比一加一只能等於二，要怎麼新鮮？」

這頓飯許冬言吃得食不知味，草草吃完，買單回家。

回家的公車上沒什麼人，她靠在車窗上思考著一個問題：要找他問清楚嗎？要嗎？要嗎？

想了許久，她掏出手機傳了一封簡訊給他。

寧時修正在加班，手機突然震了震，他以為是許冬言，結果卻是一條來自未知號碼的簡訊，簡訊只有六個字：『時修，我回來了。』

寧時修盯著那簡訊看了片刻，不禁有點感慨。他們真是好久沒有聯絡了，要不是剛從聞靜那裡聽說了她的消息，他也不會一下子就想到是她。

她這樣一句，要他回什麼呢？隨意地寒暄幾句，還是跟她說「我們見見吧」？

助理過來時看到他正發呆，連叫了他兩聲：「頭兒？頭兒？」

寧時修這才抬起頭來：「什麼事？」

「圖紙改得差不多了，您要不要過來看一下。」

寧時修點點頭站起身來，手機又震了震，這一次是許冬言。

他打開簡訊看了一眼，不禁皺眉。她什麼時候變得這麼敏銳了？是收到了什麼風聲，還是說這就是所謂的女人的第六感？

許冬言問：『讓你和陸江庭兄弟反目的那個女孩子叫什麼啊？』

寧時修不自覺地動了動脖子，只覺得身後陰風陣陣。

「頭兒？怎麼了？」

「哦，沒什麼。」寧時修猶豫了片刻，沒想好怎麼回覆，於是乾脆先放著不回。

寧時修本來以為這樣就能蒙混過關，沒想到看完圖紙回來，發現許冬言又追問了幾句，看樣子得不到他的回覆是不會善罷甘休的。

寧時修困擾至極，只好說：『我在開會呢，晚點說。』

許冬言發完第二封簡訊後又等了半天，寧時修終於回覆了，可是依舊沒有答案。她心裡瑟瑟的，有點失望地把手機丟進了包裡。

後來兩人再見面時，許冬言也不想再追問那個L的事情，因為寧時修的態度已經很明確了——他不願意說。寧時修自然也樂得如此，全當失憶。

然而，這件事卻成了許冬言心裡的一個結。

許冬言不爽的心情持續了一週。週末，許冬言想約小陶去逛街，不巧小陶中午約了個男人相親，她只好在相親地點附近的一家咖啡廳等著小陶那邊結束。

手上那本雜誌不知道翻到第幾遍的時候，許冬言聽到有人叫她名字。

一抬頭，是聞靜，聞靜應該是正要離開時看到了許冬言。

許冬言對聞靜的印象不大好，她知道聞靜對她的印象應該也不怎麼樣，這大概是因為女人天生就善於發現潛在的敵人吧。於是兩人只打了個招呼，許冬言就低下頭繼續看雜誌，聞靜卻朝她走了過來。

「一個人嗎？」聞靜問。

許冬言笑了笑：「在等一個朋友。」

「不是時修吧？」聞靜直接拉開她對面的椅子坐了下來。

許冬言微微挑眉：「不是，是我同事。」

聞靜點了點頭說：「我來這裡也是剛見了一個青梅竹馬，現在算是同事了。她剛走，妳看到了嗎？」

許冬言不明白聞靜為什麼跟她說這些，笑了笑說：「沒看到。」

「哦、好可惜啊，她和時修還是大學同學呢。不知道時修跟妳提過沒？」

這話讓許冬言更加不解了，寧時修的同學那麼多，為什麼要跟她提聞靜的這個青梅竹馬？許冬言搖了搖頭。

聞靜笑了：「時修當年很喜歡她呢。對了，她叫劉玲。」

許冬言愣了愣：「妳是說妳那個朋友是寧時修的前女友？」

「不是，他們沒在一起，他們三人的關係當初還蠻複雜的。」

「三人？」

「對，時修是很喜歡劉玲，不過劉玲當初跟時修的表哥關係不錯，好像叫陸什麼的。」

許冬言的心跳兀地停頓了一下：「陸江庭？」

「對對對，妳應該也認識。」

許冬言不說話了。劉玲，L，原來照片上那個女孩就是她，那個讓陸江庭和寧時修反目的女孩子。

聞靜又說：「劉玲之前一直在國外，最近剛回來，聽說已經跟時修聯絡過了。」

這話讓許冬言不禁想到了前些日子傳給寧時修那兩則簡訊，心情有點微妙。

她抬起頭，發現聞靜竟然笑意盈盈地看著她，一副等著看好戲的模樣，有點不大對勁。

許冬言說：「好像他們如果能重修舊好妳還蠻高興的，妳不喜歡寧時修？」

聞靜無奈地聳了聳肩：「時修是不錯，但感情這件事強求不得，我也是最近才知道他其實一直掛念著劉玲。既然如此，我就不去蹚這渾水了。一個是我認為不錯的男人，一個是我的好閨蜜，我也樂得他們兩個能走到一起。」

聞靜說了許多，許冬言卻只聽到了一句：「他一直掛念著劉玲……」心裡那種微妙的情緒在漸漸擴大著。

見許冬言若有所思的樣子，聞靜笑著站起身來：「我還得趕回醫院處理點事情，先走了。」

許冬言這才想起來聞靜是個醫生，於是她鬼使神差地問了一句：「聞醫生在哪家醫院？」

「景山醫院，有什麼需要幫忙的儘管開口。」

許冬言點了點頭：「好……」

晚上回到家，兩人在家門前打了個照面，許冬言隨口問了句：「什麼時候回來的？」

「剛回來一下子而已。」說話間寧時修低頭看了一眼手錶，「還得出去一趟。」

「什麼事？」

「哦……」寧時修頓了幾秒才說，「公司的事情。」

許冬言側身讓出路。

他這才發現她情緒有點不同尋常，去開門的手頓了頓：「妳……怎麼了？」

許冬言移開目光看向別處：「沒什麼。」

他看她兩手空空，又問：「妳不是去逛街了嗎，怎麼什麼都沒買？」

「沒喜歡的。」她轉身走進屋內，「你快去吧。」

寧時修看著她的背影，猶豫了片刻，叫住她說：「我想跟妳談一談，等我回來，或者明天。」

兩人在一起之後，他很少這樣一本正經地對她說話。許冬言心裡突然一跳，但她盡量做出無所謂的樣子：「好……好啊。」

寧時修低著頭，似乎在猶豫著什麼，片刻後，他出了門。

他到底要和她談點什麼呢？是父母反對的事情還是劉玲的事情？她心不在焉地走到沙發邊坐下，這才發現寧時修的手機落在茶几上了。

他應該沒有走遠，她也沒多想，拿起手機就追下樓去。

出了大門，寧時修的車子已經開走，正巧有輛計程車在前面下客。她坐上車，叫司機跟著寧時修，一緊張老毛病又犯了：「追……追……追……上前面那輛車。」

司機看了一眼前面的車，又從後照鏡裡打量了她一眼，然後露出一副「我懂」的神情：「還是要保持一點距離，不然會被發現。」

許冬言沒心思揣測司機話中的深意，隨口「嗯」了一聲。

晚上六點多的交通狀況並不好，寧時修開得不算快，許冬言乘坐的計程車總是和他保持著十幾公尺的距離。

許冬言有點著急：「您怎麼不直接追上去啊？」

司機像看傻瓜似的看著她：「那不就被發現了嗎？」

許冬言還是沒明白司機的話，司機又說：「你們女人啊，有時候就是過於敏感，搞得男人壓力也大，假的也會被逼成真的。而且就算是真的又怎麼樣呢？現在這個社會，只要妳有點地位、有點錢，這種事很常見啊。我看妳老公開的車也不錯，十之八九是真的。可是如果是真的，妳又何必追上去看呢？搞得自己心煩，還不如眼不見為淨。」

許冬言的目光一直不敢離開寧時修的車子，原本是有一句、沒一句地聽著司機說話，直到聽到某一句時，她突然明白了他的意思。

她正想解釋，就聽司機抱怨了一句：「這是要往景山醫院那邊走啊，現在過去很塞，再出來可就太麻煩了。」

是啊，景山醫院和寧時修的公司分明在兩個相反的方向，他不是說要去處理公司的事情嗎？

這個時候她手裡寧時修的手機很配合地響了起來，螢幕上顯示著的名字就是劉玲。

只一瞬間，周遭彷彿都靜了下來。她靜靜地坐著，任憑計程車繼續跟著寧時修。她其實有點猶豫，要不要就這樣，去看看他究竟要去見什麼人呢？

腦子裡突然閃過很多片段，他幾次去景山醫院說是去探望某位朋友的母親、他對她的問題避而不答的態度，還有聞靜對她說的那些話……

腦子裡愈來愈亂，心有一點點刺痛。或許他對她從來都不是全然坦誠的，但是只要他沒有對不起她就好。可是他有嗎？她並不確定。

緩了片刻，她對司機說：「回頭吧，司機。」

「什麼？」司機不確定地問。

許冬言突然提高嗓門：「我說回去，回我剛才來的那個社區！」說話間她覺得眼眶有點熱。

司機猶豫著看了她一眼，很同情地點了點頭：「好！」

半小時後，車子再度停在了社區樓下。許冬言看了一眼計費表，拿出錢包，司機卻說：「算了，就當我交個朋友。」

許冬言微微一怔，勉強笑了笑。一個陌生人都可以這麼體諒她，而那個最親近的人卻在傷害她。

司機又說：「妹妹啊，退一步海闊天空，要麼我們就不和他計較，要麼我們就乾脆分了。」

許冬言也不想再解釋了，她卻突然覺得這司機說的每一句話都像是有禪機似的在暗示著她什麼。

她把五十元鈔票塞給司機：「付了車錢，也可以交個朋友。」

原本劉江紅要晚幾天才可以出院，但她吵著讓陸江庭幫她提前辦了出院手續。傍晚時，寧時修接到陸江庭的電話，也跟著過來幫忙。

劉江紅躺了大半個月，身上一點力氣都沒有，加上剛做完手術，傷口怕撕扯，寧時修和陸江庭只能連人帶著輪椅地搬上搬下。

把劉江紅送到家時已經是晚上八點多了，他也沒打算多留，但劉江紅卻有點捨不得：「坐一下再走吧！」

寧時修還想早點回家和許冬言談談，於是說：「醫生說您要多休息。」怕劉江紅多想，他又補充了一句：「我改天再來。」

陸江庭猜到寧時修可能還有別的事，也跟著勸母親：「您是該休息了，再說時修忙了半天也累了，回去肯定也要休息一下。」

劉江紅這才鬆開手：「那你過兩天可得再來。」

寧時修雖然不習慣和劉江紅這麼親近，但老人家這樣他也只能稍稍配合。他點點頭算是答應了，劉江紅臉上立刻浮上了笑容。

陸江庭對她說：「行了、媽，時修也答應再來看您了，您是不是可以去休息了？」

劉江紅笑著點頭：「嗯，那你去送送時修吧。」

看著兄弟倆一前一後地出了門，劉江後幽幽地嘆了口氣：「老陸啊，你看他那眉眼、那神情，跟小妹實在是太像了。都說兒子像媽，我看到他，就忍不住去想他媽媽。」

陸成剛輕輕拍了拍妻子的肩膀，勸慰道：「多久以前的事了，現在孩子也不計較了，妳老提這事幹嘛？」

「我心裡放不下這事啊，你也知道，他媽到死我都沒見上一面……」說著，劉江紅嗚咽哭出聲來。

陸成剛無奈：「妳別又扯到傷口，小心控制情緒。」

送寧時修到樓下，陸江庭說：「這些日子多謝你了。」

寧時修早就忍了半天，這才摸出根菸點上：「沒什麼。」說完，見陸江庭還沒有要回去的意思，他吸了一口菸微微挑眉：「怎麼，還有事？」

陸江庭似乎猶豫了一下，但還是問了：「你和冬言還好吧？」

「消息挺靈通啊。」寧時修吐了一口煙圈，笑答道，「挺好的。」

陸江庭點了點頭。

寧時修沒有錯過他神情中閃過的一絲落寞，他早就知道，許冬言對陸江庭而言是不同的，當年劉玲消失後，他沒有問過一句，可是他對許冬言的關懷卻一點也不比以前少。寧時修突然覺得自己這樣費盡心思地怕許冬言聽到「陸江庭」三個字的做法非常可笑，如果他們真的是兩情相悅，那他又算是什麼？

他笑道：「沒想到你還挺關心我們的，謝謝了。」

陸江庭也沒再說什麼：「我就送你到這了。」

寧時修點點頭，將抽了一半的菸扔在地上踩滅，擺了擺手，拉開車門上了車。

一回到家，陸江庭就發現氣氛不太對勁，再看母親，眼眶紅紅的。他坐到她身邊，拉起她的手：「這又是怎麼了？」

劉江紅搖了搖頭：「想起點往事，感慨一下。」

陸江庭心裡暗暗鬆了口氣：「沒事多想點高興的事，別老是想那些不高興的。」

劉江紅笑著點點頭：「好。對了，你什麼時候回上海？」

「怎麼這麼急著趕我走？」

一旁的陸成剛替劉江紅解釋說：「你媽就怕耽誤你工作，你這都請了多少天假了？就算自己是老闆，也不能這樣。」

「你們不用操心這個，我自己有分寸。」

「那你出來誰照顧王璐？」陸成剛又問。

劉江紅連忙抬起頭來：「王璐怎麼了？」

陸成剛這才反應過來自己險些說漏了嘴，連忙說道：「這女人嘛，總要男人照顧，就像我照顧妳一樣。」

劉江紅冷哼一聲：「她的命倒是比我好，遇到我兒子這麼好的男人。江庭平時這麼忙，誰來照顧他啊！」

陸成剛無奈：「人家兩個人肯定是互相照顧，這還要妳操心？」

「我就不相信她能照顧好江庭，不用猜也知道都是江庭慣著她！」

陸江庭無奈：「璐璐挺懂事，不需要我照顧，倒是經常照顧我。」

「你少替她說話，我生了這麼大的病她也不來看看，還指望她會照顧你？」

陸成剛有點不耐煩：「江庭不是說了嗎？是他沒讓璐璐來。」

劉江紅說：「你們都別替她說話了，到底怎麼回事，我心裡清楚。」

陸江庭只好說：「我不知道您這麼在意，要是知道這樣，我就叫她跟我一起來了。」

「什麼叫我這麼在意？這不是應該的嗎？她現在不來打算什麼時候來，等我閉眼那天嗎？」

陸成剛無奈：「我說妳是不是誠心給兒子找麻煩？」

說著他把劉江紅推進了房間：「沒事少說點沒用的，早點睡吧。」

等父母進了房間，陸江庭輕輕嘆了口氣，也起身回了房間。

時間剛過九點，王璐應該還沒睡，他撥了個電話給她，電話很久才被接通。

「在幹什麼呢？」

「剛洗完澡。」

「有沒有按時吃藥？」

「放心吧，你的那個監工非常盡職盡責。」

陸江庭無聲地笑了：「妳沒給陳姨臉色看吧？」

「你還擔心這個？」

「再怎麼說她也是長輩。」

電話那邊的王璐沉默了片刻：「江庭，你真是個好人，認識你是我這輩子最幸運的事情了。」
陸江庭笑了笑，光可鑑人的玻璃窗上正好映出他疲憊的笑容：「那妳就該好好珍惜我。」
「但是你也有缺點。」
「每個人都有缺點。」
「你的缺點就是包袱太重，道德感太強了。」
他故意逗她：「這聽上去更像優點吧？」
王璐卻沒有開玩笑的心情：「可是你自己快樂嗎？」
陸江庭沉默了。
過了好一會兒，王璐說：「我累了，要休息了。」
陸江庭深吸一口氣：「好，早點休息吧。」
他決定週五返回上海，正好還能陪著王璐過個週末，但是在那之前，他想先見見許冬言。
見她的原因有很多，道歉、告別、看看她過得好不好……但最重要的原因也是他最不願意承認的，那就是——他其實是想見到她的。

這天晚上，許冬言正在房間裡看電視劇，手機卻突然響了。看到螢幕上來電人的名字，她愣了一下才接通。

「是我。」陸江庭說。

「我……我……我知道。」

陸江庭似乎笑了一下：「在看電視啊？」

「嗯？哦。」許冬言這才連忙關掉電腦，房間裡頓時安靜了下來。

陸江庭問：「最近還好嗎？」

「挺……挺……挺好的。你……你……呢？」

「我？也還好。」陸江庭頓了頓說，「對了，我後天就要回上海了，在這之前，我們……見個面吧？」

許冬言第一個想到了寧時修，他大概不希望自己去見陸江庭吧？可是上次陸江庭是不辭而別，這次回來又約了她兩次，再推託不去，多少有點駁了陸江庭的面子。許冬言的心裡有點動搖，可是見面要說些什麼呢？

她拿著電話低著頭，心裡糾結著。

從劉江紅家趕回來，寧時修直奔許冬言的臥房。房門是虛掩著的，他直接推開門，正看到她低著頭站在窗前打電話，看樣子很專注，並沒有聽到他推門的聲音。

寧時修一愣，正想退出房間，卻聽到她說：「你週五什麼時候的航班……那明天我下班過去……好，拜拜。」

電話掛斷後良久，許冬言沒有移動半分，她依舊低著頭，不知道在想些什麼。

寧時修等了一會兒，清咳了一聲。

許冬言這才抬起頭來，猛然看到玻璃窗上寧時修的影子，嚇了一跳：「你……你……你……什麼時候進來的？」

寧時修看著她，一雙漆黑的眼睛就如此刻的夜，讓人望不到盡頭。

「剛剛。」他微微勾起嘴角，「妳緊張什麼？」

許冬言沒好氣地瞪他一眼：「被你嚇死了。」

「是妳太專心了。」

許冬言有點不自在，走到書桌前重新打開了電腦。

寧時修看著她在房間裡走來走去，過了一會兒，他問：「剛才聽妳說，妳明天晚上要出去？」

許冬言微微一愣：「嗯？哦。」

哦完就沒了？

寧時修似乎隨口問道：「約了誰啊？」

許冬言頓了頓：「小……小……小陶。」

她也不知道自己為什麼撒謊，只覺得被他問得心慌，一開口就騙了他。可是這時候要再改口，那豈不是更加此地無銀三百兩了？

寧時修笑了笑，他當然知道陸江庭是週五晚上的航班，也猜得到她要見的人就是陸江庭。陸江庭剛剛才向他問過許冬言，沒想到一轉身就約了她見面。

這段時間寧時修一直沒有告訴許冬言自己是因為陸江庭的母親才常常進出醫院，私心裡就是不希望許冬言摻和陸江庭的事情。但陸江庭既然主動約她見面，寧時修雖然不喜歡，但也不至於因為這件事生氣，可是他沒想到許冬言是這樣遮遮掩掩的態度，這不是擺明了心裡有事嗎？

寧時修突然自嘲地笑了一下，正要離開，又被許冬言叫住了，她問：「找我是不是有事啊？」

寧時修回頭冷聲說：「沒事就不能找妳了？我就是想看看妳，想跟妳待在一起。」

許冬言愣住了：「那……」

「我突然想到還有點別的事得去處理，妳繼續看電視劇吧。」說著他也不停留，出了許冬言的房間。

坐在自己的電腦前時，寧時修才疲憊地嘆了口氣。原本回來的路上，他想了一大堆要對她說的話，可是剛才火氣上湧，他突然就什麼都不想說了。

第二天一下班，許冬言立刻趕往約定的地點，可是路上有點塞車，她還是遲到了。好在她到的時候陸江庭還沒有來，她找了個位置坐下，點了一杯飲料，靜靜地等著。店裡的雜誌不知翻到第幾遍時，天徹底黑了下來。

許冬言看了一眼時間，打了通電話給陸江庭，可惜沒人接聽。聯絡不到他，她也不方便離開，就只能繼續等著。

而陸江庭即將出門前，突然接到了上海的電話。陳姨在電話中哭天搶地、支支吾吾，完全聽不清楚說了些什麼，但不用說也知道是王璐出事了。

陸江庭覺得額角的神經突突地跳著，他盡量安撫著陳姨：「您慢慢說。」

陳姨又把下午的情況顛三倒四地說了幾遍，陸江庭終於聽懂了——王璐竟然不見了。

她一個病人，在上海無依無靠，能跑去哪呢？會不會出了什麼事？

「她之前說過想去哪嗎？」

「沒有，就留下一張字條。」

「什麼字條？」

「我看樣子是寫給您的，也沒說要去哪，好像就是告別。」陳姨又哭起來，「不會出事吧，陸先生？」

陸江庭無奈地嘆氣：「您在家等我，我立刻趕回去。」

「好的、好的！」

陸江庭出門叫車直奔機場，路上打電話給陸成剛，告訴爸媽，不用等週五了，他現在就得提前回上海。

陸成剛在電話中就聽出了不對勁，這麼著急，十有八九與王璐有關，但他也知道此刻不是問的時候，只勸陸江庭遇事不要急，注意安全。

掛了父親的電話，陸江庭才想起要訂回上海的機票。好在也不是旺季，機票不難訂，只是時間很緊張，現在趕去機場不一定能趕得上登機。

好歹一路風馳電掣，最後還是趕上了。

這天晚上夠緊張、夠混亂，直到上了飛機坐在位置上，陸江庭才想起他今天晚上出門是要去見許冬言的，而此時，距離他們約定的時間已經過去一個多小時了。

他心裡暗叫不好，拿出手機一看，果然有兩個未接來電。

陸江庭連忙趁著飛機起飛前回電：「冬言，實在是不好意思，我臨時有點事，今晚要回上海了。」

「這麼急？」

「嗯、沒辦法，對不起啊。」

「哦，沒事的。」

陸江庭有點不好意思：「妳……還在那嗎？」

「沒……沒……沒……沒有，我等了半個小時，看你沒來就走了。」

陸江庭鬆了口氣：「沒耽誤妳太多時間就好。真的是個意外，以後我一定當面賠罪。」

以後？還會有以後嗎？她這次答應來見他，也是想著上次他匆匆離開，兩人連個告別都沒有。這次見過，以後或許就不再見面了，畢竟他們各自都將有自己的生活，可是這次竟然也沒見到。許冬言不禁笑了，或許她和他的緣分就是這麼淺，淺到連說再見的機會都沒有。

許冬言說：「嗯，那先這樣吧。」

陸江庭沉默了片刻說：「冬言，好好照顧好自己。」

「你也是。」她說著，便掛斷了電話。

陸江庭連夜趕回上海，到家時已經是凌晨兩點。

他開著車，把王璐可能會去的地方都找了一遍，卻一無所獲。他打電話給王璐在上海的朋友，朋友還在睡夢中，完全搞不清狀況，於是他又打電話到她父母家裡，連續幾個電話竟然都被拒接了。最後似乎實在是煩了，王璐母親發了一則簡訊給陸江庭：『以後我們璐璐跟你沒關係了。』

陸江庭放下手機，沉思了一會兒。

她的東西一樣都沒有帶走，但是那張字條卻告訴他，她是真的走了，而且不會再回來了。

他看了一遍又一遍，陳姨站在一旁戰戰兢兢地看著他：「要不……我們去找她吧？」

天已經大亮了。陸江庭嘆了口氣：「陳姨，您先回家吧。」

「那您……」

「我沒事。」

陸江庭回頭看了看身後的臥室，周遭還充斥著王璐的氣息，但她怎麼就走了。

他閉了閉眼，滿腦子都是字條上的那幾句話——要他不要去找她，要他直視自己的心，說他才是她的病灶，離開他，她才能好起來。

『離開他，她才能好起來。』陸江庭默默琢磨著這句話，心裡五味雜陳。

以前，她總說他是她的藥，如今卻成了她的病。究竟是從什麼時候開始，他讓她變得不幸了呢？或許就是這三年的時間，他自己都漸漸看不清自己的感情，終究傷害到了她。

「陸先生，要不要報警？」陳姨還是不放心。

陸江庭嘆了口氣，想到王璐父母的態度，她應該是提前跟父母說了：「不用了，她可能是躲起來了。」

「那她的病……」

「她的病？」陸江庭苦澀地笑，但願她這麼做，真的就能從此好起來。

接下來的幾天，許冬言一直都很忙，忙得她都沒注意到有好幾天沒見到關銘了。後來發現後，跟同事一打聽，才知道他請了一週的假。

關銘是典型的工作狂，許冬言認識他這幾年幾乎從沒見他請過假，這次是為什麼？生病了還是遇到了什麼事？

趁著中午休息的時候，她打了個電話給關銘。關銘在電話裡的聲音中氣十足，聽起來不像是個生病的人。

許冬言問：「怎麼請假了？」

關銘揶揄她：「這都過了好幾天了，妳才想起我？」

許冬言隨口撒了個謊：「我……我……我……以為你就是臨時有事，這兩天就回來了，誰知道你請了這麼久的假。」

關銘嘿嘿笑著說：「怎麼了，是不是公司裡有什麼事等著我去擺平啊？」

「那倒是沒有，就是問問你是不是遇到什麼事了。」

關銘心裡暖暖的：「是有點事，小事，過幾天就回去了。」

「哦，沒事就好。」

關銘猶豫了一下，欲言又止地說：「也可能有事，但也說不準。」

許冬言聽得迷糊：「什麼說不準？」

「算了，等定下來再跟妳說。」

兩人又聊了幾句，才結束了通話。

下午的時候，許冬言被張儷叫去了辦公室。她一進門，張儷便直接切入正題：「妳看看妳這兩篇寫的是什麼？」

張儷將幾頁紙扔到她面前，她低頭看，是這兩期專欄的稿子。有什麼問題嗎？

張儷見她不解，一臉無可奈何，她站在辦公桌前，一隻手叉著腰，一隻手撐在辦公桌上：「這種小專案報導了有意義嗎？誰會有興趣關心這個？人家是給妳廣告費了還是怎麼？」

小專案當然沒大專案更具吸引力，可是全國一年能有幾個大專案？但是專欄卻不能停。許冬言腹誹著，嘴上卻什麼也沒說。

張儷似乎看出了她的想法，冷笑一聲說：「別說沒有大專案跟，長寧的新專案馬上就要動工了，妳不報導，卻報導一些亂七八糟的東西？」

長寧的專案進展沒人比許冬言更清楚，寧時修也是為了這個專案才剛出了差。可是許冬言最近實在沒空去外場跟進：「最近雜誌的事情都是我在跟，沒什麼時間出差。」

許冬言說的是實話，可是張儷卻不以為然。張儷沉默了幾秒，突然說：「我們之前沒有接觸過，妳可能對我不太瞭解。我這個人呢，總是喜歡把所有的事都提前想好，不像某些人會等到錯誤發生了再去補救，那還有什麼意義？妳以前的事情我也聽說過，我一向不是什麼會護短的上司，在我手底下工作，只有得力的和不得力的，沒什麼工作以外的人情。所以妳能幹就幹，不能幹自然會有人替妳幹，明白了嗎？」

起初，許冬言還不知道張儷要說什麼，聽到後來，她總算是聽懂了——有誰替她擔過責任，在她出了錯後會想辦法替她補救，又有誰會一直護著她，並不只當她是自己的下屬？

除了陸江庭，沒有別人。

許冬言開始有點理解為什麼張儷從到任一開始就不喜歡她了，原來在張儷心裡，她已經被烙上了大大的標籤——她無非是個只會跟男上司攀交情、搞曖昧、一無是處的團隊蛀蟲而已。

許冬言沉默著點了點頭，然而這不代表她的任何態度，只代表她聽明白了張儷的話。

一個星期後，關銘依舊沒有來上班，許冬言正好奇是怎麼回事，就聽說了他遞了辭呈的消息。

許冬言並不意外，關銘早就表現出了對張儷的不滿，離開只是早晚的事，只是沒想到會這麼快。

關銘辭職的消息剛傳開，許冬言就接到了他的電話。聽起來關銘的心情很不錯：「上次就想跟妳說這件事的，但當時還沒定下來。現在定下來了，終於可以大大方方地說了。」

許冬言有點羨慕他：「看樣子是找好下家了。怎麼，到哪高就去了？」

關銘嘿嘿笑了：「我現在的這家公司妳可能沒聽過，剛成立沒多久。」

許冬言笑：「既然是跳去了新公司，不用說是要升職加薪了，啥時候請客？」

「啥時候都沒問題啊！不過我來這裡也不全是為了待遇，主要是老闆人好。」說著關銘還狡黠地笑了一下。

許冬言幽幽地嘆氣：「你已經脫離苦海了，我還在裡面熬著呢。」

「我今天打電話來，就是也想帶妳脫離苦海。」

許冬言微微一愣：「什麼意思？」

「張儷那瘋女人做不成什麼大事，我看妳早晚也得辭職走人，還不如早點走。」

許冬言沉默了片刻。如果是以前，她不一定想要離開，然而現在的工作環境的確不是她喜歡的。

見她不說話，關銘就知道有戲，繼續遊說道：「我已經跟老闆商量過了，只要妳願意來，年薪漲百分之三十沒問題，而且工作上給妳絕對的自由，妳自己負責的內容，妳說了算。」

其實卓華的待遇已經算是業內不錯的了，現在整個行業都在走下坡路，關銘說的條件讓許冬言有點意外，於是問他：「哪家公司？」

「公司名字叫中庭遠，妳可以百度看看。」關銘說。

許冬言的電腦正好開著，她隨手在搜尋欄裡輸入了「中庭遠」三個字，公司的百度百科就跳了出來。裡面介紹得很詳細，但是公司成立的時間還不到半年，真是有夠新的。

「放心吧，大小姐，學長不會坑妳。只要妳決定來了，一定不會後悔。」

「好，我好好考慮一下。」

「那好，考慮時間別太久啊。」掛電話前關銘又說，「哦、對了，這間公司在上海，妳有看到簡介上說的吧？」

在上海？她還真沒注意……

睡覺前，許冬言拿起手機看了看。又是一天過去了，寧時修連封簡訊都沒發過來。

許冬言默默回想著這些日子發生的事情，從寧志恒的反對到劉玲的再度出現，所有的事情都沒有說破，但是她卻能感覺到，他正在一點一點地離她遠去。

寧時修這次的出差地點是在新疆庫爾勒，工地離市區有將近百公里，手機一直處於沒訊號的狀態，晚上回到住的地方才會斷斷續續地有點訊號，可是這種時候都已經很晚了。他想，她應該已經睡了。

在庫爾勒的這些日子要比其他時候都忙，一個專案要做起來不容易，跟當地政府溝通完還要跟投資方溝通，跟投資方溝通完還要跟施工方溝通……寧時修就這樣忙了差不多半個月。

而這半個月裡，他和許冬言幾乎就沒聯絡過。期間有一次，他有機會去了一趟市區，車子快進市區的時候，他拿出手機看了一眼，訊號在來這裡後終於第一次滿格了。

礙於身邊有人，寧時修只傳了一封簡訊給許冬言：『在幹什麼？』

簡訊順利發了出去，卻一直沒有回覆。

到了市區，同事們要去超市買日用品，他也沒什麼要買的，就找了個地方抽菸。

等到人都走了，他拿出手機準備撥電話給許冬言，然而這時候手機進來一則簡訊，他以為是許冬言的回信，沒想到卻是劉玲發來的：『這都多少年了，學校裡一點變化也沒有，我差點以為那些事情就發生在昨天。』

寧時修默默地看了一遍，緊接著又是一封：『當年我滿腦子、滿眼都是他，如今回想起那時候，才明白你為我做了什麼。時修，我犯了個錯，錯了好多年，不知道迷途知返還來不來得及？』

寧時修讀完簡訊後並沒有回覆，他把手機揣回褲子口袋中，摸出打火機，把含在嘴裡的菸點燃。

初戀對一個男人而言算什麼？他記得許冬言似乎問過他類似的問題。他當時說，初戀能讓他看到當時的自己，事實的確如此，可也僅限於此。

寧時修剛剛收起手機，就聽有人叫他，一回頭發現是山子。

山子拎著一個購物袋走了過來，寧時修問他：「這麼快？」

山子說：「我們剛進去一會兒那邊就打電話來了，有個細節得要您回去敲定一下。」

寧時修展了展眉，緩緩吐出一個煙圈：「那兩個人呢？」

「馬上過來了。」山子說，「你真的什麼都不買？」

寧時修頓了幾秒說：「我過幾天想回去一趟。」

「院裡叫您回去了？」

「不是，私事。」

山子點點頭。

寧時修又說：「這邊該談的都差不多談好了，我也不會回去很久，大概就三、五天吧。」

從新疆往返一趟不容易，他才回去三、五天，時間基本上都花在了路上，看來應該是火燒眉毛的急事。

山子也不多問，咧嘴一笑：「那您就放心回去吧，這邊我先頂著。」

寧時修拍了拍山子的肩膀，遠處的兩個同事已經回來了，幾個人什麼也沒說，先後上了車。

回去的路上，寧時修的手機又震了震。他私心希望是許冬言的回信，打開一看還是劉玲：『我想見你。』

寧時修對著那簡訊看了幾秒，回覆說：『我在出差。』

簡訊很快回了過來：『那你什麼時候回來？』

『說不準。』

回覆完這條簡訊，他鎖了螢幕，將手機揣回口袋中，不再理會。

一回到住處，寧時修就托人去買第二天回北京的票，可是一打聽才知道，連日來天氣不好，取消了幾個班次，要等三天後才有票。

這也是沒有辦法的事，三天就三天，只要能讓他儘早回去見到她就好。

這天下午，許冬言收到了寧時修半個多月來的第一封簡訊，她打了回去，電話卻始終無法接通。

本該最親密的兩個人，如今卻連說一句話都這麼費勁。

晚上的時候關銘又打電話來催她：「怎麼樣，決定了嗎？最近公司也缺人，那位置也保留不了太久。」

許冬言心裡憋著一口氣，也就沒有想太多，回覆說：「需不需要我傳履歷給你？」

聽她這麼一說，關銘就知道她是同意了。

「那就傳一份給我吧，其實也就是最後的一個形式。妳辦理完辭職手續，這裡就可以辦入職了。住的地方也幫妳安排好了，我都替妳看過，條件不錯，拎包入住。之後妳訂好飛機票，告訴我什麼時候落地，我去接妳。」

還真是周到。生活就是這樣，有時候妳撞得頭破血流，或許只是因為妳選了一條死胡同；如果可以後退一步，外面其實全是康莊大道。

許冬言深吸了一口氣：「好的。」

第二天，許冬言將列印好的辭呈送到張儷辦公室。張儷正在打電話，示意她等一會兒，這一等，就是半個多小時。

掛上電話，張儷坐到辦公桌前開始看檔案，頭也不抬，懶懶地問了一句：「怎麼了？」

許冬言將手上的辭呈遞了過去。

看到辭呈兩個字時，張儷才抬起頭，有些詫異地問：「妳要辭職？」

許冬言點點頭，張儷沒好氣地笑了笑：「現在的年輕人，真是一點壓力都承受不住。」說完笑完，她才注意到許冬言的神情似乎是真的要辭職。

她懶懶地靠在皮椅上，將辭呈隨手丟在桌子上：「說吧，想要提什麼條件？」

這讓許冬言有些意外：「什麼？」

「我這人妳接觸久了就會知道，不熟悉的時候可能覺得我有點刻薄，但是熟悉後妳會發現我其實就是不喜歡拐彎抹角，喜歡直來直去。」張儷頓了頓，繼續說，「我知道，關銘走後妳這邊壓力的確不小，不就是要多加個人嗎？我之前也考慮過，最近也在考察看誰適合……」

「張總，」許冬言打斷了她，「我不想提條件，我就是想辭職。」

張儷微微一愣：「妳找好下家了？」

許冬言點點頭：「算是吧。」

張儷盯著她怔怔地看了片刻，笑了。這一次的笑不同於以往的任何一次，這一次笑得很體貼、很和煦、很有人情味。

「冬言，妳最近是不是壓力太大了？要不然這樣，我先放妳兩天假，妳再好好想想？說不好聽的，我們這行現在也是夕陽行業了，不比前幾年的光景。妳要是還幹老本行，放眼行業內的公司，哪裡能比卓華更好？再說工作就是這樣，不管妳去哪裡都會遇到跟現在類似的困難，與其去新的公司重新開始，還不如把這裡的困難克服掉，這樣妳前幾年積累的東西也不會浪費啊。」

這還是這麼久以來張儷第一次對她說這麼多話，但許冬言並不為所動：「謝謝您，張總，我已經想好了。」

張儷見許冬言已經下了決心，又換上了那副冰山臉：「好吧，我知道了，妳先出去吧。」
入職時那麼繁瑣，離職卻非常簡單。很快，許冬言的離職手續就辦好了，可是她卻遲遲沒有訂去上海的機票。
工作可以不要，但是如果她離開這座城市，她還是想要讓他知道的。或許他會挽留、會不捨，而她也捨不得他，那麼她可能就會改變主意決定不走了，留在北京再找個工作。
想到這裡，許冬言才意識到，她一直在等他的挽留。
從公司出來，她打電話給寧時修，還是那個冷漠的女聲，只是這次不再是無法接通，而是已經關機了。
許冬言看了一眼天空，連續數日都是灰濛濛的。她回想著和他在一起的過往，以前他出差時也能時常聯絡，怎麼這次就這麼難？
或許，他其實根本就不想聯繫自己吧！想到這裡，許冬言覺得真是心累。
回到家，溫琴也在，她從來沒見過冬言這麼早回家：「怎麼了？被開除了？」
「差不多吧。」
溫琴隨口一句玩笑話，沒想到是真的，她連忙追問道：「怎麼回事？」
「沒什麼事，辭職而已。」
「妳這孩子，這麼大的事，怎麼也不和家裡商量一下！」
許冬言挑眉看著她：「家裡？和誰？」
溫琴咂了咂嘴。的確，這麼多年來，在許冬言的學習和工作方面她的確沒有參與過什麼，所以許冬言比其他女孩子都要更獨立一些。作為父母，一開始就沒有干預人家，現在人家長大了、獨立了，她就更沒理由干預了。

溫琴只好問：「為什麼辭職？」

「不想幹了。」

「找到新工作了？」

「嗯。」

溫琴鬆了口氣：「跳槽嘛，也很正常，妳自己權衡好就好。」說著，她往廚房走去。

許冬言回過頭看著她：「媽，新工作在上海。」

「什麼？」溫琴立刻折了回來。

許冬言似乎對她的反應早有預料，輕輕聳了聳肩。

溫琴說：「北京找不到工作了？」

許冬言依舊沉默地看著母親。母女倆對視了片刻，溫琴問：「妳是故意的吧？時修知道嗎？」

許冬言垂下眼：「不知道。」

溫琴嘆了口氣：「我就覺得你們兩個最近不對勁，真的鬧分了？」

許冬言轉身上樓：「沒鬧，但分了。」

溫琴還想問什麼，家裡的電話響了起來，她連忙去接，語氣立刻像變了一個人似的，許冬言不用猜也知道是她們團裡的那些老姐妹。

溫琴答應著：「好好，我這就過去。」

許冬言站在樓梯瞥了一眼，這個媽，心還真大。

溫琴剛剛出門，家裡電話又響了。許冬言懶得下樓，奈何電話響個沒完，最後還得去接。

打電話的是個陌生的女人，聲音有點清冷，找寧時修。或許女人真有所謂的第六感，許冬言突然猜到了對方可能是誰，她盡量平靜地說：「他出差了。」

「還沒回來啊？」原來對方知道。許冬言心裡略有不快地「嗯」了一聲。

「那好吧，麻煩您見到他後幫我告訴一聲，我找他。」

許冬言剛想說打手機不行嗎？這才想起來他的手機是經常接不通的。正想著，對方又說：「我叫劉玲。」

許冬言握著聽筒的手不禁頓了頓，還真的是她。

去機場的路上訊號依舊不好，到了機場、過了安檢，寧時修才想起拿出手機來看看，這才注意到手機上有一個未接來電，還有一封簡訊，均是來自同一個人——劉玲。

劉玲說：『時修，我有事找你，現在去你家找你方便嗎？』

寧時修正在斟酌措辭，劉玲又傳了一封簡訊過來：『我已經到了。』

寧時修一看簡訊內容，只好撥了電話回去：「我真的在外面出差。」

劉玲的聲音比多年前略微沙啞了一些，但還是寧時修熟悉的。

她抱歉地問他：「還沒回來嗎？我以為你已經回來了。不好意思啊，太唐突了。今天正好路過你家，就過來了。」

寧時修一聽頭都大了：「妳在我家？」

劉玲的聲音很無辜：「我在你家樓下，正要上去，你的電話就來了。」

寧時修鬆了一口氣：「今天妳先回去吧，等我回到北京在聯絡……」

話還沒說完，廣播裡突然響起了某航班找人的聲音，一下子蓋過了寧時修的聲音。等播報員播完，劉玲問：「你在機場？今天回來嗎？」

寧時修無奈地揉了揉額角：「嗯。」

「那……明天方便見一下嗎？」

「可以吧，不過換個地方見面吧。」

「好，我明天下午有個手術，上午怎麼樣？還在老地方，學校解放樓前面。」

那是劉玲和寧時修認識的地方。

很快就到了晚飯時間，許冬言也不覺得餓，脫了衣服倒在床上就睡著了。

不知道過了多久，她聽到門外有響動，以為是溫琴回來了，但轉瞬又覺得不對，是對面的門有響動。她從床上跳起來，開門出去，就見對面寧時修風塵僕僕地剛剛將外衣脫掉，房間裡的燈還沒來得及開。

原來她已經睡了這麼久了，外面的天早已黑透了。兩人誰也沒有開燈，就著稀薄的月光，在黑暗中直視著彼此。

末了還是寧時修先移開目光，他目光向下掃了一眼：「你……」

許冬言這才後知後覺地意識到，剛才睡得太熱，她只穿了細肩帶背心和短褲。但是現在不是說這些的時候，她都有二十二天沒有和他說過話了，其他都不重要。

可是要從哪裡開始說起呢？她想都沒想，竟然鬼使神差地問了一句：「你有沒有騙過我？」

寧時修頓了幾秒說：「沒有刻意騙過妳。」

許冬言的心開始下沉：「那就是有唄！」

寧時修盯著她看了一會兒，他匆匆忙忙趕回來看她，沒想到她見到他的第一句就是興師問罪。他並沒有回答，而是走到她面前問她：「那妳呢？」

許冬言愣了一下，委屈又理直氣壯地說：「反正我沒有對不起你。」

寧時修勾起嘴角，緩緩說：「什麼才叫對不起我？」

見許冬言只是怔怔地看著他，他抬起手，手指輕輕按了按她左胸的位置，一字一頓地說：「當這裡裝著別人的時候，妳就已經對不起我了。」

這話讓許冬言不由得一愣。她想反駁，但是又不確定，不確定寧時修說的是不是真的，不確定自己是不是已經對不起他了。

而就是這幾秒鐘的猶豫深深刺痛了寧時修。

他的眼眸更加漆黑了，彷彿融入了此時的夜色中。他似乎笑了笑：「妳還愛他，對吧？」

不然晚上她怎麼會在那家餐廳等了那麼久？不知道陸江庭為什麼沒有出現，可是如果出現了呢？兩人要互訴衷腸嗎？那到時候，他寧時修對她而言又算是什麼？

許冬言沒有立刻回答他，她腦子裡只是千迴百轉地想著——不是他和劉玲藕斷絲連對不起她嗎？怎麼搞得像她犯了錯一樣？

寧時修等了一會兒沒有答案，默然走回了房間。

長途奔波再加上飛機誤點，寧時修很疲憊，即便如此，這一夜他睡得並不怎麼好，可以說是幾乎沒有睡著。一夜輾轉反側，到了清晨時才有了一點睡意。

所以許冬言起來時，寧時修的房門依舊是緊閉的。家裡沒有其他人，她自己下樓去準備早餐。

這時候家裡的電話突然響了，她以為又是溫琴的那些老姐妹，可是電話卻是找寧時修的。

對方的聲音很熟悉，只是許冬言一時間想不起來：「這是寧總家嗎？」

「是，你找他嗎？」

「是啊，麻煩您幫我叫一下他。」山子不確定接電話的人是寧時修的什麼人，能在他家出現的女人想必應該是寧總的後媽，可是聽聲音，這個「後媽」又太年輕了，難道……他不確定，也不敢瞎叫，就避開了稱呼。

許冬言有些為難：「他好像還在睡覺。」

「這樣啊……」山子也犯難了。

許冬言說：「要不等他醒了我讓他回個電話給你？」

山子一想到工地上的破訊號，覺得實在是不可靠，他這通電話還是專門找到座機打的。

他想了想說：「要不等他醒來您跟他說一聲，十點我打電話給他，就打手機吧。」

「現在都九點了，萬一他十點沒醒呢？乾脆我去叫醒他吧。」

「別別別！」山子連忙阻止她，「他這次回去的時間特別短，路上又奔波，肯定挺累的，就別打擾他休息了。」

許冬言一愣，原來他在家裡待不了幾天啊，於是隨口問了一句：「這麼麻煩還回來幹什麼？」

「他之前說家裡有急事要處理，昨天特意連夜回去的，應該挺累的。」

家裡的急事？不知為什麼，許冬言第一個想到的就是昨天接的那通電話。他是要去見她，以至於著急得連夜從新疆趕回來？

她的聲音不禁喑啞了幾分：「好吧。等他醒來，我告訴他你找他。」

「多謝、多謝，我叫山子，您跟他說，他就知道了。」

原來是山子，難怪聲音這麼熟悉。

與此同時，掛上電話的山子也在凝眉思索著。對方的聲音好熟悉，到底是誰呢？

走出值班工房，他突然想起一個人，那不是許記者嗎？可是她怎麼跑到寧總家去了？難道……

這件事不能多想，想多了容易出事。山子嘿嘿笑著，走向工地。

等了沒多久，寧時修起來了，他穿戴整齊下了樓，看樣子像是要出門。看到樓下的許冬言時，他停下腳步，想說什麼，卻終究是什麼也沒說，畢竟昨晚的話題太不愉快也太沉重了。一時間，兩人再見面都還覺得挺尷尬。

許冬言先開了口：「山子找你，說你電話不通。」

寧時修想起來，昨晚手機自動關機了，剛剛才開機。

許冬言沒有看他，繼續說道：「他說十點要打電話給你。」

寧時修看了眼時間，還有十五分鐘，他又看了看許冬言：「嗯，我知道了。」

許冬言看他要走，又想到他可能是去見劉玲的，心裡就不是滋味，狀似不經意地問了一句：「去哪呀？」

寧時修頓了頓說：「去跟朋友談點事。」

許冬言緩緩勾起嘴角，陰陽怪氣地問：「什麼朋友，男的、女的？」

寧時修看著她並沒有回答。

許冬言覺得眼睛發熱，可是依舊維持著笑容：「你不覺得累嗎，寧時修？」

寧時修心裡突然升起不好的感覺：「為什麼這麼說？」

「兩邊都騙，還是只騙我？」許冬言笑著，眼睛卻一點一點地濕潤了。

寧時修滿心疲憊：「妳別亂想，事情不是妳想的那樣。」

許冬言不再繼續追問，只是說：「我換工作了。」

寧時修一愣，換工作這麼重要的事她提都沒跟他提過：「原本的工作怎麼了？」

「不開心。」

「就因為這個？」

「不然呢？」

寧時修又問：「那換到哪家公司了？」

「一家新公司。」許冬言頓了頓，回頭看著他說，「在上海。」

聽到這座城市，他突然就想通了。陸江庭也在上海，這不會只是巧合吧？兩人靜靜對視了片刻，寧時修問：「打算去多久？」

「沒想過，可能幾年。」

此時，寧時修的臉色已經陰沉得嚇人：「為什麼不跟我商量？」

許冬言微微挑眉：「你是我的誰啊？」

寧時修咬了咬牙，壓低聲音說：「妳就繼續鬧吧，許冬言！」

一直在許冬言眼眶裡打轉的眼淚像潰堤了一般流了出來：「我換個工作就是我鬧？感情本來就不在距離，而在人心！承認吧！我們根本就沒那麼愛彼此，正好藉此機會分了吧！」

許冬言說完，兩人都不約而同地靜了下來。

過了半晌，寧時修問：「妳說真的嗎？」

許冬言扭過頭不看他：「對，我說，分手吧！你走吧！」

她努力讓自己看上去不那麼失態，她不去看他，也不想被他看到自己的表情。

等了許久，身後都靜悄悄的。直到聽到寧時修離開的聲音，她才嗚嗚地哭出聲來。

寧時修本來就沒什麼心情跟劉玲敘舊，被許冬言這麼一鬧就更沒心情了。以至於見到劉玲時，他臉色也不太好。

此時的校園裡人並不多，寧時修開門見山地問：「找我有事？」

劉玲坐在長條椅上轉過頭來朝他笑笑：「多年的老朋友了，沒事就不能找你？」

寧時修也笑了笑，可是表情並不到位，只是敷衍地牽動了一下嘴角。他習慣性地摸出菸來點上，緩緩吐出一口煙圈後才不置可否地說了句：「是啊。」

劉玲看著他：「我記得你以前不抽菸。」

「嗯，不過時間久了，很多事情都變了。」

他說得含蓄，她也是聰明人，怎會聽不出來？可是劉玲卻並沒有接這個話題，而是繼續研究他抽菸的事情：「怎麼想抽菸了？」

「要畫圖、要加班，慢慢就染上了。」

「勸你最好少抽。」

寧時修勾著嘴角笑了笑：「妳的職業病犯了。」

「你臉色不大好。」

「繼續。」

「我說真的。」

寧時修無奈地聳了聳肩，將半截菸摁滅在旁邊的垃圾筒上。

劉玲看著他的一舉一動，聲音柔緩了下來：「時修，你是不是還在為我當時的不告而別生氣呢？」

「妳可別這麼說。我知道，女孩子都要面子，妳那時候心情不好想重新開始新的生活也很正常。」

劉玲笑了：「謝謝你的理解。」

寧時修至今仍然記得，眾目睽睽之下，劉玲向陸江庭求婚，陸江庭周遭的那些人都好奇地問他劉玲是不是他的女朋友，怎麼從來沒見他提起過。陸江庭回答得言簡意賅，四個字──普通朋友。

寧時修當時多麼希望，無論如何陸江庭能稍微考慮一下劉玲的感受，可是他只是說了「普通朋友」而已。

頓時，同學、朋友們那疑惑、同情、嘲諷的眼神都投向了劉玲，幾千人的會場裡，彷彿所有人都是空氣，只有她一個人被眾人的目光傷害著。

那種場面，恐怕一般的女孩子都會受不了吧？所以對她後來的一切反應，除了自殺，寧時修都可以理解。

那時候他心裡還喜歡著劉玲，即便知道她喜歡的人不是自己。他去找陸江庭，希望陸江庭可以出面去安慰開導劉玲，可是得到的答案卻是：「我也不知道她為什麼會這樣，不好意思，我無能為力。」

緊接著，寧時修就聽說了劉玲自殺的消息。後來，她雖然被救回來了，沒什麼事，但是寧時修卻再也沒有見過她，直到此刻。

想起往事，寧時修嘆了口氣：「妳當時真的不應該那麼傻啊，萬一沒救回來呢？或者留有後遺症呢？」

劉玲笑了笑：「是啊，我現在想想也覺得後怕，不值。」

寧時修狀似無意地看了一眼時間，笑著說：「早該想開了。」

「嗯，所以我後來在美國也談過兩次戀愛。」
這讓寧時修有點意外：「那有沒有適合的？」
劉玲看著他，不無感慨地說：「生活中出現的人多了，到最後就只有兩個人能在你心裡留下深刻的印象。」
寧時修也沒細想，隨口問道：「哪兩個？」
「一個是對你最不好的，另一個就是對你最好的。所以時修，這兩年我想起你的時候愈來愈多了，所以我才決定回來了。」
上次聞靜說劉玲喜歡自己時，寧時修還只當是玩笑話，此刻劉玲親口說出來，他便不由得愣住了。
劉玲問他：「時修，我們還有可能嗎？」
寧時修回過神來的第一反應就是笑了：「開什麼玩笑！」
見對方的表情驀然凝住，他又緩和了語氣說：「妳的話我聽懂了，意思就是一個愛妳的人和一個妳愛的人，妳會選擇愛妳的人。這選擇沒錯，但是劉玲，那個人不應該是我。」
劉玲緩和了表情笑了笑說：「我知道我一回來就找你說這個很唐突，但是我們都是成年人了，又是多年的好朋友，就開門見山地跟你說了——就算是現在沒感情了，但是你當初那麼喜歡我，而我對你也有好感，我們為什麼不能重新開始？」
寧時修抬手看了一眼時間，站起身來居高臨下地看著她：「其實除了愛妳的人和妳愛的人，還有一個選擇就是相愛的人。我選擇和相愛的人在一起，至於我們兩個，如今是妳不愛我、我不愛妳，那就別硬湊在一起了。」

這讓劉玲很意外，因為她從聞靜口中得到的消息是寧時修對自己應該是舊情難忘的，怎麼就變成了「妳不愛我、我不愛妳」了？

她正在出神，就聽寧時修又說：「本來我還不知道要不要跟妳說這個，現在說清楚了也好——我有女朋友了，她好像還挺在意我和別的女孩子來往過密的，所以打電話到我家裡或者是去我家找我都不太適合，希望妳能諒解。」

劉玲尷尬地扯出一個笑容：「這樣啊……」

寧時修如釋重負地深吸一口氣：「對不起了，我家裡還有事，先走一步。下次替妳接風。」

劉玲點了點頭，雖然不甘心，但不知道還能做些什麼。

道了別，寧時修轉身離開，可是剛走幾步，他突然覺得呼吸困難，那種熟悉的胸悶感一瞬間席捲了他的全身。才過一秒，他的額頭便出了一層細細的汗，他艱難地捂著胸口停下了腳步。

劉玲這才注意到他的異樣，追上來看，只見他臉色煞白，正捂著胸口，似乎很難受。

「你心臟有問題？」

寧時修咬了咬牙，腦子裡第一個想到的卻是許冬言。他勉強說：「是啊，有心臟病。」

劉玲恰巧是這方面的專家，對這些症狀非常敏感：「你先坐著休息一下，等我叫救護車。」

寧時修想說不要小題大作了，可是卻一個字也說不出口。這種感覺持續了幾分鐘，比上次更久一點，直到劉玲剛掛上電話回到他身邊時，他才感到那隻抓著他心臟的手鬆開了。

劉玲見他緩了過來，問他：「你經常這樣嗎？」

寧時修深吸一口氣：「偶爾吧。」

她皺眉：「看樣子不是小問題，你沒去醫院查過嗎？」

寧時修閉著眼緩了好一會兒，才緩緩說：「我沒事了，先回去了。」

見他要起身，劉玲連忙上來扶他：「你再等一下吧，我已經叫救護車了，你現在最好去醫院。」

「謝謝，不過我現在已經沒事了。」

劉玲見攔不住他只好說：「你開車來的吧？你這樣也不能開車啊，萬一開車中突然發病撞到人了怎麼辦？」

寧時修果然停下了腳步，也有些猶豫。他拿出手機來：「那叫個代駕。」

劉玲伸出手：「我在你眼裡是空氣嗎？鑰匙給我吧。」

見寧時修還猶豫，劉玲又補充說：「我送你回去，不上樓，怎麼？這樣也不行？」

寧時修訕訕地扯出個笑容，把車鑰匙遞給她：「謝了。」

第七章　分開旅行

「停在你懷裡，卻不一定在你心裡。」

不知道什麼時候，外面下起了雨，這是今年春天的第一場雨，象徵著生機，可是許冬言感受到的卻是北方冬天停暖後的陰冷和潮濕。

春天到了，他們的感情卻入了冬。

她站在窗前看著窗外灰濛濛的天際，猜測著寧時修現在在做些什麼。

這時候一輛熟悉的黑色Q5由遠及近地停在了樓下的大門前，當她確定那是寧時修的車時，有一瞬間，她的心情明顯好轉了，畢竟她是打從心底裡想他的。然而，駕駛座的門先打開，卻從上面下來了一個女人。

就當許冬言以為自己認錯了車時，寧時修從副駕上推門下來，兩人在細雨中說著什麼，那女人轉身要走，卻被寧時修拉住了，他把手裡的東西遞給她，又說了什麼……

許冬言沒有再去研究那兩人在細雨中的深情，她也沒辦法去好好研究，因為她的視線正在一點一點地模糊。

她狠狠地擦了一下眼睛，回到自己房間，氣鼓鼓地打開電腦訂了張機票，然後把航班資訊傳給了關銘。她之前一直猶豫著，等著寧時修來留住她，可是此刻，她更希望看到他措手不及的樣子——如果他還會為了她措手不及的話。

過沒多久，關銘回了簡訊：『妳還需要我幫妳準備什麼嗎？趁妳來之前，我先準備好。』

『不用了，謝謝。』

寧時修沒想到在回來的路上就下起了雨，天氣不好叫車不方便，好歹劉玲送他回來，他也不能就這樣叫人家走了，於是就讓她開著自己的車先回去，改天等他有時間了去取車或者她找個代駕把車送回來。

劉玲也沒多推辭，開走了他的車。

寧時修上了樓回到家，看到鞋櫃前許冬言的鞋，他沒來由地鬆了口氣，還真怕她一氣之下跑出去，讓他不知道去哪找。

他上了樓，想和她好好談談，卻見她房門緊閉，他輕輕敲了敲，裡面沒有任何動靜。他想直接推門進去，發現門竟然被鎖了。

寧時修無奈地嘆了口氣，轉身回到對面自己的房間。此時，除了許冬言，還有一件事讓他心裡懸著一顆大石頭——劉玲說得沒錯，他的心臟可能有不小的問題。

他打開電腦，在搜索網頁中輸入了自己的症狀，然後一條一條地點開來看……

許冬言昏天暗地地睡了一天一夜，第二天醒來後，發現寧時修正靠在外面走廊的牆壁上抽菸。

兩人默默對視了一眼，她轉身走向洗手間。

「真的決定走了？」他的聲音低沉，還有些沙啞。

許冬言頓了頓腳步，「嗯」了一聲。

「非要走嗎？」

許冬言背對著他無聲地笑了笑：「不然呢？」

寧時修沉默了片刻：「不就是個工作嗎？妳留下來，我養妳一輩子。」

養她一輩子？聽上去多麼誘人。可是她許冬言要的不是這個，她要的是他毫無保留的愛。

她的眼眶漸漸濕潤，她低著頭，極力控制著情緒：「如果我要走呢？」

寧時修輕輕嘆了口氣，夾著香菸的手指揉了揉疲憊的額角：「那我送妳到機場。」

許冬言不禁一愣，好歹這麼久的感情，真的說散就散了。

寧時修無奈地笑了笑，用那隻夾著香菸的手輕輕替她拭去眼角的淚，帶著薄繭的拇指在她臉上輕輕摩娑著，似有眷戀。他說：「我送妳去機場，然後等著妳回來。」

許冬言想笑，卻笑不出來：「這算什麼？」

出於男人的自尊，他無法跟她一起去，可是這又算什麼？或許只有他知道，這算是承諾吧！然而，他不願意用這個承諾來綁架她，可是只要她願意回來，他就願意等她。

他沒有回答她的問題，而是問她：「什麼時候走？」

「下午就走。」

「這麼快？」

終究是沒有等到他的挽留，許冬言苦澀地笑了笑：「是啊。」

寧時修沉默了片刻說：「我去送妳。」

許冬言也不再推辭，有始有終，挺好的。

下午的時候，寧時修開著寧志恒的車去送許冬言。許冬言隨口問了句：「你的車呢？」

「被朋友開走了。」

許冬言一怔，想起來之前寧時修塞給劉玲的應該就是他的車鑰匙。不知是誰說過，車是男人的第一個老婆，普通的關係男人斷不會隨便把車借給對方，能借車來開的，說明關係非凡。

看來幾年的時間並沒有把他們分隔得太遠，或許從一開始他和劉玲的距離就差劉玲一個回頭。如今她已然回頭了，他還有什麼理由不上前一步呢？

快到機場的時候，許冬言說：「不好停車，你不用送我進去了，直接走吧。」

寧時修不喜歡送別，點點頭，沒有異議。車子停在臨停區，他下了車從後車廂裡拿出她的行李遞給她：「落地回個簡訊。」

許冬言低著頭接過行李，幾不可聞地說了聲「再見」。

她轉身走入人流，他靠在車子上，看著她的背影，眉頭漸漸緊縮。

從理智上來說，上海和北京之間並不算多遠，但他總感覺她這一走，他們倆就再也無法回去了。

這一天，一切看似都很順利。許冬言的航班準時起飛了，透過機窗，她看到自己熟悉的城市在一點一點地變小。她分不清方向，也找不到被縱橫街道隔成的豆腐塊裡哪一塊才是他們的家。

她想起兩人從見面到如今的點點滴滴，不知道自己是什麼時候住進了他的心裡，也不知道從什麼時候開始，習慣了他帶給自己的溫存。可是，那麼好的感情，她卻留不住了。

坐在鄰座的是一對母女，小女孩從登機後就嘰嘰喳喳地說個不停，此刻看到許冬言，她反而安靜了下來。小手指戳了戳許冬言的手臂，小女孩怯生生地問她：「阿姨，妳為什麼哭？」

許冬言摸了摸臉，這才發現臉上濕濕涼涼的。她笑著掐了掐女孩胖嘟嘟的臉：「要離開家了，所以捨不得。」

「不是還可以回來嗎？我們過幾天就回來了。」

還會回來嗎？回來時，他還是原來的他嗎？

回去的路上，寧時修接到了山子的電話：「頭兒，那天的事情根據您的吩咐處理妥當了，要不您就趁機在家多休息幾天，別著急回來了。」

寧時修目視前方，專注地開著車：「我明天就回去。」

「別啊，這裡又沒什麼事，難得您在家休息兩天，這不是還有人在家守著您嗎？」山子邊說邊嘿嘿地笑著。

頭頂上一陣轟鳴，一架民航飛機呼嘯著漸漸遠去。

寧時修又說了一句：「我明天回去。」說完也不等山子再說話，就結束了通話。

他這次回來什麼行李也沒帶，就是打算看看許冬言就回去。結果看是看到了，可是心裡卻比回來時更加難受。

他把車子停到車庫，下車鎖門，剛要離開，那熟悉的心悸感再度襲來。

他放緩呼吸，想著緩緩就會過去了，可是他就像是被人扔進了一個巨大的真空塑膠袋中，周遭的空氣隨著時間一點一點地流失，汗水漸漸濕透了衣衫。

「先生，您沒事吧？」社區巡邏的保全看到他發現情況不對，連忙過來看看。這一看不打緊，寧時修這時的臉色難看極了。

寧時修勉強地抬起頭來，在忽明忽暗的太陽光線下，他似乎看到許冬言的背影一點一點地消失在了人群中。

幾個小時後，許冬言到了上海。一下飛機，上海的溫暖潮濕就席捲而來，過往的旅客說著她不熟悉的方言，空氣中也滿是讓她陌生的味道。

她深吸一口氣，雖然陌生，但並不代表不好，她就要在這裡開始新的生活了。

取了行李走到出口，就看到接機人群中「歡迎許冬言小姐」的大字牌。許冬言走過去，關銘笑著接過她的行李：「喲，臉色不太好。」

許冬言不置可否：「有點暈機。」她指了指那大字牌：「怎麼搞得這麼誇張？」

「接妳這麼重要的人，這不算誇張啦！」關銘帶著許冬言上了一輛商務車，跟司機吩咐了一句，轉身又對許冬言說，「我們先去妳住處休息一下。」
「先？」許冬言注意到了他的措辭。
關銘笑著：「今晚必須得幫妳接風洗塵啊。」
「不用了吧？」
「這是公司的一片心意。」
車子從機場高速公路出來沒多久，就七拐八拐地進了一個社區，最後停了下來。關銘替許冬言拎著行李，熟門熟路地帶著她上了樓。
公寓在十二樓，是個朝南的大一居，採光好、裝修舒適、房間寬敞，傢俱也是一應俱全。
關銘趁機邀功道：「怎麼樣？我就說不會虧待妳。」
許冬言看了一眼窗外：「這個地段一個月得多少錢？」
「每個月六千，租了兩年。」
「什……什……什……麼？」
見許冬言這反應，關銘笑道：「公司出錢，妳緊張什麼？」
「我是說，怎麼一下子租了兩年？」
「妳既然都來了，至少也得待兩年吧？」
許冬言心裡有點不安：「那可不一定。」
「妳先適應一下吧，說不定以後妳自己都不想走了。」關銘說著，突然笑了，那笑容讓許冬言有些捉摸不透。

她挑眉看他：「你怎麼對現在的公司這麼看好？」
「那是必須的！實不相瞞，我也參了一股。」
許冬言了然地笑了：「那我下半輩子就靠你了。」
她本來就是隨口一說，沒想到關銘竟然臉紅了。許冬言倒是沒注意到，繼續問：「公司離這裡近嗎？」
「近，不然這麼貴，租這幹嘛？」他指給許冬言看，「你看，公司就在那棟辦公大樓裡，步行十五分鐘。」
許冬言順著關銘手指的方向朝窗外看去，「中庭遠」的牌子在層層疊疊的樓宇間顯得異常醒目。
兩人又隨意聊了幾句，關銘說：「路上累了吧？妳先好好休息一下，晚上我來接妳。」
「好。」
關銘走後，許冬言又仔仔細細地把這房子看了一遍，隨手摸了摸窗臺，一塵不染。
一切似乎都沒有什麼不好，只是身邊少了一個人，心裡多了一份落寞罷了。
她拿出手機，猶豫半晌，還是傳了一封簡訊過去：『我到了。』
這天晚上，還沒來得及辦理入職手續的許冬言，便提前認識了自己未來的同事。
許冬言粗略地數了一下，公司就四、五十個人，規模也就只有卓華的五分之一。但細細一聊，許冬言發現，每個人似乎都算是行業內有點名頭的，倒是她，相比較之下就普通太多了。
人陸陸續續地到齊了，許冬言不禁有點納悶，問身邊的關銘說：「給……給我接風，用……用……用……得著全公司的人都來嗎？」

關銘笑著壓低聲音說：「妳對面那三位也都是新入職的，隔壁那桌有幾位是上個月入職的，但老闆上個月出差了，所以就安排今天幫大家接風了。」

原來如此。許冬言了然地點點頭：「那怎麼菜都上了還不開席？」

「重要人物還沒到呢！妳先坐坐，我去看一下。」關銘說著，起身走向包廂門外。

趁著關銘走開，許冬言拿出手機來看了一眼，那則簡訊發出去很久了，依舊沒有回信。是沒看到嗎？既然並不擔心她在這邊的情況，又何必假惺惺地要求她落地就報平安呢？許冬言有點生氣地把手機塞回了手提包中。

坐在她身邊的同事見她抬起頭來，朝她友善地笑了笑：「妳今天剛到吧？」

許冬言也笑了笑：「嗯。」

「別著急，大老闆很快就來了，他一般不會遲到的。」

「大老闆？」

「嗯，公司一共有三個老闆。」同事朝著主桌的位置揚了揚下巴，「那邊的那兩位是小老闆，股份比較少；等一下來的是大老闆，在公司一言九鼎的。」

許冬言受教地點了點頭，那同事繼續說：「以前我們公司只有兩個小老闆，大老闆加入後不僅帶來了資金，還成立了一個新的事業部。以前公司雜誌都是經濟和貿易方向的，後來成立的這個事業部要做土建礦產方面的雜誌——對了，妳應該就是那個部門的吧？」

之前關銘倒是跟她提過，但是她也沒太在意：「好像是啊。」

「那挺好的，那個部門是大老闆坐鎮的，肯定什麼資源都要比別的部門多。」

隨著時間一點一點地推移，眾人聊天的聲音愈來愈小。

許冬言歪頭問身邊的人：「大老闆是不是脾氣很不好？」

那人詫異地看向許冬言：「誰說的？」

許冬言愣了愣：「感覺大家有點怕他。」

那人似笑非笑地睨了許冬言一眼：「是敬不是畏。」

「哦哦。」許冬言偷偷撇了撇嘴。

正說著話，許冬言留意到候在門口的關銘突然露出笑臉，朝門後迎了過去。她低頭看了一眼時間，正好差五分七點，非常準時。

包廂裡的人也都知道是老闆來了，紛紛站起身來。在關銘和另外兩個人的簇擁下，那個所謂的「大老闆」笑容和煦地走了進來。

開什麼玩笑？一瞬間，許冬言立刻就讀懂了關銘近日來那些意味深長的話。

很久以前，當他一聲不響地離開時，她曾想像過自己未來見到他的情形。如果是今天這樣，她應該會高興吧？可是今天的她第一反應卻是擔憂——寧時修知不知道這些？他知道後會不會誤會？

可是一轉念想到他在濛濛細雨中和劉玲「依依惜別」的情形，她又不禁覺得好笑。或許一切都是安排好的，她和他之間既沒有「天時地利」，更沒有所謂的「人和」。

陸江庭面色柔和，目光裡還帶著很禮貌的笑意。他一一看向每個人，目光掃過許冬言時，他毫不避諱地朝她點了點頭，而這一點小小的交流，已然被許多人看到了。

開席後，許冬言身邊的同事就迫不及待地湊上來問：「妳和老闆之前認識嗎？」

許冬言想也沒想說：「不……不……不認識。」

那同事微微一愣。

她連忙解釋：「大概是看我一直盯著他，他……也不好意思當沒看到，就點點頭打個招呼。」

同事笑了：「也是哦，他應該習慣了，誰叫他長那麼帥呢。」

許冬言輕輕吁出一口氣，這才想起，難怪公司叫中庭遠，想必中間那個「庭」就是陸江庭的「庭」吧！

飯局上，幾個老闆一一講過話，輪到陸江庭時，他很謹慎也很中肯地分析了「中庭遠」目前在市場上的優勢和劣勢。他的語氣溫和，語速不疾不徐，眾人都不自覺地放下筷子認真聆聽。

作為一個新公司，中庭遠的基底不錯，但是依舊前途未卜。好在有陸江庭這樣的領頭人，目標很明確、策略很詳盡，最重要的是，他強調道：「無論未來前景如何，只會讓在座諸位和我們一榮俱榮，絕不會有一損俱損的情況出現。」

所有的風險都是幾個股東來扛，員工只須賣力工作，完全不用擔心未來。

這一番話說得實在滴水不漏，他沒刻意說什麼鼓舞人心的話，但無疑，這個房間裡的每個人都被他的話感染了，包括許冬言在內。

許冬言遠遠地看著他，從來沒見他說過這麼多話，但那種熟悉的口吻和態度，彷彿讓她又回到了一年多以前，他們還是相安無事的「師徒」時。

「主管發言」結束後，其他人開始找機會互相敬酒。熟悉的、不熟悉的，只要是目光對上了，就要喝上一杯。

許冬言在一片混亂中低頭看著手機，手機依舊是靜悄悄的，她不由得呆坐了一會兒。這時候，有人湊上來敬酒，其實她和對方並不認識，兩人碰了一下杯，對方喝了一大口。她看著人家喝完，自己也端起酒杯來乾了整整一杯，對方不免有些驚訝，卻也只當是她豪爽。

最後飯局在一片混亂中結束了。眾人歪歪斜斜地相擁著走出包廂，陸江庭自然喝了不少，但還不至於要人攙扶，算是眾人中比較清醒的一個。

關銘酒量好，像沒事的人一樣，湊到陸江庭身邊問：「陸總，我送您回去吧？」

陸江庭看著外面的茫茫夜色說：「你也喝了酒，不方便開車，叫司機來吧。」說著他回頭看了一眼：「對了，還有誰順路，我可以送他一程。」

「對對！」關銘拍了拍腦門，「冬言跟您同一個社區，冬言！冬言呢？」

原本有些迷糊的許冬言被點到名後立刻清醒了過來，她倏地抬起頭來，就見眾人都回過頭來看著她。

關銘朝她招了招手說：「快快，妳跟陸總一起回去吧。陸總喝了不少，正好妳路上照顧照顧。」

許冬言不禁有些恍惚，這場景似曾相識，只不過之前那個要順路帶她回去的是寧時修，而現在則變成了陸江庭。

許冬言正在出神，剛才那個同事又湊上來不懷好意地笑道：「老闆叫妳了，傻愣著幹什麼，受寵若驚啦？」

許冬言這才回過神來，走上前去叫了一聲：「陸總。」

陸江庭看著她「嗯」了一聲，牽了牽嘴角，似有笑意。

上了車，陸江庭就閉著眼不再說話。許冬言以為他睡著了，便也自顧自地休息。

快到公寓時，陸江庭突然開口：「意外嗎？」

許冬言回過頭：「什麼？」

「遇到我。」

許冬言笑了：「還真是。」

陸江庭睜開眼，深吸一口氣，像是精神了不少：「之前關銘神神祕祕地要向我推薦一個人，還跟我打包票說那個人有多適合我們公司。既然他都這麼說了，我就任憑他和人事部門定了。後來新員工名單送到我這裡時，我才知道原來他推薦的那個人是妳。」

「原來是這樣。」

「後悔嗎？」

「後悔什麼？」

「答應他來這裡。」

「我為什麼要後悔？」

許冬言看著陸江庭，夜色中，他那雙眼睛顯得分外明亮，此時也正看著她。兩人對視了片刻，許冬言突然覺得有些局促，下意識地移開了目光。

陸江庭無聲地笑了：「我發現妳變了？」

「哪裡變了？」

「妳的小毛病治好了？」

許冬言不由得一愣。

陸江庭補充道：「說話比以前乾脆了，但沒以前可愛了。」

原來他指的是她口吃的事情。其實許多人認識她很久都不知道她有這毛病，因為這口吃只有在特定的時候才會犯。以前喜歡陸江庭時的那陣子，跟他說話簡直就是場災難，從剛認識他時起，她就學不會控制自己的舌頭，時間久了，兩個人就都習慣了。只是她一直都不知道，原來自己那個樣子在他看來竟然是可愛的。

許冬言說：「你不說我都沒注意到，不知道什麼時候就好了。」

陸江庭看著她，神色中閃過一絲不易察覺的失落。

說話間車子已經到了許冬言的公寓門前，許冬言推門下車，卻發現陸江庭也下了車。許冬言連忙說：「不用送了。」

陸江庭指了指樓上：「我也住這棟，十樓。」

許冬言愣了一下說：「我也是。」

陸江庭笑了笑，繞過車尾走到她身邊：「那還真是巧，走吧。」

這一夜許冬言沒有睡好，可能是因為換了環境，她一直處於半夢半醒的狀態。這種狀態下，夢最容易被記住。她夢到和寧時修在一起的那段日子，但是並沒有夢到那些生活在一起的瑣碎，只有那些最甜蜜和最心酸的部分。

徹底醒來時，天邊剛剛泛起魚肚白。南方總是要比北方天亮得早一些，而此時本來正應該是她平時睡得正香的時候。

她坐起身來，在熹微的晨光中發著呆，手無意中觸碰到枕頭時才發現，枕頭竟然濕了一片。

許冬言沒有讓自己想太多，下了床去洗漱。去新公司報到的第一天，無論如何也不能遲到。

小公司有小公司的好處，比如小公司裡不養閒人，大家都很忙，同事關係也就相對簡單。許冬言很快就適應了新公司的環境，她努力讓自己把更多的注意力放到工作中，盡量不去想那條無人回覆的簡訊，以及她走後就沒了聯繫的那個人。

可是思念不會因為時間而停止蔓延，她終究還是沒忍住，打了個電話給寧時修。

聽著電話中嘟嘟的等待音，她不免心跳加速。要跟他說些什麼呢？她想了很多，但是所有的開場白都無用武之地——電話無人接聽。

來上海這麼久了，她都沒有換過號碼，就是怕他找不到自己。她以為這個沒人接聽的電話只是偶然，或許等他看到時，他就會回電給她，然而第二天、第三天……第五天，什麼都沒有。

或許他們真的在一起了，在她離開前，或者離開後。

許冬言不禁苦笑，誰叫她要走呢？正好給別人空出了一個地方。可是她不走又要面對什麼？她就算什麼都沒有了，還有所謂的自尊，如果知道早晚要離開，她寧願選擇主動離開。

夜深了，辦公室裡只剩下為數不多還在加班的人，許冬言端著一杯熱咖啡，獨自爬上了樓頂。喝著熱咖啡、吹吹初夏裡的夜風，可以讓頭腦更清醒，但也會讓思緒翻滾。

對面的辦公大樓裡還有幾扇亮著燈的窗戶，躲在辦公室隔間裡為工作拚命的人從來都不是少數，他們或許是迫於生活的壓力，或許是迫於對夢想的執著，最終都在忙忙碌碌中得到了他們想要的，可是也在不知不覺中失去了他們原本不想失去的。

「這麼晚還喝咖啡，不怕睡不著？」

陸江庭不知道什麼時候出現在她身後，她手一抖，咖啡灑了一半。她手忙腳亂地在身上翻找著衛生紙，陸江庭掏出手帕遞給她：「抱歉。」

許冬言道了謝，把手機和杯子放到一邊，接過手帕仔細擦著身上的咖啡。

擦了幾下，她突然覺得那條手帕有些眼熟，抖開來一看，沒有任何圖案，樣式很普通，男用、女用都可以，但那淺灰色的麻布紋理間還留有一些洗不去的血漬……有一些已被記憶遺忘的畫面一瞬間被拉到了眼前——那是上次在庫房裡，他因救她而擋開一枚鐵鉗子時，她留給他暫時止血用的手帕。

一個念頭突然在心底劃過——或許在他心裡，她也曾是不同的。

她抬起頭，發現陸江庭並沒有避開她的目光，而是就那樣逼視著她。許冬言愣了一下，尷尬地說：「這不是我的嗎？」

陸江庭這才笑了笑說：「嗯，前兩天在家裡看到這個，本來打算還妳的，今天就用到了。」

「哦，難得你還記著。」許冬言把手帕疊好放在一旁。

陸江庭勾了勾嘴角，沒有繼續這個話題。他看向天臺外，似乎不經意地說著：「昨天，我和時修通了個電話。」

毫無預兆地聽到他的名字，正喝著咖啡的許冬言差點嗆到：「什……什……什麼？」

陸江庭頗有深意地看了她一眼，繼續說：「沒什麼，就是日常的問候。」

原來，寧時修和其他人一直都有聯繫，許冬言目光黯淡下來。看來他不是沒有看到她的留言和電話，他只是不想理她而已。這個道理她早該想清楚了，卻還是在自欺欺人地希望有什麼意外會出現，許冬言不禁自嘲地笑了笑。

陸江庭繼續說道：「我說妳在這裡挺好的，讓他有空也過來看看。」

「你……提到我了？」

聽她這樣問，陸江庭不確定地問：「不能提嗎？」

「哦，不是。」

起初她在新員工的接風宴上見到陸江庭時，她還擔心寧時修會誤會，誤以為她是專程來找陸江庭的。可是如今寧時修既然早已下定決心要分開，那麼她是為什麼而來，對他而言都已經不重要了。

許冬言深吸一口氣，笑了笑問道：「那他怎麼說？」

陸江庭想了想說：「他……他託我好好照顧妳。」

前一天晚上，陸江庭本來是打電話回家裡的。劉江紅在電話裡興奮地說時修正在家裡做客，他就讓母親把電話給寧時修。兄弟倆還是那麼客氣，但好歹不像以前那樣生疏了，可是當他提到許冬言時，寧時修卻不作聲了。過了許久，他只是淡淡地說：「想必又給你添了不少麻煩。」

陸江庭也沒多想就誇了許冬言幾句，而寧時修的情緒依舊很淡漠：「是嗎？那就好。」

兩人的通話就那樣結束了，不鹹不淡，然而這卻讓陸江庭之前的一個疑問又冒了出來——許冬言和寧時修的關係還好嗎？為什麼她突然跑來上海了？但面對許冬言，他什麼都沒有問。

許冬言看了一眼時間，都十點多了：「你天天加班到這麼晚？」
「嗯，差不多吧。」
「那王璐沒意見嗎？」
陸江庭沉默了片刻說：「我們分開了。」
許冬言詫異：「為什麼？」
陸江庭回頭看了一眼，良久，嘆了口氣說：「是我對不起她。」
許冬言對陸江庭的人品毫不懷疑，聽到他說對不起王璐，她只當是他工作太忙而忽略了家裡的人，完全沒往「小三」、出軌那些方面想。
她惆悵地說：「工作總也做不完，可相愛的人只有那麼一個，這一次你虧大了。」
陸江庭笑了：「或許是吧。」
許冬言拿起手機和咖啡杯：「我先下班了，你要走嗎？」
陸江庭也抬手看了一眼時間：「走吧。」
許冬言走在前面，陸江庭跟在後面，看著她被夜風吹亂的長髮，他的心也跟著亂了起來。
王璐究竟是什麼時候察覺到他喜歡上了別人，又是什麼時候斷定了那個人就是許冬言的？其實在王璐戳破一切之前，他一直以為自己對許冬言就是上司對下屬、老師對學生的關係。可是當王璐留書出走後，他又不得不感慨，或許，這世界上最瞭解自己的人永遠都不是自己。

寧時修是昨天出院的，出院時正遇到劉江紅去複診。他並沒有對劉江紅說實話，只說是來看一個同事。

劉江紅見到他非常高興，非要邀請他到家裡去坐坐，寧時修盛情難卻，更何況他剛在鬼門關裡走過一遭，對有血緣關係的人也變得格外寬容起來。

也就是昨天，他湊巧接到了陸江庭的電話，這才知道，許冬言真的是因為他去了上海。如果是以前，他一定會非常生氣，可是此時此刻，聽到這樣的消息，他卻覺得這樣的安排或許也不錯。

畢竟，如果自己不能給她幸福，那把她的幸福交予一個靠得住的人也好，而陸江庭肯定是那個不二的人選。可是……他不自覺地伸手去摸左胸的位置，怎麼那種難耐的感覺還是那麼清晰呢？

他靜靜地坐了一會兒，聽到有人敲門，回過頭，看到寧志恒正推門進來。

「還沒睡呢？」

「嗯，剛回來，把工作的事情處理一下。」

「什麼時候不處理，還要現在處理啊？你現在需要休息。」

「我知道了，您放心吧。」

父子倆沉默了一會兒，寧時修問：「您跟溫姨說了嗎？」

「你放心，冬言不知道，她媽媽也不會說的。」

寧時修點了點頭。

寧志恒嘆了口氣：「找到適合的供體，手術也不是什麼難事。你這樣……爸心裡不好受。」

雖然寧志恒並不贊同寧時修和許冬言交往，但是他當初的不贊同是一回事，此時兒子因為對自己的身體沒信心而主動放棄又是一回事。

寧時修怕拖累她，怕她會因自己而不幸福……這種顧慮看在寧志恒這個父親的眼裡，怎會不刺眼？寧志恒猶豫了片刻，還是說：「如果你實在放不下，不如就叫冬言回來吧。我瞧著那孩子不是個不懂事的……」

「爸。」寧時修打斷他，「我們之前不是說好了嗎？」

寧志恒看著他重重嘆了口氣：「既然你已經決定了，那就聽你的。」

新的雜誌一上線，許冬言的工作就更加忙碌了。為了支撐起內容，她需要像以前那樣去各個地方跑報導。

南京正在建一座跨江大橋，陸江庭親自幫她聯繫了那邊的專案負責人。幾次電話採訪之後，許冬言認為這個報導可以長期跟進，就打算去南京一趟。

以前這種事情都是責編自己去，最多再帶一個攝影師，但是這一次，身為老闆的陸江庭卻說要跟她一起去。

部門的同事聽說之後打趣許冬言：「冬言啊，妳要是總有差可以出，可就造福兄弟姐妹了，至少老闆不在的那幾天，我們還能少加加班。」

早在北京時，許冬言就聽怕了那些閒言碎語，這才剛換了個環境，她不希望又像過去那樣。

她不能指望著同事們自覺地不開這種玩笑，只能含蓄地提醒陸江庭：「其實你不用擔心，我跟之前不一樣了。後來長寧的專案都是我一個人在跑，連攝影師的工作都自己包了。」

陸江庭是多聰明的人，立刻明白了什麼：「妳是不是聽到了什麼閒話？」

許冬言連忙否認：「沒……沒……沒有，真沒有。」

陸江庭見到她窘迫的樣子不禁笑了：「我是跟妳一起去，但我們去那裡的任務不一樣，妳是負責採訪，我是負責談合作。國內幾個大的設計公司，長寧無疑是龍頭老大，但目前為止，長寧還是只接受卓華的獨家報導。南京這家設計公司目前也是國內實力領先的設計公司，在最近幾次政府招標中表現都很不錯，所以公司決定把這條線做得長遠一點。我這個小公司的老闆在人家眼裡雖然不算什麼，但親自跑一趟至少表明了我們的態度。再者，這次我帶著妳去，把妳介紹給他們，以後妳自己再去開展工作也會順利很多。」

許冬言暗暗鬆了口氣，又覺得有點不好意思：「原來這樣啊，還是你考慮得周全。」

陸江庭雙手環胸看著她：「妳就為了這件事找我？」

「嗯，那我先出去工作了。」

「冬言！」陸江庭叫住了她，見她回過頭茫然地看著自己，他想了想還是問了，「妳和時修還好吧？」

陸江庭的話像根針一樣扎在了許冬言的心上。

如果說離開前那場吵鬧大家都說的是氣話，時間過去這麼久了，氣話也都成了現實。可是陸江庭為什麼問這個？難道，陸江庭知道寧時修現在的狀況，他真的和劉玲在一起了？

見許冬言低著頭不說話，陸江庭說：「沒什麼，我就隨口一問。」

可許冬言卻說：「應該算是……分手了吧。」

看到她落寞的神情，陸江庭突然有些後悔問了這個問題。他不知道此時是不是應該去安慰她，又要怎麼安慰她。

許冬言比他印象中堅強了很多，她很快就收斂起情緒，聳聳肩膀說：「我先去工作了。」

陸江庭回過神來，點點頭：「去吧。」

第二天，許冬言拎著簡單的行李和陸江庭一起坐公司的車去機場。路上塞得厲害，司機小心翼翼地從後照鏡中看著陸江庭說：「陸總，您別急啊，就這一段塞，過去就好了，我們肯定能趕上飛機。」

陸江庭點點頭：「不急。」

正在這時候，許冬言的手機響了。一看是家裡的來電，她的心跳驀然就漏了一拍，連忙接起電話，聲音都有些顫抖：「喂？」

「冬言啊。」

原來是溫琴，許冬言鬆了口氣，可是心裡卻隱隱浮出一絲失望：「媽，怎麼了？」

「妳說妳怎麼了？好幾天了，也不主動打電話回來。」

許冬言瞥了一眼後照鏡，發現司機正好也看向她。也是，車裡太靜了，溫琴又是標準的大嗓門，整車的人包括陸江庭在內，大概都能聽得到她們母女倆的對話。

冬言刻意壓低了聲音：「我不是跟您傳簡訊了嗎？挺好的。」

「哦。」溫琴猶豫著問，「妳……五一回來嗎？」

「才三天假，不回去了。」剛說完，她又覺得溫琴的話有些怪怪的。

溫琴一直不像別人家媽媽那樣會限制女兒做事情，以前許冬言在外地上大學時，別說「五一」只有三天假，就是「十一」七天長假，她也不會要求許冬言回家，只會問許冬言需不需要錢出去玩，再囑咐幾句注意安全之類的話。而今天，她卻突然專程打電話來問這個，冬言立刻就起了疑心：「家裡是不是出了什麼事？」

電話裡，溫琴還是支支吾吾的：「就是……時修他交了個新的女朋友，『五一』要帶回家裡來，我先跟妳說一聲。」

一瞬間，許冬言彷彿什麼都聽不見了。她猜得一點都沒錯，溫琴並不是要催著她回去，相反是怕她回去，怕她回去見到不該見的人心裡難受。可是現在，她只是聽聽都覺得很難受了……

她忘記自己是怎麼掛斷的電話，也忘記了自己身處何地，直到手背上傳來了冰涼的觸感，一隻修長的大手覆在了她的手背上，用力握了握她的手。她抬起視線模糊的雙眼，那是屬於陸江庭的手。

許冬言並沒有讓眼淚流下來，然而這一路，從上飛機到下飛機，她卻再沒有說過話。

到了南京，去飯店的路上，陸江庭對她說：「等一下我要先去拜訪一下這一期工程的專案負責人，之後他們安排我們去工地，晚上還會有個飯局。妳現在先回飯店，我那邊辦完事後順路接上妳去工地，晚上的飯局妳想去就去，不想去就不去。」

許冬言抬起頭感激地看著他：「謝謝，我沒事。」

陸江庭笑了笑：「沒事當然好了，但跟我就不要說什麼謝謝了。」

陸江庭這一去又是兩個小時，直到午飯時間都還沒有回來。但是許冬言卻收到了他的簡訊：『妳好一點了嗎?或者,我們把行程往後延一天。』

別人或許還不瞭解,但許冬言卻知道陸江庭非常忙,從現在到半個月後的日程基本上都排得滿滿的。在他面前失態已經夠丟臉了,她又哪好意思因為自己的私事耽誤他的工作?

她回覆說:『不用,我真的沒事了。』

陸江庭說:『那我晚點去接妳,妳自己先吃飯。』

許冬言回了一個「好」,可是她卻一點胃口都沒有。她站在窗前,看著大廈下面的車水馬龍出著神。他現在在幹什麼?在工作,還是也在趁著工作的閒暇之餘對劉玲噓寒問暖?

這個想法把許冬言嚇了一跳,她怎麼會用了個「也」字?

沒多久,放在一旁的手機又響了,還是陸江庭的簡訊:『一定要吃午飯。』

許冬言疲憊地笑了笑:『你現在不忙嗎?』

『忙,忙著吃飯。』

『應酬?』

『嗯。妳去吃飯,等一下告訴我吃了什麼。』

許冬言靜靜看著這則簡訊,突然有點想哭。

這個時候還會關心她吃不吃得下飯的人,竟然只有陸江庭了。

飯店二樓有家西餐廳,許冬言穿衣服下樓,點了一份意麵,拍了一張照片傳給陸江庭。

過了好一會兒,他回了訊息過來:『原來妳喜歡這個口味的。』

許冬言不由得一愣,其實她只是隨便點的。

他又問：『是二樓那家嗎？』

『是的，你來過？』許冬言回覆說。

手機安靜了下來。

許冬言百無聊賴地挑起幾根麵條塞進嘴裡，聽到身後有人走動的聲音，然後那個人坐在了她的對面。她抬起頭，來人正是陸江庭。

許冬言有點意外：「你什麼時候回來的？」

「剛剛。」

「應酬完了？」

「差不多吧。」

「什麼叫『差不多』？」

陸江庭聳了聳肩說：「反正時間也不寬裕，下午還要去趟工地，我提前離開他們也能理解。」

許冬言有點不好意思：「其實你跟工地那邊打個招呼，我一個人去就行，晚上你再去參加飯局也是一樣的。」

陸江庭笑著伸手替她加滿檸檬水：「我得回來監督妳吃飯。」

許冬言也笑了：「再也找不到像你這樣的老闆了，忙工作的同時還得照顧失戀的下屬。」

「是嗎？」陸江庭微微揚眉，聲音壓低了幾分緩緩說道，「那就好好跟著我吧。」

許冬言的心裡猛地跳了一下，她抬起頭看著陸江庭，他依舊目光和煦地看著她，就如過去一樣。

工地距離市區有三十幾公里的車程，開車一個多小時，才到了長江邊上一個施工點。

這座跨江大橋已經初具規模，據帶他們參觀的工程師說，這座橋在兩年後就可以正式通車，屆時城市交通壓力會得到極大緩解。

陸江庭聽他介紹完，點了點頭說：「李工，我們能上去看看嗎？」

「可以，您跟我來。」說著，他戴上安全帽，把手上另外一頂遞給了陸江庭。

陸江庭接過帽子沒說話，跟著他走上簡易樓梯，卻在那人不注意的時候，將帽子戴在了許冬言的頭上。許冬言剛想推辭，卻見陸江庭做了一個噤聲的口型。

霎時，許冬言覺得自己臉紅了，她連忙低下頭，聽憑陸江庭替她戴好。

上到橋面上，那工程師回過頭正要繼續介紹，才發現帽子竟然戴在了許冬言的頭上。他不好意思地笑笑：「對不起啊、陸總，之前他們告訴我只有一個人來，我就只準備了一頂帽子，剛才已經讓他們回去拿了。」

陸江庭連忙說：「沒事，我們就在邊上拍幾張照片。」

拍好照，又做了個簡短的採訪，已經是下午五點多了。李工看了眼手錶說：「陸總，我們現在就得趕回市區了。現在路上正塞車，到市區也要七點多，廖總還等著您呢。」

陸江庭點點頭：「也差不多該走了。」

李工又說：「如果您還有什麼想瞭解的，就讓許小姐隨時打電話給我。」

許冬言連忙道了謝。

陸江庭說：「以後我們小許有的是麻煩您的地方。」

李工迅速在兩人臉上掃了一眼，說道：「陸總太客氣了。」

離開工地的時候天色已經黑了，車子載著三個人飛速地朝著市區駛去。走了十幾公里，穿過了荒蕪的城郊，隱約可以看得到不算遠的市區。

許冬言望著窗外出神，原來白天顯得有些灰霾的城市夜晚在霓虹的點綴下竟然會這麼漂亮。她看到遠處有一段連綿不絕的霓虹，不禁問道：「那是什麼？」

車裡的人聞聲都循著她的目光看向窗外。

李工笑了：「那個啊，那是南京最有名的地標。雖然不是建成最早的，但卻是南京最重要的一座橋，如果沒有它，用不了半小時南京的交通就得癱瘓。」

車子漸漸駛近，剛才還看不真切，此時已經很清晰了。那是一座懸索橋，遠遠地看去，像是一個大寫的「M」形，橫跨長江兩岸，氣勢磅礴地挺立在江濤之上、暮色之下……這種感覺很是令人敬畏。

提到自己的專業，李工來了興致，繼續道：「這橋漂亮吧？全長十五．六公里，跨徑一千六百八十公尺，索塔塔身高三百二十二．二八六公尺，絕對是世界級的！」

許冬言雖然不是道橋設計出身，但是接觸得多了，也知道什麼樣的設計才算厲害、什麼樣的設計算普通。聽到李工介紹的這座橋，許冬言不禁感嘆：「設計這橋的人真厲害。」

李工笑了：「還有更厲害的，這橋的設計師相當年輕，今年也就三十出頭，設計這座橋的時候他才剛剛從加州柏克萊完成學業回國，這是他回國後第一個獨立設計的作品。」

提到加州柏克萊，許冬言不禁一愣：「這位設計師是……」

「我的一位學長，不過是大學時候系上的學長，後來人家就出國讀書了。他現在在業界很有名氣的，你們一定知道的。」

答案隱隱浮上心頭，許冬言還是追問了一句：「誰？」

「寧時修。」

聽到「寧時修」三個字時，許冬言的心裡五味雜陳。

她癡癡地看著窗外，看著那座聳立在城市中央的橋，彷彿那就是他的身影，正背對著她沉默著。坐在前排的李工還在津津樂道地講述著那座橋的歷史和那個讓他欽佩的優秀學長，卻全然不知自己身後的兩個人早已神游方外。

許冬言默默地看著窗外出神，而陸江庭就坐在李工身後看著出神的她。

或許這世間所有不成形的愛都是如此——她愛你時，你身不由己；你愛她時，她卻已走遠。

過沒多久，車子就匯入到市區的車龍當中，車速慢了下來。司機打開車窗透氣，車外的喧囂一瞬間灌入了車內。

陸江庭趁著這個時候，低聲對許冬言說：「等一下的飯局妳可以不去的。」

許冬言這才回過神來：「我沒事。」

李工似乎聽到了陸江庭的話，連忙說：「許記者當然要去啊，以後免不了麻煩許記者，所以今天一定要和許記者好好聊聊。」

許冬言有點不自在：「您叫我冬言就行。」

李工摸著腦袋笑：「也是，叫名字更親切。」

然而這天晚上，到場的所有人都知道了，陸江庭的小助理，那個叫冬言的小女孩，不愛吭聲卻酒量驚人，當一桌的男人都已有了醉意的時候，她卻還能面不改色地繼續喝。

只有陸江庭知道，她恐怕是麻木了，對任何事情，包括酒精在內。可是等她醒來時，那些本該出現的不適感並不會因此而減少一分一毫。

果然，在回去的路上，許冬言就在路邊的樹下吐了好久好久。

初夏的晚風襲來，有人輕輕拍打著她的後背，這場景似曾相識，她的眼淚愈發收不住了。

陸江庭遞上一瓶水，許冬言沒有接。酒精終於發揮了它的作用——在這座陌生的城市中，在寂寞的夜色下，在這個她熟悉又陌生的男人面前，她真的，絲毫不顧形象地大哭了起來。

就像很多醉酒的人一樣，後面的事情她都不記得了。不記得陸江庭是如何把她弄回飯店的，也不記得自己整夜呼喊著一個人的名字，更不記得陸江庭在她房間裡呆坐了多久……

但是自那以後，許冬言卻再也沒有提起過寧時修。寧時修於她而言，是最美好的過去，也是她不敢觸及的幻想，她選擇忘記，選擇讓工作來填補所有的空虛。

不知不覺間，這個讓人傷感的夏天已經過去了，然而許冬言還沒來得及去感受短暫的秋天，公司裡就出了事。

傳統媒體的市場愈來愈差，這個情況許冬言早在卓華時就知道，只是沒想到只不過短短的一年，就已經差到了這種地步。據中國廣告協會報刊分會和央視市場研究媒介智訊最新發布的《紙媒廣告市場分析報告》稱，今年前三季度，傳統媒體廣告刊登額降幅已經擴大到了百分之八．二，其中電視廣告下降百分之五．一、廣播廣告下降百分之一．二，而狀況最為嚴重的雜誌報紙廣告降幅擴大到了百分之四十。在這種大市場環境下，中庭遠旗下的產品銷量雖然還算是不錯的，可是也沒什麼值得高興的。

公司高層開了很久的會，最終決定將幾份雜誌停刊，其中就包含了許冬言負責的那份雜誌。

陸江庭為此找到了許冬言，他說：「雖然雜誌停刊了，但是電子版還是要繼續發行。不過這個組裡暫時不需要那麼多人，我在徵求大家的意見，妳是願意繼續做道橋相關的報導，還是想換一個領域嘗試一下？」

如果離開了道橋這個領域，她和寧時修之間唯一的聯繫也就斷了。

想到這裡，她沒有深想：「我想繼續做這方面的報導。」

陸江庭看著她頓了頓說：「公司裡的情況我覺得還是有必要和妳說一下……我們的主流是經濟和貿易，只不過因為我以前積累了不少道橋這方面的資源，才勉強說服其他兩位老闆加了這方面的內容。可是現在因為卓華這種大公司有政策的庇護，我們的生存空間很小，這個領域的產品會慢慢地被公司邊緣化，妳確定不考慮早點跳出來嗎？」

許冬言看著陸江庭，認真地點了點頭：「我喜歡現在的工作，也喜歡這個領域。」

陸江庭看著她良久，聳了聳肩說：「好吧，其實我也喜歡。就算是為了我們的『喜歡』，我也不能讓這塊內容從公司的版塊中消失。」

許冬言笑了，陸江庭很久沒有見她這樣笑過了，也跟著笑了起來。

不久之後，許冬言就發現許多新興平臺的電子雜誌在一夜之間冒了出來。廣告鋪天蓋地，逐漸成了一個品牌。後來她在這些電子雜誌中找到了一些自己最近交上去的稿子，她原本也不知道那些稿子會用在哪裡，只是每個月都按照陸江庭的意思去準備。

直到此刻，她才大概瞭解到，這些或許都是中庭遠的產品——所謂新產品，而其中宣傳最多、下載量最多的，除了「經濟新天下」，就是刊載著許冬言稿子的「道橋新風向」。

原來早在新公司成立之初，以陸江庭為首的公司高層就決定要做兩手準備。對於傳統紙媒大家都有經驗，事實證明做得也不錯，但是市場大趨勢如此，新媒體平臺必將取代傳統媒體，當初決定繼續做一段時間的雜誌也只不過是為了替之後推出的媒體平臺投石問路罷了。

其實無論是什麼形式，內容都還是一樣，只不過是載體變了。當然許冬言的工作也跟著發生了變化——她能把更多的精力放在採訪和寫報導上了。

本來以為是探不到底的下坡路，沒想到卻意外地峰迴路轉，公司成功渡過了難關。

在後來的一次小型慶功宴上，許冬言又醉了，而這一次她是開心地醉。

這是她工作幾年來，第一次為自己維護了這份工作而有點驕傲。當然這晚的英雄只有一個，在同事的笑鬧聲中，她看到陸江庭還是一貫淡漠從容的表情。

慶功宴持續了很久，到半夜才散，同事們三三兩兩地結伴回家。許冬言邁著有些不穩的步子打算去門口叫車，一抬頭卻看到了不遠處的陸江庭。

送走了眾人，他回頭對她說：「走吧。」

許冬言喝得暈乎乎的，上車沒多久就被暖風吹得昏昏欲睡。離開北京的這大半年，她經常失眠，再累也睡得特別淺，還總是伴著夢魘。可是沒想到，這半年來的第一個好覺竟然是在陸江庭的車裡。

不知睡了多久，許冬言被一陣短促而壓抑的咳嗽聲吵醒了。她迷迷糊糊睜開眼，發現自己竟然靠在陸江庭的肩膀上睡著了，車子停在了公寓樓下，司機早已不知去向。

所有的睡意和酒意都不見了，她連忙彈了起來，抹了抹嘴說：「不……不……不好意思啊。」

陸江庭在夜色中靜靜地看著她，聽到她道歉，神色似乎很愉悅：「看來這小毛病還是沒治好。」

許冬言乾笑了兩聲。

陸江庭推門下車：「既然醒了，就回家睡吧。」

許冬言在她身後齜牙咧嘴地摸了摸額角，也跟著下了車。

陸江庭又回過頭來說：「我覺得妳那小毛病不一定要改，這樣挺可愛的。」

許冬言不由得一愣。他怎麼總是抓著她口吃的毛病不放？再一抬頭，陸江庭卻已走進了大門。

到了十樓，臨分別時，陸江庭突然停下腳步：「那個……」

見他有話要說，許冬言也不著急進門，等著他說下面的話。

陸江庭想了想說：「我下週想回一趟北京，妳……願意陪我去嗎？」

回北京，還是陪他去，這是什麼意思？許冬言怔怔地站在門前，沒說好，也沒說不好。

陸江庭見狀又補充道：「是這樣，我在北京有個專案要談，正好順便約了市裡負責城市規劃的人想做個採訪，是關於市政交通和土建一類的。」

原來如此。許冬言笑了笑：「如果需要我去，那我就去。」

陸江庭點點頭，又說：「其實，如果妳不願意去也沒關係。」

許冬言有點不解：「那你是需要我去，還是不需要我去？」

看著她認真的表情，陸江庭笑了：「好吧，明天我讓祕書訂機票，妳早點休息。」

「好的，晚安。」

寧時修沒有給自己放太久的假，出院不久後就回設計公司上班了。因為他的情況特殊，主管建議他將援疆的專案交給別人去做。其實主管原本就不想讓他接這個案子，單從技術方面考慮，那邊的工程也不是難事，讓寧時修負責這個實在有點大材小用。但是寧時修自己主動請命要去，院裡當時正好也沒有其他急難險重的專案，沒理由拒絕他。

但是眼下，他身體條件不允許他再去那麼艱苦的地方工作，公司就想幫他安排一些顧問專家類的工作，負責指導新人設計。但他還是拒絕了，而且怎麼勸都不行，最後只答應暫時不出差，留在北京，但專案他是要跟到底的，而且有需要的話，他還是會配合出差。

劉玲聽了寧志恒打電話跟她抱怨這些時，也氣得夠嗆：「他的情況要多休息，現在哪能由著他這麼糟蹋自己？」

寧志恒嘆氣，眼淚都快流下來了：「我說沒用。劉醫生，要不妳勸勸他，他最聽妳的了。」

如今的劉玲不光是寧時修的老同學，還機緣巧合地成了他的主治醫生，所以在寧志恒眼裡，劉玲的話就是金科玉律，必須要服從。而且他早就知道，劉玲在寧時修心裡的地位非常重要。

「您說這是哪兒的話！」

「知子莫若父。他這臭小子，在意的人沒幾個，除了我就是……」說到這裡，寧志恒的腦子裡第一個出現的人竟然是許冬言。他頓了頓繼續說：「除了我就是妳了，所以妳說話比誰都好用。」

「我再勸勸他吧……」劉玲若有所思地應著，腦子裡卻在想著，他真的還那麼在意她嗎？

見劉玲不再說話，寧志恒心裡直犯嘀咕，難道是他說錯什麼了？把剛才的話反反覆覆地想了一遍，他突然意識到，如今的寧時修已經不是當年的寧時修了，無論他本身多優秀，但因為這病，又有哪個女孩子會願意賭上自己一輩子的幸福呢？他那樣說，劉玲自然會不高興。

想到這裡，寧志恒除了感到深深的無力和心痛，甚至還對劉玲生出一點點怨氣。可是劉玲畢竟還是寧時修的主治醫生，於是他好脾氣地解釋道：「劉醫生，妳別介意啊，我說這話沒有別的意思。」

劉玲回過神來笑了笑：「我哪會介意？您放心吧，叔叔，現在醫學這麼發達，換個心都不是什麼難事。」

「但願吧……以後免不了麻煩妳。」

「您跟我還客氣什麼！對了，我想週末去家裡看看他，順便……勸勸他。」

寧志恒喜出望外：「好啊！妳看幾點方便，我讓司機去接妳。」

跟寧志恒約定好時間，劉玲不禁又嘆了口氣。

這世界上真的沒有太完美的事情，寧時修真的什麼都好，可惜就是得了這個病，還是個不治之症。

週末時，劉玲如約到了寧時修家。她是跟寧志恒約的，寧時修事先並不知道，但見到劉玲他並不覺得意外。

他簡單地跟她打著招呼：「來了？」

劉玲笑了：「嗯。你剛起來啊？」

「是啊。」寧時修撓了撓頭髮，臉上還有著惺忪的睡意，「我爸呢？」

「剛出去了。」

寧時修輕笑一聲，打開冰箱，從裡面拿出一盒新鮮的牛奶，喝了幾口。

劉玲說：「你這樣對胃不好。」

寧時修看了她一眼，仰頭又喝了幾口，把空了的紙盒扔進旁邊的垃圾筒。「習慣了。」他不經意地抹了抹嘴。

劉玲知道自己說什麼也沒用，也就沒再多說。她聳聳肩站起身來，抬頭打量了一下這棟房子：「我第一次來，你不帶我看看？」

「好啊，看看。」寧時修指了指客廳旁邊的兩道門，「那是我爸的房間和書房，我的在樓上。」

劉玲笑了：「可以上去看看嗎？」

「當然。」

劉玲得到允許先上了樓，寧時修懶懶地跟在她身後：「左手邊第一間是我的房間，裡面那間是畫室。」

「右邊這間呢？」說著劉玲的手無意識地搭在了那間房門的門把手上。

「別！」

其實劉玲並沒有想要推門進去的意思，但也完全沒想到寧時修會有這麼大的反應，她不由得有些詫異地看向他。

寧時修低頭輕咳了一聲：「裡面那間是畫室，妳不是一直要看我的畫嗎？」

劉玲笑了笑：「藏了這麼多年，今天終於肯讓我看看了。」

「不是藏，就是覺得沒什麼可看的。」寧時修快走了幾步，走到她前面推開了畫室的門。

劉玲不動聲色地瞥了一眼右手邊的房門，跟著他走進畫室。一進去她不由得笑了：「太沒誠意了吧？」

畫室裡除了一些工具，竟然一幅作品都沒有，看樣子像是被人刻意收拾過的。

寧時修愣了愣說：「哦，我忘了，我住院期間我爸讓人收拾的，出院後他都不讓我畫了。」

「對，有空你還是要多休息。不過畫畫也是培養性情，你自己把握好不要太累，也可以畫。」

寧時修笑了笑，不置可否。

劉玲做出很失望的樣子：「怎麼辦呢？什麼都沒看到。」

她走到畫板對面的角落裡，踮起腳坐在桌子上：「要不這樣，你畫我，怎麼樣？」

寧時修看著她，腦子裡卻浮現出了另一個人的樣子。原本這房間裡都是她的畫像，後來是他讓寧志恒收起來的。他不想看到那些畫像，更害怕看到那些畫像。

他盯了劉玲好一會兒，低頭摸出菸盒，抖出一支菸來：「我不會畫人，畫點景和物還行。」

他正要點菸，突然手上一空，菸被人奪走了。「你還要不要命了？」

寧時修頭也不抬，從劉玲手裡拿回菸直接點上，緩緩吸了一口才說：「命是我自己的。」

劉玲看著他，聲音突然軟了下來：「時修，你別這樣。」

寧時修無所謂：「我怎麼樣了？」

「你別洩氣，生病我們治療就行。」

寧時修似乎笑了一下：「妳是專家，妳告訴我怎麼治？」

擴張性心肌病，又名充血性心肌病，心肌收縮功能減退，最終出現心力衰竭。病情呈遞增性加重，死亡可發生於疾病的任何階段，最終、最有效的治療方式就是心臟移植。

這些東西他在知道自己患病的第一時間就查過了，當他看到「死亡可發生於疾病的任何階段」這句話時，也曾感到措手不及，可是很快，他就淡然了。畢竟那是所有人的歸宿，只是有人早一點、有人晚一點罷了。

劉玲突然不知道該怎麼回答他，她只是奪過他手裡的菸，有些粗魯地掐滅在床頭櫃上：「等找到適合的心臟，你還能和正常人一樣生活下去。」

「是嗎？」寧時修淡淡地說，「適合的心臟哪有那麼好找？」更何況，這麼重要的「部位」都換了，他還是他嗎？

劉玲看著他，沉默了片刻說：「是不好找，所以在那之前，你要聽我的，避免勞累、注意飲食，還有戒煙、戒酒。」

寧時修無奈地笑了：「聽妳這麼一說，突然覺得人生好無趣。」

劉玲看著他說：「我這次來其實是有件事要跟你商量，美國最權威的心臟病專家布魯斯先生下週要到南京去做學術交流，我想讓他幫你看看。他的行程很滿，改道北京是不可能的，所以只能是我們去。我發郵件跟他表達了一下我們的意思，他表示願意給我們一點時間，我跟他約了週四，所以我們最晚週三就得出發。」

聽劉玲說完，寧時修說了句「謝謝」。

劉玲剛想說點俏皮話，又聽寧時修說：「真的，謝謝妳。但是我這情況妳我都知道，就別瞎忙了。」

劉玲沒想到他是這個態度，不免有些生氣：「你能不能不要這麼自私？你的命是你自己的沒錯，這病治癒的可能性很低也沒錯，但你必須要表現出一種積極的態度來配合治療。寧時修，你畢竟不是一個孤苦伶仃的人，你還有寧叔，你這麼消極讓他老人家怎麼想？你要知道，只有你過得好點，他這後半輩子才不至於煎熬。」

果然，這話成功地觸動了寧時修。最後，寧時修終究是答應了和劉玲一起去趟南京。

週一的下午，許冬言和陸江庭的航班順利降落在北京機場。拎著簡單地行李出了艙門，陸江庭問：「等一下妳會回家嗎？」

許冬言搖了搖頭。這次回來，她沒有告訴任何人，自然也不打算住在家裡。

陸江庭猶豫了一下提議道：「如果妳不介意的話，可以……住我家。」

許冬言連忙拒絕：「沒事，不是有出差補助嗎？我找個飯店就行。」

陸江庭也知道沒有男上司趁出差時說服女下屬住進自己家的道理，也不好再說什麼，只是拿出手機撥了一個電話。許冬言以為他是在打工作電話，便安靜地在一旁等著，聽他說了兩句後才知道，原來他是在替自己訂房間。

她連忙說：「我自己訂就好。」

這時候陸江庭已經掛斷了電話：「訂好了，是我家附近的。以前親戚朋友來北京我都幫他們訂那裡，放心吧，房間不錯。」

許冬言見狀也不好再說什麼，點點頭說了句「謝謝」。出了航廈樓，一陣冷風迎面吹來。北方的冬天有著殘酷的冷意，無論穿得多厚，都能讓你在一陣寒風中無所遁形。

許冬言穿了一件低領的羊絨大衣，剪裁簡單輕巧，但是在這種天氣裡卻並不保暖。她不由得緊了緊衣領，卻感到脖子上傳來一陣柔軟的觸感，還帶著一點體溫。她抬頭看，是陸江庭將自己的圍巾解下來圍在了她的脖子上。

她頓時有點不自在，好在陸江庭很快替她圍好，然後什麼也沒說便逕自走向了一輛計程車。

回市裡的路上，許冬言看著窗外熟悉又陌生的景物，突然有點感傷。

七個月又三個星期，她走時道路兩旁的樹才剛剛抽出新的枝椏，她再回來時，那些枝椏已經全部掉光了。

她長這麼大都沒有離開這個城市這麼久過，如果不是工作需要，她可能還不會回來。而這一切，卻是因為一個她愛過的男人和一段無疾而終的感情。

這一次回來，會再遇到他嗎？遇到時又該說什麼？是像老朋友一樣打個招呼，還是當彼此是陌路、誰也不認識誰……

陸江庭直接將許冬言送到飯店的房間門前，臨走前囑咐她說：「進去記得把門鎖好，有人敲門，哪怕是客房服務都要問清楚。有事打電話給我，我家就住在隔壁那棟。」

許冬言笑了：「說得我好像第一次住飯店一樣。放心吧，好歹是個星級飯店，很安全的。」

陸江庭也覺得自己有點過慮了，尷尬地笑了笑：「是啊。那妳早點休息吧，明天一早我來接妳。」

「好。」

然而這一晚，許冬言並沒睡得多好，或許是因為住在飯店，或許是因為再度回到了北京，她做了許多關於寧時修的夢，昏昏沉沉地過了一夜。

第二天醒來時，那些夢記憶猶新。她在心底裡突然問自己，她會遇到他嗎？

答案很快就有了——多可笑，北京這麼大，可能約定見面都會陰差陽錯地走丟，更何況是他們現在這樣的情況下？

許冬言無奈地搖了搖頭，沒有讓自己想太多，趕緊起床洗漱。

這一天，她陪著陸江庭去見了一個大客戶，談了後續的合作計畫，又去遠郊的一個工地上做了一個簡單的採訪。行程排得異常得滿，然而收穫也不小。

很快，該辦的事情都辦好了，週三一早，兩人就訂了下午回上海的機票。

陸江庭問許冬言：「上午沒什麼事，妳……確定不回家看看嗎？」

許冬言無所謂地說：「我怕趕不上航班，就不回去了。哦、對了，你難得回來一趟，肯定要去看看叔叔、阿姨吧？你去吧，不用管我了。」

陸江庭見狀也就不再說什麼：「好，那我們晚點再聯絡。」

許冬言做了個OK的手勢，笑著目送陸江庭離開。

劉江紅前一天就接到了電話，得知陸江庭今天要回來，便早早起來準備了很多他愛吃的東西，等陸江庭來的時候，正好也差不多要吃午飯了。

一家三口難得坐在一起吃頓飯，劉江紅有問不完的話。如果是以前，陸江庭多半也會有些不耐煩，但是自從劉江紅生病後，不管她問什麼，他都會很好脾氣地耐心回答。

劉江紅問：「你和王璐怎麼樣了？我前段時間聽你爸爸說她生病了。」

王璐的事情，陸江庭一直沒和家裡說。母親現在問起來，他也就不打算再隱瞞：「哦，應該好了吧。」

「什麼叫『應該好了』？」

陸江庭頓了頓說：「我們分手了。」

劉江紅和一旁的陸成剛都是一愣，陸成剛連忙問：「什麼時候的事？」

「差不多半年了吧。」

老倆口對視了一眼，劉江紅輕咳了一聲說：「分了也好。其實啊，我一直覺得你們兩個不適合。要不是看在你們在一起這麼多年，我早就勸你分手了，不過現在分也不晚。」

陸江庭只是聽著，不說話，也不表態。

陸成剛試探著問：「既然如此，你還留在上海幹什麼？回北京來吧。」

這一次陸江庭回話了：「雖然我去那裡的時候是為了王璐，但是我現在在那邊已經有了自己的事業，暫時也不想回來。爸、媽，我這次回來就是想跟您二位商量一下，我既然不方便離開上海，您二老願不願意搬過去？畢竟你們年紀大了，我還是想離你們近點。」

老倆口又對視了一眼，陸成剛說：「這突然換個城市還是有點不習慣，但你說得也對，我們總不能成為你的負擔，讓你放棄事業。這樣吧，我和你媽晚點再商量商量。妳說呢，江紅？」

劉江紅低頭想了片刻說：「我看也沒啥好商量的，生了這場病，我也想清楚了，我就想能在兒子身邊多待一刻是一刻。」
陸成剛聞言點了點頭：「那就聽妳的吧。」
陸江庭有些意外，沒想到事情會這麼順利。他笑著說：「那太好了，等你們準備好，我回來接你們。」
劉江紅說：「你那麼忙，不用你接了。等我做完幾天後的複診，就跟你爸買機票去，你到時候去機場接我們就行。」
「那也行。」
飯已經吃得差不多了，陸江庭看了看時間起身：「我得回去了，不然要趕不上飛機了。」
陸成剛連忙說：「早點走也好，別遇上塞車誤了事。」
陸江庭跟父母道了別，直接去接許冬言。許冬言早就退了房間，正在樓下大廳等著他。
還好，交通狀況不錯，兩人很快就到了機場。
這是個難得的好天氣，豔陽高照，碧空萬里無雲。寧時修穿著黑色的長款羽絨服，更襯得他臉色煞白，黑色的墨鏡擋住了他臉上的神情。由於剛生了一場大病，他整個人看起來更瘦、更高了，也更像個衣服架子。
他身邊的劉玲穿了一件深灰色的羊絨大衣，搭配黑色羊絨大簷禮帽，是當季比較流行的打扮，看上去高挑出眾，卻比身邊的寧時修矮了一大截。
這樣的兩個人就像是航廈樓裡的一道風景，讓路過的人忍不住多看兩眼。所以許冬言從他們身邊路過時也不由得多留意了一下，然而很快，她便認出了寧時修。

寧時修顯然也看到了她和陸江庭，不由得停下了腳步。他身邊的劉玲看到他停下來，也順著他的目光看了過來。

空蕩蕩的機場大廳裡，兩對男女怔怔地望著對方，良久，誰也不上前，誰也不說話。

後來，還是寧時修率先朝許冬言走了過去。

許冬言看著他走近，只覺得他每往前一步，她的心跳就快上一拍。人海茫茫，她本不抱任何希望能在北京再見到他，以至於她竟然連一句開場白都沒有準備。

或許是因為剛從外面進來，寧時修的身上帶著一股子涼意，靠近她時讓她不禁打了一個寒顫。

寧時修似乎也注意到了，掃了她一眼，冷聲說：「穿這麼少。」

許冬言盡量做出熟人見面的樣子，語氣不疾不徐地說：「不知道天氣會這麼冷。」

寧時修似乎笑了一下，但是那笑容中卻帶著幾分譏誚：「那妳這二十幾年的冬天都白過了？」

許冬言聽出他話裡帶刺，也就不再說話。這時候劉玲跟著走了過來，她的目光卻落在了許冬言身邊的陸江庭身上。

關於劉玲和陸江庭的那段小插曲，許冬言以前也曾聽寧時修講過，這麼一想，這關係還真是亂。她正暗自苦笑，就聽陸江庭開了口。面對多年前的愛慕者，他的開場白老套而沒誠意：「好久不見。」

劉玲笑了一下，笑容有些不自然：「是啊，好久不見。」

寧時修似乎這才想起劉玲和許冬言應該是第一次見面，他簡單地替兩人介紹了一下：「這是我繼妹、許冬言，溫姨的女兒。這是劉玲。」

在此之前，許冬言還自欺欺人地想過，溫琴可能是騙她的。畢竟溫琴和寧志恒從一開始就很不看好她和寧時修，藉機拆散兩人也是有可能的。可是，直到今天，她才明白自己的想法多麼可笑。

如果這其中真有什麼誤會，在對許冬言介紹劉玲時就是一個澄清一切的絕好機會。他只需要說「這是我的老同學劉玲」，或者「這是我的好朋友劉玲」，說什麼都可以，可是他卻恰恰避開了劉玲的身分。

太可笑了！許冬言想，自己的想法真是太可笑了。其實這半年多來，寧時修的「消失」就足以說明一切了，她又何須費盡心思地找其他站不住腳的東西來佐證他其實是有「不得已的苦衷」呢？

劉玲笑了笑：「經常聽時修提起妳。」

許冬言也笑了：「彼此彼此。」

陸江庭觀察著許冬言的神色，不免有些擔憂，想盡快結束這種對話，於是問道：「你們是……去旅遊？」

不等劉玲回答，寧時修搶先說：「去南京。」

他並沒有正面回答陸江庭的問題，然而這個答案卻不能不讓人誤會。

許冬言覺得眼眶發酸，故意拿出手機看了一眼時間，然後轉過頭對陸江庭說：「走吧，要來不及了。」

陸江庭對她溫和地笑了笑，很自然地拉起她的小行李箱，正打算跟寧時修和劉玲道別，寧時修又說話了。他是在問許冬言，聲音依舊冷冰冰的：「過節回來嗎？」

許冬言一愣：「哪個節？」

「元旦。」

「三天時間太短了。」

「那春節呢?有七天。」

許冬言突然不知道該怎麼回答,畢竟那是舉家團聚的日子,她還沒想好。

似乎知道許冬言不會回答,寧時修也不再等答案,他看向一旁的陸江庭說:「那就麻煩你照顧她了。」

陸江庭笑著迎上寧時修的目光:「我們兄弟倆就不用說這些了。更何況,這件事你不說我也會盡力去做的。」

寧時修自嘲地勾著嘴角笑了笑,又深深地看了一眼許冬言,似乎嘆了一口氣,低聲說:「照顧好自己。」

許冬言點了點頭:「你也是。」

上一次以為還會有「以後」,也沒來得及告別,這一次,正好把該說的都說了。

目送陸江庭和許冬言,寧時修拎著行李朝著他們的反方向走去。走出好遠,他才發現劉玲沒有跟上來。一回頭,看到她還失魂落魄地留在原地,他叫了她一聲,她才回過神來,快走幾步跟了上來。

寧時修笑:「怎麼,這麼多年都沒放下?」

「那倒不是,就是覺得……」劉玲想了想,笑了,「算了,還是不說了,你現在是病人,受不了刺激。」

果然,寧時修沉默了下來。過了許久,他才又開口:「只要她高興就好,現在看來她大概是多年夙願得以實現了吧。」

劉玲說：「不說這些了。我們登機的時間還早，要不先到那邊去喝點東西？」

其實進了安檢後也有咖啡廳，劉玲這樣提議，無非也是為了避開陸江庭他們。寧時修點點頭，朝著劉玲手指的那間咖啡廳走去。

「喲，寧總嗎？」突然有個路過的男人折了回來，朝寧時修招呼了一句。

寧時修看了對方半天才想起來，對方是以前專案上合作過的一個監理。他朝那人笑了笑：「這麼巧。」

「是啊，真是巧。」那男人看看他，又看看他身邊的劉玲，笑得有些詭異，「這位是？」

寧時修解釋道：「這是我的主治醫生。」

其實他們還是大學同學，但他卻只說是醫生，這樣一來，誰也不會聯想太多，這才是寧時修真正的態度。

那男人果然收斂起了猥瑣的笑容，正色道：「生病了？」

「小毛病。」

「哦哦，那就好。」說著，他朝劉玲恭恭敬敬地遞上了自己的名片。

劉玲接過來笑道：「不好意思，我平時沒有帶名片的習慣。」

男人連連擺手：「沒事、沒事，我這也快成職業病了，見人就遞名片。」

這男人說話挺有意思，聽得劉玲掩嘴笑了笑。

三個人又聊了幾句才道了別。

那男人離開後，劉玲問寧時修：「你剛才為什麼不這樣跟許冬言說清楚？」

寧時修不想繼續這個話題，邊走邊無所謂地說道：「我說得還不夠清楚嗎？」

劉玲把寧時修的病例和檢查報告帶給了那位美國來的專家，白人老頭看完也是皺眉，給了一些保守治療的方案，但最後還是說，如果可能的話，要儘早進行心臟移植的手術。

最終還是要手術，雖然現在心臟移植手術已經非常成熟，術後的存活率也還算樂觀，一年的存活率達到了百分之九十，五年的存活率百分之八十，可五年之後還能活多久，就是個未知之數了。而且手術之後要終生抗排，生活品質必然會打折扣。

但是，自從上次兩人談過之後，寧時修對待自己的病情倒是積極了很多。劉玲很欣慰，不管他是為了什麼，只要他願意配合就好。

「回去先做個評估，看你是否適合移植手術。然後……」劉玲頓了頓說，「就是等供體。」

寧時修沒什麼表情地問道：「這不容易吧？」

劉玲點點頭：「是不容易，有的人到死都沒能等到一顆適合移植的心臟。」

劉玲是個醫生，她總是喜歡把所有的可能性都說在前面，但話一出口，她又有點後悔。一般人聽到這話，多少都會有些受不了，何況是病人自己？

但寧時修好像並不在意，無所謂地笑了笑。

劉玲見他神情自若，不禁鬆了一口氣。

回到北京後，在劉玲的安排下，寧時修做了手術評估檢查。做完檢查，劉玲提醒他：「評估報告兩天之後會出來，到時候我打電話給你。另外，有些習慣你得戒了，比如抽菸。」

寧時修笑了：「這有點難啊。」

劉玲責怪地瞪了他一眼，兩人有說有笑地往醫院外走去。

劉江紅還以為自己看錯了，後來聽到身邊的小護士們在那邊議論，還有些不太確定。她拉過身邊一位護士問道：「你們說的是剛才那個小夥子嗎？」

小護士看了劉江紅一眼，又跟身邊的同伴交換了一下眼神。

劉江紅見狀笑著問：「那小夥子是跟我女兒相過親的，我剛才聽你們說他好像得了什麼病，但誰也沒跟我們說過，可別隱瞞了什麼。」

那小護士了然道：「這樣啊……其實如果不是身體不好，他真的很不錯。人長得帥不說，據說還是個海歸，是國內最年輕有為的道橋設計師、大學教授。他第一次住院時，我們院從女醫生到護士都激動得不行，別的科的都偷偷來窺視帥哥呢。可沒想到他病得那麼嚴重……」

劉江紅突然想到上一次在醫院遇到寧時修的情形，那時他形容憔悴、精神不好，卻只跟她說是來看同事的。她的心裡突然生出一些不好的預感：「他得了什麼病？」

「擴張性心肌病，得做移植，今天就是來做手術評估的。」

小護士說得輕巧，劉江紅聽著卻再也說不出話了。想必他們上次在醫院碰面，就是他剛剛出院吧？

小護士見劉江紅不說話，繼續和旁邊的人聊著天。

過了好一會兒，劉江紅又問：「那他什麼時候做手術？」

另一個小護士忍不住插嘴道：「哪有那麼容易就找到適合的供體啊！一般人都會等上幾年，有些人直到死也沒能等到。」

旁邊的人一陣唏噓：「真可惜……」

劉江紅的複診結果還算理想。這是她在景山醫院的最後一次複診了，幾天後她就要離開北京，去上海投奔兒子。原本是一件高興的事，可是她卻怎麼也高興不起來。

她從書桌的玻璃板下抽出一張老照片，那是一張黑白照，上面有兩個相貌八分像的年輕女孩，正是二十幾歲的劉江紅和十幾歲的妹妹劉江芬，也就是寧時修的母親。

她好不容易才贏得了寧時修的諒解，親人才剛剛團聚，卻又遇到了這樣的事情。她看著照片，再也忍不住，嗚嗚地哭出聲來。

陸成剛從早市上回來，正好聽到房間裡劉江紅的哭聲。他嚇了一跳，連忙衝進去，原本還以為是檢查結果不理想，但拿過檢查報告一看，一切正常。

他輕輕拍了拍老伴的後背：「怎麼了這是？」

劉江紅緩了緩，啞聲說：「幫我約寧志恒，我要見見他。」

陸成剛不知道劉江紅有什麼急事要見寧志恒，有點為難說：「可是明天的機票都買好了，來不來得及？」

劉江紅說：「那就改簽！無論如何，我都要在走之前見見他。」

陸江庭原本已經安排好了時間去接父母，沒想到父母的行程卻突然改了。他不知道是什麼原因，但只是推遲了兩天，他就以為是家裡的事情沒有處理好，也就沒多問。

他把父母安置在了城東的那棟房子裡，也就是以前他和王璐住的地方。

劉江紅到了地方才聽說兒子不跟自己一起住，有點不高興：「那我在這裡和在北京有什麼區別？」

陸江庭說：「我要經常加班，現在住在公司的公寓，離公司近，方便。您放心，有空我會經常回來的。」

陸成剛橫了老伴一眼：「妳能不能為兒子想想，他每天跑那麼遠回來多累？再說妳這脾氣也就我能跟妳長期待在一起，別人誰都受不了。」

「你這話什麼意思啊，受夠了？」

老倆口又拌起嘴來，陸江庭早就習慣了，跟一旁的陳姨介紹著母親的生活習慣。

安頓好了兩位老人，陸江庭抬手看了看時間：「媽，我晚上還有個應酬，就不和你們一起吃了。」

劉江紅問：「現在就要走嗎？」

「嗯，怎麼了？」

劉江紅想了想說：「我有點事想跟你說。」

劉江紅把寧時修的病告訴了陸江庭，陸江庭全然沒有心理準備，愣在了當場。

劉江紅嘆了口氣：「我知道不管這幾年你們關係是怎麼僵的，其實你們都是重感情的孩子，發生這種事，你肯定也不好受。我也不知道我們現在能做些什麼，你那裡要是有熟悉的門路，就幫忙打聽打聽供體的事情吧。」

「您什麼時候知道的？」

「就在前兩天，我為了要見見他爸爸才改簽了機票。這孩子真是可憐，從小就沒媽，年紀輕輕的，又得了這個病……」劉江紅說著，眼眶又紅了。

陸江庭用了好一會兒來消化這個消息，劉江紅拍拍他的手背：「你別太難過了，這件事只能走一步看一步。我們也得樂觀點，要對時修有信心才行。」

陸江庭深吸一口氣點點頭：「是啊。」

「所以啊，你也得好好照顧好自己，別光顧著加班，身體垮了什麼都沒了。」

陸江庭疲憊地用雙手搓了搓臉，緩了好一會兒，才站起身來：「您和爸應該累了吧？好好休息一下。我先走了，改天再來看您。」

「去吧、去吧。」

陸江庭走後，劉江紅歪著頭想了一會兒，突然對一旁的陸成剛說：「如果能用我的命換時修的命就好了。」

陸成剛一聽嚇了一跳：「妳可別瞎說，尤其別當著孩子面說這些沒用的話。」

劉江紅笑了：「我就隨口一說。我倒是想換呢，但這件事也不是我說了算。」

陸成剛橫了她一眼：「這一樁事連著一樁事，妳就讓大家省點心吧！江庭不是說了嗎？他會幫忙打聽，而且志恒那邊也會想辦法的。時修還年輕，身體好，妳好好照顧好自己就行，別給孩子們添亂。」

著。

陸江庭見完客戶，晚上九點多，車子路經「中庭遠」的辦公大樓時，看到許冬言辦公室的燈還亮

這一晚上他想了很多，關於寧時修和許冬言，關於他和許冬言，以及他和寧時修。

在機場的那次碰面，他看得出寧時修並沒有真的放下許冬言，而許冬言對寧時修的感情一直都沒有變。作為一個旁觀者，他雖然看懂了這一切，卻因為自己的一點私心沒有點破——他在等待著她對過往徹底死心後，能回頭再度看到他。

可是如今一切不一樣了。他總算明白了寧時修為什麼會疏遠許冬言，這樣看似冷漠的背後，隱藏的恐怕是更深刻的愛。

「停車。」他忽然對司機說。

許冬言還在整理稿子，看到陸江庭，她有點意外：「你不是去見客戶了嗎？」

「嗯，回來拿點東西。」他頓了頓問，「還不下班嗎？」

許冬言看了一下時間，稿子已經整理得差不多了：「嗯，正打算走。」

「那正好一起吧。」

上海的冬夜有著與北京冬夜不同的冷。

雖然沒有風，但那種濕寒就像是某種毒一樣，還是能夠穿透肌膚、滲入骨髓的。

許冬言落後半步跟著陸江庭，心裡還在想著剛才一篇稿子的事情，以至於陸江庭突然停下腳步時她

都沒反應過來，險些撞在他的身上。
夜色中，陸江庭看著她心不在焉的樣子，心裡突然有些難過。
這一年來，她似乎一直都是這個樣子。
許冬言也不明白陸江庭為什麼會突然停下來看著自己：「怎麼了？」
陸江庭頓了頓說：「妳……還愛他嗎？」
許冬言愣了一下才明白過來他指的是寧時修，她扭過頭看向夜色：「怎麼突然問這個？」
「那天在機場，我看得出來他心裡還是有妳的。」
提到在機場的那次相遇，許冬言不禁冷笑了一聲：「人總會犯一種錯，說好聽點就是重感情，說不好聽點就是濫情。他想開始新生活了，但是我這個人以及我和他的那段經歷又不是說剔除就能從他的記憶裡剔除的，他那種反應也很正常。」
「這麼說妳是在怨他？」
一瞬間的沉默後，許冬言倔強地說：「我沒有。」
陸江庭想了想說：「有些時候，我們的眼睛也會騙人。不如妳去當面問問他，或者哪怕回去看看他現在過得怎麼樣，很多妳不解的事自然也就有答案了。」
「為什麼他不來問問我，也不來看看我過得怎麼樣？」許冬言想到自己剛來上海的那段時間，發簡訊沒人回、打電話沒人接、整天在夜裡哭……她長這麼大，頭一次為了一個男人這麼卑微，但這是第一次，也將是最後一次。
她深吸一口氣，剛才一瞬間湧起的怨氣早已不見。她壓低聲音說：「其實我知道，我也有錯，但後來我能做的都已經做了，他並沒有給我機會。就像你說的，如果他心裡還有我，卻連主動破冰的心都沒有，那麼我們的過去也只能是過去，沒有人會一直留在原地。」

說完這些，她不再等陸江庭回話。公寓樓就在前面不遠處，她直接繞過擋在面前的陸江庭，朝著公寓走去。

第八章　把悲傷留給自己

「是不是你偶爾會想起我，可不可以你也會想起我？」

元旦過後不久就是農曆新年。臘月二十八，許多公司都已經放假，溫琴打電話給許冬言，母女倆簡短聊了幾句，溫琴問她：「過年回來嗎？」

「票不好買，不回去了。」

「嗯，也是，回來又待不了幾天。」

這麼多年來，她們母女相依為命，極少分開過年，可溫琴竟然一句都沒有勸，許冬言大概猜得到原因。算來寧時修和劉玲在一起也半年多了，也該是過年帶回家的時候了，估計溫琴也是替她考慮，她索性不回去更好。

兩人又聊了幾句，溫琴掛了電話。看到阿姨已經把飯菜擺上了桌，她正要上樓去叫寧時修吃飯，剛到樓梯口，一抬頭就看到寧時修正站在許冬言的房門前。

溫琴沒往上走，也沒有出聲，就在樓梯口等著。她以為寧時修會推門進去，或者會轉身離開，可是沒想到，一分鐘、兩分鐘……他就那樣站在許冬言的門前，像個面壁思過的孩子。

其實她一直很心疼寧時修，可是心疼並不代表願意搭上自己女兒的終身幸福。更何況溫琴本身就是不幸的例子——丈夫早逝，給她和許冬言的生活帶來了多大的磨難，只有親身經歷過的她們自己知道。正因為如此，她才更不捨得讓女兒再重蹈自己的覆轍。

然而這一瞬間，她突然就心軟了。她想，這孩子心裡一定很煎熬吧？他跟她這個做媽媽的一樣，都希望冬言能幸福。想到這裡，她不禁問自己，如果當年知道丈夫會早逝，她還會和他在一起嗎？答案只有她知道……

溫琴輕輕咳了一聲，寧時修回過神來，收回搭在許冬言房門上的手，轉頭看見溫琴，叫了一聲「溫姨」。

溫琴笑著說：「準備開飯了。」

「好。」寧時修雙手插在居家休閒褲的口袋中，不疾不徐地從樓上走了下來。

溫琴看著他面色如常的臉，不動聲色地悄悄嘆了口氣。

臨近年關，中庭遠提前放了假，外地的同事都早早回了家。許冬言沒地方可去，只好從早到晚都窩在自己的小公寓中。

掛斷溫琴的電話，她起來幫自己下了一小碗麵。麵剛一出鍋，門鈴突然響了，她以為是物流的人，開門一看，竟是陸江庭。

陸江庭拎著大大小小的購物袋進了門，許冬言有點詫異：「你怎麼沒去陪叔叔、阿姨？」

「這不是還沒到年三十嗎？」

許冬言看著地上的購物袋問：「這些是什麼？」

陸江庭笑著說：「年貨。」怕許冬言推辭，他又補充了一句：「妳就當作是公司慰問的吧。」

這時候還有人能想到她，許冬言心裡暖暖的，也就不再說什麼：「那就謝謝公司了。」

陸江庭走進客廳，一眼看到餐桌上剛被端出來的麵：「來得早不如來得巧，正好我也沒吃午飯呢。」

許冬言有點不好意思：「好幾天沒出門了，家裡只有麵了。」

陸江庭已經脫了大衣坐在餐桌旁：「要求不高，來碗麵就行。」

許冬言這才折回廚房又煮了碗麵，過沒多久，麵煮好了。

陸江庭先吃了一口說：「想不到妳手藝還不錯。」

一碗麵而已，能看出什麼手藝？許冬言也拿起筷子：「你是好吃的東西吃膩了吧？」

陸江庭笑了笑，不再說話。過了一會兒，他問許冬言：「聽說妳過年不回家了？」

「嗯，不回了。」

陸江庭猶豫了片刻說：「要不……妳去我家？」

許冬言聞言連忙拒絕道：「那哪能呢？你們一家三口多自在，多我一個人多奇怪！」

陸江庭剛想說話，許冬言又說：「別說是對回不去了家的員工特別照顧啊，我才不信呢。」

陸江庭無奈地笑了，心裡知道沒什麼希望，也就不再勸她。

「既然如此，那一個人過年也得有點年樣。那些袋子裡有些新鮮的水果蔬菜，還有魚蝦，一會兒別忘了放到冰箱裡。」

許冬言心裡那團暖意因為陸江庭幾句平實的話正在一點一點地擴大，她突然有些鼻子發酸，低聲說了句「謝謝」。

但陸江庭只是笑，笑得無可奈何：「跟我還說什麼謝不謝的！」

大年三十這一天，許冬言還真有模有樣地幫自己準備了一桌子的菜，還很應景地幫自己開了一瓶紅酒。窗外的爆竹聲不斷，電視裡晚會的聲音也熱鬧，但是一個人的年終歸是冷清的，許冬言只吃了一點，就什麼也吃不下去了。

陸江庭和爸媽吃完了晚飯，劉江紅按照老家的慣例又開始準備跨年時的餃子。陸江庭看了一眼時間，穿上衣服打算出門。

劉江紅叫住他：「這大晚上的，幹什麼去？」

「哦，我們公司裡幾個董事要一起去慰問一下因為加班回不去的員工。」

「那不是應該大年初一去嗎？」

陸成剛無奈：「哎呀，兒子的工作，妳就別問那麼多了。」

劉江紅橫了陸成剛一眼，問陸江庭：「那什麼時候回來？」

陸江庭沉吟了一下說：「看情況吧，盡快。」

劉江紅下令道：「十二點之前必須回來，我等著你一起吃餃子呢，聽到沒有？」

陸江庭無奈地笑了笑：「好。」

春晚依舊沒什麼新意，許冬言看了一會兒就百無聊賴地關掉了電視。正打算去洗澡，手機響了。這個時候會是誰？她拿起手機一看，是陸江庭。

「開門。」陸江庭言簡意賅地說。

「什麼？」

「我在妳家門口。」

許冬言連忙跑到門前趴在貓眼上看了一眼，還真的是陸江庭。難道他沒有回父母那裡過年嗎？

許冬言打開門，一陣寒意襲來。

看著許冬言意外的表情，陸江庭笑了笑：「不請我進去坐坐？」

許冬言這才將他領進了門：「你怎麼這時候來了？」

陸江庭沒有回答她：「怎麼沒看春晚？」

「沒什麼好看的。」

陸江庭脫了大衣，裡面只穿了一件淺藍色的棉布襯衫：「我跟我媽說是去慰問員工，其實就是怕妳一個人無聊，過來看看妳。不好意思啊，沒有提前打招呼。」

見許冬言還愣在那，陸江庭不確定地問：「我……是不是唐突了？」

許冬言這才回過神：「怎麼會！對了，你要喝點什麼？」

陸江庭看了眼桌子上喝了一半的紅酒說：「就它吧。」

許冬言拿了兩支杯子，幫陸江庭和自己各倒了半杯。

陸江庭看著她低頭時垂落在耳邊的髮絲，心裡無限柔軟。

許冬言倒好酒抬起頭，猛地撞上他的視線，陸江庭從容不迫地移開視線說：「其實我也是在家無聊，以為妳會幫自己安排什麼小節目。」

許冬言也很困擾，總不能跟陸江庭乾聊天吧？她看到電視櫃上的X-box，問陸江庭：「要不然，我們打遊戲？」

「好啊，什麼遊戲？」

許冬言之前為了跳健身操買了一臺體感遊戲機，其實裡面還有很多其他遊戲，她都還沒來得及試一試。

許冬言和陸江庭選了很久，最後選定了一款刺激的探險遊戲。兩個人都是第一次玩，但陸江庭很快就找到了竅門，帶著許冬言一關一關地闖了過去。

兩人正玩在興頭上，許冬言的電話又響了。她騰不出手，也就沒去理會，可是打電話的人似乎很執著，電話鈴聲響了很久。

陸江庭說：「妳去接吧，我自己能撐一會兒。」

許冬言這才去接電話，她沒看來電顯示就直接接通：「喂？」

遊戲的聲音有點大，她不確定是對方沒說話還是對方說了她沒聽見。她連著「喂」了幾聲，對方依舊什麼都沒有說，最後直接掛斷了電話。

她這才去看來電，心裡兀地一沉——竟然是寧宅的座機號碼。是他嗎？會是他嗎？

她想了想，撥了回去，接電話的卻是溫琴。

冬言問：「媽，妳打電話給我了？」

「嗯？」溫琴愣了一下說，「哦，是我。妳吃飯了嗎？」

「剛吃完。」

「在看春晚？」

「沒有，在打遊戲。」

「一個人？」

許冬言猶豫了一下說：「沒有，和同事。」

「那就好，總比一個人強。別玩太晚了，等一下早點睡。」

「知道了。」

「我沒別的事，晚點再電話聯絡吧。」

「好的，晚安。」

掛上電話，溫琴瞥了一眼樓上。家裡是共用一個號碼，樓上還有一個分機，正是在寧時修的房間裡。想到這裡，她不由得嘆了一口氣，看樣子，兩人還是一句話也沒說上。

許冬言掛斷電話，發現電視螢幕上已經顯示著大大的「GAME OVER」，陸江庭無奈地朝她聳了聳肩膀：「看來沒有妳還是不行。」

許冬言笑了：「再玩一局嗎？」

陸江庭站起身來抬手看了一眼時間，已經快十一點了：「我得回去了。」

「嗯，也是，不早了。」

陸江庭從沙發上拿起大衣，想了想說：「妳早點睡，明天……我再來看妳。」

許冬言突然發現，雖然陸江庭一直都很關心她，但是最近她才留意到，他對她的那種關心已經遠遠超出了一般朋友的關心，而兩人之間的感覺也有了難以察覺的微妙變化。但是很快，許冬言便自嘲地笑了笑，心想應該是她想多了，如果他對她有意，當初何必那樣決絕地拒絕她呢？

春節假期剛過不久，劉江紅突然發現自己的眼睛有些看不清了。起初只是有點模糊，她以為是太疲勞了，休息休息就能好轉，可是休息的時間愈長，視力反而愈差了。

陸江庭知道後一刻也不敢怠慢，連忙送劉江紅去了醫院。

果然，視力突然下降並非偶然，醫生幫她做了詳細的檢查，最後得出的結論是，她需要進行第二次手術。

劉江紅一時間愣住了。她以為自己的病已經好了，怎麼又要做手術？

陸江庭看了她一眼，對身後的父親說：「爸，先把我媽推回病房吧。」

陸成剛也知道情況可能不容樂觀，心情也頗為沉重。

等老倆口離開後，陸江庭才問醫生：「這手術有風險嗎？」

「任何手術都有風險。你母親之前做過這類手術，你肯定也知道，這類手術比其他手術的風險高，不過一般情況問題不大。除非……」醫生頓了頓說，「術中出血的情況也有，但畢竟是少數。」

「那假如手術過程中出現了這種情況呢？」

醫生如實說：「會有生命危險，你得做好心理準備。」

陸成剛推著劉江紅走在回病房的路上，心裡一直記掛著陸江庭這邊，他也很想知道醫生究竟會怎麼說。

他心裡想著事，就沒聽到劉江紅叫他，等劉江紅不知道叫了第幾聲時，他才回過神來。

一向在他面前有點任性的劉江紅此時倒是難得的好脾氣：「你別替我操心了，人總會有那麼一天，我們隨緣吧。」

兩人在一起生活了大半輩子，沒少吵鬧，她此時突然說出這種話，就像是有人用刀子直戳他的心窩。他眼眶發熱，但還是勸慰道：「妳別瞎想了，上次的手術不是很順利嗎？這次也會順利的。」

「能順利當然好，如果不順利呢？」

陸成剛沒有說話。

劉江紅此時基本上已經看不見了，過了許久，她閉著眼睛嘆了口氣：「老陸啊，我們夫妻幾十年了，我知道我對你不算好，但你也知道，我就是這樣的人。」

「我知道，我知道妳就是這樣的人。」

「如果有下輩子，你可得找個溫柔賢慧的。」

「一把年紀了妳還說這個？妳放心吧，這次手術不會有什麼事的。」

劉江紅無聲地笑了：「你能不能再幫我辦件事？」

「老夫老妻了，還跟我客氣什麼？」

劉江紅抬了抬手，陸成剛探過頭去，聽她小聲囑咐。幾分鐘後，他嘆了口氣：「妳確定不讓江庭知道嗎？」

劉江紅想了想說：「他還是不知道比較好。」

「哎，妳想好就好，我支持妳。但我們還得樂觀，妳也得為我和江庭想一想。」

劉江紅只是閉著眼睛笑，什麼也沒說。

劉江紅的手術已經到了刻不容緩的地步，跟醫生商量過後，手術時間安排在了兩天後的一個下午。

就在手術當天，陸江庭竟然在手術室外遇到了劉玲。她什麼時候來上海了？

「妳……來出差？」陸江庭問。

劉玲遲疑了一下，點點頭：「算是吧。」再看陸江庭的神色，她覺得有些不對勁，問他：「你……不知道？」

「知道什麼？」

劉玲見狀若有所思地點點頭，嘴上卻說：「沒什麼。」

這時候劉江紅的手術已經快要開始了，劉玲沒再說什麼，跟著醫生進了手術室。

可是她腦子裡還在思考著剛才陸江庭的表現——這麼看來他並不知道劉江紅的決定，自然也不知道她出現在這裡的原因，那麼寧時修必然也不知道內情了。

想到這裡，她心裡突然狠狠地痛了一下。來之前她只希望能順利拿到供體心臟，但是卻沒想到竟然是這樣的情況，此時的她突然就矛盾了起來……

劉玲的出現讓陸江庭心中的不安漸漸擴大，他說不上來究竟為何不安，但就是不安。他扭頭看向坐在一邊的父親，陸成剛倒是面色坦然，沒有絲毫憂懼。他深吸了一口氣，坐到父親身邊，抬頭望著手術門上亮起的紅燈，靜靜地等著手術結果。

據陸江庭的瞭解，這個手術應該會持續很久。但是剛過了一小時，手術室的大門突然就打開了，而此時手術室門上的紅燈還亮著。

劉江紅的主刀醫生從裡面走了出來，陸江庭和陸成剛一見到他都倏地彈了起來，趕緊湊了過去。就如許多電視劇裡演的那樣，只見醫生無力地搖了搖頭：「對不起，我們盡力了。」

陸成剛顫抖著聲音問：「什麼？」

醫生嘆了口氣：「最怕的情況還是遇到了——術中大出血，搶救失敗。」

陸江庭聽到「搶救失敗」這幾個字，怔怔地說不出話來。這意味著什麼？他不敢去想。他抬頭看了一眼手術室的燈：「手術還沒結束嗎？」

「劉女士在手術前簽下了器官捐贈協議，如果手術中出現意外，她願意將心臟捐給北京的一位病人。我代表這位病人感謝劉女士，也感謝你們家屬。」

陸江庭火氣上湧：「我怎麼不知道她還簽了什麼協議？」

陸成剛滿腦子都是「手術失敗」四個字，雖然早有心理準備，但是真等到事情發生時，他還是感到措手不及。他想到他們生活中的各種瑣碎，想到老伴往日的一顰一笑，彷彿就發生在昨天，可是昨天剛過，人就沒了。

他沉浸在失去老伴的痛苦中不能自拔，直到抬起頭看到陸江庭正失控地拽著醫生的領子時，他才回過神來。

陸江庭長這麼大，從來都是沉著穩重、溫文爾雅，陸成剛幾乎沒見他和別人紅過臉，更別提動手了。他連忙上前將兩人來開，對陸江庭說道：「江庭你別這樣，這是你媽的意思！」

陸江庭冷笑：「我媽的意思？只要她一個人的意思就能決定這件事了嗎？怎麼沒人問過我！是誰簽

的字？」

陸成剛沉著聲音道：「我。」

陸江庭怔怔地看著父親。

陸成剛嘆了口氣：「這是你媽最後一點心願，我們就聽她的吧。」

陸江庭也知道，其實母親已經不在了，其他的都不重要了，他只是一下子還接受不了這個事實。

他抬頭看向那盞紅色的小燈，等了不知道多久，直到看著它滅掉，他才意識到，那些他不希望發生的事情，最終都已然發生了。

寧時修的主刀醫生臨時由劉玲換成了經驗老道的李主任，所以她此次來上海，只是負責取走供體心臟。李主任已經在北京的手術臺上準備好一切，只要等她一到，就可以替寧時修做心臟移植手術。

劉玲和助手拎著冰桶出了醫院，才發現下起了濛濛細雨。她看了眼時間，不禁有點著急：「北京那邊安排好了嗎？」

助手回答說：「一切準備就緒。」

劉玲點點頭：「查一下航班情況，就怕飛機晚點。」

「剛查過，目前沒有延遲的通知。但是……」助手頓了頓說，「北京下雪了。」

劉玲不由得心裡一緊。以前因為航班延誤沒少誤事，畢竟供體心臟在冰桶裡的時間是分秒必爭的，如果超過了六個小時，對移植效果會有很大的影響。

「航班幾點？」劉玲問。

「七點二十三分。」

「能不能改早一點的？」

助理看了看外面因為下雨排起的長長車龍，有點不確定：「提前的話，我們能按時到機場嗎？」

劉玲咬著牙：「要不先跟機場那邊聯繫一下，另外再和醫院那邊說一聲，讓他們想辦法聯繫北京機場的地勤。」

「好，我這就聯絡。」

怕什麼來什麼，劉玲他們要搭乘的航班最終還是因為天氣延誤了，好在只延後了半小時。然而時間卻已經所剩無幾，劉玲等人和北京那邊通過電話，雙方都想盡一切辦法疏通關係，動用了所有能動用的力量，最終總算在六小時內將冰桶送進了景山醫院。

看到劉玲的那一刻，李主任終於鬆了一口氣，立刻吩咐下面的人：「馬上手術。」

劉玲因為連續十幾個小時的奔波，沒有辦法再配合手術，只能在手術室外陪著寧志恒和溫琴。

寧志恒問她：「大姐她說什麼了嗎？」劉玲搖了搖頭。

寧志恒自嘲地笑了笑：「也是，妳去的時候，她也沒有機會說了。那江庭怎麼樣？」

「他……應該很難過吧？他好像並不知道劉阿姨捐出心臟的事情。」

寧志恒嘆氣：「大姐這人就是這麼獨斷，可是現在事情發生得這麼突然，那孩子怎麼受得了！」

寧時修能夠手術順利，這本來是件該高興的事，但是等在手術室外的兩個人誰也高興不起來，因為這顆心臟來自另一位與他們息息相關的親人。好在寧時修的手術還算順利，總算沒有辜負劉江紅的一片心意，而這些情況也是在他出院後，寧志恒才告訴他的。

原來大阿姨已經不在了，就在他準備進入手術室的那一刻，大阿姨就已經離開了。他摸著左胸的位置，一顆心臟正在那裡強而有力地跳動著。

他心裡突然五味雜陳，對過往、對這位不算熟悉的親人，那種說不清、道不明的情緒反反覆覆地折磨著他。

出院後不久，正值清明節，寧時修第一件事就是去拜祭劉江紅。聽父親寧志恒說，大阿姨的墓就在母親的旁邊，這也是大阿姨臨終前特意囑咐過的，只是他沒想到，會那麼巧遇到陸江庭。

陸江庭比上一次見面時瘦了很多，或許是由於剛剛失去了至親，他臉上的那種神色也比以往任何時候都要冷漠凜冽。

這種感覺寧時修怎麼會不懂？多年前他失去母親的時候，大概也是這副模樣。

寧時修拜祭完大阿姨，站在一邊點上了一支菸。兩個高大的男人就在風中站著，誰也不說話。良久，久到一支菸燃盡，寧時修說：「我知道你心裡不好受。」

陸江庭依舊表情冷漠，什麼也沒說。

寧時修知道，此刻他沒有任何立場去勸慰陸江庭，因為在逝者面前，他活著，這就是一種赤裸裸的諷刺。

好一會兒，陸江庭卻說：「既然這是我媽的決定，我也沒權利說什麼，更何況她的心臟放在誰那裡，都已經與她的生死沒有關係了，我只是怪她怎麼沒有事先跟我說一聲。還有你、時修，因為你的自私，讓她臨走時都覺得虧欠著你。」

寧時修知道此時說什麼都無濟於事，但他還是想把話說清楚：「其實我早就不怨她了，跟這顆心臟沒有關係。」

「是嗎？」陸江庭似乎笑了一下。

其實陸江庭也知道，寧時修大概早就放下了過去，但是母親卻執意覺得虧欠了他，這並不能怨寧時修。但是此刻，面對母親的離開，他卻沒辦法不去怨寧時修。

寧時修像是看穿了他的想法，說道：「無論你怎麼想我都理解。你可以怨我，也可以繼續恨我自私，但是有件事我想拜託你——這件事能不能不要告訴冬言？」

陸江庭微微一怔。

寧時修繼續說：「這次的手術雖然還算順利，但是存活率就擺在那，我可能活不過一年，也可能活不過五年。就算真能活個十幾、二十年，我的生活也和以前大不一樣了。我沒什麼放心不下的，我爸有溫姨照顧，但是冬言……」說到這裡，寧時修突然頓了頓，「我知道，她對你還有感情，你對她應該也是一樣，不然王璐也不會突然離開。既然如此，我祝福你們兩個，至於我的事，她不知道也罷。」

陸江庭一直知道寧時修對許冬言還有感情，但是聽到這番話時才知道寧時修對許冬言的感情竟然這麼深厚。他之前還曾為自己對許冬言隱瞞了寧時修的病情而愧疚，後來因為母親的離開，他順便把心裡那點愧疚也變成了怨——怨寧時修占了母親的心，怨許冬言還愛著他……但是此刻，他只是自嘲地笑了笑：「放心吧，你的事情該你自己去說。」

許冬言離開北京已經整整一年了，對於寧時修和留在北京的那些過往，她不願去觸碰，也不敢觸碰。她最害怕的就是從某個老熟人那聽到有關他的消息，怕他過得不好，也怕他過得太好。她不知道是不是每一個對舊愛無法釋懷的人都是這樣，但是理智告訴她，她該向前看了。

她站在窗前深吸了一口氣，一抬頭正看到對面的一扇窗子亮起了燈。窗子裡，陸江庭似乎剛從外面回來，他疲憊地脫掉外衣，又將襯衫的衣扣解開兩枚，然後就那樣坐在沙發上閉著眼睛，似乎睡著了。

她這才發現，原來他們離得這麼近，也意識到，原來這過去的一年，她竟然從未留意過對面的那扇窗。既然她能如此清晰地看到他，那麼他是不是也能很清楚地看到自己呢？

許冬言正在出神，口袋裡的手機震動了兩下，是一封新簡訊。她打開一看，竟然是來自陸江庭的：

『在看什麼？』

她倏地抬頭，正看到他不知什麼時候已經站在窗前，正朝她微笑著。

偷窺被抓個正著，她尷尬地笑笑，低頭回覆簡訊說：『看星星。』她看到對面的陸江庭低頭看著手機，臉上似乎還掛著笑。

她想了想發了一封簡訊岔開話題：『你是今天剛從北京回來嗎？』

『是。』

『很累吧？那早點休息吧。』

陸江庭沒有抬頭，似乎在回覆她簡訊。過了好一會兒，她收到他的簡訊：『我不想休息，就是想妳。』

看到簡訊，許冬言嚇了一跳，險些把手機掉在地上。她不確定地抬頭看向對面，陸江庭還是那副笑容和煦的樣子。她正不知道要怎麼回覆，卻看到他拿起手機朝她晃了晃，電話響了，是他打過來的。

許冬言慢吞吞地接通電話：「你……是不是傳錯了？」

陸江庭似乎在笑，笑得有些疲憊：「如果妳希望是傳錯了，那就是錯了。」

這話是什麼意思？許冬言的腦子一下有些轉不過彎來。

陸江庭繼續說：「冬言，妳該不會真的看不出來吧？」

「什……什……什麼？」

陸江庭笑意更深：「妳終於又和從前一樣了。」

許冬言有點不確定，難道是他母親的去世對他的打擊太大了，他怎麼突然說起這些來了？

「江庭，你是不是太累了？」

陸江庭嘆了口氣：「是啊，表現了這麼久，妳都沒看出來，我是真的累了，所以乾脆直說好了——冬言，我喜歡妳。」

許冬言的腦子一片空白。她呆呆地舉著手機，看著窗子對面的人，不知道該說些什麼。

陸江庭笑：「怎麼了？是太驚喜了還是不知道要怎麼拒絕？」

她還是不敢相信自己的耳朵：「可是你明明說過不喜歡我……」

「我說過的話我一定會記得，這個我沒說過。」

許冬言想了想他拒絕自己的那一次，好像的確只說過沒有緣分之類的話。倒是寧時修告訴她：陸江庭或許是不愛她，或許是不夠愛她。

等不到許冬言的答覆，陸江庭嘆了一口氣說：「對不起、冬言，如果我以前傷害過妳，我說對不起。但是我不想再騙自己，也不想再隱瞞妳，我喜歡妳，從很久以前。我知道我錯過很多次，也不指望妳的那扇門還會為我留著，但我希望妳還能給我一個重新開啟它的機會。」

聽著他一字一句的表白，許冬言的心情漸漸從驚訝趨於平靜。

許久以前，她所有的注視都屬於對面的這個男人，可是時過境遷，她愛過另一個人，心裡住過另一個人，而心裡的那扇門能否再為他開啟，她自己也說不準。但是此刻，她至少是感激的，感激他沒有在她剛剛結束上一段感情的時候對她說這些，而是選擇在一個雙方感情都已沉澱下來的時候表白他對她的感情。

她想，如果自己現在做出什麼選擇，至少是冷靜的，也更有可能是正確的。不像當初她和寧時修，開始得糊里糊塗，也結束得糊里糊塗。

兩人只隔著幾道牆，聽筒裡靜得只有嘶嘶的電流聲。

看到她投向自己的目光，陸江庭繼續說：「這些話原本是想當面跟妳說的，但是剛才我也不知道是怎麼回事，看到妳時就說出來了。」

許冬言笑了：「我們現在難道不是面對面嗎？」

陸江庭沉默了片刻，再開口時，聲音裡帶著不可置信的驚喜：「妳的意思是……」

許冬言緩緩說：「或許這就是你說的緣分吧。」

陸江庭在對面做了一個勝利的手勢，看得出來他是真的開心。許冬言也笑了，兩人誰也不再說話，也不掛電話，靜靜地立在窗前，凝望著彼此。

初春的早晨依舊寒氣逼人，天空還飄著零星小雪，好在沒有風，不像北京的冬天那樣，寒風凜冽得讓人畏懼。

這種時候的雪落在身上就化了，跟雨水差不多，陸江庭撐著傘，和許冬言走在上班的路上。傘下空間很大，但許冬言還是習慣性地跟陸江庭保持著距離，陸江庭似乎沒有察覺，只是有一句、沒一句地跟她聊著工作上的事情。

很快就到了公司，公司大門前鋪著漂亮的黑色花崗岩，此時上面覆著一層薄薄的雪霜。陸江庭收起傘走上臺階，發現許冬言沒有跟上來，回頭看了一眼她腳上那雙高跟鞋，他很自然地朝她伸出了手。

許冬言愣了一下，也伸出手去。

他的手指異常冰冷，她這才意識到，這麼冷的天，他剛才就那樣一直撐著傘，走了將近二十分鐘。

陸江庭拉住她的手便再沒鬆開，一路經過大廳，接收到了前檯美女和路過同事的注目禮，直接走進了高層專用電梯，他的手依舊沒有鬆開。

許冬言扭頭看他：「你冷嗎？」

陸江庭微微揚著下巴，看著不斷變換的樓層指示燈：「不冷。」

許冬言撇了撇嘴揭穿他：「騙人。」不然握著她的那隻手怎麼會一點溫度都沒有？

卻見陸江庭突然低下頭看她，另一隻手捶了捶左胸的地方：「這裡暖和，就夠了。」

許冬言立刻明白了他的意思，臉不自覺地紅了。

不到一個上午，陸江庭和許冬言手牽手進電梯的事情就傳遍了整個公司。關銘聽說後直接跑來和許冬言對質：「真的假的？」

許冬言不答。

「那看來是真的囉！哎，你們什麼時候開始的？隱藏得很不錯啊！」

許冬言依舊不答。

關銘又說：「不過我早就預料到會有這麼一天了。」

許冬言不禁疑惑：「為什麼？」

「陸總對妳多好啊，妳竟然看不出來？」

許冬言笑了：「當局者迷唄。」

「說吧，啥時候請我們一起慶祝一下啊？」

許冬言狡黠地一笑：「這個嘛，還是問主管吧。」

「不是吧，冬言，現在就會拿主管壓人了？」

「開玩笑而已。」

「這還差不多。」

過沒多久，許冬言就收到了一封無主旨郵件，原來是關銘他們幾個人已經商量好的吃飯地點。許冬言聽說過其中的幾家，都是高消費的地方。

這時候手機進來一封簡訊，她打開一看，是陸江庭的：『怎麼了，一副苦海深仇的樣子？』

她連忙抬頭看，正看到陸江庭在助理的陪同下從辦公室出來。助理正跟他彙報著什麼，他一邊點頭一邊往辦公室外走，經過她面前時，目光並沒有停留。
她回覆說：『我被人敲詐了。』
已經走到門口的陸江庭拿出手機來看了一眼，拇指在螢幕上點了兩下，又迅速將手機收了起來。
許冬言收到了一個問號，於是她對著那封郵件拍了張照片傳了過去。
走廊外的陸江庭又停下腳步拿出了手機，這一次，他看了很久，然後露出了笑容。
很快，許冬言就收到回信，他說：『算我的。』
兩人沒再繼續，陸江庭出門開會去了。
一個她喜歡了三年，而且她一直以為不會喜歡她的人，竟然是喜歡她的。說來，這是一件多麼令人高興的事！可是許冬言不明白，為什麼至今她都沒有感受到那種該有的喜悅呢？
或許，是幸福來得太突然了吧！

援疆的項目地處地勢險峻的兩山之間，環境艱苦，尤其是春節假期剛過，北方的冬天依舊冷得讓人生畏。
寧時修聽了山子的彙報，施工難度高、專案週期緊湊，情況不容樂觀，這一次他決定跟他們一起去。
山子有點不放心：「頭兒，那邊可是高原，您這身體行嗎？」

寧時修主意已定：「死不了。」

這話如果是別人說，完全可以當句玩笑話來看待，但是寧時修此時的狀況，如果在高原上發生高原反應，還真說不準會有什麼情況發生。

山子急了：「您有啥要求，吩咐我們去做就行，您還是別冒險了。」

寧時修抬頭冷冷地看了他一眼，山子立刻一抖，可是這件事非同小可，他還是不怕死地說：「公司裡也不會同意的，除非醫生說可以。」

然而，醫生的回答卻是：「你瘋了！」

寧時修來找劉玲並不是真的要徵求她的意見，只是向她諮詢他這種情況需要提前做什麼準備，而劉玲的反應也在他的意料之中。

他無所謂地說：「工作而已，什麼瘋不瘋的？」

「那邊什麼條件你不知道？你自己的身體狀況怎麼樣你不知道？」

「我知道，所以才問妳需要準備什麼。」

劉玲無奈：「時修，你是成年人了，能不能不要這麼任性！別讓別人替你擔心好嗎？」

寧時修知道她是為自己好，見她現在正在氣頭上，也不跟她槓上，轉移話題說：「聽說妳昨天去相親了，怎麼樣？」

劉玲一愣：「你聽誰說的？」

「昨天路過你們醫院，本來想叫妳一起吃頓飯，你們院裡小護士說的。」

劉玲不悅地皺了皺眉，臉不禁有點紅了：「誰這麼多事！」

寧時修笑：「這是好事啊，怎麼，還怕人知道？」

劉玲看著他，不確定他到底在想什麼，張了張嘴想解釋：「時修，你聽我說……」

她解釋的話還沒出口，就被寧時修打斷了：「妳放心，我沒多想。」

劉玲在得知寧時修的病後想法漸漸轉變了，雖然有些現實，但這也是人之常情，更何況他本來就不打算給劉玲任何機會，她早點想通也是好事。

劉玲尷尬地笑了笑，什麼也沒說。

寧時修低頭看著她，笑了：「劉玲，我們是老同學，也是朋友，我當然希望妳幸福。」

劉玲抬起頭看他，有些不忍地說：「我也希望你幸福。」

寧時修沒有回答，只是笑了笑。

後來兩人又討論了幾次，寧時修不肯妥協，非要跟著隊伍出差。劉玲無奈，只好幫他備好藥，囑咐他在外面要注意些什麼。確定好了這些，劉玲問他：「你什麼時候去？」

「下週一出發。」

劉玲算了一下：「那我怕是送不了你了，我週末出差。」

「妳也要出差？」

「嗯，在上海有個會診。」

寧時修了然地點了點頭。

劉玲又說：「那我備好了藥，你找人提前來拿一下。」

「好。」

週六一早，許冬言接到了陸江庭的電話：「起床了嗎？」

「早起來了。」

「等一下吃完午飯去商場逛逛吧？」

「要買什麼東西嗎？」

「我爸生日快到了，我想幫他選生日禮物。但我對這些也沒什麼研究，妳幫我參謀參謀吧？」

許冬言很爽快地同意了：「沒問題。」

陸江庭的穿著主要就幾個牌子，每次要買什麼都是直奔專賣店速戰速決。商場他來得很少，還好有許冬言這個嚮導。

許冬言拉著他直奔男裝區：「叔叔有什麼特別想要的東西嗎？」

陸江庭仔細想了想，好像還真沒有：「我爸倒是什麼都不缺。」

「那他平時有什麼興趣愛好嗎，比如喜歡什麼運動之類的？」

陸江庭又想了想：「好像……沒有。前些年還喜歡打太極，後來還跟著老朋友去打過幾次高爾夫，但最近這段時間由於我媽身體不好，他也就沒時間做自己的事了。」

「這樣啊……」看來只能買一些日常一定會用到的禮物了。許冬言提議：「羊毛衫怎麼樣？」

「可以啊。」陸江庭沒意見。

「那叔叔喜歡什麼顏色呢？」

這一次，陸江庭想得更久了。

許冬言看著他為難的表情無奈地說：「都說養兒子沒用，看你就知道了。」

聽她這麼說，陸江庭尷尬地笑了笑：「以前不這麼覺得，今天算是徹底認識到了。看來我以後還要多花些時間去陪陪他。」

兩人又逛了許久，陸江庭實在說不準老爺子喜歡些什麼，乾脆就採取廣撒網的策略，買了許冬言挑的羊毛衫和手錶，還有他替老爺子選的高爾夫球桿。

劉玲的行程因為會議主辦方的某些行程變動突然改了，她閒來無事，就決定去附近逛逛。只是她沒想到真的就那麼巧，竟然會在商場裡遇到了陸江庭和許冬言。

陸江庭一手拎著幾個購物袋，另一隻手牽著許冬言，兩人有說有笑地邊走邊逛。

劉玲還記得上一次在機場遇到時，他們應該還沒有在一起，看來兩人的關係就是在這段時間突飛猛進的。

劉玲站在離他們不遠的地方，看著兩個人相視而笑的神情，多年前自己被陸江庭漠然拒絕的那一幕再度浮上心頭。原來他不是不會笑，只是不願意對她笑罷了。

她覺得心中某個角落隱隱有些微的酸澀感，她以為自己早就不記得那些了，沒想到記憶還是那麼鮮活。那種無奈和酸澀在歲月的洗禮下變得很隱祕，以至於如果不去細細體會，她都感受不到。

她不由得多看了許冬言兩眼。她究竟是個什麼樣的女孩，讓寧時修愛她，陸江庭也愛她？

劉玲正暗自思索著，發現陸江庭接了一通電話後先離開了，只剩下許冬言一個人。她似乎猶豫了一下，竟然突然調頭往劉玲這邊走來。

許冬言顯然沒想到會在這裡遇到劉玲，不由得停下了腳步。

劉玲見狀，大大方方地走上前去：「這麼巧？」

「是啊，妳……一個人嗎？」

「對。妳呢？我剛才好像看到陸江庭了。」

「嗯，公司突然有事，他又回去了。」

劉玲笑了笑：「他這人就是這樣，有什麼好事也不和大家分享。你們應該是剛在一起不久吧？」

許冬言有點尷尬地點點頭：「是啊，前不久。」

「那蠻好的。對了，我和時修也要結婚了，到時候你們一定要來哦。」

聽到這句話，許冬言不由得一愣。沒想到這麼快，寧時修就要和別人結婚了……

劉玲繼續說：「到時候我們就真的是一家人了。哦，對了，我叫妳冬言，妳不介意吧？」

「不介意。」

劉玲看了一眼她手上的購物袋：「妳是打算繼續逛逛還是先回去？」

許冬言回過神來，連忙說：「我要買的東西都已經買到了，就先回去了。」

「好，那有機會再見。」

許冬言不知道自己是怎麼走出商場的。她以為自己會放下，可是沒想到當她親耳聽到他的婚訊時，她還是無法表現得坦然一點。

外面天氣晴朗，正午的日頭晃得人眼花，許冬言沒有攔車，徒步往公寓的方向走去。她邊走邊想，該放下了，為了寧時修，也為了陸江庭，也該和過去徹底做一個告別了。

其實劉玲也是在看到許冬言的那一刻，突然很想知道她心裡是否還有寧時修。當她看到許冬言的反應時，她沒有察覺到自己的心裡竟然生出一些報復陸江庭的快感——原來陸江庭也會有今天！

當年雖然是她單方面喜歡他，但是發生了那麼多事之後他對她卻連半點歉意和憐惜都沒有。結束了在上海的工作後，劉玲覺得，是時候要和他聊聊了。

陸江庭接到劉玲的電話時有些意外。劉玲開門見山地說：「有時間嗎？見個面吧。」

「妳在上海？」

「是啊，正好來出差。」

陸江庭知道，這麼多年了，有些話一直沒有說開，想必劉玲心裡還是介意的。此時她又來找自己，正好也是個解釋的機會。他看了眼時間，下午三點剛過：「現在嗎？」

「耽誤你工作嗎？晚點也可以。」

陸江庭想到晚上還要去見一個客戶，於是說：「那就現在吧，妳在哪？」

劉玲報了飯店的地址：「就在一樓咖啡廳吧。」

「好，我半小時後到。」

許冬言正跟關銘討論一篇稿子，一抬頭發現陸江庭神色匆匆地出了門。

關銘見她正看向陸江庭離開的方向，笑著調侃：「喲，就一下子不見都不行啊？」

自從和陸江庭公開關係後，許冬言免不了聽到這種調侃，事實上她並不喜歡這些玩笑，可是究竟為什麼不喜歡，她也說不上來。許冬言沒工夫細想，也不願意細想。

她沒有理會關銘的玩笑，繼續低頭看稿子。

陸江庭趕到約定地點時，劉玲已經到了。她慵懶地坐在窗前，面前的咖啡只剩一半。

「不好意思，我來晚了。」

劉玲無所謂地笑笑：「沒有，是我早到了。」不等陸江庭開口，劉玲就幫他要了一杯咖啡：「服務生，這裡再加一杯藍山。」

點完後，她笑著問他：「口味沒變吧？」

陸江庭禮貌地笑了笑，什麼也沒說。

過沒多久咖啡就做好了，陸江庭對服務人員道了聲「謝謝」，把目光移到劉玲的臉上：「上次在機場匆匆打了個照面，也沒機會多聊……」

「不是沒機會，怕是你不想吧？」

劉玲說得很直白，陸江庭也不打算躲閃，他無奈地笑了笑：「是啊，也不知道該從哪說起。」

劉玲笑了笑：「那要看你想從哪說起。」

陸江庭頓了頓說：「上次見到妳，覺得妳狀態挺好的，對當初的事，我雖然想解釋一下，但又怕說起一些妳不愛聽的。」

劉玲無所謂地說：「是啊，以前的事情該發生的都發生了，那時候不解釋，現在再解釋還有什麼意義？再說，也怪我自己。」

這麼說，她還是在怨他。

陸江庭笑了一下說：「其實那件事後，我也想過去安慰妳，但又怕給了妳希望，總覺得我離妳遠一點妳會恢復得更快。妳這麼優秀的女孩子，以後的生活中應該不缺喜歡妳的好男人。」

劉玲冷笑一聲：「你說得很對，因為你後來沒有出現，我很快就死心了。」也正因此，她才患上了躁鬱症……但是劉玲沒有繼續這個話題：「對了，前兩天我在商場看到你和許冬言了，原來你們兩個真的在一起了。你那『隱形女友』呢？」

陸江庭知道她指的是王璐，他應付著說：「不適合就分開了。」

「那和許冬言呢，適合嗎？」

想到許冬言，陸江庭面色不自覺地微微緩和了一些。他說：「她是個好女孩。」

可是他卻不知道，這簡簡單單的一句話，聽在劉玲耳裡是多麼刺耳。

劉玲笑了一下：「那天你走後，我們倆聊了幾句。」

「聊了什麼了？」

「我告訴她，我要結婚了，和寧時修。」
陸江庭詫異地抬眼看她，像是在詢問。
劉玲笑意更甚：「當然是假的，你也知道時修心裡還有許冬言，他們兩個究竟為什麼分開，你應該也很清楚。所以我當時就想，這許冬言心裡還有沒有時修呢？」
聽到這話，陸江庭竟莫名地有些煩躁：「有沒有又能怎麼樣？再說，這和別人又有什麼關係！」
「我就是好奇心驅使，可是你猜許冬言什麼反應？」
聽到這裡，陸江庭抬手看了一眼時間，站起身來：「不好意思，我晚上還有點事，我們下次再聊吧。」
劉玲懶懶地靠在沙發上看著他的動作，幽幽笑道：「陸江庭你怕什麼？」
陸江庭權當沒聽見，放了兩張百元鈔票在桌上就打算離開。
劉玲繼續說：「我知道你怕什麼，你怕聽真話，但我偏要說——她根本不愛你，她愛寧時修。」
她聲音雖然不大，但她說的每一句都那麼肯定，像一根根針一樣，扎在陸江庭的心上。然而他只是腳步微微停頓了一下，便快步離開了咖啡廳。
回到車上，陸江庭疲憊地抹了一把臉。
他當然知道，許冬言和寧時修之間有很深的誤會，可是他們如今的關係，只是誤會造成的嗎？
如果是以前母親還在的時候，他或許還會幫他們化解誤會，可是母親的事情發生後，他突然就想通了——總是自己替別人考慮太多，誰又替他考慮過？他不願意對許冬言說什麼所謂的真相，也不願意去細想自己在她心裡究竟占了什麼位置。他只知道，他們幾個人的關係變成今天這樣，或許都是緣分。

這天晚上，許冬言剛洗完澡，正打算吹乾頭髮睡覺，突然聽到有人敲門。

這麼晚了，會是誰？她走到門前，透過貓眼看出去，門外是陸江庭。

許冬言鬆了一口氣，打開門。陸江庭垂頭站在門前，似乎喝了點酒。

「剛回來？」她問。

陸江庭抬起頭來，眼眶有些發紅。他朝她緩緩笑了笑，還是那副禮貌又和煦的笑容：「不請我進去坐坐？」

許冬言怔了怔，連忙將他領進門：「幫你煮點醒酒湯吧？」

陸江庭脫了西裝外套坐在沙發上：「不用，幫我倒杯水就可以。」

許冬言依言替他倒了一杯溫水，遞到他面前。陸江庭接過茶杯，拿在手裡，卻不著急喝。

今天的他有點奇怪，許冬言問他：「喝了不少酒吧？」

陸江庭點點頭：「是不少。」

許冬言記得他的酒量很好，上次為新員工接風那次她是見識到了，他喝了那麼多還像沒事的人一樣。這麼想著，她又問：「比公司聚會那次喝得還多吧？」

陸江庭輕笑：「妳怎麼知道？」

「從你的狀況能看得出來。」

陸江庭意味深長地看著她：「有時候看起來怎麼樣，跟喝了多少酒關係不大。」

「那和什麼關係大？」

陸江庭看著她，好一會兒才說：「沒什麼。」

許冬言說：「我看你這樣好像挺不舒服的，我還是去幫你煮點醒酒湯吧。」說著她起身就要去廚房，卻突然被陸江庭拉住。她身體失衡重新跌坐在沙發上，一不小心碰到了陸江庭手裡的茶杯，水灑了陸江庭一身。

許冬言見狀連忙從茶几上抽了衛生紙替他擦，她手忙腳亂地，他卻像沒事一樣地說：「沒事，不用擦了。」

許冬言手上不停：「一整杯都灑了，可惜這衣服了。」手冗地被人抓住了，許冬言抬起頭，發現陸江庭正目光灼灼地看著她。

許冬言習慣性地掙扎了一下，同時感到陸江庭手上的力道加大了。她突然有些緊張，一緊張老毛病又犯了：「怎……怎……怎……麼了？」

陸江庭的目光從她光潔的額頭上一點一點地下移，順著她的長髮游弋到髮絲的終端，而手裡握著的那雙手似乎有些微微發抖：「妳好久沒有這麼緊張過了。」

許冬言的確很緊張，緊張得無所適從。

陸江庭深吸一口氣，微微歪著頭，聲音嘶啞地說：「好香啊，妳用什麼牌子的洗髮精？」

「就……就……是普通的牌子。」話一出口，許冬言都想咬掉自己的舌頭，怎麼會有這麼無聊的對話呢？

陸江庭笑了，微微一低頭，鼻子碰到了她的鼻子。

許冬言的心猛地狂跳了幾下，她知道接下來會發生什麼，這是自然而然的，也是合乎情理的，可是她卻不知道自己此刻的心情為什麼會這麼矛盾。她腦子裡猶如天人交戰一般亂作一團，在那雙溫潤的唇貼上來的那一刻，她遵從自己的內心，頭一歪躲開了。

什麼都沒有觸碰到的陸江庭愣了幾秒，末了自嘲地笑了笑。

看到他那神情，許冬言彷彿聽到了什麼東西破碎的聲音。她知道，這錯過的一吻，或許已經對他們的關係造成了不可修復的傷害。

但是她，不後悔。她聽到自己說：「對不起。」

陸江庭緩緩坐直了身子，嘆了一口氣說：「是我太唐突了。」

這話讓許冬言有點難過，這畢竟不是他的錯，可是他卻卑微地說，是他唐突了。

陸江庭站起身來，笑著自我解嘲道：「一身酒氣，太不應該了。妳早點休息吧，明天還要上班。」說著他便朝門口走去。

許冬言站起身來叫住他：「江庭？」

陸江庭停下腳步，回頭看她，她猶豫著不知道該說些什麼。

陸江庭笑了，眼神清明透亮，絲毫沒有酒後的醉意：「如果想請我今晚別走，那我會考慮；但如果是道歉，那妳還是什麼都別說了。」

許冬言愣了愣，最終還是什麼都沒說。

寧時修因為堅持要去新疆出差的事跟寧志恒爭吵了好幾次，寧志恒知道自己兒子的脾氣，又礙於他的病，縱然很不放心，也不好真的跟兒子鬧翻。更何況連他的主治醫生都同意了，寧志恒只能讓他按照醫囑按時吃藥，稍有不妥趕緊回來休息。

對劉玲同意寧時修去新疆出差的事情，溫琴有些不高興。劉玲既是寧時修的主治醫生，又是他女朋友，怎麼就不懂得關心人，不知道好好勸一勸他？如果是自己那死心眼的女兒，肯定說什麼也不會讓寧時修去冒險的。

想到這裡，正幫寧時修收拾行李的溫琴問道：「明天劉醫生來送你嗎？」

「她出差了。」

「你現在這身體狀況跑那麼遠去，她就不擔心？」

寧時修也沒在意，隨口回答道：「作為主治醫生，她該提醒的都提醒了，藥也幫我都準備好了。」

溫琴有點生氣：「她只是主治醫生嗎？」

這時候，寧時修才注意到溫琴的情緒變化，不由得有些好笑：「溫姨，她對我而言，不是主治醫生是什麼？」

溫琴一愣：「你們不是……」

寧時修無奈地笑了：「我都這樣了，就不要再拖累別人了。如果沒意外的話，劉醫生現在應該已經有男朋友了。」

溫琴剛想說劉玲這人太現實，可是一想自己又何嘗不是這樣？她自然也不好多說什麼。但是此刻聽了寧時修這些話，她不免覺得心酸。

寧時修倒是不在意，隨手拿出書櫃裡的幾本書扔進了行李箱。

第二天，山子來家裡接寧時修。溫琴趁寧時修沒注意，拉著山子囑咐了很多要寧時修注意的事情，還拜託山子替她盯著寧時修，萬一有什麼情況立刻和家裡聯絡。

山子仔細地聽著，一一記下，末了不禁感慨：「阿姨，您對我們頭兒真好，親媽也不像您這樣子的。」

這話的分量不輕，壓得溫琴心裡重重的。她知道，親媽不該是這樣的，對寧時修她還是自私的。

寧時修收拾好東西從樓上下來，山子連忙起身去接行李箱。

寧時修從溫琴面前走過，突然想起什麼似的回過頭對她說：「對了，溫姨，沒意外的話，我大概要走幾個月，正好……」他頓了頓，「正好，您想她的話，就讓她回家住一段時間吧。」

溫琴的眼睛驀然就濕潤了。她一直藏著私心，生生把兩個相愛的年輕人拆散了，可是寧時修不但不怪她，這種時候還能替她著想，這樣懂事的孩子，怎麼能不讓她心疼？

溫琴喉頭有些哽咽：「時修，看著你們兩個我都心疼，希望你理解阿姨這顆做母親的心。」

「是我們本來就不適合，跟其他的都沒關係。」

溫琴點了點頭：「你的心意，阿姨都看得懂。」

寧時修笑了笑：「幫我照顧我爸。」

上海的夏天來得比往年要早一些。五月一過，天氣就已經變得很熱，到了六月底，溫度更是趕上了往年最熱的時候。

中庭遠開年第二個季度的線上產品銷量遠遠超過了第一季度，創下公司成立以來的最好成績。開完季度總結會，老闆之一的聞遠提議晚上出去慶祝一下，眾人一聽都很高興，立刻有人回應老闆指示，訂好了聚會的地點。

因為是臨時決定的，又正好遇上用餐高峰期，這麼多人的包廂實在不好找，最後找來找去找了一家開在小巷子裡的老店。小店地方不大，分樓上、樓下兩層，正好二樓整個一層也就能擺下四、五桌，等到二樓用餐的人離開，地方就徹底留給中庭遠了。

等了沒多久，一群人便在服務人員的引導下浩浩蕩蕩地上了樓。

店裡的走廊和樓梯都很窄，陸江庭和許冬言跟在隊伍的最後面，兩個人離得很近，但用正常的音量說話，卻互相聽不清楚。

不知道為什麼，陸江庭突然有種很奇怪的感覺，他總覺得似乎有什麼人在看著他們。陸江庭也沒多想，拉著許冬言往樓上走，卻發現許冬言站在原地並沒有動。

他回頭看她，發現她正歪著腦袋看向窗外。

「下雨了。」她說。

陸江庭順著她的視線看出去，還真是，剛才來時還一點預兆都沒有，此時雨已經下得不小了。

「等一下怎麼回去啊？」

「等一下說不定就停了。」

兩人還在看雨，樓梯口探出了關銘的腦袋：「我說老闆、老闆娘，我們這麼多人，可就等你們兩個了！」

許冬言和陸江庭的關係公開以後，關銘起初表現得挺高興，但是私下裡卻又刻意和許冬言拉開了距離，這讓許冬言有點費解，兩人原本也只是朋友，他根本無須這麼做。但好在關銘也就彆扭了那麼幾天，很快就跟其他同事一樣，當面時會開玩笑、會使壞，私下裡也跟從前一樣，該怎麼樣就怎麼樣。後來還是關銘先帶頭叫陸江庭老闆，叫她老闆娘的，許冬言不喜歡這稱呼，跟關銘說了很幾次，但他似乎誤解了她的意思，權當她是不好意思，也沒有改稱呼的意思。

許冬言瞪了關銘一眼，陸江庭見狀只是溫柔地拉起她的手：「走吧，別讓大家等我們。」

菜是早就點好的，很快就做好端了上來。眾人哄鬧著舉杯，說著祝福和感謝的話，飯局就這樣開始了。

飯吃了一半，陸江庭電話響了，是個陌生號碼，他擔心是某位客戶便接通了。但周遭同事們的聲浪一浪高過一浪，對方說了點什麼，他一點也聽不清楚。

他拿著手機順著樓梯走下樓，幾乎走到飯館的大門口時才漸漸聽到了對方的聲音，但是這聲音卻來自兩個管道，一個是手機聽筒，一個就在他身後：「江庭。」

陸江庭心裡一緊，匆匆回頭，竟是許久不見的王璐。

他愣了愣，很快回過神來，和她相視一笑，低頭掛斷了電話。

再見到王璐，陸江庭有種恍如隔世的感覺。她跟以前不一樣了，剪短了頭髮，人也瘦了不少。他不禁心裡有點難過，是自己讓她變得不幸的吧？

「妳好像瘦了。」他說。

王璐笑：「這麼說是減肥成功了？」

陸江庭不由得一愣：「妳還需要減肥？」

「那當然了，年紀大了就容易發胖，所以現在在健身。」

陸江庭心裡略微鬆了口氣，她還想著健身，看來狀態調整得不錯：「我以為妳離開上海了。」

王璐點點頭：「是離開了一段時間，到處去旅行，最後覺得也沒有別的城市想去，於是就又回來了。」

「哦，我當時去妳公司找過妳，聽他們說妳已經辭職了，那妳現在……」

「我現在在創業的過程中，想做點自己喜歡做的事。」

「是嗎？那挺好的。」

王璐看了看窗外：「能送我出去嗎？」

陸江庭這才注意到她身上背著包，應該是要離開了。他跟餐廳老闆借了一把傘，把王璐送出門，好在比起他們來的時候，雨已經小了很多。

兩人撐傘站在門口，陸江庭說：「幫妳叫輛車吧？」

王璐卻說：「等一下吧，我朋友去開車了。」

「妳朋友？」

陸江庭以為她是一個人來的，聽她這麼說就隨口問了一句。王璐笑了笑：「忘了告訴你，我的病好了。」

這麼久以來陸江庭一直在擔心王璐的病，剛見到她時就想問了，只是不知道該怎麼問出口，沒想到她卻主動說起她的病來。

「那真是太好了。」

「我都說了，你就是我的病，所以離開你半年後我基本上就好了。」

陸江庭苦笑：「倒是我害了妳。」

「別這麼說了，兩個不適合的人在一起就是互相折磨，倒不如像現在這樣，我們都不錯，對吧？」說話間她狡黠地看了陸江庭一眼。

陸江庭這才想起來，他剛才進門時就感覺有人在看他，看來那並不是錯覺，想必那人就是王璐，那麼她一定也看到他和許冬言了。

見陸江庭不說話，王璐很善解人意地笑了：「其實你不用覺得對不起我，你實際上並沒有做過什麼對不起我的事，而我也看到你的努力了。如果是別人，可能就會死死地把你拴在身邊，時間一長，戶籍一登記，那事就過去了。但是我也有我的尊嚴，我還是想找一個全心全意愛我的人。」

「對不起。」

「雖然不相愛，但我們已經是親人了，對吧？」

這話讓陸江庭眼眶微微發熱，他點了點頭。相戀多年的人，或許早就從戀人變成了親人。

王璐說：「既然是親人了，還說什麼誰對不起誰？江庭，我希望你幸福。」

陸江庭回視著她說：「其實，看到妳現在這個狀態，我也很為妳高興。」

王璐笑了笑：「我的狀態很明顯嗎？」

陸江庭也笑了：「是啊，以前的妳看上去很堅強、豁達，現在的妳看起來很快樂。」

「謝謝。」王璐聳了聳肩，「以前的你看上去隱忍善良，現在的你看上去愁眉不展。為什麼，你不是已經得償所願了嗎？」說著，王璐朝著樓上揚了揚下巴。

陸江庭苦笑：「一言難盡。」

王璐見狀微微挑眉：「那讓我猜猜……難道她，愛上寧時修了？」

陸江庭深吸一口氣：「妳還真是蛇打七寸，一針見血，說妳一點都不記恨我，我都懷疑了。」

王璐笑了起來：「女人都有所謂的第六感，當時我們四個人一起吃飯的時候，我就覺得他們兩個會相愛。今天我雖然看到你們倆手牽著手，但總覺得你們的狀態怪怪的。」

陸江庭不再說話，連王璐都這麼說，或許真是旁觀者清吧。

王璐見狀嘆了口氣說：「如果你覺得有希望改變她的心意，我祝你成功。但是江庭，有時候人的心是很難改變的，所以，當初我才選擇了放棄。你有沒有想過，我們不是彼此的歸宿，或許你和她也不是。有時候，放手是給自己多一個選擇。」

雨依舊在下著，身後的人聲鼎沸彷彿離他們愈來愈遠，兩個人都不再說話，靜靜地聽著雨聲。

又等了一小會兒，一輛黑色的奧迪A6停在了前面巷子口能過車的地方，隔著幾十公尺，駕駛座上的男人快速地下了車，撐著傘匆匆忙忙跑了過來，對王璐說：「等久了吧？車子停得有點遠。」

王璐很自然地從陸江庭的傘下鑽到了那男人的傘下，她挽起那男人的手，向他介紹道：「這是陸江庭，我的老同學。」又對陸江庭說：「這是我未婚夫，秦葉。」

兩個男人用力地握了握手，寒暄了幾句，王璐就和陸江庭道了別。臨走前，她想起什麼似的說：

「剛才那個號碼你存一下，是我現在的電話號碼。」

陸江庭朝她搖了搖手機，表示聽到了。看著她上了車，然後漸漸消失在雨夜中，他深吸了一口氣，看了一眼天。天空黑得看不到邊際，只有銀色的雨絲在路燈下微微閃著光芒。

他轉身回到店裡，把傘還給老闆，一步一步走上臺階。

眾人還在傳杯換盞、吵吵鬧鬧，只有許冬言坐在人群中，沒有太高的興致，顯得有些遺世獨立。

陸江庭突然想起王璐剛才的話，說他愁眉不展，如今看來，許冬言又何嘗不是？他不得不承認，和他在一起，她並不快樂。

他走到許冬言身邊坐下，許冬言問他：「幹什麼去了？」

「接了個電話。」

「哦。」

她沒再多問，他也不再多說。

聚會結束後，陸江庭驅車帶著許冬言離開。路上兩個人誰也不說話，不知道從什麼時候起，這已經成了他們常有的狀態。

陸江庭想了想問：「妳……有多久沒回家了？」

許冬言眸光微微閃動，但也只有那麼一瞬間。她說：「從來這裡之後就沒回去過。」

「不想家？」

她看向窗外：「這不是工作忙嘛！」

陸江庭笑：「都讓員工忙得回不了家了，說得我這個老闆也是顏面掃地。」

許冬言也笑了：「是啊，要幫我加薪了嗎？」

陸江庭嘴角噙著笑意：「如果妳願意，我的就全部都是妳的。」

許冬言原本只是一句玩笑話，沒想到陸江庭會這麼說。這樣的回答看似玩笑，實則卻是暗示，還是很有分量的暗示。她不禁有點心慌，也有點愧疚，面上卻仍盡力維持著：「人家都說當了老闆人就摳了，果不其然。算了，你就當我是隨口一說。」

陸江庭瞥了她一眼：「可我不是隨口一說。」

果然，該來的還是來了。車上的氣氛變得凝重起來，許冬言不知道該如何開口，陸江庭也只是開著車，不再說話。

直到兩人要分別前，陸江庭才說：「冬言，妳還是回家看看吧。」

他的話說得有些沒頭沒尾，許冬言微微一怔。

陸江庭嘆了口氣，似乎是下了很大的決心說：「妳還放不下他吧？」

許冬言依舊怔怔地站著，她沒有否認，但也沒辦法承認。她無法在陸江庭面前說，她已經努力過了，但是她還是沒辦法忘掉寧時修。她也不知道該怎麼辦，畢竟陸江庭是這麼好的人。

她想了想說：「或許，時間再久點……」

他打斷她：「有些事情妳還不清楚，妳最好先回家看看。如果在妳知道那些事後還願意繼續和我在一起，我當然願意給彼此時間。」

許冬言垂下頭：「還能有什麼事？他都要結婚了。」

陸江庭說，「別感情用事。就妳對他的瞭解，妳覺得他是那種對感情不負責任的人嗎？」

他不是，他當然不是。雖然在她離開北京後，她曾聽說了那麼多有關他的事，但是她始終無法把那些和他聯想在一起。

「那……」許冬言想了想，心裡突然浮上不好的預感，她倏地抬頭看向陸江庭，「家裡是不是出事了？」

陸江庭說：「妳家裡沒事，但是他……之前做了個手術，怕妳擔心，就沒有告訴妳。」

許冬言想著這一年多來發生的事情，很多想不通的地方突然就想通了——她走之前他明明說了要等她，可是她走之後，他卻沒了音信；還有溫琴，想方設法不讓她回家，說來也有點怪。

許冬言突然急了：「他到底怎麼了？」

「他心臟不好，做了移植。妳也不用太擔心，手術已經做完了，他目前沒什麼事。但是心臟移植手術算不算成功，要看的是存活率——我這麼說，妳明白嗎？」

許冬言的視線已經模糊：「他是因為這個才瞞著我的？」

陸江庭點點頭：「劉玲只是他的主治醫生，跟他並不是那樣的關係。他要瞞著妳，也是妳母親的意思，當然主要還是他的意思。」

看著許冬言茫然無助的眼神，陸江庭心裡也挺難過，他輕輕將她摟在懷裡：「對不起，冬言，原諒我的自私，這麼晚才告訴妳這一切。」

許冬言搖了搖頭，已是哭得無法自已。

第九章　此生不換

「回頭看，不曾走遠。」

除了陸江庭，許冬言沒有跟任何人說她回北京的事情，以至於溫琴開門看到她時，竟然一下子沒有反應過來。

許冬言自顧自地拎著行李進門換鞋，溫琴這才反應過來：「妳怎麼回來了？」

許冬言沒有應聲，直接上了樓，一把推開寧時修的房門，裡面還像以往一樣乾淨整潔，然而人卻不在。

她又轉身去了畫室，所有的東西都已經被收了起來，那些稀奇古怪的模型上都蓋上了厚厚的布。看樣子，很久沒有人用過了。

許冬言回頭，發現溫琴跟了過來，溫琴初見她時的詫異已經不見了，看著她的一舉一動，神情異常平靜。

「寧時修呢？」她問。

溫琴面無表情地說：「出差了？」

「去哪兒出差？」

「不知道。」

「去多久？」

「不知道。」

許冬言抑制不住地氣道：「你們瘋了？他都那樣了還讓他出差？」

溫琴沉下臉來：「都哪樣了？」

許冬言靜了靜說：「我都知道了。」

溫琴見事情瞞不住了，只好說：「有劉玲在，不用妳操心。妳回來幹什麼？什麼時候走？」

許冬言不可思議地看著溫琴：「媽，妳怎麼能這樣？」

「我怎麼了？難道等著看妳去給人家搗亂？」

「他和劉玲的事我也知道，你們別想再騙我了！」許冬言拿出手機就要打給寧時修。

溫琴冷冷地看著，也不阻止，因為她知道寧時修根本不會接。果不其然，寧時修直接掛斷了電話。

許冬言聽著聽筒裡傳來嘟嘟的忙音一下子就急了，她連續打了幾次都被掛斷，最後他乾脆關機了。

溫琴見狀嘆了一口氣，無奈地勸她：「女兒啊，人家都這個態度了，妳還要硬貼上去啊？」

許冬言不依不饒地重撥著，再開口時已經帶著哭腔：「媽，妳明知道他為什麼不理我！」

溫琴看她這樣也心疼，但是為了她好，她只能硬起心腸：「妳剛回來，先休息一下，說不定他過兩天就回來了。」

許冬言卻彷彿沒聽見一般，不死心地連續傳了幾封簡訊給寧時修，內容都是一樣的：『回電話。』

自然還是沒有回音，許冬言呆坐了一會兒，下定了決心。

她等不及他回來了，她一定得去找他！

溫琴在一旁冷冷地看著，不阻止也不離開。

許冬言突然想到卓華和長寧還有合作，她連忙打電話給小陶，向她打聽長寧專案的事。

小陶一聽是和寧時修有關的，也不多問，記下許冬言要打聽的事，說是晚點回電話給她。

看著許冬言掛斷電話，溫琴連忙問：「怎麼樣？」

許冬言斜著眼睛看她，什麼也沒說，她才不信溫琴不知道寧時修去哪裡出差了。

沒多久，小陶的電話打了回來：「他在新疆，還是之前那個援疆的專案。我把詳細地點傳給妳了，妳等一下看一下。」

「新疆？」許冬言倒吸了一口氣，他那種身體狀況，跑到那邊去能受得了嗎？

小陶問：「妳要去找他？」

「嗯！」

「有什麼需要我幫忙的？」

許冬言露出兩天以來的第一個笑容，掛斷小陶的電話，她連忙訂了去新疆的機票。

聽到她訂機票，溫琴有點坐不住了：「妳真要去啊？」

許冬言還在生她的氣，什麼也沒說。

溫琴繼續勸道：「冬言，妳聽媽媽說，這件事妳可得想清楚，時修已經不是過去的時修了，他這個病啊，可說不準……雖然很殘忍，媽還是要跟妳說……」

許冬言起身推著溫琴往房間外走：「既然很殘忍，那就不用說了。」

把溫琴推出房間，她連忙鎖上了門。

溫琴並沒有離開，站在門外對著房間裡的女兒繼續說著：「妳爸走了之後，我們母女倆過著什麼樣的生活妳忘了嗎？妳小時候吃了多少苦，媽吃了多少苦，妳忘了？妳以為媽不希望妳如願以償啊？媽是不希望妳重蹈媽的覆轍，是怕妳以後後悔！」

許冬言不耐煩地捂著耳朵大聲嚷嚷：「誰說他會早逝啊？他會長命百歲！」

溫琴站在門口默默地嘆了一口氣，過了一會兒，轉身下了樓。

了。

飛機是第二天一早的，許冬言的行李都是現成的，她早早起了床，正打算出門，卻發現房門被鎖了。

她轉動了幾下門鎖，這才意識到是溫琴把她反鎖在屋子裡了。她急了，不停地拍門：「妳放我出去！妳到底是不是我媽啊？這麼狠心！」

連喊了幾聲，溫琴終於應聲了：「正因為我是妳媽，我才不能放妳走！」

「妳總不能一直鎖著我吧？我還要上洗手間，要吃飯！」

「等我換了家裡的鎖，自然會放妳出來。」

許冬言知道溫琴的脾氣，一時半刻她是絕對不會放自己出去的。許冬言看了一眼時間，絕望地貼著門坐了下來。

過沒多久，她聽到樓下來了幾個人，叮叮噹噹弄了一番，好一會兒才停了下來。溫琴這才上來幫她開了門：「要上洗手間還是要吃飯啊？」

許冬言二話不說就衝了出去，發現防盜門鎖換了，竟然從裡面都打不開。

溫琴不緊不慢地說：「妳就別折騰了，這種鎖用鑰匙鎖上就得用鑰匙打開，沒鑰匙妳出不去。」

「鑰匙呢？」許冬言紅著眼睛回頭問。

溫琴轉身往房間走：「昨天才剛到，妳就好好休息吧。」

這一天，許冬言不吃不喝，一心只想著去找寧時修。她見來硬的不好使，又放低姿態哀求了溫琴幾次，可是不管是硬的還是軟的，溫琴似乎都不為所動。

許冬言心急如焚，後來母女倆乾脆吵了起來。雖然以前兩人也因為大小事吵鬧過無數回，但是從來沒有這一次吵得這麼兇。

許冬言在氣頭上，說的話完全沒有過腦：「妳以前還說就愛我爸一個人，後來還不是改嫁了？如果妳說的是真的，那寧叔在妳心裡算什麼？就算沒有愛，也該懂得感恩吧？妳整天無憂無慮的，唱唱歌、旅旅遊，妳以為這種生活是哪來的？什麼都是寧叔給妳的！妳卻這樣對時修，媽，做人不能這麼沒良心！」

啪的一聲，許冬言只覺得耳朵嗡嗡作響。

她不可置信地看向溫琴的手，從小到大，這是她第一次挨打。

溫琴的手依舊還在顫抖著，剛才那一瞬，她是使足了力氣的：「誰都可以說我，就妳不可以！妳想知道我怎麼想的是嗎？我現在就告訴妳！我對妳爸是愛，對妳寧叔也是愛！不管他們兩個能給我什麼樣的生活，我都認，因為我溫琴為了愛願意押上我的幸福。可是，妳對我而言遠比我的幸福還重要，所以為了妳，我守了十幾年的寡，現在也能為了妳跟妳寧叔翻臉！只要他不理解我的做法，我們隨時可以離婚，反正妳別想跟時修在一起！」

許冬言的眼淚嘩嘩地流下來，她不願再留在這裡，不願意再多聽一句！她轉身要走，一回頭卻發現寧志恒不知道什麼時候已經回來了，此時正站在他的臥房門口看著母女倆。

許冬言什麼也沒說，快步低頭上了樓。

溫琴當然知道她說的那些話寧志恒已經聽到了，可是她剛才也顧不了那麼多了。此時，她疲憊地坐在沙發上，臉埋在手掌間，無聲地哭了起來。

寧志恒的腳步聲由遠及近，很緩慢也很沉重，最後，他在她身邊坐下。

溫琴想，如果他說「離婚吧」她也能夠理解。可是寧志恒卻伸手攬住她的肩膀，帶向自己的懷裡。溫琴的身體不由得一僵，哭聲更大了：「對不起啊，老寧，其實我……」

寧志恒嘆了口氣說：「時修的身體我也清楚，雖然手術成功了，但是往後的日子都得抗排，說不定什麼時候又會出事，妳的擔憂我理解。」

溫琴說：「我既然嫁給了你，為了你們寧家做牛做馬我都樂意，但是我就冬言這麼一個女兒，我這半輩子過得多辛苦只有我自己知道，我不希望她也……可是你對我們母女這麼掏心掏肺的，我還在背後戳你痛處，對不起！對不起……」

寧志恒拍了拍她的肩膀：「我們認識都這麼多年了，又同為人父母，妳的立場我理解，不用過意不去，換成是我也是一樣。真的，小琴，別難過了。」

寧時修依舊不接電話，看來他跟溫琴一樣，鐵了心想要讓許冬言放棄。但是既然知道了這一切，她又怎麼能輕易放棄？

過了許久，她傳了一封簡訊給寧時修，像是在告訴他，也像是在告訴自己：『寧時修，你我之間只有死別，絕無生離！』

天邊漸漸泛起了魚肚白，漸漸地，天色愈來愈亮。

許冬言開門下樓，發現溫琴就坐在樓下，也不開燈，就那樣坐著。聽到動靜，溫琴打開了燈，抬起頭來看她：「這麼早就醒了？還是一夜沒睡？」

許冬言看著媽媽滿眼的血絲，突然心疼了，走到她身邊坐下。

溫琴抬眼看她：「不鬧了？」

她嘆了一口氣說：「媽，我餓了。」

知道要飯吃了，溫琴以為她大概是想通了，情緒不由得跟著好轉，連忙起身說：「妳等著，媽幫妳做早飯去。」

許冬言看著母親在廚房裡忙碌的身影，鼻子酸酸的，用只有自己才能聽到的聲音說：「對不起了，媽，恐怕還是要辜負您的一片好心了。」

過沒多久，溫琴就從廚房裡端出一碗熱騰騰的麵條：「妳都一天沒吃飯了，吃點熱的吧。」

許冬言點了點頭，抬頭發現溫琴只是坐在旁邊看著自己吃：「妳怎麼不吃？」

溫琴的聲音有些沙啞：「我現在沒啥胃口，晚點再說吧。快吃吧，妳小時候最愛吃這種鍋燒麵了。」

「是啊，現在也很喜歡吃。」

許冬言一連吃了兩碗，才滿足地擦了擦嘴。

吃完飯，她站起身說：「一個晚上沒睡，我睏了，上去睡一會兒。」

溫琴說：「快去吧，好好睡一覺，媽不打擾妳。」

許冬言上了樓，關上房門的第一件事並不是睡覺，而是打電話給小陶。

還沒到上班時間，小陶似乎剛起床，迷迷糊糊地問：「妳這是到了？」

「沒走成。」

「為什麼？」小陶清醒了。

「我媽把我鎖起來了，還一直盯著我。我剛才發現，我的錢包什麼的都不見了，應該是我媽趁我去洗手間的時候拿走了。好在我的身分證是放在衣服口袋裡的，還在身邊。」
小陶為難了：「看來妳媽是鐵了心要棒打鴛鴦了。對了，妳聯絡到寧時修了嗎？」
「沒。」
「這麼說妳也沒確定一下他的想法……那妳這樣值得嗎？」
許冬言沉默了片刻說：「他的想法我當然要確認，只是要當面確認。」
「女俠，說吧，有啥需要小的幫忙的？」
許冬言無聲地笑了笑，把計畫說給她聽。
九點多時，許冬言的手機進來一封簡訊，來自小陶：『到了。』
許冬言打開窗子看了一眼樓下，小陶把一個小包放在了樓下靠牆的地上。然後小陶拿出手機按了幾下，朝樓上的她擺了擺手機。許冬言會意地去看手機，小陶簡訊問她：『這麼高，會不會有危險？』
許冬言回覆說：『放心吧，三樓也不高，頂多斷手或者斷腿。』
『妳可別嚇我，要不然我看著妳？』
『那不行，按照原計畫行事。』
小陶嘆了一口氣，走到大門前按響了許冬言家的門鈴。
聽到門鈴聲，溫琴警惕地看了一眼樓上，確定許冬言不會突然衝下來，這才開門放小陶進來。等小陶進來後，她又連忙把門鎖上，收好鑰匙。
小陶看著溫琴一連串的動作，表情有點尷尬：「阿姨，您這是……讓我有點害怕啊……」
溫琴見狀訕笑：「妳阿姨是什麼樣的人妳還不知道？想拐妳的話，趁妳未成年早就拐了妳多少次了，這還不是被那丫頭逼的嘛！」

小陶理解地點點頭：「我都聽說了，她這人就是拗，但好好說，還是能聽得進去的。」

溫琴找到了同盟，很欣慰：「所以妳得幫阿姨多勸勸她。對了，妳是來找冬言的吧？」

「嗯，她現在在幹什麼？」

「剛回房睡覺去了，昨天折騰了一晚上。妳等一下，我上去幫妳叫醒她。」

小陶連忙攔住溫琴：「別了，阿姨，我等等吧，難得她睡著了。」

溫琴一想：「也是。」

小陶笑道：「這件事您也別太上火，我陪您聊聊天。」

溫琴為了許冬言的事情也的確是勞心勞力，許冬言不聽話的時候她也覺得委屈。就比如昨天兩人大吵那一架，她做了那麼多，還不是為了冬言嗎？冬言卻對她說出那樣的話來傷害她，她正好也想找個人傾訴一下，恰巧小陶就來了。

許冬言在樓上聽到樓下溫琴和小陶聊著天，這才悄悄地把剪開打好結的窗簾和床單死死地繫在腰上，然後盡可能小聲地爬出了窗子。

平時看著覺得三樓不高，但是站在外面的窗臺上低頭一看，許冬言還是忍不住腿軟。她盡量不讓自己往下看，慢慢地順著窗臺爬到陽臺那邊，正巧下面有一個冷氣壓縮機能站人。

這時已是上午十點多，樓下有人不停地來來往往，看到她都不免好奇地駐足，甚至還有人拍照。她也顧不了許多，一定要趕在保全來之前離開。

可是看上去難度不大、支撐點很多的牆面，卻很難讓人保持平衡站立。許冬言這才後悔以前怎麼沒有多練習攀岩。

這時候一個老太太的聲音從下面傳來，「喲，這不是冬言嗎？妳在幹什麼呢？」

許冬言一聽，差點從二樓上掉下來，她顫顫巍巍地回頭看了一眼那老太太，原來是對面的保姆劉阿姨。許冬言訕笑一下說：「我家門被反鎖了，我有急事，只能這樣了。」

「妳媽呢？」

許冬言沒工夫應付，隨口應了一聲「出去了」，然後就專注地盯著腳下。十幾分鐘過去了，她還沒下到二樓。

這時候她已經遠遠看到保全在好事鄰居的帶領下朝她這邊跑過來了，她不由得有點緊張，加快了動作，膽子也跟著大了起來，看得樓下的劉阿姨一個勁兒地驚呼：「小心啊！」

保全已經離得很近了，雖然被逮住解釋一下就好，但是免不了會驚動溫琴。她朝下望了一眼，還有不到兩公尺高才到地面，她乾脆解開身上的破窗簾，一咬牙，直接跳了下去。

猛然著陸時腿腳有些麻，但好在沒有傷到筋骨。她緩了片刻，連忙拎起角落裡的小包，拔腿朝著保全來的反方向跑開了。

保全在後面氣喘吁吁地大叫：「站住！妳是什麼人？」

許冬言隱約聽到後面劉阿姨在幫她解釋著：「鄰居的孩子，被反鎖在家了。」後面的話，她沒有聽到。

終於逃出來了，她心情大好。上了計程車，她傳了一封簡訊給小陶：『走了。』

小陶立刻回覆說：『祝馬到成功！』

許冬言低頭翻包裡小陶幫她準備的東西：新的內衣褲、一些現金、一張信用卡，還有……許冬言拿起那盒子看了一眼，頓時臉紅了——這究竟是小陶自己遺留在包裡的東西還是專門為她準備的？

許冬言咬牙切齒，正想把那盒小東西丟回包裡，卻發現盒子背面寫了幾個字：「錦囊妙計——睡服。」

小陶當著溫琴的面不緊不慢地回完簡訊後說：「阿姨，我們公司突然有點急事，現在叫我趕快回去呢！我先走了啊，改天再來看您和冬言。」

溫琴見她白等了這麼久，有點不好意思：「難為妳白跑了一趟。」

小陶笑了：「沒事，反正上班順路嘛。」說著，她就拿起包包起身離開了。

小陶離開後沒多久，就有人來敲門。溫琴以為是她忘了帶東西去而復返，沒想到卻是對面的劉阿姨。

劉阿姨看到溫琴打開門，不由得奇道：「咦？您在家啊？」

溫琴糊里糊塗地問：「怎麼了？」

「哦，剛才我看到您家冬言從窗戶上爬出去了，說是被反鎖在家裡了，窗簾什麼的還掛在窗戶外面。我怕沒人看著招賊，她說您不在家，我就試試運氣，沒想到您回來了？」

溫琴一愣：「冬言？從窗戶上爬出去？」

「對啊，剛走過沒多久。」

溫琴現下也管不了許多，直接衝上樓去，打開許冬言房門的一剎那，風呼地吹向了她。她看著大敞的窗戶還有綁在床頭的窗簾，這一刻，她的心裡除了懊惱，還有一絲妥協——或許，這就是命吧！

許冬言訂了最近一班飛去烏魯木齊的機票，再由烏魯木齊轉機到伊犁，到伊犁市區時已經是晚上八、九點了。但好在新疆那邊天黑得晚，八、九點時天色還大亮著。

照理說許冬言應該在伊犁住一晚再走，但她一刻也不想耽誤，她在市區租了一輛車，就朝著小陶給的那個地址開去。她一路邊走邊找，穿過幾處不知名的荒漠和胡楊林後，終於到了一個峽谷的附近，這裡應該距離離寧時修他們的工作地點不遠了。

天已經漸漸黑了，許冬言沒有猶豫，開車進了山。好在這次沒有找錯，走了沒多久，就看到了施工隊的警示牌。

車開不過去，許冬言下了車走過去，卻發現工地裡面沒什麼人，應該是下工休息去了。然而工人們的住處似乎也不在附近，看來是白跑了一趟。

一陣風吹過，有不知名的鳥的叫聲在峽谷中迴蕩。

許冬言轉眼看向身後，夜色深沉，山路險峻，她這才開始有點害怕。先去找個住的地方，明天再來嗎？她有點等不及了。

她拿出手機，想打個電話給寧時修，知道她身處險境他應該不會不管不顧，可是拿出手機後她才發現，山裡根本沒有訊號。

又是一陣鳥鳴，淒厲而尖銳，緊接著一道刺眼的光線射向她，晃得她睜不開眼——是手電筒的光。

她連忙抬手擋了擋，瞇著眼打量著來人。那人身材魁梧，逆光打量下也只能看到褲子和鞋，依稀看得出衣著也比較樸素。

大晚上的，周圍也沒有其他人，許冬言突然有些緊張。

「妳……妳什麼人啊？」原來那人也跟她一樣緊張。

許冬言鬆了一口氣說：「我是之前聯繫好來跟工採訪的記者。」

那人把手電筒放下，讓光對著地面，奇怪道：「大晚上的採訪什麼？」

「飛機誤點，就來晚了。」

「哦，那妳明天再來吧。」說著，那人就要往回走。

許冬言連忙叫住他：「工人不住在這附近嗎？」

那人頭也不回地說：「哪能都住山上啊？大部分住山下。」

許冬言連忙上了車，調了個頭追上那人，緩緩跟著他問：「那大部隊住在山下什麼地方？」

那人睨了她一眼：「叫妳來的人沒告訴妳嗎？」

許冬言不敢說不知道，也不敢說手機沒電了，只好說：「說是說了，但是路不熟悉啊。」

那人不耐煩道：「沿著山路一直下山，從山腳下一個朝右的岔路口拐進去，走不到一公里就能看到一排臨時搭建房。」

許冬言默默記下路，又問：「那設計公司的人也住在那裡嗎？」

「那我就不知道了，妳去那邊問問工頭吧。」

「多謝了。」

許冬言剛想升上車窗，那人又說：「妳小心點，晚上山路不好走，前幾天剛有輛車翻下去。」

他不說還好，他這一說，許冬言不由得出了一身冷汗。她打開遠光燈，以十公里的速度慢悠悠地下了山。

到了山下，那些臨時搭建的藍白房子並不難找，但這個時候工人們已經熄燈了。

許冬言走到一個還有些光亮的房門前叫了一聲：「工頭在嗎？」

沒人搭理她，她又連續叫了兩聲，從房間裡出來一個光著膀子的男人，他瞇著眼睛看她：「找誰啊？」

「找工頭。」

「我就是，啥事？」

「我是這次過來跟工採訪的記者……」

話沒說完，那人就罵了一句髒話：「大晚上的採訪什麼啊？」

許冬言連忙解釋：「我今天剛到，設計公司的人就告訴我這個地址。」

那人一聽，語氣緩和一點：「他是不是以為妳白天來啊？」

「對對，我路上耽擱了一段時間。」

「設計公司的人不住這邊，這裡都是工人，他們住在前面十幾公里處的那個鎮子上。」

「那怎麼走？」

「就這一條路一直走，旅館好像叫什麼輝的。鎮上旅館不多，妳去了就知道了。」

「好的，多謝。」

許冬言按照那個工頭的話又走了不到一個小時，找到那家星輝旅館的時候，已經是十二點多了。她拿出手機，應該是有訊號的，可是手機已經自動關機了。

她在包裡翻找充電器，不由得暗罵一聲。小陶真是豬腦子，這時候充電器比保險套可重要多了，該帶的東西不帶！

她只好跟旅館前檯打聽寧時修住哪個房間，別看這只是小地方小旅館，服務人員還挺有職業操守，堅決不肯透露任何資訊。

許冬言無奈，只好說：「那先給我開間房總行吧？」

「不好意思，今天客滿了。」

許冬言想跳起來掐人，但折騰了兩天一夜，她已經沒有力氣了：「那你看我怎麼辦啊？」

服務人員還是一副公事公辦的樣子：「不好意思。」

這時候，身後響起救命的聲音：「許記者？」

許冬言聽到熟悉的聲音，不由得喜出望外，回頭一看果然是山子。許冬言幾乎要哭出來了：「總算找到你們了！」

山子原本是出來抽菸的，沒想到會遇到許冬言。他好奇地看著她：「妳怎麼來了？沒聽說妳要來啊！」

許冬言頓了頓說：「嗯，臨時決定的。」

「你們公司臨時決定的？妳不是不在卓華了嗎？」

許冬言抽動嘴角：「說來話長。」

「那也該打電話叫我們去接妳啊。妳是怎麼找來的?」

「社裡給了地址。」

「呵,真厲害!那頭兒知道嗎?」

許冬言沒吱聲。

山子似乎悟出點什麼:「我懂我懂,意外驚喜嘛!嘿嘿嘿!」

他走到前檯:「先不說別的,先把東西放一下,妳這一路肯定累了。服務員,開間房。」

「不好意思,客滿了。」

「客滿了?」山子不免有些犯愁。他們這隊伍裡一個女人都沒有,也沒有能搭著住的。

他愁了一會兒,突然眼睛一亮,幹嘛非得和女人搭著住?有個男人也可以嘛!

他拿起前檯的電話,撥了一個短號碼:「頭兒,下來一下唄。」

寧時修正要睡覺,聽到山子這無賴的聲音,以為他喝了酒:「幹什麼?」

「有急事。」

「明天再說。」

「能明天說的那還算急事嗎?您快下來一下吧,不然後悔了可別怪我。」

這臭小子,還學會賣關子了!寧時修無奈,只能穿衣服下樓。

他穿著軍綠色的大T恤和五分短褲,腳上穿著一雙黑色的沙灘涼鞋,慵懶地從樓上走下來。

原本還有些睡意,但看到許冬言的那一刻時,寧時修不由得愣住了。但那眼中的驚詫和喜悅都只是一閃而過,當許冬言轉過身看向他時,他臉上已經恢復了往日的冷漠和平靜。

一年多沒見了，再見面，寧時修對她說的第一句話竟然是：「妳怎麼來了？」

當著寧時修的面，許冬言不能再編什麼謊話，她反問：「你說呢？」

山子見狀連忙說：「許記者來肯定是工作啊，頭兒你明知故問。」

寧時修冷冷地掃了他一眼，山子識相地閉了嘴。他看向許冬言：「這裡沒什麼需要妳做的工作，明天回去吧。」說著就要轉身上樓去。

許冬言在他身後冷冷地冒出一句：「你管不著！」

寧時修和山子聽了都不由得一怔。山子心想這女孩膽子不小，寧時修卻是在想，這傢伙又開始鬧了！

許冬言說：「我的去留你管不著，這是你家地盤嗎？」

寧時修緩緩轉過身，依舊面無表情：「那妳自便吧！」

許冬言心裡狠狠地疼了一下，她氣鼓鼓地拍了拍前檯：「給我開間房。」

前檯服務人員欲哭無淚：「都說了，客滿了。」

許冬言回頭狠狠看了前檯一眼，又看向寧時修，故意說：「那你讓我去哪？這周圍的小旅館都滿了，讓我露宿街頭嗎？」

服務人員還是那句話：「不好意思……」

許冬言說：「行，你也不用不好意思了，我在你家大廳坐一晚上總沒問題吧？」

服務人員連忙說：「這個沒問題。」

山子見狀，以為兩人是鬧彆扭了，難怪頭兒手術這段時間也沒見到許冬言。但他跟在寧時修身邊時間長，看得出寧時修對許冬言還是很在乎的，連忙上前當老好人：「許記者折騰一晚上了，再說一個女孩家，哪能睡在大廳啊！」

寧時修微微挑眉：「那你把房間騰出來，你住大廳。」

山子咂咂嘴：「頭兒，都這時候了，您就別裝了。」

寧時修瞪了他一眼，山子不怕死地低聲道：「之前你們不是都住一起了嗎？今天再住一晚上又怎麼了？」

寧時修不禁一怔，剛想反駁，卻發現無從反駁。雖然不知道山子是怎麼知道的，但山子說的也的確是事實。他想說現在是現在，之前是之前，但又覺得沒必要和山子說那麼多。

他瞥了一眼山子身後的許冬言，發現她正豎著耳朵聽著他們的對話。他沉默了片刻，橫了山子一眼：「去你屋裡收拾一下，搬出來。」

「啊？」山子慘叫，「怎麼還是我啊？」

寧時修補充道：「搬到我房間來。」

許冬言一聽明白了，是讓山子幫她騰個位置出來。雖然現狀距離她的目標還有些距離，但是好歹她能留下了，能有床睡了。時間一久，還怕撬不動他這塊硬石頭嗎？

許冬言跟著山子回房間收拾東西，山子搶在許冬言前面，進了門連忙收起散落在地板上、沙發上以及床上的衣服。

聽到身後許冬言的腳步聲走近，他一邊手上不停，一邊回過頭來不好意思地嘿嘿笑著說：「有點亂哈！」

許冬言無所謂地聳了聳肩：「沒事，你慢慢收拾。」

山子又說：「對了，等一下我讓服務員來幫妳換一套新的床單、被褥。」

「謝了。」

等到山子收拾好自己的東西離開，許冬言挑眉問：「你們的房間是哪個？」

山子露出不懷好意的笑容：「隔壁的隔壁。」

許冬言朝寧時修的房間看了一眼，點了點頭。

「您有啥吩咐，要我晚上給您留個門嗎？」

許冬言沒想到山子會這麼說，一不小心被自己的口水嗆到了，猛地咳嗽了幾聲。

山子說：「您也甭瞞我了，您和頭兒的事我都知道了。」

許冬言好不容易緩過來，微微挑眉：「你怎麼知道的？」

「上次頭兒不是突然回去了幾天？我打過電話到他家裡，接電話的人不是他，說他在睡覺，那就是您吧？」

許冬言想起有這麼一回事，那時候她和寧時修還沒分開。此時既然被山子揭穿了，她也沒想著否認，她這次跨越幾千公里而來，本來就是為了寧時修，就算現在大家不清楚他們的關係，以後肯定也都會知道的。

山子得意揚揚地笑著，笑了一會兒又想起什麼說：「既然都八卦到這了，那我繼續八卦一句：「為啥頭兒生病這段日子沒見著您啊？」

許冬言冷冷看他一眼：「你怎麼不去問他？」

「我哪敢問他啊！」山子怯生生地瞥了許冬言一眼，不怕死地繼續說，「之前我還以為您是因為頭兒的身體才……所以對您還挺有意見的。」

「現在呢？」

「您要真是那種人，您還會來這裡嗎？我剛才看到您的第一眼就想通了。是不是吵架了？有誤會？」

「不是吵架，也不是有誤會，是有仇怨。」許冬言笑了笑，「所以這次我是來報仇的，來討債的！」

山子不禁抽了抽嘴角：「您別說笑了……」

許冬言依舊笑了笑，笑得讓人害怕。山子見狀連忙說：「我得趕快回去了，要在頭兒之前睡著。」

聽了這話許冬言不免好奇：「為什麼？」

山子愁眉苦臉道：「沒跟頭兒睡過，誰知道他打不打呼、磨不磨牙。」

還真是「基情」滿滿！但許冬言想說，他大可以放心了——寧時修睡覺相當安靜，別說打呼、磨牙了，有的時候一整夜他連個姿勢都不會換，睡相斯文得簡直不像個男人。

想到這裡，許冬言又想到了什麼，不免有點臉紅心跳。

「怎麼了，許記者？」山子問。

「沒事，你快回去睡吧。」

許冬言也折騰了好幾天，等到服務人員來換了床單、被套，她簡單洗了洗，腦袋一沾著枕頭，便沉沉地睡過去了。

第二天一早，許冬言早早起了床，趕在寧時修他們出門前出了門。

山子開門時完全沒想到門口會候著一個人，冷不防被嚇了一跳。待看清是許冬言時，他後知後覺地拍了一下後腦勺，然後很抱歉地對許冬言悄聲說：「昨晚太累了，忘了留門了。」

許冬言聞言狠狠瞪了他一眼，他只是笑呵呵地回頭對屋子裡的人說了一句：「頭兒，我先下樓了啊。」

寧時修似乎還在洗漱，隨口應了一聲。

山子走時特意把門大敞著，許冬言也不進去，就在門外等著。

寧時修一晚上沒睡好，迷迷糊糊地從洗手間裡出來，看清處站在門口的人是許冬言時，睡意才去了一些。

許冬言的目光從他手指甲上移到他的臉上：「沒睡好？」

寧時修看了她一眼沒說話，出了門反手將門拉上，慵懶地朝著樓下走去。

許冬言一直跟著他到了二樓餐廳，裡面有簡單的自助早餐。他似乎胃口不太好，只盛了碗稀粥，隨意找了個位置坐下來。

許冬言昨天一整天都沒吃什麼東西，她看寧時修一時半刻也沒有要走的意思，也就不著急，拿了一大盤子東西坐在他旁邊。

寧時修漫不經心地瞥了一眼，看到她盤子上的「小山」似乎被驚了一下，但他只低咳了一聲，冷聲問道：「什麼時候走？」

許冬言正在吃蔥花餅，邊吃邊對寧時修一本正經道：「我們談談吧！」

「喲，您們二位在這呢！」許冬言還沒開口，下面的話就被山子打斷了，他端著盤子大咧咧地坐在他們對面，發現兩人都在看他，他摸了摸臉問：「怎麼了，太帥了嗎？」

許冬言差點被蔥花餅噎到。

寧時修問：「你不是早就出門了嗎？」

山子咧嘴一笑，露出一口白牙：「出去買了包菸，再回來吃早飯。哎，想不到昨晚睡得還不錯。」

寧時修冷冷看他：「你倒是睡得不錯。」

山子聞言不禁愣了愣：「您睡得不好啊？」

「我猜隔壁也睡不太好。」

許冬言想到昨晚山子還擔心寧時修睡覺會打呼，原來他自己才是，不禁「噗哧」笑出聲來。

寧時修沒再理會這兩人，站起身來說：「我吃飽了。」

許冬言見寧時修離開，也顧不上吃飯，連忙起身跟上。

山子看著兩人一前一後出了餐廳，有點搞不清狀況：「誤會還沒解除呢？看來還得多和頭兒睡幾天囉！」

這家旅館裡一共住著與專案相關的七、八個人，每天早上都有一輛中型巴士來接他們去工地。

許冬言也想跟著上車，卻被寧時修攔下：「外人不方便跟著去。」

許冬言還想說點什麼，寧時修已經關上了車門。過了一會兒，等山子也上了車，車子就啟動了。

山子趴在玻璃門上有點急：「哎、哎，許記者還沒上車呢。」

寧時修卻像是沒有聽到似的，坐在一旁開始閉目養神。

許冬言看著絕塵而去的巴士撇了撇嘴。不讓她上車也無所謂，反正她自己租了車。

許冬言上了自己的車，一直跟著中巴到了工地。中巴車上的人一一下了車，山子回頭看到許冬言，還想走過去跟她打個招呼，卻被寧時修叫了過去。

也不知道他跟山子囑咐了什麼，許冬言看到山子看了看她，表情很為難。眼看著寧時修就要上橋了，許冬言想跟過去，卻被山子攔下：「不好意思啊，許記者，頭兒不讓您進去，要不您還是回去吧？」

「我來工作的，憑什麼不行啊？」

「頭兒說沒接到通知，就不方便讓您跟著了，我也很為難啊！」

許冬言還想硬闖，但山子人高馬大地攔在前面，真的不讓她進去，她也沒有辦法。

許冬言看著寧時修愈走愈遠的背影，突然狠狠地大叫一聲：「寧時修，你這個縮頭烏龜！」

山子聞言嚇了一跳。寧時修在這裡可是說一不二的人，投資方和當地政府的人都要對他敬上幾分。就連那些幹粗活的工人們也都知道，這活兒怎麼幹，怎麼樣才算幹得好，都是寧時修說了算，許冬言竟然敢當著這麼多人的面說他是縮頭烏龜？

山子跟著寧時修這麼久，沒見人敢這樣對他過，急得就差點去捂許冬言的嘴了：「我說姑奶奶，您就甭惹他了！他生病之後這脾氣比以前更壞了，惹怒了他，您大不了躲回北京去，我們可就有得受了！」

許冬言懶得跟他廢話，轉身上了車。

她沒有其他辦法，只能在車上等著他再出來。她也不知道這樣有什麼意義，但至少可以看見他了，知道他在做些什麼，她心裡也會更安穩一些。

這一等，就等了很久。她掃了一眼車上的儀錶板，箱油只剩下一半了，她這才想到這附近似乎沒見到什麼加油站。她也不敢一直開著空調，乾脆關掉冷氣，降下車窗。

天氣炎熱，即便在山裡也好不到哪裡去。一陣熱浪瞬間捲進車內，過沒多久，車子就在陽光下被烤得發燙。

這時候有個工人從她車前經過，許冬言未雨綢繆地諮詢道：「師傅，這附近有加油的地方嗎？」那人想都不想地擺擺手：「山裡面哪有加油站！」

許冬言撇了撇嘴，又縮回車子裡。她四處看了看，發現再往前一點有塊陰涼的地方，於是發動車子，移到了陰涼處底下。

再一抬頭，寧時修他們竟然出來了，似乎也沒有要走的意思。寧時修正在跟施工隊的人交代著什麼，山子在他說話時遞了一瓶礦泉水給他。

天氣太熱了，從橋上下來後，寧時修身上的T恤已經濕了一半。交代好事情，他擰開礦泉水瓶喝了兩口。

許冬言遠遠地看著他這動作，不由得吞了吞口水。早上走得急，她忘了帶水，眼下這鬼天氣，她都快被烤成人乾了。

寧時修似乎朝她這邊瞥了一眼，她連忙探出頭跟他招手，他卻只當沒看到，又轉頭跟身邊的人說著什麼。許冬言頹喪地靠回椅背上，就那樣默默注視著他。身體嚴重缺水，她也沒什麼力氣再在他面前耍寶了。

她看著烈日下他寬厚的脊背和臂膀，無論如何也看不出他身上剛剛發生的變化，他看上去就如往日一般健康有力、生機勃勃，她多希望他能一直如此。

許冬言正愣著神，突然聽到有人敲了敲她半降下的車窗。許冬言回頭一看，見是山子，她懶懶地問：「怎麼，在這兒待著也礙你們事了？」

「您可別和頭兒置氣！」山子說著遞給她一瓶礦泉水，挑眉跟她說，「這是他讓我給您送來的。」

許冬言渴壞了，接過礦泉水就要喝，聽到山子後面半句時她愣了愣，問：「真的？」

「當然了，剛才我遞水給他，他不是朝您這裡看了一眼嗎？然後就跟我說，看在場的誰還沒有，天氣太熱，水要給夠。」

許冬言冷笑：「又沒說是給我的。」但這時候不是耍骨氣的時候，管他是不是，她趕緊擰開喝了幾口。

山子繼續說：「您聽我說啊！他叫我拿水給大家，我就裝傻說：『水都放在門房那裡，誰渴誰就去拿唄，之前不就是這樣嗎？』結果頭兒非常不高興，說：『那新來的又不知道！』嘿嘿、這幾天，就您一個算是新來的。」

許冬言聽著山子的描述不禁有點高興，但是又不好當著山子的面表現出來，就什麼也沒說。

山子問：「這大熱天的，您還打算等多久啊？」

「等著唄，反正也沒啥事。」

「要我說啊，您在這兒等著沒用。他又跑不了，您還不如回旅館等著。他從這裡離開就是回旅館，去不了別的地方。」

許冬言沉默了片刻，目光沒有離開不遠處的寧時修：「不用，他去哪我就跟到哪。」

山子也不清楚許冬言和寧時修之間究竟發生了什麼，昨晚本想著在睡前套套寧時修的話，沒想到一上床就睡著了。但此時許冬言臉色潮紅，額角全是汗，長長的髮絲濕答答地黏在脖子上，應該是在這車裡熱壞了。山子有點不忍心：「要不，您有啥話我幫您帶給頭兒。」

許冬言卻說：「不用，有些話我要親口跟他說。」

「那您倒是說啊，在這裡折磨自己有啥用！」

許冬言瞥了他一眼：「我是打算說的，就是今早吃飯的時候，後來還不是因為你來了沒說成嘛！」

山子愣了愣，嘿嘿笑著：「這樣啊？那是我不好，下不為例啊！對了，我再去給您拿幾瓶水。」

許冬言說：「不用了。」

山子不解地問：「這種大熱天，一瓶水哪夠啊？」

許冬言小聲嘀咕了一句：「少喝點還不用找洗手間。」

後來兩人又隨意聊了幾句，有人過來找山子，山子就離開了。

待山子回到寧時修身邊，寧時修還沒有忙完，抬頭看到他，問了一句：「還沒走？」

寧時修手裡拿著本和筆紀錄著什麼，邊寫邊對他說：「打算一直等著嗎？」

「嗯，聊了幾句。」

「看樣子是。」

寧時修突然沒了話，筆下卻依舊不停。過了一會兒，他闔起本子抬起頭來：「那晚點你多送兩瓶水過去。」

「她說不要了。」

寧時修詫異地回頭看他，山子解釋道：「這荒郊野嶺的，她一個女孩子不方便。」

寧時修愣了愣，隨即明白了山子的意思，不由得瞥了一眼外面那輛風塵僕僕的吉普車。過了一會兒，他對身邊的人說：「今天就先這樣吧，等一下回旅館。」

山子連忙問：「不等劉峰了？」

山子口中的劉峰是負責這個工程的一個小主管，是他們和當地政府直接接洽的人。這個工程意義重大，難度也高，上面對工程品質和工期十分重視，劉峰一個月會來現場好幾次。昨天晚上他剛打電話給寧時修，說今天上午要來，眼看就快到中午了，劉峰大約也快來了。

寧時修想了想說：「讓小唐留下來應付一下吧，正好晚上不是約了投資方的人嗎？讓小唐帶著劉峰一起過去。」

「那也成。」

小唐是他們同行的一個設計師，山子按照寧時修的意思向小唐交代完畢後，跟著寧時修一起離開了工地。

許冬言見寧時修上了那輛中巴，連忙發動車子，心裡在謝天謝地，她總算可以回旅館了。

一路跟著寧時修回到了旅館，許冬言又被山子攔在了房門外。

許冬言挑眉：「這又不是工地，我就跟他說幾句話。」

山子賠笑道：「說話沒問題啊，但您看您要不改個時間？」

許冬言有點詫異：「為什麼？他現在不是沒事了嗎？」

山子嘆了一口氣說：「他自從手術後啊，身體就特別虛弱，醫生囑咐他平時要多休息。今天原本還有很多事沒做，但頭兒剛才說不舒服，我們這才提前回來了。」

「他不舒服？」許冬言聞言，立刻緊張起來。

山子說：「也沒啥大事，就是有點疲勞，睡一覺就好了，您也不用太擔心。」

許冬言點點頭，也不敢這個時候去打擾他，只好再找機會：「那他醒了你叫我。」

「好嘞，沒問題。」

許冬言走後，寧時修才懶懶地問：「打發走了？」

「這次是打發走了，但是頭兒，看許記者那執拗的性子，您早晚還得自己出馬擺平這件事。」

寧時修沉默了片刻說：「過幾天想辦法把她打發回北京去。」

許冬言在車裡悶了半天，此時也累了，還有點頭暈、噁心，像是中暑。她隨意吃了碗泡麵，洗了個澡，本想等著寧時修醒來，然而卻不知不覺地睡著了，一覺醒來已經是晚上九點多。

許冬言連忙爬起來去敲寧時修的房門，敲了半天卻沒人應聲。正好有個眼熟的設計師路過，她問了那人，才知道寧時修原來是去應酬了。

他都什麼情況了還應酬？許冬言連忙打電話過去，可惜依舊是電話不接、簡訊不回。她又打給山子，這次竟然連山子都是一樣的態度。這兩個騙子！許冬言氣得牙癢癢，但也沒辦法，只能在房間裡等著他們回來。

這一等就等了兩個小時。直到晚上十一點多，房間裡的燈突然滅了，正在燒著水的水壺也沒了聲音。她原本以為只是自己房間裡跳電，但聽到外面走廊裡人聲漸多，才大概猜到可能是臨時停電了。

音。

正在這時，她聽到了一個熟悉的聲音，似乎是在問服務人員：「什麼時候來電？」這是寧時修的聲音。

她連忙從床上跳起來，開門衝了出去。

多數房客依舊還圍在走廊裡沒有離開，有人抱怨、有人閒聊，因為只有走廊裡還有微弱的緊急照明裝置的燈光。

寧時修正要回房，就看到許冬言穿著細肩帶睡衣裙站在門口張望。裙子短而寬鬆，她那兩條白又細長的腿在裙下晃蕩著，讓人浮想聯翩。

走廊裡三三兩兩站著的都是男人，加上這小旅館等級不高，入住的什麼人都有。這時已經有人注意到了許冬言，見她一個穿著單薄的女孩子，不由得就會多看上兩眼。還有些不懷好意的，看著她的目光都有些不對勁了。

寧時修見狀走了過去，聲音清冷低沉：「怎麼穿成這樣就出來了？」

許冬言低頭看了自己一眼：「大熱天的，你覺得我應該穿成什麼樣子？」

寧時修沉默了幾秒說：「回房間去。」

許冬言冷笑：「寧總這是給誰下命令呢？」

見許冬言又開始硬脾氣地挑釁，寧時修的臉色明顯不太好看。

許冬言卻笑了：「回房也行，你跟我回我就回。」

還不等寧時修有所反應，她便一踮腳、一伸手勾上他的脖子，在眾目睽睽之下將他拉回了房間。

在房間門關上的那一刻，門外的那些男人不約而同地發出了不懷好意的笑聲，更有人還肆無忌憚地吹了個口哨。但許冬言彷彿聽不見了，她直直地望向夜色中寧時修那雙明亮的眼睛。

許冬言突然斂起了那副無所謂的表情。三百多天過去了，她想了他三百多天，念了他三百多天，這是久別之後，他們第一次離得這樣近。

許冬言突然覺得眼眶有些熱，她低下頭吸了吸鼻子，低聲說：「對不起。」

沉默了半晌，寧時修的聲音從頭頂上傳來：「妳不用說對不起，在我查出這病之前，妳已經做出了選擇。所以妳的離開只是因為我們感情的破裂，與其他無關。」

許冬言聞言連忙抬頭：「不是那樣的！」

寧時修卻依舊平靜：「是不是已經不重要了，事情已經是這樣了。所以妳也不用覺得內疚，更不用……跑這麼遠來找我。」

「我承認，那段時間，我們之間的確出了點問題，但那並不代表不愛了。事實恰好相反，我以為我可以把你放下，我也試著努力了，但是你總是冷不防地就出現在我的腦子裡。有多少次了，在我知道這一切之前，我都想回去看看你……但是我害怕，真的害怕，害怕我媽說的都是真的，害怕你親口說，你已經不愛我了……」

許冬言愈說愈覺得難過，不禁伸出手環抱住了寧時修結實的腰，將臉埋進他的胸膛，聽著他那強有力的心跳撞擊著她的耳膜，一下一下，絲毫沒有紊亂。

他任由她抱著，好一會兒，他深深地嘆了一口氣說：「知道我要說的話或許會傷害妳，但是我還是必須得說。我與妳決絕，並不是因為其他，而是原來那顆心已經不在了，現在，這裡面空蕩蕩的，妳應該也聽到了。所以冬言，我們回不去了。」

「不會的，你別想再騙我了、寧時修……」許冬言將臉埋得更深，似乎害怕他一下子就會消失。

「如果我說我還愛妳，那才是在騙妳。時間能改變一切，我們一年多沒見面、沒聯繫，就算沒有這些事，我對妳的感情也早就被磨光了。我真的不想說得這麼直白，但妳既然非要說個清楚，那我就告訴妳——許冬言，我不愛妳了。」

寧時修簡簡單單的一句話，已然生硬無情地將他們的感情判了死刑。許冬言怔怔地看著他，忘記了思考，也忘記了難過，除了滿心的無力感，她感受不到任何東西。

正在這時，天花板的吊燈突然亮了起來，突如其來的光亮一瞬間將屋內暗湧的情緒一掃而空。

寧時修掰開許冬言的手，看著她說：「明天就回去吧，別在這裡耗著了。」

「時修！」

寧時修已經出了房間。

許冬言看著他離開的方向苦澀地笑了笑。來之前她已經做好了跟他長期鬥爭的準備，沒想到才第一天，她就已經敗陣下來。

在來這裡之前，許冬言就想到，寧時修能瞞著她做了手術，還聯合溫琴一起騙她，想必真的是下了決心要放她走的。她這次追過來，肯定不會順利說動他，所以她早就做好了打一場硬仗的準備，要和固執的他周旋到底！

第二天一早，她又像前一天一樣早早起床，守在他門前。看他出來，她就跟上；他不願意跟她說話，她就不說，就像影子一樣默默跟著他。

但是這一次她有經驗了，她帶足了水和麵包。他在現場勘查的時候，她就坐在車上等著他；他在工地臨時搭建的簡易房裡吃便當的時候，她就在車上啃麵包。

寧時修一開始還有些意外，後來也就習以為常了，任憑她跟著。

山子見狀特別不解地問許冬言：「您就算是要盯著頭兒，在旅館等著就行了，跑到工地上受什麼罪？我們又跑不了。」

許冬言不以為然：「這你就不懂了。」她就是要不停地在他面前出現，時時刻刻提醒他自己的存在。

「不怕中暑啊？」

「怕這怕那，我就不來了。」

山子聞言連豎大拇指：「您真是條漢子！」

快中午的時候，寧時修從橋上下來了，抬頭看向許冬言這邊時，兩人正好目光相觸。但是許冬言已經有經驗了，她知道寧時修不會理她，所以也就不再浪費自己的表情，只是目光灼灼地盯著他。沒想到寧時修竟然朝她走了過來，許冬言也不下車，只是降下車窗。

他站在她車門外，猶能感受到她車內那種悶熱不流通的空氣。他朝車內看了一眼，副駕駛座的位置上是幾個麵包的包裝袋和空的礦泉水瓶，再看她，頭髮濕答答地黏在臉上，臉因為悶熱而微微發紅。

他說：「別在這裡浪費時間了，趕快回去吧。」

許冬言早有準備，說：「我又不妨礙你做事，你也別管我。」

寧時修咬了咬牙：「妳怎麼就不妨礙我做事了？這來來往往的多少人，妳讓人家怎麼想？」

許冬言笑了：「你還在乎這個呀？那沒辦法了，誰叫你招惹了我又不負責任，這都是你自找的！」

寧時修壓著火氣無奈道：「妳到底打算什麼時候走？」

許冬言理所當然地說：「你去哪我去哪，你走我自然就跟著走了。」

寧時修咬著牙點了點頭，沒再說什麼，轉身離開了。

見寧時修黑著臉從許冬言那離開，好事的山子找了個機會又湊了過來：「頭兒跟您說什麼了？」

「你怎麼不去問他？」

「這話說得，要是敢問他，我還用跑來問您嗎？」

「沒說什麼。」

山子點了點頭：「那還把他氣成那樣……」

許冬言在車裡悶得夠嗆：「今天什麼時候走啊？」

「暫時走不了呢，還有好多事。」

許冬言想打開空調涼快一會兒，一發動車子，卻看到油箱已經見底了。也是，雖然旅館到工地來回不過才十幾公里，寧時修也不是天天來工地，但是十來天過去了，也的確該加油了。

她問山子：「附近有加油站嗎？」

山子說：「就從我們住的旅館一直往下走，岔路口右轉，再走幾公里有個加油站。」

她微微皺眉：「那麼遠……」

山子無語：「有十幾公里吧，妳不會撐不到了吧？」

許冬言看了一眼儀錶板：「不會，還夠開幾十公里的。」

許冬言記下路線，跟山子道了別，往山下駛去。

寧時修見她的車離開了，不免有些意外。

吃午飯的時候，他狀似不經意地問山子：「她去哪了？」

「加油去了。」山子邊吃邊說著。

寧時修了然地點點頭，沒再多問。

吃過午飯休息了一會兒，工人們便繼續開工了。

寧時修對山子說：「工程最困難的階段過去了，是不是我們的人能先回去幾個了？」

這幾個月來其他設計師都陸陸續續地回過家，只有寧時修沒有回去過。他的主治醫生倒是來過幾次，看他情況還算穩定也就沒勸他回去，但其實眾人還是很擔心的。此時他主動提起，山子連忙說：「是啊，後面的事弟兄們自己就能搞定，頭兒，您可以放心地先回去了。」

本來以為寧時修還會頑固抵抗一下，沒想到他竟然什麼都沒說，這是同意了？山子連忙趁熱打鐵道：「昨天您也看到了，劉峰對我們的工作還挺滿意的，所以您真可以放心回去了，大不了有事再來。」

寧時修點點頭：「好吧。」

見他真的同意了，山子略微鬆了口氣。這樣一來，那位擅長自虐的許記者也不用再在這裡受罪了。

想到許冬言，山子抬手看了一眼手錶。她離開有一段時間了，加個油，不需要這麼久吧？

寧時修似乎看穿了他的想法，問他：「她去多久了？」

「兩個多小時吧。」

寧時修回過頭：「去哪加油要這麼久？」

「照理說不用這麼久啊。」山子指了指停在門口的一輛剛租來的休旅車，「今早我開我們這小車去加油，半個小時就搞定了。我猜她是不是直接回旅館了？」

寧時修沒有接話，又看向外面的工地。

這裡不比城市，工地附近山路陡峭，一個不留神都能連車帶人葬身山窩。旅館附近非常荒涼，村鎮很小，幾十公里外就已經出了城，城外是荒蕪人煙的無人區，走得再遠一點還有一片戈壁，外地人在那附近迷路的不少。

寧時修沉默幾秒說：「你有她的電話嗎？問問她到哪了。」

「好。」山子拿起旁邊桌子上的座機，一邊撥著許冬言的號碼，一邊暗笑寧時修其實還是很在意她的。

沒想到許冬言的電話竟然關機了，山子愣了愣，抬起頭對寧時修說：「關機了……」

寧時修不由得皺眉道：「打個電話給旅館，看她回去沒。」

山子也開始有點擔心，連忙打過去，結果旅館的前檯說許冬言房間裡沒有人。

山子嘀咕著：「是不是去哪裡逛了？」

寧時修已然有點急了：「就這麼巴掌大的地，她能去哪裡逛？」

他說著拿過山子的車鑰匙便出了門：「等一下讓中巴司機來接你們吧。」

山子見他要一個人去，不太放心：「頭兒，我陪您去吧？」

寧時修想了一下說：「你先等我消息吧，說不定她真的只是去哪裡逛了。」

寧時修先回了旅館，許冬言還沒有回來。他又開著車在小鎮子裡繞了繞，也沒有見到許冬言的那輛吉普車。他又去了山子說的那家加油站，結果加油站的人說並沒有見過一個開吉普車的女孩。

寧時修這下真的有點慌了。她沒有來加油，那她去哪了？照理說，她的車應該也跑不了多遠了。

許冬言並沒有找到山子說的那家加油站，她從山上下來路過旅館，然後按照山子說的一直往北走，又走了許久也沒有見到加油站。

她不由得發牢騷，山子說的十幾公里應該很快就到了，但是路上很荒涼，兩邊光禿禿的什麼標誌性的東西都沒有，她也摸不準自己究竟走了多遠，就一直往前開。

路過一個岔路口時，她依稀記得要右轉，可是前面的路卻愈來愈荒涼，她拿出手機想開導航，這才發現手機已經電量耗盡自動關機了。

許冬言懊惱地咬了咬牙，再看儀錶板，應該還能撐一段路，但她對這車也不太瞭解，不知道究竟能撐多久。

許冬言猶豫了一下，下了車，想找個路過的人問問。如果附近剛好有加油站，那麼她就去加油；如果沒有，她就只能開著車原路返回，到時候能走多遠走多遠。

她在路邊等了好一會兒，才有一輛當地的車經過。見她停在路邊不走，司機也很好心地問她是不是車拋錨了。

許冬言問：「這附近有加油站嗎？」

那司機是路經這裡，但對這也不完全陌生，想了想說：「我上次過來時倒在這附近加過油，好像是前面那個岔路口走左邊吧。」

「大概多遠？」

「十幾公里吧。」

許冬言又問：「這裡距離山腳下有多遠？」

「那可遠了，四、五十公里吧。」

她出來時也沒留意里程錶，想不到不知不覺中已經跑了這麼遠了。她猶豫了一下，還是決定按照司機指的路線去加油。

然而這一次，或許是她又找錯了路，也或許是那司機記錯了地方，總之她去的地方斷然不會有加油站，因為走著走著，她發現腳下已經不是公路了，而是漫漫黃沙。

許冬言回頭望去，已經不見來路，感覺哪個方向都長得差不多。再望向戈壁深處，起起伏伏的小丘深處依稀可見有一片小小的水潭，水潭邊上是一片鬱鬱蔥蔥的胡楊林。

車子已經沒油了，許冬言哪也去不了，只能在車上等著，寄望路過的人能夠對她施以援手。然而這地方比剛才的公路更荒涼，她在烈日下等了一個小時，也不見有一輛過路車。

水已經喝光了，許冬言開始有些害怕了。

山子結束了工地那邊的工作後回到旅館，發現許冬言和寧時修都還沒回來。他連忙打電話給寧時修，兩人聽說對方都沒有見到許冬言，就知道情況可能真的比較嚴重了。

寧時修沉默了片刻：「你跟大家說，讓大家兩兩結伴分頭去找，找到了立刻打個電話給我。」

「好的。」掛電話前，山子又想到什麼，「頭兒，我去找您吧？」

「不用了。你去別處找找，有消息打電話給我。」

「也行，那您照顧好自己。別著急，我估計她走不遠。」

寧時修面上雖然不露聲色，但早就心急如焚了。他不敢多想許冬言會遇到什麼事，只想著怎麼能找到她。

他突然有些後悔，如果自己不把話說得那麼狠絕，或許許冬言也能少吃點苦頭，那麼今天她也就未必會出事。

寧時修隨手擰開旁邊的礦泉水瓶喝了一口水，盡量讓自己鎮定下來。他分析著，眼下這條路是通往下一個鎮子的必經之路，聽加油站的人說並沒有見過她，那她肯定是沒有經過這裡。而在旅館到加油站的路上要經過一個岔路口，如果許冬言走錯了路，首先肯定是從那裡就走錯了。

想到這裡，寧時修立刻調轉車頭，朝著剛才那個岔路口駛去，然後一直向北走，開了一段路。直到又遇到一個岔路口，他才停了下來。

他一直注意著里程表，從下山到這裡已經走了近六十公里，除去剛才走錯的那段路，也差不多有四、五十公里了。按照山子的說法，許冬言車上的油根本撐不了多遠，也就是說，如果她真的是迷路了，那很可能就離他現在的位置不遠。

他打了個電話給山子，「你在哪？」

「我快到那個加油站了。」

「她應該沒走那條路。」

「那是……去戈壁的那條？」

寧時修沉默了片刻說：「有可能。」

可是走到戈壁就更加荒涼了，那裡連路都沒有，四面八方都一個樣，找起來就更難了。

寧時修問：「你們幾輛車？」

「這個方向就我一輛，其他同事都去別的方向找了。」

寧時修想了想說：「還好這邊的岔路不多，你沿著去戈壁的那條路一直走，見到岔路口你就往右邊走，我往左邊走。她應該不會走太遠，我們也不要找太遠，你從現在算起，再走四十公里，如果沒有遇到她，就停下來再打電話給我。」

「好的。」

寧時修沿著左邊又走了一會兒，里程錶顯示從山上到這裡大約六十公里了，許冬言應該不會走這麼遠。但是他依舊不肯死心，總想著再走遠一點，萬一她就在前面呢？

但他看了一眼時間，已經八點多了，再過一會兒天就黑了，到時候找人就更難了。前面已經沒有路了，許冬言怎麼會開到沒有路的地方？他正打算調頭回去，口袋裡的手機突然響了，是山子。

他連忙接起來：「找到了？」

「沒。」

寧時修一陣難掩的失望：「那你……」

山子的聲音有些顫抖：「頭兒，要不我們報警吧，許記者會不會已經出事了？」

「胡說！」寧時修煩躁地掛了電話。

如果早知道是這樣，他一定不會趕她走；早知道是這樣，他也不會說那些話刺激她；早知道是這樣……無論是什麼結果都比這樣強吧？他願意為她做任何她希望他去做的事。

寧時修靜了片刻，再度打給山子：「以防萬一，你先跟其他同事聯繫一下，看看他們有沒有冬言的下落。如果沒有，你沿著原路再走十公里，然後調頭。另外把今天的具體情況跟鎮子上的同事說一下，讓人去報警吧。」

「好的。」山子連忙應著，還不忘囑咐寧時修，「頭兒您別急，我剛才瞎說的，許記者肯定沒事！」

寧時修深吸一口氣說：「繼續找吧，隨時聯絡。」

掛上電話，寧時修猶豫了片刻，他不能錯過任何一個可能找到她的地方。他看了一眼天色，趁著天黑前，將車子駛進了那片看不到盡頭的戈壁中。

夕陽將車子的影子拉得很長很長，戈壁上隱隱泛著紅，像是被點燃了似的。寧時修漫無目的地朝前開了一會兒，隱約看到前面有一片胡楊林。這是這片戈壁中唯一的特別之處，也是他最後的一點期望。

他又往前走了一會兒，隱約看到被熱浪蒸騰得扭曲的空氣中有個黑色的影子，走近一看，竟然是許冬言開的那輛車。

寧時修幾乎聽到了自己頻率加快的心跳聲。他喜出望外地下了車，想著是要給她一個狠狠的擁抱，還是先好好教訓她一頓。

然而車子裡並沒有人，一個空空的礦泉水瓶躺在副駕駛的位置上。一顆剛剛落回肚子裡的心又被提了起來，他朝四周大叫著她的名字，然而回應他的只有沙沙的風聲。

斷定她不可能走遠，他重新上了車，駛向不遠處的那片胡楊林。從遠處看，那胡楊林妖嬈詭異，就像戈壁中的一把火，燃燒著他最後的一點信念。

他把車子停在林子外，徒步走了進去。

這林子面積不小，樹長得也密，想藏個人不是什麼難事。如果許冬言在路上遇到了什麼人，迫使她來到了這裡……寧時修不敢往下想了。

他邊找邊叫著她的名字，然而始終沒有人回應他。

林間有一潭靜謐的湖水，此時正倒映著天邊的晚霞，顯得分外好看。可是寧時修一點看景的心情都沒有，想著這一年來經歷的生死也沒有讓他像此刻這樣無措。他煞費苦心地做這一切為什麼？只是為了讓心愛的女孩幸福，可是老天爺這是在跟他開什麼玩笑！如果早知道是這麼個結果，還不如兩個人開開心心地在一起，有一天快活日子就過一天快活日子。

寧時修走了很久，無力地蹲下身，撫了一把臉。

「冬言，妳在哪？」

「妳別鬧了，妳出來吧！」

「妳說什麼就是什麼，我都聽妳的。」

「真的？」突然有人問。

寧時修以為自己聽錯了，愣了半晌才回頭去看，果然就見許冬言站在他身後不遠處。

他連忙三步併作兩步到她面前，看她沒事，鬆了一口氣：「妳怎麼回事！這麼大個人了能不能不做這種讓人操心的事？」

她撇了撇嘴，眼淚頓時流了出來。寧時修見狀一陣心疼：「怎麼了？」

「你以為我想啊！我就是想去加個油，結果誤入了無人區，我以為我回不去了……」

寧時修長出一口氣，將她攬進懷裡：「這不是被我找到了嗎？」

許冬言像是才反應過來：「你怎麼知道我在這的？」

「想找就能找到。」

許冬言聽著就來氣：「我告訴你、寧時修，下次可沒那麼容易！再趕我走，很可能一輩子都見不到我了！」

他怎麼會如他口中說的那麼篤定，又怎麼會不後怕？此時他的心裡猶在暗自慶幸，還好找到她了！

寧時修的手機響了起來，是山子：「頭兒，我們已經報警了。」

寧時修笑了笑說：「謝了，幫我跟員警說一聲，人找到了。」

掛斷了電話，寧時修拉起許冬言說：「走吧。」

許冬言一把推開他：「你剛才說的算話嗎？」

「什麼？」

「什麼都聽我的。」

寧時修愣了一下，沒有立刻回答。

許冬言以為他要反悔，剛燃起的那點希望也都消失殆盡了。她幾乎是帶著哭腔控訴著他：「沒人像你這樣欺負人的，寧時修！就因為我死心眼，你就這樣欺負我？我長這麼大也沒受過這樣的罪！我知道你生病了，第一時間趕回去找你，可是你卻出差了，我還被我媽反鎖在家裡。想到你病得那麼嚴重還跑到這鬼地方來，我連飯都吃不下，覺也睡不著。你知道我怎麼出來的嗎？我是從三樓的窗子上爬出來的，又飛了幾千公里，外加開了一百多公里的車，才終於見到你了。可是你卻對我不理不睬，還說了那樣的話……」

寧時修只知道她來找他了，但不知道她在北京還發生了那些事。

從三樓爬下來，看起來好像很容易，想必也需要一些勇氣，尤其是像許冬言這種女孩子。她雖然是單親家庭長大的，但是溫琴對她一向溺愛，這也導致了他認為她是驕縱的、吃不了苦的。是什麼讓她有勇氣不遠千里來找他？這樣的大熱天，為了不上洗手間每天只喝一瓶水，一日三餐也就是麵包、泡麵，生怕跟丟了他……

他的初衷不就是希望她幸福嗎？現在卻讓她像這樣不開心，或許真的是他錯了。寧時修愈想愈心疼：「對不起，冬言，對不起……」

「你知道我為什麼會跑到這裡來嗎？我實在是太渴了，你如果再不來，我就要去喝裡面的水了。」許冬言說得很委屈。

寧時修看了一眼她身後的潭水：「喝了嗎？」

「沒有。」

「為什麼？」

「太髒了。」

寧時修突然笑了起來，他眼看著許冬言的臉色不大好看，在她發作前，他低頭含住了她因為長時間缺水而乾裂的嘴唇。

這一吻，綿長而深情，是過去很多磨難的終結，也是一段新生活的開始。

自認識許冬言以來，寧時修幾乎從沒有違背過她的意思，任她驕縱霸道不講理，他看似冷淡，但卻愛得毫無保留——愛她，就給她一切她想要的。

可是在過去的這一年裡，他卻沒有正面問過她的真實想法，而是任由她在隱瞞中傷心絕望。他以為這都是為她好，直到今天，在他以為會找不到她的那一刻，他才自己推翻了自己之前所有的想法。他無比懊惱，他追悔莫及，如果時間可以倒流，他絕對不會允許他們分開。

許冬言起初還在倔強地反抗，但很快就被他緊緊地困在懷裡不得動彈。

他感受著她漸漸失去力道的手臂，軟軟地倚在他身上的重量。一年多來那些無謂的堅持都徹底崩塌了，那些隱忍壓抑了太久的思念和愛卻像迎風見漲的火苗一樣愈演愈烈。

「真的想好了？」

許冬言肯定點點頭：「我不要嫁給世人眼中的良配，我只想嫁給愛情。」

他輕輕地將她往上一提，她的雙腿順勢纏住了他的腰，所有的情緒，在抵死的糾纏中被一點一點地釋放出來。

蒼蒼胡天穹廬下，茫茫大漠荒原上，他輕輕吻著她的耳鬢，她小心地探索著他胸口的刀疤。

她低聲問他：「你怕過嗎？」

他俯視著她，坦然輕笑：「怕過。」

「也是，誰不怕死！」

他俯身吻住她的唇，喃喃說著：「我不是怕死。」

盈盈碧水，蕩漾著一方赤紅的天和被風吹散了的絲絲雲朵，還有岸邊兩個年輕男女隱約交疊的身影。

「那是怕什麼？」

「我怕……再也見不到妳。」

女孩子問：「你會反悔嗎？」

男人說：「不會了。既然決定了，就不會反悔。」

「我們會一直在一起嗎？」

「會。就像妳說的，『你我之間，只有死別，絕無生離』！」

「你不會死的！」

「我知道，因為我捨不得妳！」

無論世界怎麼變，無論我怎麼變，你於我而言都是永恆的。
亦如我的血液，因為流淌著對你的思念，而有了潮起和潮落。

——寧時修

高寶書版集團
gobooks.com.tw

YH 017
喜歡你喜歡我的樣子
作　　者　烏雲冉冉
責任編輯　高如玫
封面設計　謝佳穎
內頁排版　賴姵均
企　　劃　何嘉雯

發 行 人　朱凱蕾
出　　版　英屬維京群島商高寶國際有限公司台灣分公司
　　　　　Global Group Holdings, Ltd.
地　　址　台北市內湖區洲子街88號3樓
網　　址　gobooks.com.tw
電　　話　(02) 27992788
電　　郵　readers@gobooks.com.tw（讀者服務部）
　　　　　pr@gobooks.com.tw（公關諮詢部）
傳　　真　出版部(02) 27990909　行銷部 (02) 27993088
郵政劃撥　19394552
戶　　名　英屬維京群島商高寶國際有限公司台灣分公司
發　　行　英屬維京群島商高寶國際有限公司台灣分公司
初　　版　2020年 9 月

國家圖書館出版品預行編目(CIP)資料

喜歡你喜歡我的樣子／烏雲冉冉作; -- 初版. --
臺北市：高寶國際出版：高寶國際發行, 2020.09
面；　公分. --

ISBN 978-986-361-891-1（平裝）

857.7　　109010179